माहिम में क़त्ल

माहिम में क़त्ल

जेरी पिंटो

अनुवाद
प्रभात रंजन

राजकमल प्रकाशन
SPEAKING TIGER

पहली बार अंग्रेजी में Speaking Tiger द्वारा 2017 में
Murder in Mahim नाम से प्रकाशित

ISBN : 978-81-19835-24-9

मूल्य : ₹695

पहला संस्करण : 2023

प्रकाशक : राजकमल प्रकाशन प्रा.लि.
1-बी, नेताजी सुभाष मार्ग, दरियागंज
नई दिल्ली-110 002

शाखाएँ : अशोक राजपथ, साइंस कॉलेज के सामने, पटना-800 006
पहली मंजिल, दरबारी बिल्डिंग, महात्मा गांधी मार्ग, प्रयागराज-211 001
1, अनमोल सोराबजी संतुक लेन, धोबी तलाव, मरीन लाइंस, मुम्बई-400 002

वेबसाइट : www.rajkamalprakashan.com
ई-मेल : info@rajkamalprakashan.com

मुद्रक : विकास कंप्यूटर एंड प्रिंटर्स
ट्रॉनिका सिटी-201 102

MAHIM MEIN QATLA
Novel by JERRY PINTO
Translated by Prabhat Ranjan

माहिम में क़त्ल

प्रस्तावना

बम्बई में रात नहीं होती। सूरज समुद्र में डूब तो जाता है लेकिन अँधेरे को फैलने का मौक़ा बिलकुल नहीं मिल पाता। शहर को निगलने की इसकी हर कोशिश को लाखों नियॉन आँखें हरा देती हैं, जो शाम होते ही खुल जाती हैं और पलकें झपकाती रहती हैं; और पूर्वी बन्दरगाह के पार जलती हुई प्राकृतिक गैस की चमक, उस पहाड़ को रोशन बनाए रखती है जिसको बच्चे 'राक्षस की क़ब्र' कहते हैं। अँधेरा हर शाम पैर टिकाने और मुँह छिपाने को जगह ढूँढ़ने के लिए संघर्ष करता है।

इसका एक ठिकाना पश्चिमी रेलवे लाइन के माटुंगा रोड स्टेशन के पुल के नीचे का पेशाबघर है। सरकारी महकमे वालों ने इसको रोशन करने की बड़ी कोशिश की लेकिन बल्ब को बुझाने के लिए एक छोटा-सा पत्थर ही काफ़ी होता है। और जब तक इसके कारण के बारे में बताया जाता है, बल्ब ख़रीदने के लिए आदेश लिया जाता है और दुकान से नया बल्ब आता है तब तक यहाँ अँधेरा ही बना रहता है। और तब तक यह उन पुरुषों की शरणस्थली बना रहता है जो वहाँ आते हैं, अँधेरे में एक-दूसरे को इस उम्मीद में टटोलते-दबाते हैं, कि उनको कुछ राहत मिल सके, शायद प्यार या महज़ दूसरे जिस्म की गर्मी।

अँधेरा आज रात शिकारी को ठिकाना देने वाला था। हालाँकि प्लेटफ़ॉर्म पर भीड़ कम हो गई थी, फिर भी शिकार को पहचान पाना इतना आसान नहीं हो सकता था। यह एक संकेत है। अब उसको जल्दी से कुछ करना चाहिए।

हो सकता है उसका शिकार अभी तक नीचे पेशाबघर तक

नहीं गया हो। हो सकता है कि वह ट्रेन पकड़ने के बहाने स्टेशन पर कुछ देर और इधर-उधर देखते हुए रुका रहे। हो सकता है कि वह दादर की ट्रेन भी पकड़ ले और बाद में वापस आ जाए। लेकिन अगर उसने अभी क़िस्मत आज़माने के बारे में नहीं सोचा तो बेहतर होगा कि वह इस बात को पक्का कर ले कि यह जगह साफ़ रहे। यहाँ तक कि इस समय भी अन्दर पुरुष होंगे। लेकिन शिकारी को पता है कि उनको बड़ी आसानी से डराया जा सकता है। उसको करना बस इतना है कि वह नीचे एक या दो पेशाबघरों के दरवाज़े पर जाए और जितनी ज़ोर से हो सके कहे, 'ओए, क्या कर रहे हो?' अँधेरे की उस ख़ामोशी में कोई भी यह नहीं चाहता कि उससे कोई यह पूछे कि वह क्या कर रहा है। पेशाबघर तत्काल ख़ाली हो जाता है।

शिकारी रेल की पटरी के पास से फिसलकर नीचे गया और ज़ोर से चिल्लाया। पेशाबघर ख़ाली हो गया। उसके बाद वह फिर से ऊपर गया और ऐसी जगह जाकर खड़ा हो गया जहाँ शिकार उसको देख ले। उनकी आँखें मिलीं और सामने वाले की आँखें चमक उठीं।

शिकारी ने नज़र घुमाकर आसपास देखा कि कहीं कोई उनको देख तो नहीं रहा। कुछ बूढ़े उनको भूखी निगाहों से देख रहे थे। उसने अपनी आँखों को फैलाते हुए भौंहें चढ़ाईं। वे तत्काल दूसरी तरफ़ देखने लगे।

उसने पीछे मुड़कर उस नौजवान को फिर देखा। उनकी आँखें इस बार जान-बूझकर ऐसे मिलीं जैसे सब कुछ साफ़ हो, स्पष्ट हो।

कुछ ही पल में वह आदमी ढलान की तरफ़ बढ़ने लगा। शिकारी उसके पीछे-पीछे चलने लगा, और अचानक, इससे पहले कि वह दुर्गन्ध-भरे अँधेरे पेशाबघर की खोह में घुसता, वह समझ गया कि वक़्त आ चुका है।

एक

उनके बेडरूम में एक कोयल बोल रही थी, एक ज़िद्दी और छोटी कोयल। पीटर बड़ी मुश्किल से गहरी नींद से जागने की कोशिश कर रहा था। जब उसकी नींद खुलने वाली थी तब जाकर उसको समझ में आया कि यह रिंगटोन मिली ने अपने मोबाइल के लिए चुनी थी।

वह फिर सोने की कोशिश कर रहा था, लेकिन अब तिरपन साल की उम्र में उसके अल्लसुबह के फ़ैसले उसका मूत्राशय लेता था। इधर मिली ने फ़ोन के लिए अपना हाथ बढ़ाया, उधर वह बिस्तर से उठा और लड़खड़ाता हुआ बाथरूम में चला गया। उसकी नींद की ख़ुमारी धीरे-धीरे उतरने लगी। जब वह वापस आया तो उसकी नींद पूरी तरह खुल चुकी थी।

'तुमको अपने बेटे से बात करनी चाहिए', मिली ने कहा।

'अब उसने क्या किया?' अपनी निकर उतारकर ट्रैक पैंट पहनते हुए वह बोला।

'कल रात वह आया ही नहीं। और अब वह कह रहा है कि वह कुछ समय के लिए बाहर गया हुआ है।' उसने पीटर को अपना मोबाइल फ़ोन दिखाया और बग़ल की मेज़ पर रख दिया।

'उसने फ़ोन किया था?'

'एसएमएस,' उसने बुदबुदाते हुए कहा और फिर से लेट गई।

अच्छा हाँ, कोयल की आवाज़ का रिंगटोन उसने इनकमिंग मैसेज के लिए लगा रखा था। बतख़ की आवाज़ उसके फ़ोन की रिंगटोन थी। शुरू-शुरू में तो वह मज़ेदार लगती थी, लेकिन अब उस आवाज़ को सुनकर चिढ़ होती थी; अब वह किसी भी अन्य आवाज़ जैसी लगती थी।

'इस बार कम-से-कम उसने तुमको बताया तो', पीटर ने उसकी हिमायत लेते हुए कहा। सुनील रहस्यमय ढंग के काम और यात्राओं पर

जाने के लिए पहले भी ग़ायब होता रहता था, जिनमें से लगभग सभी का सम्बन्ध उससे या टाटा इंस्टिट्यूट ऑफ़ सोशल साइंस के काम से होता था। उन कामों में किसी प्राकृतिक आपदा से प्रभावित लोगों के लिए राहत शिविर लगाने से लेकर सह्याद्रि के पहाड़ों में तितलियाँ गिनने तक कुछ भी हो सकता था।

मिली ने तकिए से अपना सिर उठाया और उसको देखने लगी।

''कुछ समय' का क्या मतलब है? क्या इसका मतलब कुछ घंटे है? कुछ दिन? या कुछ सप्ताह? उसको सही तरीक़े से बात करना सिखाओ, क्यों नहीं सिखाते तुम?'

उसने एक संजीदा गृहस्वामी की तरह बोलने की कोशिश करते हुए कहा, 'उसको लौटकर आने दो फिर मैं उससे बात करूँगा।'

मिली बेचैन हो गई। उसने इस तरह का भाव पहले भी देखा था और उसको इसके ऊपर यक़ीन नहीं हो रहा था। लेकिन उसने जाने दिया, और पीटर सुबह की सैर के लिए चला गया।

~

सुबह की हवा ने उसकी रूह को छुआ और उसको जगा दिया। इस शहर में सुबह के इस वक़्त जो भी टहलता है वह इस बात को जानता है कि यहाँ दिन का सबसे अच्छा वक़्त यही होता है। शहर उतना ही असुरक्षित था जितना कि हो सकता था; लेकिन यह समझौते के लिए तैयार हो जाता था, यहाँ तक कि उनके साथ भी जो निहत्थे होते हैं। और यह अपने बराबर बहते समुद्र से आती हवा की वजह से ठंडा भी था।

वैसे तो पीटर ने एक अच्छे जिम की सदस्यता लेने के लिए अच्छे-ख़ासे पैसे दिए थे लेकिन जब उसका दिल होता था तो वह शिवाजी पार्क में टहलना पसन्द करता था। उसको खुली हवा और लाल बजरी पसन्द थी और पैरों के नीचे कुचले सोनचाफा (पीली चम्पा) का औचक सौंदर्य। उस समय पार्क के बीच कोई नहीं था, बस कुछ कुत्ते और कुछ बुज़ुर्ग अपने शरीर के जोड़ों को सीधा कर रहे थे। बाद में वहाँ कई क्रिकेट मैच खेले जाने लगते और भीड़ होने लगती। जाड़े के दिनों में वहाँ टूटे हुए हीरे को जमाकर भी खेल होता था और एनआरआई के बच्चे भी दर्शकों के साथ ख़ामोशी से खेल देखा करते। पारम्परिक महाराष्ट्री समाज का अड्डा शिवाजी पार्क बदल रहा था।

पार्क में दक्षिण की तरफ़ कुछ आदिवासी बच्चे एक पेड़ पर बहुत ऊँचे लगे मधुमक्खी के छत्ते से शहद निकालकर पानी की बोतलों में भर रहे थे। उनमें से एक बच्चे ने उसको सौ रुपए में एक बोतल शहद देने की पेशकश भी की, पीटर को लालच तो हुआ लेकिन वह पैसे लेकर नहीं आया था। वह आगे बढ़ गया। नाना-नानी पार्क के सामने से गुज़रा जहाँ कभी सुबह के समय हँसोड़ क्लब की बैठक हुआ करती थी। वहाँ कोई नहीं था। क्या उनको स्थानीय उल्लुओं ने भगा दिया था?

कैडेल रोड पर ट्रैफ़िक का शोर बढ़ तो गया था लेकिन अभी वह ऐसा नहीं हुआ था कि धातुई नदी लगने लगे। जब वह मेयर के बंगले के सामने से गुज़र रहा था तो एक काने कुत्ते ने उसको देखकर बड़े प्यार से गहरी साँस ली। पीटर ने भी जवाब में गहरी साँस भरी।

जब उसने दूसरा चक्कर लगाया तो उसके घुटनों ने कहा कि अब वापस जाने का समय आ गया। उसकी अँतड़ियाँ सूख रही थीं और उसका पेट केले खाने की माँग कर रहा था। वह घर की तरफ़ चल पड़ा।

और जब वह घर में घुसा तो उसको समझ में आ गया कि वहाँ दिन का माहौल बदला हुआ था। मिली ने मेज़ और अख़बार से ध्यान हटाते हुए उसकी तरफ़ देखा, उसके चेहरे से ग़ुस्सा झलक रहा था।

'तो तुमने उसको इसलिए सामाजिक कार्य करने के लिए भेजा है?'

आदतन पीटर को लगा कि उसको माफ़ी माँग लेनी चाहिए। पता नहीं क्यों, सुनील की कारगुजारियाँ हमेशा उसी के खाते में आती थीं, और अब हमेशा की तरह वह अपने दिमाग़ में अपना पक्ष रखने लगा : 'मैंने उसको कहीं नहीं भेजा; वह अपनी मर्ज़ी से ही गया था।' लेकिन मिली आवाज़ से इतनी भावुक लग रही थी कि वह कोई तार्किक बात कर ही नहीं सकता था। इसके बाद उसने ईवनिंग पेपर—जो सुबह के अख़बार से भी पहले आ जाता था—उसके सामने मेज़ पर उछालकर फेंक दिया। उसने अख़बार को उठाया। उसमें उसके बेटे की तस्वीर थी, जिसमें उसके एक तरफ़ एक हिजड़ा था और दूसरी तरफ़ एक मोटा आदमी। उस मोटे आदमी की टी शर्ट पर लिखा था, 'मैं समलैंगिक हूँ और मुझे इस पर गर्व है।' सुनील ने इंद्रधनुषी छापे वाला बन्डाना सिर में बाँध रखा था। हिजड़े ने साड़ी पहन रखी थी जिसमें जरी के नीचे से नीला रंग झाँक रहा था।

'इसमें ऐसा क्या है...' पीटर ने कहना शुरू किया।

'ज़रा नीचे पढ़ लो', मिली ने उसको बीच में टोकते हुए कहा।

पीटर ने पढ़ना शुरू किया :

समलैंगिक कार्यकर्ता सुनील फ़र्नांडीज़ ने माहेश्वरी उद्यान में उच्चतम न्यायालय द्वारा कल दिए गए फ़ैसले के ख़िलाफ़ प्रदर्शन का नेतृत्व किया जिसमें दिल्ली उच्च न्यायालय के उस फ़ैसले के ऊपर अपने फ़ैसले को सुरक्षित रख लिया जिसमें भारतीय क़ानून संहिता की धारा 377 को निरस्त कर दिया गया था...

'मुझे नहीं पता...' उसने एक बार फिर से कहना शुरू किया लेकिन उसने पाया कि वह अपने वाक्य को पूरा नहीं कर पाया।

लेकिन अब उसकी अँतड़ियाँ और नहीं सह सकती थीं और वह अख़बार अपने साथ लेकर बाथरूम में चला गया, जबकि वह सामान्य तौर पर बाथरूम में कविता की एक किताब पढ़ा करता था, उस दिन उसने उसका त्याग कर दिया।

समलैंगिक कार्यकर्ता सुनील फ़र्नांडीज़।

'समलैंगिक' ज़ाहिर है एक विशेषण था। यह उस कार्यकर्ता भाव को स्पष्ट करने वाला था जो उसका बेटा कर रहा था। या इससे यह पता चलता था कि...

'नहीं,' उसके दिमाग़ ने कहा। 'सुनील नहीं।'

उसने रिपोर्ट में पढ़ा लेकिन उसमें ऐसा कुछ नहीं था। आजकल अख़बार में ख़बर के लिए भी तस्वीर खिंचवाई जाती है। वह जानता था कि 2009 में दिल्ली उच्च न्यायालय ने धारा 377 को निरस्त कर दिया था जिसके अनुसार समलैंगिकता को आपराधिक माना जाता था, यहाँ तक कि आपसी सहमति से करने वालों के लिए भी, और इस फ़ैसले का ख़ुशी के साथ स्वागत किया गया था। चार साल के बाद उच्चतम न्यायालय ने उस ख़ुशी को ख़त्म करने का काम किया और एक बार फिर से भारत उत्तर कोरिया, इराक़ और सीरिया जैसे देशों की क़तार में आ गया जहाँ समलैंगिकता अभी भी अपराध थी। देश के अनेक हिस्सों में विरोध-प्रदर्शन हो रहे थे।

ज़ाहिर है कि सुनील उनके साथ एकजुटता दिखाने के लिए गया था। यह ऐसा काम था जो वह कर सकता था। निश्चित रूप से यह ऐसा काम था जो उसको ज़रूर करना चाहिए था?

पीटर जब वापस डाइनिंग टेबल पर आया तब भी इसी बारे में सोच रहा था। वह यांत्रिक ढंग से दही और केला खाने लगा। मिली अभी भी उसी तरह बैठी हुई थी जैसा उसको वह छोड़कर बाथरूम गया था। उसने अपना

सिर उठाया तो मिली से उसकी आँखें मिल गईं। वह उससे कुछ कहने के लिए इन्तज़ार कर रही थी। उसको यह उम्मीद थी कि वह सब बातें साफ़ कर देगा, उसको इस सबसे दूर होने के लिए मना लेगा।

कर्तव्यवश उसने कोशिश की।

'ज़रूर कोई ग़लती हुई है', वह बोला, 'जब वह मृत्युदंड के ख़िलाफ़ प्रदर्शन में हिस्सा लेने के लिए गया था तो उसका कारण यह नहीं था कि वह हत्यारा था।' मिली ने उसके हाथ से अख़बार ले लिया और एक बार फिर उसको देखने लगी। उसके बाद वह अपना सिर हिलाने लगी।

'यह कोई तरीक़ा नहीं है', उसने कहा और रसोई में चली गई।

यह कोई तरीक़ा नहीं है? क्या इस बात से उसका मतलब यह था कि सुनील को इस तरह से यह नहीं बताना चाहिए था कि वह समलैंगिक है? एक बार फिर पीटर के दिमाग़ ने कहा : नहीं, सुनील नहीं।

उसने इस बात को चुनौती देते हुए कहा : क्यों सुनील क्यों नहीं?

लेकिन दिमाग़ ने ज़िद के साथ वही बात दोहराई। उसने उसको चुप करवाया और अख़बार देखने लगा।

समलैंगिक कार्यकर्ता सुनील फ़र्नांडीज़...

असल में इसका मतलब क्या हुआ? सबसे आसान था सुनील को ही फ़ोन करके पूछ लिया जाए।

उसने अपने बेटे का नम्बर मिलाया।

एक ख़ुशमिज़ाज पेशेवर महिला आवाज़ ने बताया कि वह नम्बर पहुँच से बाहर था। जब उसने दूसरी भाषा में वही सन्देश दोहराना शुरू किया तो उसने फ़ोन काट दिया और अपने लिए एक लक्ष्य बनाया।

इसका सामना करो, इसके बारे में सोचो।

समलैंगिक।

वह मन ही मन यह कहने की कोशिश करने लगा। 'सुनील एक समलैंगिक है।' इस बात का कोई मतलब नहीं लग रहा था, यह बात उसको समझ में नहीं आ रही थी। ऐसा लग रहा था जैसे वह किसी बुलबुले के अन्दर हो जहाँ उसके आँख-कान बन्द कर दिए गए हों।

उसने फिर कोशिश की। 'मेरा बेटा समलैंगिक है?' लेकिन एक बार फिर कोई भावुक जवाब नहीं आया। वह यह भी कह सकता था : 'आकाश का रंग नीला है।' लेकिन फिर भी वह दिन पूरी तरह बदल चुका था। चित्र, रंग-बिरंगा रूमाल, उसके बेटे की नज़र और चित्र के शीर्षक के कारण

उसको अपने फेफड़ों के ऊपर कंधे के पास सुन्न महसूस हो रहा था। वह दिन नहीं बदला था, उसने अपने आप से कहा, बल्कि बदले तो तुम हो।

उसने एक बार फिर से सुनील का नम्बर मिलाया तो वही जवाब मिला।

मिली रसोई से बाहर निकल कर आई, उसका चेहरा भिंचा हुआ लग रहा था, जिससे यह साफ़ था कि वह यह तय कर चुकी थी कि किसी तरह की भावना का प्रदर्शन नहीं करेगी। पीटर इस बात को सहन नहीं कर पाया। वह उसके पास गया और मिली को गले से लगा लिया। उसने हमेशा की तरह थोड़ा-सा विरोध जताया, और फिर हमेशा की तरह उसकी बाँहों में सिमट गई। उसके बाद वह इससे बाहर निकली और रोने लगी, उसका शरीर काँप रहा था। पीटर भी रोना चाहता था। वे उसी तरह खड़े रहे और वह सोच रहा था कि वह और क्या कह सकता था, वह और क्या कर सकता था।

मेरा बेटा समलैंगिक है। मेरी पत्नी इस बात को लेकर उदास है। मुझे भी तकलीफ़ है। क्या मैं इसलिए उदास हूँ कि मेरी पत्नी उदास है? या मैं इस बात से उदास हूँ कि मैं नहीं चाहता कि मेरा बेटा समलैंगिक हो?

पीटर ने कभी यह नहीं सोचा था कि उसको समलैंगिकों से डर लगेगा। उसने समलैंगिक पुरुषों के साथ काम किया था और देखा था कि उनमें कुछ तो ख़ूब शराब पीने वाले और गाली-गलौज करने वाले संवाददाता थे; कुछ औरतों जैसे और छोटे लोग थे और जब उनको पेशाब करना होता था तो वे छोटी लड़की के कमरे में जाने के बारे में बात करते थे। वे इनसान थे और वे सभी रंग-ढंग और राजनीतिक विचारों वाले लोग थे। उसको उनमें से कुछ अच्छे लगते थे और कुछ अच्छे नहीं लगते थे और उसने सोचा कि इसका मतलब यह था कि उसको समलैंगिकों से डर नहीं लगता था, जबकि उसकी उसमें कोई रुचि भी नहीं थी। 'अच्छा!', जब मिली ने अपने हाउसकोट की जेब में हाथ डाला ताकि रूमाल निकालकर आँखें पोंछ सके तो पीटर ने कहा, 'चलो एक कप चाय पीते हुए इस बारे में सोचने की कोशिश करते हैं।'

मिली ने ज़ोर की साँस ली।

'अगर तुमको चाय पीनी है तो ख़ुद बना लो।'

'तुम नहीं बनाना चाहतीं?'

'नहीं, अब इन बातों में क्या रखा है?' उसने फिर से बात शुरू की। 'उसका सारा जीवन...' उसने कहना शुरू किया लेकिन वह अपनी बात पूरी नहीं कर पाई और फिर उसने नए सिरे से कहना शुरू किया, 'मैंने तो

बस यही सोचा था...' लेकिन वह इस बार भी अपनी बात पूरी नहीं कर पाई। 'हमने क्या किया...' ऐसा लग रहा था जैसे उसके पास शब्द नहीं थे। या कम-से-कम कोई शब्द सूझ नहीं रहा था।

'मुझे लगता है, एक कप चाय पी ही लेनी चाहिए,' कहते हुए पीटर उठ खड़ा हुआ।

'नहीं, तुम सूप बनाते हो और उसको चाय कहते हो। मैं बनाऊँगी। तुम बैठो। इसमें नई बात क्या है?'

कम से कम यह शिकायत ऐसी थी जिससे वह परिचित था। वह उसके पीछे-पीछे रसोई में गया और एक मेज़ पर बैठ गया।

'देखो, मिली...'

वह छूटते ही बोली, 'इस अन्दाज़ में मुझसे बात मत करो।'

'किस अन्दाज़ में?'

'ऐसे समझाने के अन्दाज़ में। मानो मैं कोई बच्ची हूँ और तुम कोई अध्यापक।'

'अच्छा ठीक है। मुझे नहीं लगता है कि वह इस तरह का है।'

'देखो, ऐसी बात कहना भी मत।'

'ठीक है। मुझे नहीं लगता है कि वह समलैंगिक है। मुझे लगता है कि वह इस मुद्दे पर उनका समर्थन कर रहा है।'

'यही एक मुद्दा मिला था उसे?'

'इससे बुरा भी तो हो सकता था।'

'कैसे?'

पीटर चुप हो गया। वह पहले ही ऐसा संकेत दे चुका था कि समलैंगिक होने का मतलब बुरा होना होता था। वह अब इसमें और नहीं पड़ना चाहता था। मिली ने थोड़ा-सा गरम पानी बरतन में डाला और उसको बाहर ढालने से पहले अच्छी तरह हिलाया। उसने किसी कीमियागर की तरह चाय की पत्ती माप कर निकाली। वह चाय पीने का माहौल उस तरह से नहीं बना पाती थी जिसे ओकाकुरा काकुजो पसन्द करता लेकिन पीटर को यह महसूस हो रहा था कि उसको अपना ध्यान बँटाने के लिए कुछ चाहिए था।

वे एक मेज़ के पास बैठकर चाय पी रहे थे कि अचानक मिली बोली, 'मैं दादी बनना चाहती हूँ।'

पीटर कहना चाहता था कि 'तुम बनोगी भी', ऐसा इसलिए क्योंकि

वह उसको प्यार करता था—और उसे इस बात से हैरानी भी हुई कि वह उसको दिलासा देना चाहता था लेकिन उसने नहीं दिया।

'एक बात जानते हो पीटर', मिली बोली, 'कई बार तुम, तुम कई बार कोई बात यूँ ही दिलासा दिलाने के लिए कह देते हो चाहे वह सच हो या न हो।'

'मुझे यह नहीं पता कि ऐसा किस तरह किया जाए', वह बोला।

'बहुत आसान है', वह बोली, 'बस झूठ बोला करो।'

पीटर मुस्कुराने लगा और वे चाय के घूँट भरने लगे। उसने युन्नान की सुन्दरता का स्वाद चखा था लेकिन कुछ दूर से ही, जिसमें कुछ मज़ा नहीं आया था।

'उससे बात करो', मिली ने कहा, 'वह तुम्हारा बेटा है।'

वह कहना चाहता था कि 'मैं ही क्यों, तुम क्यों नहीं? क्या वह तुम्हारा बेटा नहीं है?' लेकिन उसने कहा नहीं। मर्द होने के कुछ विशेषाधिकार होते हैं। उनमें से एक बात यह थी कि जब आप किसी भी तरह के संकट में हों तो आपको कोई ऐसा इनसान ढूँढ़ना चाहिए जो आपको उससे उबरने में मदद करे। अब कुछ करने का समय आ गया था। उसने सुनील का फ़ोन मिलाया। उसी चहकती हुई आवाज़ ने फिर अफ़सोस जताना शुरू किया।

'स्विच्ड ऑफ़', वह बोला।

'वैसे तो यह हैरानी की बात है', उसने कहा और कुछ देर तक दुखी भाव से बैठी चाय पीती रही। उसके बाद मिली ने पूछा, 'तुम क्या कहोगे?'

'मुझे नहीं पता।'

'फिर बात क्यों करोगे?'

पीटर ने कंधे उचका दिए और मिली ने गहरी साँस भरी।

फ़ोन बज रहा था। जेंडे का फ़ोन था।

'आ जाओ,' वह बोला।

~

यह बुलावे जैसा लग रहा था जबकि ऐसा था नहीं। पीटर ने उस अख़बार से समय से पहले रिटायरमेंट ले लिया था जो यह चाहता था कि उसके यहाँ ऐसे कर्मचारी काम न करें जो यूनियन के सदस्य हों। कुछ ग्लानि के साथ उसने बड़ी राशि के एवज़ में छँटनी को स्वीकार कर लिया और मूलधन को अच्छी तरह निवेश में लगाकर अब उसी के ब्याज के सहारे रह रहा

था। नौकरी छोड़ने के कुछ महीने के बाद वह जिस जिम में व्यायाम के लिए जाता था वहाँ कोलेस्ट्रॉल के डर के कारण किसी की हत्या हो गई जिसका कारण किसी को पच नहीं रहा था, और इस कारण स्कूल के दिनों के एक दोस्त से उसका दुबारा सम्पर्क हुआ जो अब माहिम पुलिस स्टेशन में इंस्पेक्टर जेंडे है। यह दुनिया उस दुनिया से बहुत अलग थी जिसमें वह रहता रहा था लेकिन वह इसकी विचित्रता से ही बहुत आकर्षित हुआ, जिससे क़ानून का पालन करने वाला एक नागरिक अपराधी बन गया। शायद इस वजह से कि वह अजनबियों के साथ भी बड़ी सहजता के साथ बात कर सकता था, या शायद इसलिए कि पुलिसवालों के बजाय उसका साथ जेंडे को अच्छा लगता था इसलिए वह कई बार उसको ऐसी जाँच-पड़ताल में अपने साथ लेकर जाता था जो रोज़मर्रा की जाँच-पड़ताल से हटकर होती थी।

जेंडे के बोलने के लहजे से ही वह समझ गया कि यह मामला हत्या का था।

'कहाँ?' उसने पूछा, वह ख़ुश था कि उसको घर से निकलने का मौक़ा मिल रहा था।

'माटुंगा रोड स्टेशन ब्रिज।'

पीटर मेज़ से उठ खड़ा हुआ। 'ठीक है। आ रहा हूँ।'

'अब तुम कहाँ जा रहे हो?' मिली ने पूछा।

'शिवा ने फ़ोन किया था।'

'अच्छा। फिर तो तुमको ज़रूर जाना चाहिए।'

मिली इस बात को लेकर निश्चिंत नहीं थी कि उसको पीटर का जेंडे के साथ मेलजोल अच्छा लगता था या नहीं लेकिन वह यह जानती थी कि पुरुष की किसी ना किसी चीज़ में रुचि होनी चाहिए और उसको घर से बाहर भी जाना चाहिए। इसके अलावा, पुलिस के साथ दोस्ती हमेशा उपयोगी होती है।

'मैं उसको कह सकता हूँ कि...'

'नहीं, नहीं', मिली ने कहा, 'जाओ।'

उसने ज़ोर की साँस भरी लेकिन ऐसा उसने ग़ुस्से में नहीं किया था। यह उसाँस उस लड़की की थी जिसके प्यार में वह पड़ा था, वह एक जवान लड़की की उसाँस थी जिसने दर्शनशास्त्र में पढ़ाई की थी। उसने ग़ुस्से में दर्शन की पढ़ाई की थी क्योंकि वह जिन-जिन दार्शनिकों को पसन्द करती थी उनमें से किसी के भी दर्शन में ईश्वर के लिए स्थान नहीं था जिनको

वह पूरे दिल से प्यार करती थी। उसने उससे एक बार पूछा था कि वह चर्च जाने से पहले नीत्शे कैसे पढ़ सकती थी और उसने जवाब दिया था, 'जो यूनिवर्सिटी की चीज़ है वह मैं यूनिवर्सिटी को देती हूँ और जो ईश्वर की चीज़ है वह ईश्वर को।'

वह हँसने लगा था क्योंकि तब हँसना आसान था और उसको ऐसी बात पर हँसना अच्छा लगा था जो एक सुन्दर लड़की ने कही थी। दोनों यूनिवर्सिटी के लॉन में बैठकर अंगूर खा रहे थे जो अंगूर वह नासिक से लेकर आया था जहाँ वह बालक यीशु मसीह के पवित्र स्थल के दर्शन के लिए गया था।

मिली को शायद सोचने के लिए कुछ वक़्त चाहिए था। या शायद एक बार और रोने के लिए। उसको भी समय चाहिए था, और जेंडे के पास कुछ ऐसा था जिससे उसका ध्यान बँटता।

दो

पीटर टकनदास एच. कटारिया मार्ग पर धीरे-धीरे चलता जा रहा था। वह सड़क माटुंगा रोड स्टेशन तक जाती थी। यह वही सड़क थी सालों जिसके ऊपर चलकर वह अपने अख़बार के दफ़्तर पहुँचता था। रिटायर होने के बाद वह अक्सर टहलते हुए उस सड़क पर आ जाता था क्योंकि उसको वहाँ की ख़ुशबुओं की याद आती थी। मंगलोर वाली दुकान से आती गुड़ और मसालेदार काजू की ख़ुश्बू। बिहारी रेहड़ी वाले के ठेले से कटे हुए लिसलिसे कटहल की भाप। सप्तकोटेश्वर मन्दिर से आती अगरबत्ती, घी और गेंदे के फूलों की ख़ुश्बू। मन्दिर के बाहर बँधी काली गाय गौरी की तेज़ गंध।

वह रुककर गौरी को सहलाने लगा। वह उसके कुछ और क़रीब आ गई। वह वहाँ रुकना चाहता था, उसकी दोस्ती का आनन्द उठाना चाहता था, लेकिन उसको जाना था; शिवा उसका इन्तज़ार कर रहा होगा।

शिवा ने उसको फ़ोन क्यों किया था? वह जा क्यों रहा था? ज़्यादातर लोग आपराधिक मामलों से दूर ही रहना चाहते हैं। वह समझ सकता था कि क्यों। बहुत क़रीब जाने पर हो सकता था कि आपको गवाह के कठघरे में खड़ा होना पड़ जाए या कुछ और बुरा हो जाए आपके साथ। क्या उसको शिवा को साफ़-साफ़ कह देना चाहिए था कि वह कहीं और व्यस्त था? तब क्या होता? 'आप जब चाहें इससे निकल सकते हैं', उसने हौसला दिलाने के लिए अपने आप से कहा, 'यह न तो तुम्हारा काम है। न ही तुम्हारी आजीविका है।'

शायद इसीलिए जब शिवा ने उसको फ़ोन किया था तो वह चला गया क्योंकि उसके लिए 'न' कह पाना सम्भव न था।

गाड़ी के हॉर्न की आवाज़ आई। सुबह के वक़्त जब सड़क पर किसी तरह की भीड़भाड़ नहीं थी तब भी ड्राइवर को हॉर्न बजाने की ज़रूरत महसूस

हो रही थी। लेकिन उसको यह बात समझ में आ गई थी कि वह गोपी टैंक रोड और कटारिया मार्ग के दोराहे पर पहुँच चुका है। जब वह बच्चा था तो घंटों यहाँ खड़ा रहता था। मनमाला देवी मन्दिर के कुएँ के किनारे पर खड़ा होकर उसके ठंडे अँधेरे में नीचे गहराई में झाँकता रहता था। देखता रहता था कि एकाध कछुए ऊपर पीपल या आम के पेड़ से गिरे पत्तों के बीच दुबकियाँ लगाते हुए चक्कर लगाते रहते थे। वहाँ उस जगह पर एक कार क्रॉसिंग भी रही होगी जहाँ सड़क रेल की पटरी से मिलती थी लेकिन पीटर अब याद नहीं कर सका। वहीं पर कभी पैदल चलने वालों के लिए पटरियों के ऊपर एक पुल का निर्माण किया गया था।

उस पुल के ऊपर से, जो रेहड़ी वालों और पैदल चलने वालों से भरा हुआ था, पीटर ने उस जगह को देखा जहाँ उसको जाना था। रेल की पटरियों पर लोगों का जमावड़ा लगा हुआ था, लोग पुल के नीचे से वहाँ जाकर जुट रहे थे, जहाँ पीटर को पुलिस होने के संकेत दिखाई दे रहे थे। उसने सोचा कि प्लेटफ़ॉर्म टिकट ख़रीद ले लेकिन उसने नहीं ख़रीदने का फ़ैसला किया; वह पुलिस के बुलावे पर जा रहा था। उसने पाया कि इंस्पेक्टर जेंडे उस जगह पर खड़ा था जहाँ पुल से नीचे प्लेटफ़ॉर्म पर सीढ़ी उतरती थी।

'पीटर', जेंडे ने कहा। यह उसके अभिवादन का अन्दाज़ था।

'हाँ', पीटर बोला, 'तुम यहाँ हो।'

वहीं एक बहुत पुराना कोट पहने रेलवे अधिकारी था, जो जल्दी-जल्दी बात कर रहा था, उसी तरह जल्दी-जल्दी जिस तरह आदमी तब बात करता है जब उसको कुछ समझ में नहीं आ रहा होता है।

'इस प्लेटफ़ॉर्म पर एक शौचालय बायीं तरफ़ है जो महिलाओं के लिए है और पुरुषों के लिए पेशाबघर है। पुरुषों के लिए एक शौचालय यहाँ दक्षिण की तरफ़ है, लेकिन वहाँ केवल पुरुषों के लिए पेशाबघर है।' वह मराठी और अंग्रेज़ी मिश्रित भाषा में बोल रहा था।

जेंडे ने इस सूचना को ध्यान से सुना। फिर बोला, 'क्या यह भी रात-भर खुला रहता है?'

'हाँ। मतलब नहीं, मतलब हाँ।'

जेंडे ने भौंहें चढ़ाईं।

'मतलब यह है कि इसका एक गेट है और एक ताला है और चाबी भी है ताकि इसको बन्द किया जा सके लेकिन अक्सर इसमें ताला बन्द नहीं किया जाता है और कल रात इसमें ताला नहीं लगा हुआ था।'

'वहाँ कोई लाश नहीं थी न?'

यानी कहीं कोई लाश थी। शायद स्टेशन के आख़िर में पत्थर पुल के नीचे के शौचालय में। पीटर ने एकाध बार न चाहते हुए भी उसका प्रयोग किया था, जब घर पहुँचने तक वह इन्तज़ार नहीं कर सकता था। पुरुष शौचालय में कोई दरवाज़ा नहीं था; पुल के नीचे की तरफ़ के गलियारे की दीवार से पेशाब करने के लिए सुविधाएँ लगाई गई थीं।

इस बीच रेलवे के अधिकारी स्टेशन पर एक और लाश के बारे में सुनकर हक्के-बक्के थे।

'मैंने देखा नहीं।'

'बेहतर हो कि देख लें।'

रेलवे अधिकारी जेंडे को ध्यान से देखने लगा कि कहीं वह मज़ाक़ तो नहीं कर रहा। उसके बाद उसने फ़ैसला किया कि ख़तरा न उठाया जाए और वह तेज़ी से उस तरफ़ गया।

पीटर उलाहने के अन्दाज़ में जेंडे की तरफ़ देखने लगा। जेंडे ने कंधे उचका दिए।

'ज़रा हालात को देखो', जेंडे ने शहर की तरफ़ हाथ दिखाते हुए कहा। वह अपनी पसन्दीदा भाषा हिन्दी मिश्रित मराठी में बोल रहा था। वह ग़ुस्से में नहीं, बस थोड़ा-सा चिढ़ा हुआ लग रहा था। 'स्टेशन रात-भर खुला रहता है। कहीं कोई गेट नहीं है। कोई भी आ सकता है जा सकता है।' उसने पूर्व की तरफ़ इशारा करते हुए कहा जिधर कम ऊँचाई वाले सरकारी क्वार्टर बने हुए थे, सफ़ेद और नीले रंग से पुते हुए, जो पूरी तरह से छोटी-छोटी बालकनियों में सूखते कपड़ों से ढके हुए थे, 'इधर से या उस तरफ़ पेड़ के ऊपर से'—इस बार उसने पश्चिम की तरफ़ तुलसी पाइप रोड की तरफ़ इशारा करते हुए कहा, जो रेलवे लाइन के समानांतर चलने वाली सड़क थी, 'आप आकर हर तरह का ख़ून-ख़राबा करके जा सकते हैं, और देखेगा कौन?'

'ख़ून खराबा?'

'कम से कम एक ख़ून। आओ, तुमने नाश्ता किया?'

'थोड़ा।'

'अच्छी बात है। इसके बाद हो सकता है कि तुम्हारा कुछ खाने का मन ही न हो।'

दोनों साथ-साथ उस ढलान से उतरने लगे जो प्लेटफ़ॉर्म से रेल की

पटरियों पर उतरती थी। पेशाब की तेज़ गंध पीटर के नथुनों में घुस रही थी और रेलवे की गंध भी। किस चीज़ की गंध थी यह? लोहे की तेज़ गंध। हर बार जब वह ट्रेन के डिब्बे का हत्था पकड़ कर सफ़र करता था तो वह उसके हाथ से चिपक जाती थी। लेकिन यह गंध ख़ून की भी थी, ख़ून फैलकर महक रहा था। हीमोग्लोबिन सड़ रहा था। ख़ून सड़ जाता है, उसने सोचा, उसी तरह जिस तरह रेलवे सड़ जाता है।

वे वहाँ से गुज़रे जो पुल के नीचे बने एक कमरे जैसा लग रहा था। गुफा जैसा कमरा जिसमें कोई खिड़की नहीं थी और साफ़ लग रहा था कि दशकों से उसका कोई उपयोग नहीं किया गया था। उसमें अन्दर बहुत गर्द भरी हुई थी। उसके बाद शौचालय आया, जिसके अन्दर एक नौजवान औंधा पड़ा हुआ था, उसका शरीर आधे गीले फ़र्श पर पड़ा हुआ था।

'देखो,' जेंडे बोला, 'कोई इधर से आकर उस तरफ़ से निकल जा सकता है, न कोई दरवाज़ा है, न गेट है, कुछ भी नहीं है। सब कुछ खुला हुआ है।'

पीटर समझ गया कि वह कहना क्या चाह रहा था! माटुंगा पुलिस स्टेशन पुलिस के लिए दुःस्वप्न की तरह था। फ़िलहाल वह मृत लड़का दुःस्वप्न का कारण बना हुआ था जो इस बीच शान्त दिखाई दे रहा था। उसका एक पैर दूसरे पैर के ऊपर चढ़ा हुआ था, एक हाथ सिर के पीछे था। वह दुबला था और उसने नक़ली फ़ैशन के कपड़े पहन रखे थे। उसके बाल पीछे से कटे हुए थे। एक कान से बाली झाँक रही थी। आसानी से समझ में आ रहा था कि वह किस कारण मारा गया था। चाक़ू के एक वार से उसकी शर्ट खुल गई थी (गहरे रंग की), उसकी बनियान (जो कभी सफ़ेद थी लेकिन ख़ून जम जाने से वह काली पड़ गई थी), उसकी त्वचा (भूरी), उसके नीचे की मोटी परत (चमकदार पीले रंग की), उसके अन्दर के अंग (जो अभी बैंगनी और लाल रंग के थे, और कभी त्वचा के रंग के रहे होंगे)। उसके शरीर को खड़िया के घेरे में डाला जा चुका था। एक छायाकार उधर जा रहा था, उसका चेहरा फूला हुआ था।

'मरने के लिए कितनी बुरी जगह है', पीटर ने कहा।

'मरने वाला तो मर गया', जेंडे बोला।

दो जमादार—उनके लिए जो शब्द फ़िलहाल थे, पीटर ने उनके बारे में सोचा।

क्लास फोर का कर्मचारी या मुर्दाघर, अभी भी वही पुराने शब्द प्रयोग में लाता है—स्ट्रेचर के साथ आने वाला। उन लोगों ने बिना कुछ कहे या

बिना किसी तरह की भावना जताए लाश को स्ट्रेचर पर लाद लिया। मांस का लोथड़ा भी हो सकता था। मृत व्यक्ति का हाथ स्ट्रेचर से बाहर लटक रहा था। पीटर बिना कुछ सोचे आगे की तरफ़ बढ़ा और उसने वह हाथ शरीर के साथ रख दिया। शरीर ठंडा था और गीला भी। उसमें कुछ भी ऐसा नहीं लग रहा था जो इनसान का हो।

'मत छूना', जेंडे बोला।

'सही कहा, मुझे इस माहौल को बिगाड़ना नहीं चाहिए।'

'इसके लिए कौन परवाह करता है?'

पीटर अपने दोस्त को ध्यान से देखने लगा।

'फिर मैं यहाँ क्यों आया हूँ?'

'उसी वजह से जिसके लिए मैं भी यहाँ आया हूँ। इसकी मौत समय से पहले हो गई और मैं इस बात का पता लगाऊँगा कि इसकी हत्या किसने की।'

पीटर ने एक बार फिर उस नौजवान के चेहरे की तरफ़ देखा। इससे उसे एक अजीब तरह की राहत महसूस हुई। क्या केवल इसी तरह से मरने के बाद माँसपेशियों का तनाव जाता रहता है? या केवल यही बात थी कि उसकी आँखें आधी बन्द थीं, उसकी पुतलियाँ पतली सफ़ेद आँखों के पीछे चली गई थीं?

उसके शरीर को ले जाया जाने वाला ही था कि लोगों को पीछे रोककर खड़ा रहने वाला सिपाही एक तरफ़ हो गया, इस तरह से जैसे अपने निरीक्षकों की बात को मान रहा हो। दो लोग सामने आए जिनके चेहरे से लग रहा था कि वे सदमे में थे या हैरान थे।

'पैगमेट? डुर्रा?'

जब जेंडे ने उनसे पूछताछ की तो दोनों आदमियों के चेहरे पर एक जैसा शर्मीला भाव था। पीटर ने अन्दाज़ा लगाया कि वे भी पुलिस वाले थे, लेकिन उस समय ड्यूटी पर नहीं थे। उन्होंने पॉलिएस्टर की क़मीज़ पहन रखी थी जिसके ऊपर किसी तरह की धारी नहीं थी और उनके चेहरे पर शहर के पुलिसवालों की तरह त्योरियाँ चढ़ी हुई थीं। यह तो साफ़ था कि वे सिपाही नहीं थे लेकिन वे इंस्पेक्टर भी नहीं थे। दोनों की उम्र पैंतीस साल से ऊपर लग रही थी—दोनों में जो बड़ा था उसकी उम्र चालीस के क़रीब लग रही थी। हो सकता है सब इंस्पेक्टर रहे हों? और अगर वे पुलिस वाले थे तो वे मौत से क्यों परेशान थे? वे डरे हुए क्यों लग रहे थे? या यह इस वजह से था कि वह इस बात की उम्मीद कर रहा था कि

वर्दी वाले आदमी...उसने मन ही मन ख़ुद को इस तरह बने-बनाए ढर्रे पर सोचने के लिए कोसा।

उनमें से एक बोला, 'लाश?'

जेंडे ने सिर हिला दिया। फिर उसने दोनों को बारी-बारी से देखा और बोला, 'तुम लोग यहाँ क्या कर रहे हो?'

'यूँ ही', दोनों में जिसकी उम्र कम थी वह बोला, लेकिन यह तर्क कमज़ोर था। उसको अपने इस बहाने के ऊपर ख़ुद भी यक़ीन कर पाना मुश्किल लग रहा था। उसकी आँखें कभी लाश पर तो कभी पीछे जाती थीं मानो वह कुछ ऐसा कर रहा हो जो करने की उसको अनुमति न हो।

पीटर को कुछ अजीब लग रहा था और जब जेंडे ने पूछा तो जैसे उसके मन की बात कह दी। 'क्या इससे तुम्हारा कोई सम्बन्ध है पैगमेट?'

पैगमेट ने आँखें झपका दीं।

'क्या साहब?' वह बोला, 'यह एक छक्का था।'

दोनों में जो सिपाही बड़ा था उसने सिर घुमाया। पैगमेट ने उसको कनखियों से देखा और एक बार फिर से आँख मार दी।

'डुर्रा?' जेंडे ने पूछा लेकिन डुर्रा ने केवल अपना सिर हिला दिया।

छक्का शब्द से यह समझ में आ गया था कि वह आदमी विपरीत लिंगी से सेक्स सम्बन्ध नहीं बनाता था। लेकिन उन दोनों को यह कैसे पता था कि वह समलैंगिक या दोनों तरह के सेक्स करने वाला आदमी था? पीटर को तो वह लड़का अन्य युवाओं की तरह लग रहा था जो शहर में रोज़-रोज़ आते हैं। लेकिन उसको बड़ी क्रूरता से काट कर मारा गया था।

यही सवाल जेंडे भी पूछ रहा था।

'तुमको कैसे पता?'

पैगमेट ने ऐसा चेहरा बनाया जैसे उसके ऊपर ग़लत आरोप लगाए जा रहे हों।

'माटुंगा रोड साहब। बहुत प्रसिद्ध है।'

'किस बात के लिए प्रसिद्ध है?' पीटर ने पूछा।

दोनों लोग उलझन में पड़े लग रहे थे, उनको समझ में नहीं आ रहा था कि इस बात का जवाब किस तरह दिया जाए। फिर पैगमेट ने जवाब दिया, 'लोग यहाँ गाँडूगिरी करने के लिए आते हैं।'

यह समलैंगिकता के लिए एक और शब्द था। अगर छक्का शब्द मज़ाक़ उड़ाने के लिए था, तो यह अपमानित करने वाला।

'इसके कपड़ों को देखिए', डुर्रा ने कहा।

यह सुनकर जेंडे और पीटर दोनों उसके कपड़ों को देखने लगे। उस नौजवान ने चुस्त काली टी शर्ट पहन रखी थी जिसकी आस्तीन ऊपर चढ़ी हुई थी और नीचे चुस्त जींस। पीटर ने सोचा : शहर के आधे लड़के इसी तरह के कपड़े पहनते हैं।

जेंडे ने उन दोनों की बात को सुनकर सिर हिलाया लेकिन उसके हाव-भाव से साफ़ था कि वह उनकी बातों से सन्तुष्ट नहीं था।

'इसको ले जाओ', जेंडे ने स्ट्रेचर वालों से कहा।

'क्या आपको इसका मोबाइल मिला?' डुर्रा ने पूछा। पीटर पैगमेट के चेहरे को देख रहा था और एक पल के लिए उसको ऐसा लगा कि वहाँ ख़ूनी ग़ुस्सा झलक रहा था। कोई सीमा तोड़ी गई होगी, कोई समझौता नहीं निभाया गया होगा।

जेंडे ने जा रहे लोगों को रोका और हाथ में दस्ताने पहनते हुए उस लड़के की जेब से ख़ून में सना कोई यंत्र निकाला।

'क्या बात है?' पीटर बोला, जिसको फ़ोन कुछ महँगा लग रहा था।

जेंडे ने इस बात को ख़ारिज कर दिया। 'चीन का माल है', वह बोला। फिर उसने ध्यान दिया कि उन दोनों आदमियों की निगाहें उसके ऊपर लगी हुई थीं, तो उसने अपनी भौंहें चढ़ा लीं। डुर्रा ने पैगमेट की तरफ़ अफ़सोस की नज़र से देखा और दोनों जाने के लिए मुड़ गए।

जेंडे उनको देखते हुए इन्तज़ार करता रहा, उसके चेहरे पर किसी तरह का भाव नहीं था। उसने पीटर को इशारा किया और वापस प्लेटफ़ॉर्म पर चढ़ गया। उसने फौवारे के पास एक नल के नीचे ले जाकर फ़ोन को धो डाला। पास से गुज़रते हुए एक यात्री ने रुकते हुए पूछा, 'मारा क्या?' लेकिन जवाब का इन्तज़ार किए बिना वह आगे की तरफ़ बढ़ता चला गया। एक और आदमी ने पूछा कि क्या उस आदमी को दो हिस्सों में काट डाला गया था? गांधी टोपी पहने एक और आदमी आया और चुपचाप बहते ख़ून को देखने लगा। वह सोच की ऐसी मुद्रा में था मानो ध्यान लगा रहा हो। जेंडे ने किसी के ऊपर ध्यान नहीं दिया और फ़ोन को चालू करने की कोशिश करने लगा। लेकिन फ़ोन ने चालू होने से इनकार कर दिया।

'इसको एक बाल्टी चावल में डाल दीजिए', उस पर ध्यान लगाए हुए आदमी ने कहा। किसी ट्रेन के आने की आवाज़ आई और वह आदमी तेज़ी से भाग गया।

जेंडे ने कोशिश छोड़ दी। 'चलो, हमें इसके लिए विशेषज्ञों की ज़रूरत पड़ेगी', वह बोला।

जेंडे को विशेषज्ञों से चिढ़ थी। सभी तरह के विशेषज्ञों में वह इलेक्ट्रॉनिक और फ़ोन के विशेषज्ञों से सबसे अधिक चिढ़ता था। और तब भी उनकी वजह से पहले से काफ़ी अधिक गिरफ़्तारियाँ होने लगी थीं। ऐसा लगता था मानो वास्तविक ज़िन्दगी में बहुत सावधानी से रहने वालों का भी साइबर जगत में कोई ना कोई सबूत रहता ही था।

'क्या तुमको पता है कि यह लाश किस आदमी की है?'

'नहीं', जेंडे ने कहा।

'बटुआ?'

'उसके पास नहीं था।'

'शायद इस फ़ोन से पता चल जाए।'

'अगर यह उसका फ़ोन हुआ तो। हो सकता है चोरी का हो।'

पीटर कुछ देर इसके बारे में सोचने लगा।

'एमआरयू में सीसीटीवी है', जेंडे बोला।

'सच में? कब से?'

'बम विस्फोटों के बाद लगाया गया था।'

पीटर को जुलाई 2006 का वह दिन याद आ गया जब संयोजित आतंकी हमले में यात्री ट्रेनों में एक के बाद एक धमाके हुए थे। न्यूज़ रूम में वे इस बात को लेकर बहस कर रहे थे कि अगली सुबह मुम्बई की भावना को लेकर अख़बार में स्टोरी की जाए या नहीं। ख़ैर वह स्टोरी गई, हालाँकि जान-बूझकर उस स्टोरी को उतने उत्साह से नहीं लिखा गया था। यह उस रिपोर्टर का उस स्टोरी के ख़िलाफ़ विरोध था जो उसे करना नहीं चाहता था। लेकिन उस भयानक दिन अगर कुछ अच्छी बात हुई थी तो वह यह थी कि केंद्र सरकार ने ट्रेनों को बेहतर बनाने के लिए कुछ राशि आवंटित कर दी थी। सीसीटीवी ज़रूर उसी का हिस्सा रहा होगा।

'उसके लिए भी विशेषज्ञों की ज़रूरत होगी। मैं जाऊँगा और विशेषज्ञों से निपटूँगा। लेकिन आओ पहले इसको देखते हैं।'

वे वापस उस शौचालय में गए और जेंडे ने उसके ऊपर की दीवार की तरफ़ इशारा किया जहाँ लाश मिली थी। पीटर ने देखा कि किसी गहरे रंग से '1' लिखा हुआ था। जितना हो सकता था वह उसके उतने क़रीब गया लेकिन वह निश्चित रूप से कुछ नहीं कह सकता था।

'क्या यह ख़ून है?' उसने पूछा।

'हम पता कर लेंगे', जेंडे ने कहा, 'उन्होंने नमूना लिया है।'

'जिस आदमी ने ऐसा किया है उसकी योजना और करने की है?'

जेंडे ने सिर हिलाया। 'कम से कम वह यह बताना चाहता है। यह सन्देश किसके लिए है मैं यह बात जानना चाहता हूँ।'

वे शौचालय से बाहर निकले। 'मैं अब जाकर रिपोर्ट लिखूँगा', जेंडे ने कहा।

यह जाने का संकेत था। पीटर ने घर की दिशा में क़दम बढ़ाए और जैसे-जैसे वह बढ़ने लगा वह लड़का उसके दिमाग़ से निकलने लगा और वह अपने परिवार के बारे में सोचने लगा। ध्यान हटाने के लिए वह अपना दिमाग़ उस हत्या पर लगाने की कोशिश कर रहा था। एक आदमी की जान चली गई थी और वह इस बात को लेकर परेशान था कि उसके बेटे की तस्वीर अख़बार में छपी थी, जिसके नीचे जो शीर्षक दिया गया था उससे ऐसा लग रहा था मानो वह समलैंगिक हो।

घर वापस जाते हुए वह आसपास गुज़रते लोगों को देख रहा था। क्या इनमें से कोई समलैंगिक था? उसने भारत में समलैंगिक अधिकारों के पहले योद्धा अशोक राव कवि को याद किया, जिनका दावा था कि भारत में दस प्रतिशत लोग समलैंगिक हैं। बहुत अधिक लोग समलैंगिक थे। किस आधार पर उन्होंने यह दावा किया था? और वैसे अब इस बात से कितना फ़र्क़ पड़ता था कि उसका बेटा लाखों में एक था या हज़ारों में एक...'क्या?' उसने अपने आप से ज़ोर से पूछा और सामने से गुज़र रही एक बुज़ुर्ग महिला रुककर उसको ध्यान से देखने लगी। शर्माकर वह आगे बढ़ गया। 'सुनील क्या होगा?' उसने चुपचाप अपने आप से एक बार फिर यह सवाल किया, और जब वह अपने इस सवाल का जवाब दे रहा था तो उसका दिल बैठने लगा। उसको भुगतना होगा। और फिर उसने इस विचार को ख़ारिज कर दिया। नहीं। सुनील अकेला नहीं है। उसके साथ मिली है, उसके साथ मैं हूँ।

घर पहुँचने पर उसने पाया कि मिली का मिज़ाज पहले से और अधिक ख़राब था।

'क्या हुआ?' उसने पूछा।

'वह अब जा चुका है।'

'कौन?'

'कौन? तुम किसके बारे में बात कर रही हो?'

एक पल के लिए पीटर डर गया कि वह कहीं बरस न पड़े।

'सुनील?'

'हाँ', मिली ने कहा और अपना नोकिया का पुराना फ़ोन उसकी तरफ़ बढ़ा दिया। उसने सुनील का सन्देश पढ़ा : 'कुछ दिनों के लिए उत्तर-पूर्व जा रहा हूँ। कुछ बहुत ज़रूरी और निजी बात है। मैं फ़ोन करने की कोशिश करूँगा लेकिन शायद वहाँ नेटवर्क न मिले। चिन्ता मत करना। यह एक आदेश है। एस'

'अच्छा ठीक है', वह बोला।

'तुमको बस इतना ही कहना है?' मिली ने पूछा।

उसके अन्दर कुछ भड़क गया। 'तुम मुझसे क्या करवाना चाहती हो? जाकर उसको वापस खींचकर ले आऊँ? वह वयस्क है, मिली। और हमको इसकी आदत डाल लेनी चाहिए।'

'तुम चिल्ला क्यों रहे हो?' मिली ने पूछा लेकिन उसकी आवाज़ अब पहले से काफ़ी हद तक शान्त थी।

वह यह कहना चाहता था कि 'क्योंकि तुम चिल्ला रही थीं', लेकिन वह अपने लम्बे अनुभव से इस बात को जानता था कि किसी को यह कभी पता नहीं चल पाता है कि वह चिल्ला रहा है। उसको इस बारे में पता नहीं था। उसने माफ़ी माँगी लेकिन आवाज़ ठीक से निकली नहीं। मिली ने अपनी नाक सुड़क ली।

'चाय पियोगे?' मिली ने पूछा। उस छोटे फ़्लैट में शान्ति बनाए रखने के पूरे ख़याल से उसने यह बात कही जिसकी दीवारें आपसी असहमति की आवाज़ों को पड़ोस के घरों में ले जा सकती थीं।

'बहुत अच्छा', वह बोला।

वह उसके साथ-साथ रसोई में गया, जो उसकी तरफ़ से दोस्ती की छोटी-सी कोशिश थी।

'अगर वह समलैंगिक हुआ तो?' पीटर ने पीछे से पूछा। ऐसा लगता था कि पीछे से पूछना आसान है।

'ओह इस शब्द का प्रयोग मत करो।'

वह अपनी जगह खड़ा रहा और वह इस सवाल के जवाब के बारे में सोचती रही।

'समलैंगिक! अगर सुनील समलैंगिक हुआ तो?'

'क्या इसीलिए हमने उसको बड़ा किया था?' उसने पूछा। उसको ध्यान आया कि यह पंक्ति विल्फ्रेड ओवन की थी। उसको याद आया कि जब उसका भाई 1971 की लड़ाई में ताबूत में वापस आया था तो उसकी माँ अन्तिम यात्रा के दौरान रोते हुए यह कविता पढ़ रही थी।

'नहीं', मिली अचानक बोल पड़ी, उसकी आवाज़ से लग रहा था मानो वह ख़ुद को समझा रही हो। 'मुझे इस तरह से बात नहीं करनी चाहिए। क्या दुनिया में सेक्स ही सब कुछ है?'

वह अपने आपसे बातें नहीं कर रही थी बल्कि अपने आपको बहला रही थी। पीटर को लगा कि उसको भी कुछ कहना चाहिए, 'वह एक अच्छा लड़का है। वह...अधिकारों के लिए लड़ाई लड़ रहा है।'

'लड़ाई लड़ने के लिए और कोई मुद्दा नहीं था?'

'हम सभी अपने लिए यह चुनाव करते हैं कि किस बात के लिए लड़ाई लड़ी जानी चाहिए', उसने जवाब दिया।

उसने अपने कंधे उचका दिए। 'हाँ, और मुझे लगता है कि उसने यह मुद्दा इसलिए चुना क्योंकि यह उसके दिल के क़रीब था।'

उसने अपने सामने एक टीन का डिब्बा गिरा दिया।

'उठाओ।'

उसने उसको खोला और पाया कि उसके अन्दर गुड़ के टुकड़े थे। चीनी नहीं। यह भी सुनील ने ही सुझाया था। 'चीनी ज़हरीला भोजन है,' उसने कहा था। 'आजकल जो भी खाओ सब ज़हर ही होता है,' मिली ने जवाब दिया था, लेकिन उसने गुड़ के चूर्ण का प्रयोग शुरू कर दिया था। 'चूरा बनाने के लिए बहुत से रसायनों का प्रयोग किया जाता है,' सुनील ने कहा था। 'कौन मर गया जो अपने नुस्ख़े तुमको सौंप गया?' उसकी माँ ने उससे यह पूछा लेकिन वह गुड़ के टुकड़े इस्तेमाल करने लगी और उसके टुकड़े करने के लिए बर्फ़ का इस्तेमाल करने लगी।

अपने-अपने कप लेकर वे हॉल में चले आए और बाँस और कपड़े से बनी आरामकुर्सियों में धँस गए। पीटर की चाय में ऊपर की तरफ़ मूँगफली का दाना तैर रहा था। महाराष्ट्र में हर चीज़ में मूँगफली पाई जाती है। उसने कप झुकाकर मिली को दिखाया और बदले में बड़ी मुश्किल से मिली मुस्कुराने लगी। उसने एक बड़ा घूँट लिया और मूँगफली का दाना ग़ायब हो गया। वे घूँट भरते हुए सोच रहे थे और घूँट भरते हुए यह भी कोशिश

कर रहे थे कि न सोचें। लेकिन सोचना असम्भव लग रहा था; न सोचना भी असम्भव लग रहा था।

'मुझे लगता है कि कोई बिना पोते-पोतियों के भी रह सकता है', अचानक मिली बोल पड़ी। वह उसकी तरफ़ देख रही थी।

'पीटर?'

'हाँ', वह बोला।

'क्या तुम यह नहीं चाहते हो कि तुम्हारे पोते-पोती हों?' उसने अचानक ऐसे पूछा जैसे उसको शुबहा हो।

वह उससे कहना चाहता था कि वह ग़लत सोच रही है लेकिन वह इस बात को जानता था कि ऐसा बोलकर वह झूठ ही बोलता। बहुत समय पहले ही उसने तय कर लिया था कि वह तब तक उससे किसी तरह का झूठ नहीं बोलेगा जब तक कि ऐसा करने के लिए उसके पास कोई उचित कारण न हो। वह इस तरह की किसी बात के बारे में सोच भी नहीं सकता था।

'क्यों नहीं?' उसकी हैरानी में थोड़ी निराशा का भाव था।

'इस बारे में मैंने अभी सोचा नहीं है।'

'सोचा नहीं?' वह ग़ुस्से में आ गई। 'तुम?'

इसको तारीफ़ के तौर पर भी समझा जा सकता था लेकिन उसके बोलने के लहजे से ऐसा नहीं लगता था।

'यह बढ़ती उम्र का संकेत है?'

उसने यह सोचा नहीं था। उसने जिस तरह से उसको देखा था उससे भी लगता था कि उसने भी ऐसा सोचा नहीं था। वह इन्तज़ार कर रही थी। और जब उसने जवाब देने के बारे में सोचा तो पाया कि वह उस मृत लड़के के बारे में सोच रहा था। वह भी कभी बच्चा रहा होगा। उसके सिर में केकी दारूवाला की कविता की पंक्ति कौंध गई :

जब भी कोई घोड़े का बच्चा पैदा होता है
रात बीत जाती है
सवेरा होता है।

कोई बच्चा उम्मीदों की बाढ़ जैसा होता है, और फिर एक रात आती है, एक चाक़ू और चाँद ख़ून-ख़ून हो जाता है। उसको समझ में नहीं आ रहा था कि वह मिली को इस बारे में कैसे बताए। मिली उससे अपनी प्यारी कविताओं को साझा किया करती थी लेकिन न जाने क्यों दोनों ने साथ-साथ

पढ़ना छोड़ दिया था। शादी का एक और नुक़सान। माता-पिता होने की एक और क़ुरबानी। और फिर सुनील उनके लिए कितना कुछ लेकर आया था, कितनी ख़ुशी लेकर आया था। उसको यह बात अभी भी याद थी जब उसने पहली बार सुनील को हाथ में उठाया था। तब किस तरह उसको अपने अन्दर सब कुछ समान ही लग रहा था लेकिन तब भी कितना कुछ उथल-पुथल हो रहा था। उसके पूरे व्यक्तित्व में एक बहुत बड़ा बदलाव आ गया था और उसका जीवन उस छोटे-से चीख़ते-चिल्लाते इनसान से जुड़ गया था, जो लाल चेहरा बनाए अभी से ही अभिभावक के रूप में उसके कौशल को उलाहना दे रहा था।

उसको यह नहीं याद था कि वह मिली से किस तरह यह कहता कि वह पक्का नहीं था कि वह इस तरह का ख़तरा दुबारा उठा पाएगा या नहीं, वह इस क़दर ख़तरा उठा सकता था या नहीं। हर दिन अख़बार में तरह-तरह की ख़तरनाक कहानियाँ प्रकाशित होती थीं : बस में बच्चे के साथ छेड़छाड़, एक बच्चा गटर में गिर गया, एक बच्चा शौचालय में मर गया जहाँ उसको एक मतांध अध्यापक ने बन्द कर दिया था। जो भी ग़लत हो सकता था हो रहा था और यह सब बच्चों के साथ ही हो रहा था। सामूहिक श्मशान में सिर झुकाए, बम के धमाके में एक के बाद एक मरते बच्चे।

'ख़ैर कोई बात नहीं', मिली ने कहा, 'हम उसकी चिन्ता क्यों करें जो हमें नहीं मिल सकता।'

उसके बाद वह रोने लगी। पीटर ने उसको गले से लगा लिया और कुछ देर तक छाती से चिपकाए रखा।

'छिः', वह बोली, 'यह बकवास है।'

'यह हुई न बात', वह बोला।

'कम से कम तुमने मुझे पुरानी लड़की तो नहीं कहा न', कहते हुए उसने चाय का एक बड़ा घूँट भरा। यह उन दोनों के बीच का एक पुराना चुटकुला था। जब शुरू-शुरू में दोनों का मेलजोल बढ़ा था तब मिली ने उसको मिस बेरथा के बारे में बताया था, जो उसके स्कूल में पढ़ाने वाली एक ऐंग्लो इंडियन अध्यापिका थी और जो फ़ेल होने वाले बच्चों को दिलासा देते हुए कहती थी, 'आगे बढ़ो पुराने फलों' या 'यह हुई न बात पुरानी लड़की।' इस तरह के मुहावरे अन्तरंग बातचीत का हिस्सा बड़ी आसानी से बन जाते थे। वह पहले-पहल इस मुहावरे का प्रयोग मिली के सामने यह जताने के लिए करता था कि वह उसकी परवाह करता था या कभी-कभी यह जताने

के लिए कि उसने उसको जो बातें बताई थीं वे उसको याद थीं, यहाँ तक कि बेकार की बातें भी और उनके प्रसंग भी।

'और अगर कोई पूछेगा तो मैं कह दूँगी कि इससे आपको क्या मतलब है?' इस बार वह बोली।

पीटर ने महसूस किया कि इस बात का यह कोण भी था। दूसरे लोग। कोई अपने पड़ोसियों का सामना किस तरह करे? मोहल्ले वालों का सामना किस तरह किया जाए? कोई अपने दोस्तों का सामना किस तरह करे? तकनीकी रूप से कहूँ तो इससे उनका कोई लेना-देना भी नहीं था लेकिन यह तकनीक की बात नहीं थी। बात यह थी कि आपके बेटे ने बिस्तर में क्या किया और सारी बातें किस तरह सार्वजनिक हो गईं। और मिली का सम्बन्ध इन दुनियाओं से उसके मुकाबले अधिक था, इसलिए उसी को लोगों की नज़रों और उनकी उपेक्षा का सामना करना था।

लंच के बाद मिली कुछ देर के लिए सो गई लेकिन पीटर बेचैन था। उसने बाहर टहलने जाने का फ़ैसला किया। उसके क़दम बढ़ते हुए पुलिस स्टेशन की तरफ़ चले गए।

जेंडे ने फ़ोन रखा ही था, उसका चेहरा गम्भीर था।

'क्या?'

'किडनी। वे उस लड़के की किडनी निकाल ले गए।'

'शरीर के अंगों का व्यापार करने वाले?'

'फ़ोरेंसिक विभाग वालों का कहना है कि नहीं। कोई शौचालय में किसी की किडनी नहीं निकालेगा। संक्रमण का बहुत अधिक ख़तरा रहता है।'

'क्या ये लोग ऐसी बातों की परवाह भी करते हैं?'

जेंडे ने कंधे उचकाए। 'यह तो माँग और आपूर्ति की बात है। अगर आप शौचालय में जाकर किडनियाँ निकाल कर लाते हैं तो इसके बारे में पूछने वाला कौन है?'

यह बात समझ में आने वाली थी। पीटर इस बारे में सोचने लगा।

'हो सकता है कि किडनी उन्होंने कहीं और निकाली हो?'

'नहीं यह नहीं हो सकता है।' लेकिन जेंडे इसके बारे में सोचने लगा। 'हाँ, हो सकता है कि उन्होंने इसकी किडनी किसी अच्छे साफ़ होटल में निकाली हो और फिर वहाँ सारा ख़ून पोंछकर इसको लेकर इस शौचालय में आए हों और लाश फेंक गए हों।'

पीटर ने उसकी बेवकूफ़ी की तरफ़ इशारा करने के लिए हाथ उठाया।

क्या फिर वे किसी सीरियल किलर की खोज में थे? कोई अंधविश्वासी? कोई ऐसा आदमी जो बलि चढ़ाता हो? टेलीविज़न पर देखी गई तमाम सीरियलों की कहानियाँ अचानक असहज रूप से अपने आसपास दिखाई देने लगी थीं। लेकिन पीटर को इस बात का डर था कि कहीं उसको फिर से नौसिखिया कहकर चुप न करवा दिया जाए इसलिए उसने कुछ नहीं कहा। जेंडे ज़ोर-ज़ोर से बोल रहा था, ऐसा लग रहा था कि उसको आगे बढ़ने का सिरा मिल गया है।

'इसके अलावा फ़ोरेंसिक के विशेषज्ञों का यह भी कहना है कि यह ठीक से काटा नहीं गया था।'

'मतलब?'

'अगर आपको काटने की आदत होती है तो आप अच्छी तरह से काटते हैं, और यहाँ उसने उसके हाथ को इस तरह काट दिया मानो चाबुक चला रहा हो। आपको पता होता है कि आप क्या कर रहे हैं। आपको यह भी पता होता है कि बीच में क्या-क्या आता है, हड्डी आती है, कोई और अंग आता है, यह मांसपेशी आती है, वह अंग आता है...और आपको यह भी पता होता है कि किस तरह जल्दी से काम किया जाता है—चाकू निकाला और काम कर दिया। या आप यह करते हैं', यहाँ उसने जल्दी से कुछ समझाया। 'लेकिन इसके लिए आपको पक्का रहना होता है। आपको यह पता होना चाहिए कि यहाँ अन्दर दिल होता है। मैं दिल को निकाल रहा हूँ, इस तरह से पता रहता है। लेकिन यह काम जिसने किया है उसने पहली ही बार किया है। शायद उसने पहली बार ही किसी की किडनी निकाली है, या पहली ही बार किसी को मारा भी है। इसलिए वह काटते हुए यह सोच रहा था कि अब हो गया, और उसने फिर काटा, और फिर उसके लिए आसान हो गया क्योंकि अब तक वह आदमी मर चुका था, इसलिए अब उसने अधिक काट लिया। अपने हाथ से।'

'लेकिन जिसका निकाला जा रहा था वह क्या कर रहा था?'

'उसने कुछ भी नहीं किया। पता नहीं क्यों? जैसे वह चाहता हो कि बस निकाल लिया जाए।'

पीटर उस लड़के के चेहरे के बारे में सोच रहा था, किस तरह उसको राहत महसूस हुई होगी।

जेंडे की भृकुटियाँ और तन गईं। 'तो यह कोई ऐसा आदमी है जिसने पहली बार ही किसी का क़त्ल किया है। जिसने दीवार पर ख़ून से लिख दिया। हाँ, यह ख़ून ही था। उस लड़के का ख़ून।'

पहली बार क़त्ल करने वाला। ऐसा क्यों लग रहा था? पीटर ने जितना भी कुछ पढ़ा था उससे वह यही जानता था कि पहली बार क़त्ल करना बहुत मुश्किल होता है। उसके बाद आसान हो जाता है। उसने कहाँ पढ़ा था? इतना तो पक्का था कि अगाथा क्रिस्टी की किताब में नहीं। क्या यह आदमी फिर से किसी का क़त्ल करेगा? और वह हत्यारे को आदमी ही क्यों कह रहा है? उसने अपने आप से पूछा। वह कोई औरत भी हो सकती है। लेकिन इसका जवाब आसान था क्योंकि वह शौचालय पुरुषों के लिए था।

'मुझे लगता है कि किडनी निकालना उसके लिए ज़रूरी था', वह बोला।

'जिस तरह से टीवी पर दिखाते हैं? जैसे कोई पागल शरीर से कोई अंग निकालने में दिलचस्पी रखता है?'

'कुछ इसी तरह का।'

'नहीं, मुझे नहीं लगता है कि यह इस तरह का कोई मामला है', जेंडे ने कहा, 'मुझे लगता है कि पल-भर को पागलपन चढ़ा और उसने काट डाला और जब ख़ून बाहर निकलने लगा तो उसने सोचा कि 'चलो मैं कुछ अंग निकाल लूँगा', और वह अन्दर पहुँचता है और निकालकर फेंक देता है।'

यह किस तरह का आदमी था? पहली बार क़त्ल करने वाला क़ातिल जो मरे हुए आदमी के शरीर से किडनी निकाल लेता है। उसने हाथ किस तरह चलाया? उसने चाक़ू के वार को धीमा क्यों किया? और उसको यह कैसे पता था कि किडनी कहाँ होती है? क्या उसने काट कर निकाला या जानवरों की तरह दाँत की जगह हाथ और नाख़ूनों से? पीटर काँप उठा, उसने यह दुआ की कि उसके दोस्त ने न देखा हो।

'क्या किडनी मिल गई?'

'ऐसा लग रहा है जैसे तुम खोज ही लोगे। वह मांस का टुकड़ा होता है, पीटर। पता है न कि वह इनसान की किडनी है। हत्यारे को इस बारे में पता है कि वह इनसान की किडनी है। आवारा कुत्ते जानते हैं? कौवे जानते हैं? तुमको वह चिड़िया याद है न जो टिफ़िन के दौरान स्कूल में हमारे हाथ से वडा पाव ले जाती थी, उस चिड़िया को भी पता है?'

पीटर बात ख़त्म हो जाने का इन्तज़ार कर रहा था। उसने इसके लिए पूछा था।

'कुत्ते, चील, चूहे किसी तरह का सबूत नहीं देखते हैं। आप शहर में कुछ फेंक कर देखिए वह ग़ायब हो जाएगा। हो सकता है कि उसने कहीं शौचालय में फेंक दिया हो, या कहीं पटरियों पर। हो सकता है कि वह

उसको लेकर माहिम क्रीक तक चला गया हो। वह उसको हाथ में लेकर पटरियों के सहारे चलता गया हो, रात में कौन देख रहा था?'

पीटर उसको देख रहा था।

'अच्छा, मज़ाक़ कर रहा हूँ। माहिम क्रीक तक नहीं।'

'लेकिन कुछ बात है जो सही नहीं है...' पीटर ने कहना शुरू किया।

'क्या तुमको लगता है कि वह पागल है?'

'अगर पागल नहीं तो कुछ हद तक सनकी। किसी कारण से वह सनक गया होगा। तुमने बताया कि वह पहली बार का हत्यारा था, जिसने चाक़ू से हत्या की। क्या तुमको ऐसा लगता है कि वह ख़ून देखकर घबड़ा गया होगा, उसने जो किया उसको देखकर? लेकिन उसने शरीर में हाथ डालकर किडनी निकाल ली?'

'मुझे नहीं पता पीटर। मेरे लिए यह सब बहुत फ़िल्मी है। लेकिन हो सकता है कि तुम भी सही ही कह रहे हो। दुनिया टेढ़ी है, कुछ भी सम्भव हो सकता है और कुछ भी उलझ सकता है। हम पूरी कोशिश करते हैं, इसलिए तुम भी अपने सिद्धान्त को आज़माओ।

'अगर इस बारे में तुम किसी से बात करना चाहते हो तो जाओ डॉक्टर अजित पितले से बात कर लो। मैं तुमको उनका कार्ड दूँगा। वह एक मनोचिकित्सक हैं और पागलपन से जुड़े मामलों में अदालत को सलाह देते हैं।'

जेंडे ने अपनी मेज़ की दराज़ से खोजकर एक कार्ड निकाला। उसके हाव-भाव से लग रहा था कि वह यह कह रहा था कि अपना समय गँवाने के लिए तुम्हारा स्वागत है। ख़ैर पीटर ने कार्ड ले लिया और अपनी जेब में रख लिया।

'तुम मृतक के बारे में क्या जानते हो?' उसने पूछा।

'एल.एस. पार्थस्ता, उम्र चौबीस साल। पता : रेलवे कालोनी, एलफिंस्टन रोड।'

'और कुछ?'

'ऐसा कुछ नहीं है जो हम जानते हों। लेकिन हम कुछ अनुमान लगा सकते हैं। सीसीटीवी देखने से पता चलता है कि वह एक घंटे में शौचालय के अन्दर दस-दस बार जाता और बाहर निकलता था।'

'यानी वह ज़रूर...'

'शराबी था।'

अंग्रेज़ी में शराबी के लिए उसने बेंडर शब्द का प्रयोग किया। पीटर ने यह शब्द पहले नहीं सुना था जबकि वह और शिवा स्कूल में साथ-साथ पढ़े थे और उनके बीच स्त्रैणता को लेकर बातचीत होती रहती थी। तब उसने इस शब्द को लेकर कोई बात नहीं की; अब उसने सोचा कि इसका कोई सम्बन्ध इस पद पर आने से हो। उसने इस विचार को दबाया कि सुनील को शराबी कहा जाए। और फिर उसको अचानक भयानक विचार सूझा :

क्या यही उसकी दुनिया थी? क्या वह इसी तरह से...?

'शायद वह इसी तरह से धंधा करता था', जेंडे ने उसकी बात में अपनी बात जोड़ी।

'धंधा?'

'रंडीगिरी। जिसको हम अब शरीर का धंधा कहते हैं। मैं उसके घर जा रहा हूँ। आना है?'

इससे अच्छा करने के लिए कुछ था नहीं।

'चलो', पीटर ने कहा।

तीन

वह चाल पुराने मिलों की चालों जैसी नहीं लग रही थी, जिनमें कई बार हवादार बरामदे होते थे और जो अपनी घुमावदार सीढ़ियों के कारण अलग तरह की लगती थीं। यह एक सरकारी इमारत थी। पीडब्ल्यूडी की बनाई हुई, जो 1960 के दशक में कभी बनाई गई थी, और जिसके वासी जब सार्वजनिक शौचालय के सामने लाइन लगाकर खड़े होते थे तो जीवन-भर यह कोशिश करते रहते थे कि कुछ सम्मान बचा रहे।

एल.एस. पार्थस्ता तीसरी मंज़िल पर रहता था। मृतक के परिवार को पहचान लेना आसान था : महिलाएँ बाहर बैठी हुई थीं, रो रही थीं या इस तरह से बैठी हुई थीं कि लग रहा था कि वे रो रही थीं। जेंडे ने अपना पहचान पत्र दिखाया हालाँकि दिखाने की कोई ज़रूरत थी नहीं।

अन्दर एक बूढ़ा आदमी खाट पर लेटा हुआ था जो लगता था कि दीवार में ही बनाई गई थी।

'कौन है?' उसने पूछा, 'मेरा बेटा? क्या मेरा लक्ष्मण आ गया?'

ये पंक्तियाँ किसी बॉलीवुड फ़िल्म की लग रही थीं। लेकिन पीटर ने अपने आपको याद दिलाया कि हमें यह भी तो सिखाया गया है कि कलाएँ क्या करती हैं। वे हमें अपनी भावनाओं को अभिव्यक्त करना सिखाती हैं। उसने सोचा कि अस्पताल में ग्राहम ग्रीन शोक सन्तप्त का विलाप सुनते हुए सोच रहे हैं कि यह सब कुछ नाटक की तरह कर रही है। उस बूढ़े आदमी का दुख वास्तविक था इस बात का खंडन नहीं किया जा सकता था। लेकिन वह बॉलीवुड फ़िल्मों की तरह नाटक कर रहा था, यह बात भी सही थी। एक बात दूसरे की विरोधी नहीं है।

'पुलिस', जेंडे ने कहा और असहाय भाव से इधर-उधर देखने लगा। 'उसका सामान कहाँ है?'

उस बूढ़े आदमी ने ऊपर की तरफ़ इशारा किया। 'प्लीज़', पीटर ने सोचा, 'इस समय तो दर्शन मत झाड़िए।'

लेकिन वह बूढ़ा आदमी इशारा करने के अलावा कुछ और नहीं कर रहा था। परिवार ने एक माला जोड़ा था कमरे में। दीवार से जोड़कर एक सीढ़ी रखी हुई थी। जब सीढ़ी फैलाई गई तो वह ऊपर दुछत्ती के दरवाज़े तक पहुँच गई।

जेंडे ने दरवाज़े को खींचा। उसका ताला बन्द था।

वह बूढ़ा आदमी बोला : 'जब वह बाहर जाता था तो इसको बन्द करके जाता था।'

जेंडे ने एक बार फिर से उस बूढ़े आदमी की तरफ़ देखा।

'क्या वह किराया देता था?'

बूढ़ा आदमी यह सुनकर अवाक् था।

'वह मेरा ख़ून था', उसने खाट से सिर उठाते हुए कहा, 'क्या मैं अपने ख़ून से किराया लूँगा?'

'आपका ख़ून यह दरवाज़ा बन्द रखता था इसलिए मैंने पूछा', जेंडे ने कहा, 'वह आपका कौन था?'

उस बूढ़े आदमी के चेहरे पर आँसू ढुलकने लगे, उसकी थोड़ी-बहुत जो दाढ़ी थी उससे होकर आँसू बहने लगे।

'पोता', वह बोला।

जेंडे ने और विनम्रता से कहना शुरू किया।

'चाबी कहाँ है?'

लग रहा था किसी को पता नहीं था।

'मुझे एक हथौड़ा दीजिए।'

किसी को हथौड़ा लाने के लिए भेजा गया।

'वह कहीं काम करता था?'

'वह नौकरी पाने की कोशिश कर रहा था। लेकिन आपको तो पता ही है कि आजकल यह कितना मुश्किल होता है। आजकल बंगालियों का हर कहीं क़ब्ज़ा है। आजकल केवल बंगालियों को काम मिलता है। हम लोगों को नहीं।'

केवल बंगालियों को नौकरी मिलती है? पीटर ने सोचा, फिर उसको सूझा : रेलवे में।

'आपको नौकरी तभी मिलती है जब आप अन्दर किसी को जानते हों। वह अच्छा लड़का था।'

तभी कोई हथौड़ा लेकर आया और जेंडे ने घुमाकर हथौड़ा चलाया और एक चोट में ही कुंडी खोल दी। यह जैसे उस बूढ़े के लिए आख़िरी चोट थी। वह सिर वापस खाट पर झुकाकर फूट-फूट कर रोने लगा। वे उसकी सुबकियों के बीच ऊपर चढ़ने लगे।

पहले पीटर ऊपर गया तो एक अजीब तरह की गंध आई; जो जानी-पहचानी भी थी और बहुत अलग भी। कुछ तो गंदे कपड़ों की थी—जो काफ़ी अधिक मात्रा में थे—और कुछ गंध सस्ते इत्र की थी। ब्रूट या डेनिम का नक़ली रूप जो उल्हासनगर में तैयार होता था और लगाने के दस मिनट बाद शर्तिया उसकी गंध ग़ायब हो जाती थी। जेंडे ने कपड़ों के ढेर को एक तरफ़ सरकाया, वह किसी तरह से बेइज़्ज़ती नहीं दिखा रहा था; लेकिन उस कमरे में कुछ भी खोजने का एक तरीक़ा वही था।

'अजीब', पीटर ने आसपास देखते हुए उस गंध के बारे में कहा, 'इस तरह की गंध लड़कों के होस्टल में आती है।'

'क्या?'

'इतने सारे गंदे कपड़े?'

'लड़के ऐसे ही होते हैं।'

'हाँ। जब वे घर में नहीं रह रहे होते हैं।'

जेंडे रुक गया।

'यह उसका घर है। उसके आधार कार्ड में लिखा स्थायी पता।'

'ठीक है। लेकिन मेरे घर में, तुम्हारे घर में या किसी के घर में कोई कपड़े धोने का काम करता है कि नहीं? मेरा मतलब है कि तुम्हारी माँ या पत्नी या...कोई और...'

'तुम्हारी बाई', जेंडे बोला जो इसकी तह में जाने को लेकर बहुत परेशान नहीं था।

'या तुम्हारे घर में काम करने वाला कोई आदमी', पीटर ने बात में बात जोड़ते हुए कहा।

'तो? मुद्दे की बात?'

'इतने सारे गंदे कपड़े क्यों पड़े हुए हैं?'

'वह इसको बन्द रखता था। कोई साफ़ करने के लिए कपड़े निकालता भी कैसे?'

'वह इनको फेंक क्यों नहीं देता था?'

'आलसी रहा होगा।'

'उसको इतना ही तो करना था कि दरवाज़े के बाहर फेंक दे।'

'कुछ लड़कों को मैं जानता हूँ जिनके लिए यह भी बहुत बड़ा काम होता है', जेंडे ने कुछ समझते हुए कहा। उसके दो बेटे थे।

'नहीं', पीटर बोला, 'नौजवान नहीं। उनको साफ़ कपड़े चाहिए।'

वह कुछ क़दम चला और सामने दीवार आ गई। वहाँ ज़्यादा जगह थी नहीं।

'वह इसको बन्द करके रखता था। वह ज़रूर यह चाहता था कि उसके परिवार वाले इससे दूर रहें। कुछ तो है यहाँ। कुछ है जो वह छिपाना चाहता था', वह बोला।

जेंडे ने कुछ देर तक उसको देखा और फिर बोला, 'इसलिए हमें यह पता करना चाहिए कि वह छिपाना क्या चाहता था', और वह अपने पैरों से कपड़ों को एक कोने में लगाने लगा। यह सब एक मुद्रा थी। चारों तरफ़ गंदे कपड़े थे : क़मीज़, अंडरवियर, बनियान, पैंट, जींस, छोटे आकार की कापरी। दोनों हटाने में लग गए और सारा गट्ठर एक कोने में आ गया।

'बहुत सारे कपड़े हैं', पीटर बोला।

'सब उसके काम पर पहनकर जाने के कपड़े हैं', जेंडे ने कहा।

पीटर ने सिर हिला दिया। उस नौजवान के पास इसके अलावा अधिक सामान नहीं था : एक पार्कर पेन का सेट, स्कूल और कॉलेज के प्रमाणपत्रों की फ़ाइल जो इस बात के प्रमाण थे कि वह पढ़ने में सामान्य था या उससे भी कमज़ोर; एक और फ़ाइल थी जिसमें तीन सीवी थे जो कुछ साल पहले के बनवाए हुए थे, कुछ ग्रीटिंग्स कार्ड थे, डियोड्रेंट का डिब्बा था, कुछ कंडोम थे, एक आई पौड था और एक इयर फ़ोन, एक मोबाइल फ़ोन चार्जर था, तीन साल के मनोरमा ईयर बुक थे, एक किताब थी जिसके ऊपर लिखा हुआ था कि बैंक की परीक्षा किस तरह पास करें, कॉलेज पिकनिक के बहुत से फोटोग्राफ़्स थे। जेंडे ने तस्वीरें रख लीं।

कुछ भी अलग नहीं था।

'अच्छा, उसके बैंक की पासबुक कहाँ है?' जेंडे ने पूछा, 'मुझे बैंक का कोई सामान नहीं मिल रहा है।'

'पैसे? वह अपने पैसे कहाँ रखता था?' पीटर ने पूछा और कपड़ों के ढेर में फिर से देखने लगा। कपड़े जो धुले हुए नहीं थे। ऐसे घर में बिना धुले कपड़े पड़े थे जिस घर में औरतें ख़ुशी-ख़ुशी कपड़े धोती हैं, सुखाती हैं, माड़ लगाती हैं, इस्तरी करती हैं, सिल देती हैं...

उसने लम्बी बाज़ू की एक क़मीज़ उठाई जिसकी बाज़ू ऊपर की तरफ़ चढ़ी हुई थी और एक पल के लिए उसको ऐसा लगा कि यह सब ग़लत था। उसने उस क़मीज़ को ध्यान से देखा। आह! सुनील के पास भी ऐसी ही क़मीज़ थी। क्या यह वही है? उसने सोचा कि यह भी तो हो सकता है कि मेरे बेटे और इस लड़के के पास एक जैसी क़मीज़ें हों? उसको सौंदर्यवादी रिचर्ड लेनॉय का ध्यान आया जिसका उसने 1990 के दशक में इंटरव्यू किया था। उसने उसको 1950 के दशक में की गई बनारस यात्रा के बारे में बताया था : 'आप किसी के कपड़े देखकर यह बता सकते हैं कि कौन कहाँ का रहने वाला है। कपड़े से आप किसी की जाति भी बता सकते हैं। लेकिन उस बार सभी लोगों ने पॉलिएस्टर के कपड़े पहन रखे थे।' धोओ और पहनो क्रांति ने यह सम्भव कर दिया था कि चाल में रहने वाले और फ़्लैट में रहने वाले एक जैसे कपड़े पहन सकते थे। वह क़मीज़ नीचे रखने ही वाला था कि उसको कुछ महसूस हुआ—यह क्या था? क्या इसमें उसका हाथ था? उसकी बाँह?—उसको लग रहा था कि कुछ और था।

वह कुछ अधिक भारी था।

उसने क़मीज़ को उठाया और हाथ डाल कर उसको उलट दिया।

कुछ नहीं।

वह उसको ज़ोर-ज़ोर से हिलाने लगा, कुछ भी बाहर नहीं आया। लेकिन क़मीज़ की बाँह अभी भी चढ़ी हुई थी। उसने बाँह को सीधा किया और हज़ार रुपए के नोटों का एक बंडल उससे बाहर गिर पड़ा। क़मीज़ की दूसरी बाँह में भी उसी तरह का बंडल था।

'जेंडे?'

जेंडे ने कपड़ों का ढेर एक कोने में लगाया और पीटर उनसे पैसे निकालने लगा। पैंट की कमर के पास की चोर जेब से पैसे निकल रहे थे। शर्ट की बाँह से पैसे निकलने लगे, अंडरवियर के अन्दर से पैसे निकलने लगे।

'यही उसका बैंक था', जेंडे बोला, 'गंदे कपड़ों में?'

'शायद इसलिए क्योंकि लोग गंदे कपड़े छूना नहीं चाहते हैं', पीटर ने कहा। उसने महसूस किया कि उसको भी पसन्द नहीं था। उसकी उँगलियाँ चिपचिपी हो गई थीं।

वह कोई बहुत अधिक राशि नहीं थी, एक बैंक के क्लर्क के मासिक वेतन जितनी।

'अब हम इसका क्या करें?'

'मुझे नहीं पता', जेंडे ने कहा, 'मुझे इसको सबूत के तौर पर रख लेना चाहिए। लेकिन मुझे यह नहीं पता कि किस बात का सबूत और फिर कौन जानता है कि इनको यह वापस कब मिलेगा। वापस मिलेगा भी या नहीं।'

'क्या इनको वापस चाहिए?'

'क्यों नहीं?'

'मुझे नहीं पता। मैं बस यह सोच रहा था कि हो सकता है कि वे यह सोचें कि यह हराम की कमाई है...'

'तुमको क्या लगता है कि उनको पता है कि वह धंधा करता था?'

धंधा शब्द का प्रयोग पुलिस वाले सेक्स से जुड़े कामों के लिए करते थे।

'वे और सोच भी क्या सकते थे? वह रात को घर से बाहर निकलता था और सुबह के समय वापस आता था और अब उसके पास नगदी भी थी...'

'बहुत से लोग सोचते हैं, येड़ा बन के पेड़ा खाओ।'

पीटर को यह मुहावरा तत्काल पसन्द आया। उसने मन ही मन उसका अनुवाद करने की कोशिश की—पागलपंथी करो और मिठाई खाओ—लेकिन तत्काल इस अनुवाद को ख़ारिज भी कर दिया। इसका अर्थ अधिक उलझा हुआ था : अगर आप बुद्धिमानी से काम नहीं करते तो हो सकता है कि आपको बहुत अधिक फ़ायदा हो। या इस मामले में, अगर आप यह जताते रहें कि आप बेवकूफ़ हैं तो हो सकता है कि अपनी बेवकूफ़ी से आपको ख़ूब फ़ायदा हो। यह पूछने पर कि पैसे आए कहाँ से तो हो सकता है कि आपको यह बात स्वीकार करनी पड़ जाए कि आपका पोता या बेटा कमाई के लिए करता क्या था।

जेंडे ने इधर-उधर देखा। उसको एक लिफ़ाफ़ा मिला। उसने पैसे लिफ़ाफ़े के अन्दर डाल दिए और उसको घर के मन्दिर के पास रख दिया जहाँ बहुत से देवी-देवताओं की मूर्तियाँ लगी हुई थीं, जो देवी और गरिमा का मिला-जुला रूप लगता था।

'बहुचरा माता नहीं हैं', जेंडे ने कहा।

'कौन?' पीटर ने पूछा।

'हिजड़ों की देवी।'

'वह हिजड़ा नहीं था।'

जेंडे ने ध्यान नहीं दिया। पीटर उबासी लेना चाहता था लेकिन उसने ली नहीं। जेंडे की दुनिया में ऐसा कोई भी आदमी जो विपरीतलिंगी के साथ

सेक्स सम्बन्ध नहीं बनाता था एक ही वर्ग में आता था और इससे कोई फ़र्क़ नहीं पड़ता था कि आप उसको कोई नाम दें या नहीं।

एक मूर्ति के नीचे एक अख़बार पड़ा हुआ था। आदतन उसने उसको निकाला और पढ़ना शुरू कर दिया। शीर्षक था : 'मरने का कोई वक़्त नहीं होता।' उसकी शुरुआत जाने-पहचाने अन्दाज़ में हुई थी : 24 साल के सूरज पटेल की मौत ने कुछ ऐसे सवाल उठाए हैं जिनका सामना हमारा समाज नहीं करना चाहता। एक ऐसा नौजवान, जिसकी हाल ही में शादी हुई हो, जिसका स्वास्थ्य अच्छा हो, अँधेरी के संभ्रांत इलाक़े में एक इमारत की ग्यारहवीं मंज़िल से कूदकर जान दे देता है। क्यों? बदामा अस्पताल में उसकी सास शरीर के सारे अंगों के काम बन्द कर देने के कारण मर गई थी, और उसकी पत्नी का कहना था कि वह उस दुख से उबर चुका था। उसने जो नोट छोड़ा है वह संक्षिप्त तो था लेकिन बहुत त्रासद था : 'मुझे माफ़ कर देना। यह मेरी ग़लती है। कृपया मुझे माफ़ कर दो।' उसने यही लिखा था।

लेकिन किसी ने कोई हाय-तौबा नहीं मचाई क्योंकि वह...

पीटर ने अनुभवी आँखों से उस ख़बर की कटिंग को देखा। इसमें असल में कोई रिपोर्टिंग नहीं थी बल्कि पहले की ख़बरों को ही बिला वजह की टिप्पणी के साथ परोसा गया था जिसमें यह था कि वह आत्महत्या अकारण थी और उसके बाद सरकार ने उचित कार्रवाई नहीं की। रिपोर्ट के अन्त में एक टिप्पणी की गई थी कि हेल्पलाइन की ज़रूरत थी, केवल बच्चों के लिए 1098 की नहीं, और फिर उसके बाद एक बेकार का सवाल किया गया था। अगर सरकार को आत्महत्या की कोशिश अपराध लगता था तो क्या वह इसके लिए एक हेल्पलाइन बना सकती थी ताकि यह बताया जा सके कि कोई उस अपराध की योजना बना रहा है? पीटर ने उसको उसी तरह देखा जिस तरह उसको पेश किया गया था : यह एक बेढंगी कोशिश थी आत्महत्या के लिए राज्य के रुख़ को ज़िम्मेदार ठहराने की। लेकिन यह बुरा सवाल था। राज्य को अधिकार था कि वह लोगों की इस सम्बन्ध में मदद करे ताकि वे अपराध न करें; लेकिन आत्महत्या की अपराध के रूप में जो परिभाषा थी वह परेशानी का कारण थी।

इस तरह की ख़बरों को लेखक 'थिंक पीस' कहते हैं जबकि अख़बार में डेस्क के लोग इसको 'चिंक पीस' कहते हैं : अख़बार में पन्ने पर बची जगह को भरने के लिए लिखा गया लेख। 'क्या जब वे रपट करते हैं तब सोचते नहीं हैं?' डेस्क पर उसके साथ काम करने वाले चन्द्रमौलि ने एक बार कटाक्ष करते हुए पूछा था।

जेंडे कमरे की सम्भावनाओं से ऊब गया था और जाने को तैयार था।

'अब तुम रद्दी अख़बार में क्या देख रहे हो?' उसने बेसब्र होते हुए पूछा।

पीटर ने उसको दिखाया। 'उसने इसको सँभाल कर क्यों रखा था?'

जेंडे की इसमें कोई दिलचस्पी नहीं थी। 'हो सकता है कि इसमें जिन लोगों से बातचीत की गई है वह उनमें से किसी को जानता हो।'

किसी के साथ बातचीत नहीं की गई थी। पीटर यह कह सकता था। पूरे लेख में उद्धरण चिह्न का कहीं इस्तेमाल नहीं किया गया था।

'क्या लिखने वाले को तुम जानते हो?'

उस पेशे से बाहर वालों की तरह जेंडे को भी यही लगता था कि कोई पत्रकार हर दूसरे पत्रकार को जानता था। पीटर ने अपना सिर हिला दिया।

जेंडे ने उसके हाथ से अख़बार ले लिया। 'अरे, तुमको यह इसलिए महत्त्वपूर्ण लग रहा है क्योंकि यह उसी अख़बार में छपा हुआ है जिसमें तुम काम करते थे', वह बोला।

'पूरे कमरे में अख़बार का यही एक टुकड़ा है।'

'पीटर, लोग कई अन्य कारणों से भी अख़बार रखते हैं। मेरे घर में तुमको पूजा घर में मूर्तियों के नीचे और मसाले के डिब्बों के नीचे अख़बार मिल जाएँगे, या दराज़ में, या इसी तरह के अन्य कई स्थानों पर, पता नहीं।'

'हाँ, लेकिन देखो। उसने इसके ऊपर तारीख़ भी लिख रखी है।'

उस टुकड़े के एक कोने पर विस्मयबोधक चिह्न के साथ तारीख़ लिखी हुई थी।

जेंडे ने सिर झटक दिया और सीढ़ी की तरफ़ बढ़ गया। पीटर ने डेट को दर्ज किया, लिखने वाले का नाम—जोटिन पेरी—दर्ज किया और अख़बार को जेब में रख लिया।

~

जब वे वापस पुलिस स्टेशन गए तो एक जूनियर अफ़सर फ़ैक्स के काग़ज़ों के साथ आया और उसने वे काग़ज़ जेंडे के सामने रख दिए।

'सर मोबाइल कम्पनी वाले ने यह भेजा है।'

'तुम मुझे क्यों दे रहे हो?' जेंडे ने पूछा।

जूनियर अफ़सर को कुछ समझ नहीं आया।

'क्या है इसमें?' जेंडे ने जान-बूझकर चिढ़ते हुए पूछा।

'नम्बर हैं सर। उस मृत आदमी के फ़ोन से डायल किए गए नम्बर हैं। उसने जो आख़िरी नम्बर डायल किया था वह भी।'

'ये नम्बर किनके हैं?'

'मोबाइल फ़ोन कम्पनी का कहना है कि वह अपनी कम्पनी के नम्बरों के बारे में तो बता सकता है लेकिन दूसरी कम्पनियों के नहीं।'

'तो मैं क्या करूँ? क्या इन नम्बरों को फ़ोन कर-कर के यह पूछूँ कि किनके नम्बर हैं? क्या यह मेरा काम है?'

'नहीं सर', जूनियर अफ़सर बोला।

'यह किसका काम है?'

'मेरा काम है।'

'फिर?'

नौजवान अफ़सर तत्काल बाहर निकल गया।

'तुम्हारा नाम क्या है?' जेंडे ने पीछे से उससे पूछा।

'जुराले, सर', उस नौजवान ने कुछ झिझकते हुए बताया। जेंडे उसकी बेचैनी को कम करने के लिए ऊपर देखने लगा और वह आदमी राहत की साँस लेते हुए मुस्कुराने लगा।

जेंडे और पीटर जेंडे की मेज़ की तरफ़ बढ़े। दो जाने-पहचाने चेहरे फिर से सामने आ गए।

'क्या है?' जेंडे ने पूछा, उसके पूछने के ढंग में रूखापन भी था और ख़ुशी भी, जो लगता है कि जब पुलिसवाले अपने जूनियर अफ़सरों से बात करते हैं तो इसी तरह से करते हैं।

यह सुनकर पैगमेट और डुर्रा मुस्कुराए लेकिन यह साफ़ था कि उनके चेहरे पर कुछ तनाव था।

'सर बोलायचा होता?' उन लोगों ने मराठी में कहा।

जेंडे ने आदेश दिया : 'बोल।'

वे ख़ामोश थे। यह साफ़ था कि वे जेंडे से अकेले में बात करना चाहते थे।

'अब मैं चलूँगा', पीटर ने कहा, 'अगर तुम कहो तो बाद में आ सकता हूँ।'

~

घर जाते हुए उसने डॉ. अजित पितले को फ़ोन मिलाया जिन्होंने कहा कि मसीना अस्पताल में काम ख़त्म होने के बाद वे उससे मिलना चाहेंगे।

'यह एक घंटे में ख़त्म हो जाना चाहिए। क्या आपको पता है कि मसीना कहाँ है?'

पीटर को पता था कि वह पारसी अस्पताल था, जो उस महल जैसे घर में था जो कभी सर डेविड सैसून का बंगला था, जो यहूदी था और जहाज़ के धंधे का बादशाह था। जिसने शहर को बायकुला मेकेनिक्स इंस्टीट्यूट दिया(जहाँ उसकी शादी का रिसेसप्शन दिया गया था) और डेविड सैसून पुस्तकालय दिया(जहाँ वह हमेशा से सदस्य बनना चाहता था लेकिन न जाने क्यों कभी अन्दर घुसने की उसकी हिम्मत नहीं हुई)। बस नम्बर 4 लिमिटेड आती दिखाई दी और वह उसके अन्दर कूद गया। 45 मिनट के बाद वह ग्लोरिया चर्च के सामने उतरा और सड़क पार करके मसीना अस्पताल पहुँच गया।

मनोचिकित्सा का वार्ड नई इमारत में था, अजीब जगह थी, सीमेंट की सुनसान-सी जगह। आप एक वार्ड से होकर गुज़रते हैं जो लगभग ख़ाली था क्योंकि वह पारसियों के लिए सुरक्षित था और बहुत अधिक बीमार पारसी थे ही नहीं। उसके बाद ग्रिल थे, ताले थे और मनोचिकित्सा वार्ड के मरीज़ों के मुर्दा चेहरे थे।

'ये लोग अभी दाढ़ी बनवा रहे हैं', एक ख़ुशमिज़ाज नर्स ने कहा।

'ओह!'

'हम उनको ख़ुद से शेव करने नहीं दे सकते न? ब्लेड से वे आत्महत्या कर सकते हैं,' वह बोली, 'आइए, डॉक्टर आपसे अभी मिलेंगे।'

अजित पितले बहुत कम बोलने वाले अधेड़ थे, जिनके सिर में बहुत कम बाल थे और चेहरा ऐसा था जैसे गायक मंडली के लड़के का होता है।

'एक किडनी निकाल ली गई? क्या यह कोई अलग-सी घटना है?'

'उसने दीवार पर ख़ून से '1' लिखा।'

पितले ने भौहें चढ़ाईं और सिर हिला दिया।

'हम्म। सुनकर बड़ा अजीब लग रहा है।'

अजीब? क्या यह उपचार और सांख्यिकी की किताब और दिमाग़ी ख़राबी के लिए मान्य शब्द है?

मानो अपनी इस ग़लती की भरपाई के लिए पितले जादू-टोने के बारे में बात करने लगे। बताने लगे कि किस तरह आदिम समुदायों में कुछ जादुई शक्तियों को पाने के लिए शरीर के अंगों का इस्तेमाल किया जाता है, या कुछ अंगों को चढ़ाकर वे पूजा करते हैं। अफ्रीका में किस तरह से अनेक

हत्याएँ होती थीं और हेवलॉक एलिस के सिद्धान्त के बारे में। इस सम्बन्ध में अलग-अलग तरह के सिद्धान्तों के बारे में पितले बोलते रहे, वुडू और जूजू...और अचानक वे रुककर अपना सिर हिलाने लगे।

'लेकिन आप इसके लिए तो यहाँ नहीं आए हैं?'

'नहीं', पीटर ने कहा, 'यह बहुत आकर्षक है लेकिन...'

'तो आप मुझसे यह चाहते हैं कि मैं कहूँ कि आप एक अधेड़ आदमी की तलाश में हैं, जो गोवा का रोमन कैथोलिक है, जिसके दाँत भूरे हो चुके हैं, आँखें भूरी हैं, हाथों पर बाल हैं, नहीं?'

'मैं आपसे शर्लोक होम्स बनने की उम्मीद नहीं करता।'

'फिर आप चाहते क्या हैं?'

'नहीं पता। एक मनोवैज्ञानिक ख़ाका?'

'यह एक विशेष कौशल है। मुझे इसका अधिक प्रशिक्षण नहीं है और मैं इसमें अधिक विश्वास भी नहीं करता हूँ। लेकिन इसको देखने का एक तरीक़ा यह है। हमारा संसार जीवन और मृत्यु के बीच संघर्ष का नाम है, इरोस और थाँटोस के बीच संघर्ष का नाम है। हम यह जताना चाहते हैं कि हम इरोस की तरफ़ हैं और हम जीवन को मौत के ऊपर तरजीह देते हैं। लेकिन हम लोग मौत की ओर भी बहुत अधिक आकर्षित रहते हैं। यह सबसे आख़िरी चुटकुला है, एक बुरा अन्त जिसकी तरफ़ हम बढ़ते रहते हैं। कितना अच्छा है कि हम मौत को हराकर बुढ़ापे की तरफ़ बढ़ते रहें बजाय इसके कि किसी और के लिए मृत्यु का कारण बन जाएँ। फिर आप मौत बन जाते हैं। आप उस आदमी की छोटी-सी दुनिया में मृत्यु के ईश्वर बन जाते हैं। इसलिए हमारी दुनिया में ऐसे लोगों के लिए भी एक ख़ास जगह होती है जिनको मारने का लाइसेंस मिला होता है।'

'जेम्स बॉन्ड।'

'वह तो सबसे बड़ा उदाहरण है। लेकिन बन्दूक़ लेकर चलने वाला पुलिस वाला या राइफ़ल या ग्रेनेड के साथ चलने वाला सेना का अधिकारी; इन लोगों को मारने का अधिकार मिला होता है और ऐसे मामलों में उनकी कार्यकुशलता को सहन भी किया जाता है बल्कि उसका जश्न भी मनाया जाता है। क्योंकि यह माना जाता है कि वे क़ानून की रक्षा के लिए हत्या करते हैं। हत्यारा अपने आपको इस क़ानून से मुक्त रखना चाहता है। जब वह हत्या करना चाहता है तो इससे बाहर निकल जाता है। वह इससे बाहर निकलने के लिए अपना रास्ता निकाल लेता है। वह कह सकता है, 'मेरी

जगह कोई और होता तो वह भी यही करता', या 'किसी आदमी को जो करना चाहिए वह ज़रूर करना चाहिए', या यह कि 'मुझे इसकी परवाह नहीं।' लेकिन हर बार वह बस यह कह सकता है, 'मैं सबसे अधिक महत्त्वपूर्ण आदमी हूँ'; यानी पहला संकेत यह है कि उसका अहं बहुत बड़ा होता है।'

'क्या आप यहाँ फ्रायड के अहं की बात कर रहे हैं या सामान्य अर्थ में अहं की बात कर रहे हैं?'

'दोनों की। लेकिन मैं यह कहूँगा कि बहुत अधिक आत्मविश्वास या कम-से-कम आत्मविश्वास का प्रदर्शन।'

'ओह', पीटर ने कहा।

'और मैं उसमें ग़ुस्से को देखूँगा। बहुत अधिक ग़ुस्सा। कोई ऐसा आदमी जिसको ऐसा लगता हो कि दुनिया ने उसके साथ अच्छा बर्ताव नहीं किया, ख़ासकर तब जब उसको ऐसा लगता हो कि वह बहुत ख़ास तरह का आदमी है, या वह एक ऐसी दुनिया में उलझ गया है जो उसके लायक़ नहीं है।'

पीटर जाने के लिए उठा और फिर झिझकते हुए रुका। वह जानता था कि वह एक ऐसा सवाल पूछने जा रहा था जो उसको पूछना नहीं चाहिए था।

'डॉक्टर...?'

'हाँ?'

'क्या किसी परिवार के लिए यह सम्भव हो सकता है कि उनको इस बारे में पता न हो कि उनका बेटा समलैंगिक है?'

डॉक्टर उसको बहुत शान्त निगाहों से देखने लगा।

'हाँ', उसने बिना कुछ पूछे जवाब दिया और कुर्सी की तरफ़ इशारा कर दिया। लेकिन पीटर को लगा कि वह बहुत कुछ कह चुका था, वह जितना नुक़सान हो सकता था करवा चुका था। वह बाहर निकल गया, उसने नर्सों को पार किया और फिर शेव करवा चुके लोगों को।

~

रात के भोजन के समय पीटर ने तय किया कि वह ड्रिंक लेगा। उसने आर.सी. की बोतल खोली और अपने लिए एक प्याला तैयार किया।

'मैं भी एक लूँगी', मिली ने कहा।

'वाइन नहीं है', पीटर बोला।

'तुम जो पी रहे हो मुझे भी वही चाहिए', उसने कहा।

'आमतौर पर तुम व्हिस्की नहीं पीती हो न', वह बोला।

'तुम भी तो आमतौर पर अकेले नहीं पीते हो', उसने जवाब दिया। वह उसकी बात समझकर मुस्कुराने लगा।

'इसमें थोड़ी नारंगी मिला दो।'

'तुम फ़िजी मिलाने के लिए कह रही हो? मुझे पूरी रात डकार आएगी।'

उसने उसके लिए एक गिलास बनाया और उसने भी बिना कुछ कहे उसे ले लिया। इससे पहले कि वह अपना जाम उठाकर उसके साथ टकराता वह पी चुकी थी। वह मुस्कुरा रही थी लेकिन उसने उससे सिवा इसके कुछ नहीं कहा : 'मैं सोने जा रही हूँ। अगर वह पुलिसवाला आए तो मुझे मत जगाना। लगता है जैसे उसका अपना घर हो ही नहीं।'

इसके पीछे कोई बुरा भाव नहीं था, बस पुरानी आदत थी। लेकिन उसको तब राहत महसूस हुई जब जेंडे ने घंटी बजाने के बजाय धीरे-से सीटी बजाई। उसने दरवाज़ा खोल दिया।

'मिलीभगत?' जेंडे ने फुसफुसाते हुए पूछा।

पीटर ने सोने का इशारा किया और दोनों बरामदे पर आ गए।

'तुम पी रहे हो?' जेंडे ने पूछा।

'पियोगे?'

'नहीं।'

वे कुछ देर तक ख़ामोशी से खड़े रहे। जेंडे ने सिगरेट जलाई, वह दिन-भर में गिनती के सिगरेट पीता था, और अपनी बाँहों को टिकाते हुए झुक गया। बेहतर था सिगरेट के धुएँ को दुनिया में छोड़ दिया जाए। मिली को सिगरेट की गंध से नफ़रत थी। पीटर को भी वह कोई ख़ास पसन्द नहीं था लेकिन न्यूज़रूम में दशकों बिताने के बाद उसको उसकी गंध की आदत हो गई थी। उसके जीवन के आख़िरी दिनों में ही सिगरेट न पीने का नियम बना था।

'जो लोग ख़ास तौर पर तुमसे मिलने के लिए आए थे वे क्या चाहते थे?'

जेंडे ने कुछ सोचते हुए उसकी तरफ़ देखा मानो वह कुछ तय कर रहा हो। उसके बाद वह बोला : 'वे मुझसे यह कहना चाहते थे कि मरने वाले के फ़ोन में हो सकता है कि उनका नम्बर भी हो।'

'अरे वाह', पीटर बोला।

'यही मैंने भी सोचा। पता है क्यों?'

'क्यों?'

'क्योंकि वह उन दोनों की पत्नियों का निजी प्रशिक्षक था।'

'क्या उन दोनों की पत्नियों के पास निजी प्रशिक्षक हैं?'

'यही मैं भी सोच रहा था। लेकिन चेक करने का कोई फ़ायदा नहीं है। इस तरह की बात आप तभी कहते हैं जब आप अपनी पत्नी को यह समझा देते हैं कि वह यह कहे कि उसका एक निजी प्रशिक्षक रहा है जिसका नाम था एल.एस. पार्थस्ता।'

'तुम उनके ऊपर विश्वास क्यों नहीं करते?'

'मैं सबके ऊपर विश्वास करता हूँ और किसी के ऊपर नहीं करता।'

'लेकिन वह किसी का निजी प्रशिक्षक था भी? उसके अन्दर इतनी ऊर्जा कहाँ से आती थी कि दिन में लोगों को सिखाने के बाद वह रात शौचालय में बिताए?'

'पीटर। मैं क्या कह सकता हूँ? मुझे नहीं पता।'

'हो सकता है दोनों के बीच किसी और तरह का सम्बन्ध रहा हो। नहीं तो दोनों इस बारे में तुमको क्यों बताते?'

'सामान्य प्रक्रिया है। अगर आप शामिल हैं तो आपको बताना पड़ता है। और हमेशा अच्छा यही होता है कि इससे पहले कि किसी को पता चले और वह आपको पूछता हुआ आए, आप ख़ुद ही बता दें।'

'क्या उनकी पत्नियाँ ऐसी लगती हैं कि उनके निजी प्रशिक्षक रहे हों?'

जेंडे ने कंधे उचका दिए। पीटर सोच रहा था कि क्या उसका दोस्त किसी तरह की वफ़ादारी के बंधन से तो नहीं बँधा हुआ था, जिस तरह से अमेरिकी पुलिस के बारे में कहा जाता है कि वे चुप्पी की दीवार बनाए रखते हैं। उसने दूसरा रास्ता अख़्तियार किया।

'फ़ोन में जो बाक़ी नम्बर थे उनका क्या? हो सकता है कि उसके कुछ ग्राहक रहे हों?'

'हम एक-एक करके नम्बर की जाँच कर रहे हैं। लेकिन आप रात के वक़्त किसी को फ़ोन नहीं कर सकते। कुछ लोगों के तो नम्बर ही बन्द हैं। लेकिन अभी तक जिन-जिन नम्बरों को डायल किया गया है सभी कैंसिल हो चुके हैं और उन नम्बरों तक पहुँच पाना और मुश्किल होता जा रहा है। हमें इसके लिए अलग से अदालती आदेश लेना पड़ेगा।'

जेंडे का फ़ोन बज उठा। उसने बिना कुछ कहे पीटर को फ़ोन दिखाया।

'जुराले! यह तुमको फ़ोन क्यों कर रहा है?'

'मैंने उसको सज़ा के तौर पर कहीं भेज दिया है। उसका काम सीसीटीवी और मोबाइल नम्बरों को देखना है और उस लड़के के साथ काम करने वालों का पता लगाना है। ज़रूर उसको कुछ पता चल गया होगा।'

चार

जुराले ने बहुत अच्छा काम किया था। उसने उसके एक सहयोगी का पता लगा लिया था और वह उसे पुलिस स्टेशन लेकर भी आया था।

'यह वहाँ बैठा हुआ है। अपना नाम यूनिट बता रहा है', वह बोला। जेंडे ने हामी भरी।

पीटर उस नौजवान को देखने लगा, क़रीब 25 साल की उम्र, और अधिक जवान दिखने की पूरी कोशिश कर रहा था। बालों में जेल लगाया हुआ था और एक कान में बाली थी। उसके कपाल पर दोनों भौंहों के बीच कटे का निशान था जिसके कारण वहाँ कोई बाल नहीं उगा था। उसने बहुत चुस्त कपड़े पहन रखे थे। उसकी आँखें लाल थीं, लग रहा था जैसे बहुत रोया हो।

जेंडे ने उस लड़के के नाम, उम्र और पते को देखा और फिर उसके कामकाज की तरफ़ ध्यान दिया। उसने उससे यह नहीं पूछा कि वह करता क्या था, बल्कि यह पूछा कि उसका धंधा क्या था, उसका लहजा अपमान करने वाला था।

'सर, मैं निजी प्रशिक्षक हूँ', लड़के ने कहा, वह अपने लिए कुछ इज़्ज़त पाने की कोशिश कर रहा था।

'और मसाज भी देते हो?'

'मैं खिलाड़ियों को मसाज देता हूँ।'

'केला मसाज देते हो?'

'सर आप इस तरह बात क्यों कर रहे हैं?'

'बकवास बन्द करो। अगर तुम देते भी होगे तो मैं इसके लिए तुमको बन्द नहीं करने वाला हूँ। मेरी दिलचस्पी तुम्हारे दोस्त में है।' जेंडे ने एक

तस्वीर निकाली। यह उस आदमी के चेहरे का क्लोज़अप था, जो मौत की गहरी नींद में सो चुका था।

वह नौजवान बिना पलक झपकाए उस तस्वीर को देखता रहा।

'प्रॉक्सी।'

'प्रॉक्सी। यूनिट। ये सब किस तरह के नाम हैं तुम लोगों के?'

'जब हम जूनियर कॉलेज में पढ़ते थे तब हम एक रुपया लेकर दूसरे विद्यार्थियों के लिए प्रॉक्सी करते थे।'

'यह प्रॉक्सी देना क्या होता है?'

यूनिट विस्तार से बताने लगा, 'क्लास में दूसरे के लिए हाज़िरी लगवाना। परेल कॉलेज में अध्यापक नाम लेकर नहीं बुलाते थे। एक काग़ज़ पर सभी विद्यार्थियों के नाम लिखे होते थे जिसको क्लास में आगे बढ़ाया जाता था और बच्चों को उसके ऊपर साइन करने होते थे। जो प्रॉक्सी होता था वह उन सभी विद्यार्थियों के एवज़ में साइन कर देता था जो उस दिन नहीं आए होते थे।'

पीटर जानना चाहता था कि यूनिट नाम कैसे पड़ा लेकिन वह उसको बीच में टोकना नहीं चाहता था।

'शुरू से तुम दोनों ऐसे ही थे?'

'जी सर। मैं कभी-कभी ही साइन करता था, जबकि बहुत अधिक प्रॉक्सी होते थे।'

'बहुत अधिक?'

'इसका मतलब है कि जब काग़ज़ एक मेज़ पर बहुत देर तक रुका रह जाता तो अध्यापक को शक भी तो हो सकता था।' यूनिट ने कहा।

'शक मुझे तुम्हारे ऊपर होने लगा है।'

'मेरे ऊपर? क्यों सर?'

'क्योंकि तुम हम लोगों को सब कुछ बता नहीं रहे हो।'

'सर आप कुछ भी पूछिए। मैं हर बात का जवाब दूँगा।'

'इतवार की रात कहाँ थे?'

'मैं अपने कज़िन की शादी में पुणे गया था।'

'इसका कोई सबूत है?'

'सर मैं वीडियो लाकर आपको दिखा सकता हूँ।'

'मृतक के साथ तुम्हारा क्या सम्बन्ध था?'

'यह स्कूल के दिनों से मेरा दोस्त रहा है।'

'काम क्या करता था?'

'आपको पता होगा सर।'

पहली बार उस लड़के की आवाज़ में गुस्ताख़ी दिखाई दी।

'मुझे पता होगा? मुझे पता होगा? मुझे क्यों पता होगा?'

यूनिट ने जेंडे की तरफ़ ऐसे देखा मानो वह उससे कुछ कहने वाला हो लेकिन फिर उसने अपना इरादा बदल दिया और तारीफ़ करने लगा।

'सर आप पुलिस में हैं। आपको सब पता होता है।'

'सब यही कहते हैं, नहीं?' जेंडे ने पीटर से कहा।

'सही', पीटर ने रस्मन कह दिया।

'फिर पुलिस किसी से कुछ पूछती क्यों है? हम किसी को ऐसे ही क्यों नहीं पकड़ लेते'—फिर उसने यूनिट की तरफ़ हाथ हिलाते हुए कहा—'और उनको जेल में क्यों नहीं डाल देते? सवाल क्यों पूछते हैं? जाँच-पड़ताल क्यों करते हैं?'

'क्योंकि यह आपका काम है सर।' यूनिट बहुत सावधानी से अपनी बात कह रहा था।

'अब यह मुझे मेरा काम बताएगा', जेंडे ने हवा में कहा, 'लेकिन यह सही कहता है। मैं अपना काम कर रहा हूँ। अब मुझे अपने दोस्त का काम बताओ।'

'मुझे नहीं पता है सर।'

'यह कैसे सम्भव है? तुमने बताया कि वह तुम्हारा दोस्त था?'

'जी सर।'

'उसने तुमको बताया नहीं कि वह क्या करता था?'

'सर मुझे नहीं पता है।'

'अच्छा जो पता है वही बताओ।'

'मेरा दोस्त मर चुका है सर', और पीटर को अचानक उसकी आवाज़ में टूटन दिखाई दी। तब उस लड़के ने प्लास्टिक की बोतल निकाली और अपने होंठ से दूर रखते हुए कुछ घूँट पानी पिया। पानी पीने में उसने समय लगाया। जब उसने पानी की बोतल नीचे रखी तो वह फिर से सहज हो चुका था।

'मुझे पता है कि तुम्हारा दोस्त मर चुका है', जेंडे ने कहा, 'मैं यह पता लगाना चाहता हूँ कि उसको मारा किसने।'

'आप उसको खोज लीजिए सर और मेरे साथ आधे घंटे के लिए छोड़

दीजिए' जब यूनिट ने कहा तो उसकी आवाज़ में ग़ुस्सा था। पीटर ने देखा कि जेंडे इस बात से हैरान था।

'फिर तुम मेरी मदद क्यों नहीं करते?'

'मैं आपकी मदद किस तरह कर सकता हूँ सर?'

'मेरे सवालों का जवाब दो।'

यूनिट अपना माथा खुजाने लगा। पीटर को लगा कि उसके अन्दर कोई द्वंद्व चल रहा है। वह मदद करना चाहता था लेकिन किसी और चीज़ से संघर्ष कर रहा था। डर?

'ये क्या हुआ?' जेंडे ने कटे के उस निशान की तरफ़ देखते हुए पूछा।

'गिर गया था। बचपन में खेलते हुए गिर गया था।'

बचपन के कटे के निशान के लिहाज़ से वह बहुत नया लग रहा था।

'देखने से ऐसा लग रहा है कि तुम्हारी लड़ाई हुई थी।'

'मैं लड़ाई किस तरह कर सकता हूँ सर! लड़ने से परेशानी हो जाती है। लड़ने के लिए भी ज़रूरी है कि आपके सम्पर्क हों', वह बोला। 'सही सम्पर्क।'

एक बार फिर ऐसा लग रहा था कि वह कुछ और कहना चाह रहा था लेकिन वह इशारा इतना हल्का था कि बाद में पीटर को लगा कि उसने कहीं ऐसी कल्पना तो नहीं की थी!

ऐसे कई और मौक़े आए और गए जिनका कोई सिरा नहीं था लेकिन जेंडे ऐसे पूछताछ किए जा रहा था जैसे कुत्ते को हड्डी मिल गई हो। एक-एक करके उसने यूनिट के मुँह से पूरी कहानी उगलवा ली। यूनिट और प्रॉक्सी दादर रेलवे लाइन के पास की एक चाल में बड़े हुए थे। दोनों नगरपालिका के एक ही स्कूल में पढ़ने के लिए गए थे और उसके बाद दोनों एक ही कॉलेज में पढ़ने गए जहाँ दोनों ने बारहवीं तक पढ़ाई करके छोड़ दी।

'क्यों?'

'पैसों की तंगी थी सर।'

बाद में दोनों ने प्रभा देवी में पद्मा स्कूल ऑफ़ पर्सनल ट्रेनिंग में प्रशिक्षण लिया। डिप्लोमा लेने के बाद दोनों के रास्ते अलग-अलग हो गए।

'मैं बिजी हो गया सर। निजी प्रशिक्षण का मतलब होता है कभी यहाँ जाओ कभी वहाँ जाओ, कभी इस समय आना, कभी उस समय आना। कोई ग्राहक इस सप्ताह व्यस्त है तो वह समय बदलवाना चाहता है। कोई

और ग्राहक कुछ और बदलाव चाहता है। काम के अलावा किसी और चीज़ के लिए समय नहीं बचता सर।'

यह सब वह ऐसे कह रहा था मानो वह बहुत नैतिक हो।

'लेकिन यह लड़का, प्रॉक्सी तो निजी प्रशिक्षण नहीं कर रहा था।'

'मुझे ऐसा नहीं लगता है सर।'

एक बार फिर ऐसा लग रहा था कि वह चालाकी दिखा रहा है, कि वह कहना बहुत कुछ चाहता था लेकिन कह बहुत कम रहा है।

'तुमको ऐसा क्यों नहीं लगता है?'

'मतलब यह कि वह न कभी ग्राहकों के बारे में पूछता था, न ही कभी कोई ग्राहक देता था, न ही वह कभी ग्राहकों के बारे में बात करता था।'

'वह तुमसे पैसे लेता था?'

'नहीं, उसने मुझसे कभी पैसे नहीं माँगे।'

'अगर वह दोस्तों से पैसे नहीं माँगता था तो इसका मतलब यह हुआ कि वह पैसे कमा रहा था।'

'मेरे ख़याल से वह कमा रहा था।'

'फिर वह किस काम से पैसे कमा रहा था?'

'आप मुझसे क्यों पूछ रहे हैं सर?'

'क्योंकि तुम्हारा नम्बर उसके मोबाइल में था।'

'सर वह मेरा दोस्त था।'

वे गोल-गोल घूम रहे थे, बात आगे बिलकुल ही नहीं बढ़ रही थी। जेंडे जो कर रहा था पीटर देख रहा था। वह बात करने में यक़ीन रखता था, जिसके ऊपर शक होता था वह उससे लगातार बात करता था।

'क्योंकि वे आपको बताना चाहते हैं', उसने एक बार पीटर से कहा था, 'वे आपको सब कुछ बता देना चाहते हैं। तुमको बाटली याद है?'

बाटली उसके साथ क्लास में पढ़ता था। उसकी उँगलियाँ बहुत तेज़ थीं। वह पलक झपकते ही कुछ चुरा लेता था। अगर कुछ चोरी होता था तो शक बाटली पर ही होता था। वह विक्टोरिया लाइब्रेरी से ऐसी किताबें चुराता था जो उसको नहीं चाहिए होती थीं। वह गोपी टैंक मार्केट और कापड़ बाज़ार से फल चुरा लेता था। उन फलों को वह खाता नहीं था। वह पंजाबी बुक स्टोर से पेंसिल चुरा लेता था लेकिन उनका इस्तेमाल नहीं करता था।

'बाटली को क्या करना पसन्द था?'

'चोरी करना?'

'चोरी से भी बढ़कर?'

'मुझे नहीं पता।'

'उसको बताना पसन्द था। वह जो चुराता था उसको दिखाना उसको अच्छा लगता था। वह चोरी करके इस बात को छुपाता नहीं था। वह सभी को यह दिखाना चाहता था कि वह कितना होशियार था। सभी अपराधी ऐसे ही होते हैं। वे बताना चाहते हैं। वे दिखाना चाहते हैं। आपको बस सही सवाल पूछना होता है।'

लग रहा था कि यूनिट को कोई ऐसा सवाल नहीं मिल पाया था। आख़िरकार पीटर इस सबसे थक गया और घर चला गया। उसको ऐसा लग रहा था कि उनसे कुछ छूट गया, कोई ऐसी बात जो वह लड़का उन्हें बताना चाहता था। वह यह समझना चाहता था कि वह बात क्या हो सकती थी लेकिन वह समझ नहीं पाया। बस उसको बेचैनी हो रही थी कि कोई बात उनसे छूट गई थी।

बिस्तर में करवट बदलते हुए वह उस रात ऐसे सोया कि उसको कोई सपना नहीं आया।

~

सात से अधिक का समय हो गया था जब उसकी नींद खुली। सुबह की सैर के लिए बहुत देर हो चुकी थी। उसने अपना फ़ोन देखा लेकिन सुनील का कोई मिस्ड कॉल नहीं था, न कोई मैसेज ही। शायद उसने ईमेल किया हो? लेकिन मेल किया होता तो मिली ने देखा होता। वह खिड़की के पास कम्प्यूटर पर बैठी थी, चाय पी रही थी, और कम्प्यूटर की स्क्रीन को घूर रही थी। पीटर ने सोचा कि सुबह का वक़्त उसके साथ बिताया जाए, और कुछ नहीं तो उसका ध्यान ही बँटाया जाए, और दोपहर में हिंदुस्तान बुक हाउस के दफ़्तर जाया जाए, जहाँ वह कभी-कभार सम्पादक के रूप में फ्रीलांसिंग करता था।

लेकिन जब तक वह नहाया और पोहा-केले का नाश्ता निपटाया तब तक उसका दिमाग़ बदल चुका था। उसने तय किया कि वह अपने पुराने दफ़्तर जाएगा और वहाँ जोटिन पेरी से बात करेगा जिसने आत्महत्या पर वह थिंक पीस लिखा था।

पीटर बहुत अच्छी तरह समझता था कि पेरी को सीधे ही खोजने की कोशिश करनी चाहिए। वह इस बात को भी अच्छी तरह समझता था कि

पत्रकार इस बात से बहुत चिढ़ते हैं कि उनसे उस स्टोरी के बारे में पूछा जाए जिसे वे लिख चुके हों। इस तरह के सवाल अक्सर बुरी ख़बर जैसे होते थे। जैसे शिकायत, या कोई यह कहना चाहता था कि तथ्यों में किसी तरह की गड़बड़ी थी या उस लेख का जो रुख़ था वह जनहित के ख़िलाफ़ था। संवाददाता केवल उन्हीं लोगों से मिलना चाहते हैं जो उनको अगले दिन के लिए ख़बर दे दें।

और इसलिए पीटर उस सम्पादक की खोज में निकला जिसके साथ उसने काम किया था और उसने पीटर को उसके उस वादे की याद दिलाई कि वह उप सम्पादकों के साथ पत्रकारिता के गुर सिखाने के लिए वर्कशाप करे।

जोटिन पेरी बहुत कम उम्र का था और चेहरे पर जान-बूझकर इस तरह का भाव बनाए हुए था कि उसकी विशेषज्ञता और समय की बहुत माँग है। उसके बाल ऐसे बिखरे हुए थे मानो वह उनमें बार-बार उँगलियाँ फिराता हो। उसकी क़मीज़ की केवल दाईं बाँह मुड़ी हुई थी और क़मीज़ पैंट से बहुत बाहर निकली हुई थी। वह ऐसे जता रहा था कि अपनी मेज़ से उठकर आने में उसने सभी के ऊपर कोई बड़ा एहसान कर दिया हो।

'आत्महत्या पर यह स्टोरी आपने की थी?' पीटर ने कहना शुरू किया।

'क्या हुआ?'

शहद के ऊपर सिरके से ज़्यादा मक्खियाँ आती हैं, उसने अपने आपको याद दिलाया।

'इतना अच्छा लिखा हुआ था', वह अब बोला, 'इतनी अच्छी तरह से तर्क रखा गया था कि मुझे लगा कि इससे कहीं कोई निजी प्रसंग तो नहीं जुड़ा है?'

इस बात से ऐसी ध्वनि तो निकल रही थी लेकिन सौभाग्य से जोटिन पेरी ने यह नहीं समझा कि वह यह पूछ रहा था कि कहीं उसने आत्महत्या की कोशिश तो नहीं की थी। उसको अपने ऊपर थोड़ा गर्व महसूस हुआ और फिर उसने यह घोषणा की कि वह उस महिला के घर के बग़ल में रहता था जिसके पति ने आत्महत्या की थी।

'वह आदमी संयोग से मेरा पड़ोसी था', वह बोला।

'यह सौभाग्य से निकला लेख है।'

'आपको ऐसा लगता है? मैं इसको तत्पर रहना कहता हूँ।'

जब वह जा रहा था तो पीटर ने सम्पादक की तरफ़ देखा जो उसको ही देख रहा था और फिर राहत की साँस ली। उसने फ़ोन उठाया और मानव संसाधन विभाग से उसका पता माँग लिया।

'जानते हो न कि यह शायद अवैध काम है?' वह बोला।

'मैं जानता हूँ। इस बात के लिए मैं आपका शुक्रगुज़ार रहूँगा।' पीटर ने कहा।

'अब वर्कशॉप करने का अपना वादा निभाना, वह भी मुफ़्त में।'

'पक्का', पीटर ने कहा।

यह उससे कहीं अच्छी बात थी कि जोटिन पेरी जब घर जा रहा हो तो उसका पीछा किया जाए।

पाँच

वह ट्रेन से अँधेरी जा रहा था कि जेंडे का फ़ोन आया।

'आ जाओ', वह बोला।

उसकी आवाज़ में कोई ऐसी बात थी कि पीटर बांद्रा उतर गया और सीधा माहिम की तरफ़ चल पड़ा।

'बैठो', जेंडे ने कहा, 'चाय? कॉफ़ी? कुछ ठंडा?'

इंस्पेक्टर की आवाज़ में कुछ अधिक औपचारिकता दिखाई दे रही थी।

'मुश्किल', पीटर ने सोचा। 'मैं मुश्किल में फँस गया हूँ।' उसको तत्काल अपने ऊपर शर्म आई। आम तौर पर पुलिस ऐसे ही जवाब देती है। वह अपने डर के ऊपर क़ाबू पाने की कोशिश कर रहा था।

'कोई परेशानी की बात नहीं है। सॉरी। मेरा मतलब यह है कि परेशान होने की कोई ज़रूरत नहीं है', पीटर ने कहा। फिर वह जल्दी-जल्दी बात को बढ़ाने के लिए बोला, 'बोलो।' वह मामला समझ रहा था और उसने कुछ कहने के लिए मुँह खोला लेकिन समझ में नहीं आया कि क्या कहे।

'तुम मेरे दोस्त हो। मिली ताई भी...'

जेंडे ने कंधे उचकाते हुए संकेत दिया कि वह इस बात को जानता था कि मिली प्यारे भाई या दोस्त की पत्नी के रूप में उसके लिए नहीं थी, जिसको बॉलीवुड के पटकथा लेखकों ने भाभी की संज्ञा दे दी थी, लेकिन उसकी योजना में मिली के लिए अपनी जगह थी।

'और सुनील...' उसने आगे जोड़ा।

पीटर का दिल बर्फ़ हो गया।

'छोटी-मोटी बात हो तो मैं कुछ कर सकता हूँ', जेंडे ने बोला, 'लेकिन यह बड़ा मामला है। यह क़त्ल का मामला है।'

पीटर अब सहन नहीं कर पाया।

'सुनील...वह नहीं...'

जेंडे को कुछ समझ में नहीं आ रहा था।

'माफ़ करना, क्या कहा?'

'सुनील को चोट तो नहीं आई?'

'चोट? एक मिनट, एक मिनट। तुम क्या सोच रहे हो?'

'वह घर पर नहीं है। वह हम लोगों के सम्पर्क में नहीं है। मुझे लगा कि कहीं उसका कुछ...'

जेंडे के चेहरे पर कोई भाव ही नहीं था और पीटर ने मुखाकृति विज्ञान का एक और सबक़ सीख लिया। आप सोच सकते हैं दोस्त अधिक भावना जताते नहीं हैं लेकिन जब वे जान-बूझकर चेहरे से सभी भावों को हटा देते हैं तो आपको उनका एक अलग ही चेहरा दिखाई देने लगता है। यह एक जाना-पहचाना चेहरा था जो उसने दशकों पहले देखा था, बल्कि यह पहली बार था जब उसने जेंडे का पेशेवर चेहरा देखा था। वह इस बात को समझ सकता था कि यह क्यों एक उपयोगी कौशल था। जब किसी के चेहरे पर कोई भाव ही न हो तो बातचीत में दूसरा चेहरा भाव से परिपूर्ण हो सकता था। यही इंटरव्यू लेते समय भी हो सकता है, अगर आप चुप्पी को उपकरण की तरह इस्तेमाल करें तो सामने वाला व्यक्ति उस ख़ामोशी को भरने के लिए ही बहुत कुछ कहने के लिए प्रेरित हो जाता है।

'सम्पर्क में नहीं है? शहर के बाहर गया है? कब से?'

एक बार फिर जेंडे के लहजे में अविश्वास नहीं था। लेकिन कुछ और भी नहीं था इसलिए अविश्वास का भाव इतना साफ़ दिखाई दे रहा था।

'मुझे नहीं पता',पीटर बोला और वह यह दुआ कर रहा था कि यह बात कमज़ोर न लगे। 'वैसे वह रविवार को शहर में ही था।'

'और तुमको यह बात कैसे पता है?'

'एक प्रदर्शन था।'

'कौन-सा प्रदर्शन?'

'धारा 377 के ख़िलाफ़।'

जेंडे का चेहरा समझते हुए भी न जताने के क्रम में जापानी जेन गार्डेन जैसा हो गया था।

'अच्छा! वह वहाँ गया था? उसने बताया तुमको?'

'*हमें* बताया?'

जेंडे के बर्ताव में एक तरह का पेशेवर भाव था। वह मेरे साथ

खेल रहा है, वह एक अच्छे पुलिस वाले की तरह खेल रहा है, पीटर ने सोचा।

'मैंने उसकी तस्वीर एक अख़बार में देखी।'

'अच्छा', जेंडे बोला, 'उसके बाद?'

'कुछ नहीं।'

'क्या वह अक्सर इस तरह के काम करता है?'

'मुझे नहीं पता। हाँ, अक्सर। ज़्यादातर समय', पीटर ने कहा, वह इस तरह से बोल रहा था जैसे उसको कुछ समझ में नहीं आ रहा हो।

जेंडे ने उसको एक पल सुना और फिर बोला, 'कौन-सा?'

पीटर ने याद करने की कोशिश की।

'अधिकतर मुझे यह पता होता है कि वह कहाँ है। लेकिन कई बार वह ग़ायब हो जाता है। वह किसी की परियोजना में उसकी मदद के लिए चला जाता है। या वह किसी गाँव में चला जाता है। या रात में किसी दोस्त के घर रुक जाता है।'

'यूँ ही?'

वह समझ गया कि जेंडे क्या पूछना चाह रहा था : 'क्या वह तुमसे अनुमति नहीं लेता है?'

इस बात को लेकर काफ़ी घमासान होता रहा है। सुनील जब यह कहता था कि वह वयस्क हो चुका है तो मिली इस बात को मान लेती थी और कहती थी कि वयस्कों की अपनी ज़िम्मेदारियाँ होती हैं और इसलिए उन्हें उन लोगों को अपनी बात बतानी चाहिए जो उनको प्यार करते हैं और जो इस बात को लेकर चिन्तित रहते हैं कि वह है कहाँ।

सुनील बोला, 'और कब जाता है, कहाँ जाता है, क्यों जाता है तथा किसके पास जाता है।'

'बकवास मत करो सुनील', मिली ने कहा था, 'मैंने इतना कुछ नहीं पूछा था।'

अस्थायी तौर पर समझौता क़ायम हो गया था जब सुनील इस बात के लिए सहमत हो गया था कि वह अपने बारे में उनको बताया करेगा और उसने उन लोगों को यह अधिकार भी दिया कि अगर वह बहुत समय तक घर न आए तो वे उसको फ़ोन भी कर सकते थे।

फिर भी सुनील बोला, 'बहुत अधिक समय हो गया, इसका फ़ैसला कौन करेगा?'

'हम जिस वक़्त आपके आने की उम्मीद करते हों, उससे दो या तीन घंटे अधिक समय हो गया तो इसको समय से अधिक होना कहते हैं।'

'आप क्या चाहते हैं, मुझे किस समय आ जाना चाहिए?'

'हम कैसे उम्मीद कर सकते हैं, जब तुम्हारा मन होता है आते हो, जब मन होता है जाते हो।'

'यह तो मेरे ऊपर कर्फ़्यू लगाने वाली बात हुई।'

यह सब चलता रहा। नतीजा यह हुआ कि सुनील ने पूरी कोशिश की कि अपने माता-पिता को बताता रहे लेकिन वह इस तरह का आदमी है कि किसी चीज़ में बहुत जल्दी शामिल हो जाता है। वह अन्याय के बारे में सुन नहीं पाता है और उसके लिए सुबह होने तक का भी इन्तज़ार नहीं करता। वह लाइब्रेरी जाकर उसकी पृष्ठभूमि तैयार करने में लग जाता है; वह वहीं बैठकर कुछ सम्पादित करने लगता है; वह तत्काल सचाई का पता लगाने वाली तदर्थ समिति का सदस्य बन जाता है और फिर सब कुछ पीछे रह जाता है।

एक बार लड़ाई हुई थी—जब सुनील पर्यावरण के नाम पर शाकाहारी हो गया था—जिसका नतीजा यह हुआ कि सुनील ने कई दिन तक किसी से बातचीत नहीं की, उसने कभी बदतमीजी नहीं की लेकिन ज़रूरी बातों को छोड़कर वह कोई बात नहीं करता था। मिली ने पीटर की तरफ़ मुड़कर चिल्लाते हुए कहा, 'तुमने इसको बिगाड़ कर रख दिया।'

'शुक्रिया। अगर इसको बिगाड़ना कहते हैं तो मैं दुआ करता हूँ कि और माँ-बाप भी अपने बच्चों को इसी तरह बिगड़ने दें।'

मिली एक साथ ख़ुश और डरी हुई, दोनों लग रही थी।

पीटर सोच रहा था कि क्या उसको शिवा को यह सब बताने की ज़रूरत थी, वह इसकी परवाह भी करेगा क्या, लेकिन शिवा ख़ुद पिता है और उसका दोस्त भी है, वह इस बात को समझेगा, लेकिन अचानक उसको कोई बात सूझी।

~

'शिवा, अगर वह ठीक है तो तुम सुनील के बारे में क्यों पूछ रहे हो?'

'सुनील का नम्बर, प्रॉक्सी के फ़ोन में?'

अख़बार में वह तस्वीर।

मिली के पोते-पोतियाँ।

प्रॉक्सी अपने ही ख़ून में सना, उसकी किडनी ग़ायब।

और सुनील से सम्पर्क नहीं हो पा रहा।

अँधेरा।

चारों तरफ़ अँधेरा।

उसने पाया कि वह दुआ कर रहा था, 'वह समलैंगिक है तो कोई बात नहीं। मैं वादा करता हूँ। इससे कोई फ़र्क़ नहीं पड़ता। मैं यह नहीं चाहता कि वह इस सबमें शामिल हो।'

अचानक जैसे दूर से जेंडे की आवाज़ आई, 'जब आए तो हमें बताना।'

'मैं बताऊँगा।'

और पीटर एक और बात समझ गया। अब वह इस जाँच का हिस्सा नहीं रह सकता था। इससे उसके हितों का टकराव हो जाता।

'और अगर तुमको...' पीटर ने जेंडे की तरफ़ देखते हुए कहा। लेकिन वह अपनी बात पूरी नहीं कर पाया क्योंकि उसको पता ही नहीं था कि वह कहने क्या जा रहा था। ऐसा लग रहा था कि जेंडे को पता था।

'मैं करूँगा', वह बोला और अचानक उसकी आवाज़ एक दोस्त की आवाज़ बन गई।

इस बात से थोड़ा ख़ुश होते हुए पीटर उस दोपहर वहाँ से बाहर निकला। सुनील इसमें शामिल था? कैसे? क्या वह प्रॉक्सी को जानता था? क्या उसने सुनील को ब्लैकमेल किया था? क्या उसने...? पीटर ने इन विचारों को एक तरफ़ कर दिया। उसके बेटे के लिए वह लड़का जो भी रहा हो लेकिन यह बात पक्की थी कि उसके बेटे और शौचालय वाले उस लड़के के बीच कुछ सामान्य बात थी, एक ऐसा सम्बन्ध जिसके लिए वह कुछ भी कर सकता था, एक सम्बन्ध जिसका सम्बन्ध शौचालय, क़त्ल और शरीर के ग़ायब अंगों से था। लेकिन इस समय सबसे ज़रूरी यह बात थी कि वह इन सूत्रों को जोड़ते हुए इस उलझन को सुलझाए। उसको यह पता लगाना ही था...आख़िर क्या?

'जब शक हो तो हर पड़ताल करो', उसको चन्द्रमौलि की बात याद आई। वह यही करने वाला था। जितने भी सूत्र हैं वह सभी को जोड़ने की कोशिश करेगा चाहे वे सूत्र कितने ही कमज़ोर हों। शायद अख़बार की उस ख़बर का कोई मतलब न हो। उसको तो यह भी नहीं पता था कि उस अख़बार की उस कटिंग के हाशिए पर जो लिखावट थी वह उस लड़के की थी या नहीं, मिलान करने के लिए कोई नमूना भी नहीं था। शायद यह

कोई ग़लती हो, हो सकता है कि दुर्घटनावश वह ख़बर उस मृत लड़के के कमरे में मिली हो। लेकिन वह वहाँ थी और वह उसको नज़रअंदाज़ नहीं कर सकता था। वह अँधेरी जाएगा और आत्महत्या के उस मामले के बारे में पता करेगा। इस बात से कोई फ़र्क़ नहीं पड़ता कि पूछताछ से कुछ पता न चले। वह कुछ न कुछ करते रहना चाहता था। उसने महसूस किया कि जब वह लाल बत्ती पर सड़क पार करने के लिए खड़ा था तो उसके पैर काँप रहे थे।

जिस सोसाइटी में जोटिन पेरी रहता था वहाँ भाड़े के गार्ड रक्षा में तैनात थे। उन लोगों ने नीले और काले रंग की अजीब-सी ड्रेस पहन रखी थी जिसके ऊपर लाल और काले रंग की स्ट्रिप्स लगी हुई थीं। पीटर ने जोटिन पेरी का नाम और फ़्लैट नम्बर लिखा और साँसें थामकर खड़ा रहा। कई बार गार्ड फ़ोन करके यह पता करते हैं कि सब सही तो है न, लेकिन उस गार्ड ने नहीं किया।

वह अन्दर आ गया। अन्दर कुल आठ इमारतें थीं, जो एक पार्क के चारों तरफ़ बनी थीं, जिसके बीचोबीच एक स्विमिंग पूल बना हुआ था, नीला, वायवी, ख़ाली, उसका पानी दोपहर की धूप में चमक रहा था। पार्क में कुछ बूढ़े बैठे बातें कर रहे थे। वह भी वहाँ जाकर बैठ गया। कुछ देर जान-बूझकर उन लोगों ने उसको नज़रअन्दाज़ किया, फिर उनमें से एक ने बड़े होने का फ़ायदा उठाया और उससे पूछा, 'क्यों भाई, आप कौन हैं?'

'मैं जोटिन पेरी से मिलने आया हूँ', पीटर ने अंग्रेज़ी में कहा। मध्यवर्गीय सोसाइटी में इस तरह अंग्रेज़ी बोलने से सन्देह कम होता है। वह यह कहने ही वाला था कि उसको कुछ देर इन्तज़ार करने के लिए कहा गया है या इसी तरह का कोई और झूठ बोलने ही वाला था लेकिन उस आदमी ने शायद इस बात के ऊपर ध्यान ही नहीं दिया कि वह जोटिन पेरी से नहीं मिल रहा था बल्कि पार्क में बैठा हुआ था।

'हाँ, वह लड़का। वह गधा है। मैंने उससे कहा था कि झोंपड़पट्टी वाले बिजली चुरा रहे हैं और वह इस बारे में अख़बार में लिखे लेकिन उसने कहा कि यह कोई ख़बर नहीं है। अगर डकैती भी ख़बर नहीं है तो क्या है ख़बर?'

'आत्महत्या!' पीटर ने सुझाते हुए कहा, 'अख़बार में इस तरह की बातें आजकल ख़ूब छपती हैं।'

उस बूढ़े आदमी ने उसको घूरकर देखा, वह इस बात को मानने के लिए तैयार नहीं था।

'केवल बलात्कार, हत्या, आत्महत्या और भी पता नहीं क्या-क्या। उनके पास इन्हीं बातों के लिए वक़्त होता है।'

संयोग से, दूसरा आदमी इतना सावधान नहीं था। 'हमारे यहाँ भी आत्महत्या हुई', वह बोला, 'ग्यारहवें माले से। वहाँ।'

उसने इशारा करते हुए बताया।

पीटर ने अपने कान पकड़े और जीभ बाहर निकाल दी। उसने देखा था कि जब किसी आदमी को किसी बुरी ख़बर के बारे में पता चलता है तो वे इसी तरह करते हैं। उसको यह नहीं पता था कि इसका मतलब क्या होता है लेकिन उसको लगा कि यही करना चाहिए।

'देखो, वह तुम्हारे दोस्त का फ़्लैट है। और उसी के बग़ल के फ़्लैट से वह आदमी कूद गया था।'

'वह तनाव में था', पहले वाले बूढ़े ने कहा।

'अब वहाँ कौन रहता है?' पीटर ने पूछा।

'किसी आदमी के मर जाने के बाद उस घर में कौन रहेगा? उसकी विधवा हिमाली', दूसरे वाले बूढ़े ने कहा।

'विधवा-उधवा', पहले वाले आदमी ने ऐसी आवाज़ में कहा कि लगा कि उसके पास और तरह की सूचनाएँ भी थीं। 'क्या आपने उसको कभी सफ़ेद कपड़ों में देखा है?'

'क्या कह रहे हो ठाकुर? यह इक्कीसवीं सदी है।'

'मैं तो बस यही कहता हूँ कि अपनी शादी का प्रमाणपत्र दिखाओ और मैं तभी मानूँगा। नहीं तो ये किरायेदार, ये कहानियाँ बनाते हैं : मैं शादीशुदा हूँ, ये मेरे पति हैं, ये मेरा भाई है, और कौन जानता है कि वे क्या करते हैं। लेकिन मैं दूसरे लोगों की तरह किसी की पीठ पीछे बातें नहीं करता हूँ। मैं मुँह पर कहता हूँ। मैं सोसाइटी की मीटिंग में कह देता हूँ, तुम जानते हो...'

पीटर ने अपनी पैंट की जेब में हाथ डाला और फ़ोन निकालकर कान से लगाते हुए बोला, 'हाँ, हाँ, आ रहा हूँ', और वहाँ से निकल आया। उन्होंने शायद ध्यान भी नहीं दिया कि वह जा रहा है।

ग्यारहवें माले के चार दरवाज़ों में से एक के ऊपर सफ़ेद रंग का काग़ज़ चिपका हुआ था। किसी ने पटेल नाम तीन लिपियों में लिखा था : रोमन, गुजराती और देवनागरी में। दरवाज़ा एक बहुत सुन्दर महिला ने खोला,

उसकी आँखें पनियल थीं और चन्दन जैसा चेहरा था। उसने उसको उतना देखा नहीं बल्कि ऊपर से नीचे तक उसका मुआयना करने लगी।

'हाँ?'

'मिसेज़ पटेल?'

'आप?'

'मैं पीटर फ़र्नांडीज़ हूँ। मैं उस आदमी के बारे में पता करने आया हूँ जो छत से कूद गया था', ख़ुद को रोकने से पहले वह बोल गया।

'ओफ़्फ़ो', उस महिला ने कहा और दरवाज़ा बन्द कर लिया।

'मुझे माफ़ कीजिएगा कि मैंने आपको परेशान किया', पीटर बोला, 'लेकिन आप प्रसिद्ध हैं।'

यह चाल काम कर गई।

'क्या कह रहे हो?' वह महिला बोली।

'मैं आपके बारे में लिखना चाहता हूँ।'

'मतलब आप पत्रकार हो?' उसके रास्ते में अभी भी उस महिला का शरीर अड़ा हुआ था लेकिन कम-से-कम अब वह सुन रही थी।

'हाँ', उसने अपनी पीठ के पीछे ले जाकर अपनी उँगलियों को जोड़ लिया।

'बहुत से पत्रकार आते रहते हैं। सब उसके बारे में यही जानना चाहते हैं कि वह क्यों कूद गए', उसने ऐसे कहा मानो शिकायत कर रही हो।

'मैं समझ सकता हूँ', पीटर ने कहा, वह कोशिश कर रहा था कि ख़ुद को उन लोगों से आगे दिखाए। 'मुझे लगता है कि वे सब गधे हैं। लिखा तो आपके बारे में जाना चाहिए।'

'क्यों?'

दरवाज़ा थोड़ा-सा खुला।

'क्या मुझे एक गिलास पानी मिल सकता है?' पीटर ने समाजशास्त्र के भूले हुए पाठों को याद करते हुए कहा। उसको याद आया कि किस तरह आप किसी से छोटी-सी मदद माँगते हैं और अगर वह मदद मिल जाती है तो बड़ी मदद माँगने पर मना कर पाना मुश्किल हो जाता है। वह पानी लाने के लिए अन्दर गई। वह सोच रहा था कि घर के अन्दर जाना चाहिए या नहीं लेकिन वह अन्दर नहीं गया। हो सकता है कि इससे उसको लगता कि अतिक्रमण किया गया है और वह बुरी तरह से रिएक्ट करे। वह वहीं खड़ा रहा और जब वह पानी लेकर आई तो उसने पानी ऐसे पिया जैसे बहुत प्यासा हो।

'बहुत शुक्रिया आपका', उसने कुछ अधिक ही विनम्रता जताते हुए कहा।

'आप अन्दर आ सकते हैं', वह बोली। मतलब यह काम कर गया, मन ही मन वह ऐसे बोला मानो जीत गया हो। और लोग कहते हैं कि मानविकी की पढ़ाई करने से असल जीवन में कुछ नहीं मिलता।

वह उसको एक कमरे में लेकर गई जो मध्यवर्गीय साजो-सामान से भरा पड़ा था : सोफ़ा सेट, उससे-मिलते जुलते रंग की कुर्सियाँ, टेलिविज़न, डाइनिंग टेबल, जिसके चारों तरफ़ चार कुर्सियाँ ऐसे लगी हुई थीं मानो षड्यंत्र कर रही हों। उसने बाँहवाली एक कुर्सी चुनी और उसके ऊपर बैठ गया। हिमाली प्लेट में रखकर पानी का एक और गिलास लेकर आई।

'तो?'

'मैं आपके बारे में सब कुछ जानना चाहता हूँ', उसने कहा और एक बार सच बोलने की कोशिश की। 'मैं आपके ऊपर महिलाओं की एक पत्रिका में लेख लिखना चाहता हूँ। मारी चैनल, यह एक नई पत्रिका है जो फ्रेंच मीडिया समूह ने शुरू की है। आप आकर्षक हैं, सुन्दर हैं और अगर हमारे पास सही तस्वीरें हो जाएँ तो हो सकता है कि कवर पर आपका फोटो भी छप जाए।'

वह सोच रहा था कि झूठ कहीं ज़्यादा तो नहीं हो गया लेकिन उसका झूठ काम कर गया।

'देखिए, मैंने हमेशा ही लोगों से कहा है कि मैं मॉडलिंग करना चाहती हूँ लेकिन केवल ऊपरी तस्वीरें हों। समझे? कोई नंगी तस्वीर या उस तरह का कुछ भी नहीं। मैं एक अच्छे परिवार से आई हूँ। मेरी अपनी भी कोई क़दर है। ये लोग तो विधवा-उधवा कहते हैं लेकिन यह नहीं समझते हैं कि मैं एक निर्दोष विधवा हूँ। लेकिन उनको किस तरह बताऊँ? क्या यह उनका काम है? क्या वे प्रस्ताव लेकर आते हैं?'

इनमें से किसी बात का पीटर के लिए कोई मतलब नहीं था। लेकिन उसने सिर हिलाते हुए कहा, 'सही कह रही हैं आप। मैं समझ सकता हूँ।'

हिमाली को यह अच्छा लग रहा था क्योंकि उसने कहा, 'रुकिए। मैं आपके लिए चाय लेकर आती हूँ।'

और एक बार फिर वह ग़ायब हो गई। पीटर ने राहत की साँस ली। वह घर में सुरक्षित था। हिमाली एक ट्रे में खाखरा, फ़ाफड़ा, चिवड़ा और बेसन के लड्डू लेकर आ गई। पीछे रसोई से इलायची वाली चाय की ख़ुश्बू आ रही थी।

'सॉरी', उसने धीरे-से कहा, 'घर में कुछ था नहीं। अगर मुझे पता होता कि आप आने वाले हैं तो मैं कुछ बना लेती।'

'आप मज़ाक़ कर रही हैं?' पीटर ने कहा, 'यह तो भोज हो गया।'

'अरे, तब आपको हमारी मेहमानवाज़ी का पता ही नहीं है। लेकिन अभी हम लोग शोक में हैं न? हमारे लिए दोहरी त्रासदी हो गई। पहले माँजी गुज़र गईं और आप सोच सकते हैं कि सब कैसा महसूस कर रहे होंगे।'

'आप लोग बहुत क़रीब थे?'

'परिवार तो क़रीब होता ही है न? यहाँ तक कि मेरा भाई आज तक इसके असर में है और मैं भी।' आख़िरी बात उसने अंग्रेज़ी में कही और बाद में कही।

'आपकी माँ और भाई आपस में बहुत क़रीब थे?'

उसने आँखें नचा दीं।

'क़रीब? मैं उससे कह रही थी कि शादी कर लो। तुमने तो माँ से ही शादी कर ली है।'

उसके बाद उसको ऐसा महसूस हुआ कि उसने कुछ ज़्यादा कह दिया।

'वैसे कौन ऐसा नहीं होता है। भारतीय पुरुष ऐसे ही होते हैं न? यह भी', वह बोली और एक बार फिर उसने संकेत दिया कि वह अपने पति के बारे में कह रही थी, 'ऐसे ही थे। इनकी माँ बहुत कम उम्र में मर गई थीं इसलिए यह भी उनके भक्त हो गए थे। मैं यह कहना चाहती हूँ कि बैठकर उनके लिए पूजा करते थे, मुझे मरने के लिए छोड़कर। उसके बाद मेरी माँ उनके लिए माँ हो गईं। केवल मैं ही बाहरी थी, पहले वहाँ, अब यहाँ।'

एक बार फिर वह अपने आपको सँभालने की कोशिश कर रही थी, वह अपने आपको अपने जीवन के दो पुरुषों की शहीदी भूमिका और उनकी मनोदशा से ख़ुद को अलग करना चाहती थी।

'लेकिन आख़िरकार मैं मरी तो नहीं। वही कूद गया न? उस बालकनी से। लेकिन इस बारे में बात क्या करना। अब आप मॉडलिंग शूट के बारे में बताइए। सुना है कि वे अपने कपड़े पहनने के लिए कहते हैं। मानो वे स्पॉन्सर हों और कपड़े भी वही देंगे। क्या यह सही है?'

'हाँ', पीटर बोला, 'कुछ बड़े फ़ैशन ब्राण्ड ऐसा ही करते हैं।'

उसका चेहरा चमक उठा। उसके बाद उसने अपने आपको क़ाबू किया। 'अरे, आप कुछ खा ही नहीं रहे। रुकिए चाय तैयार हो रही है।'

और वह एक बार फिर चली गई।

'फिर क्या हुआ?' जब वह चाय लेकर लौटी तो पीटर ने पूछा।

'कहने को क्या है? माँजी बीमार थीं और फिर वह दुनिया से चली गईं। लेकिन वह इस बात को सहन नहीं कर पाए क्योंकि यह उनकी ग़लती से हुआ था।'

'क्यों?'

'मतलब उनको ऐसा लगा कि उनके मरने का कारण वह था', यह जल्दबाज़ी में उसके मुँह से निकल गया।

'क्यों?'

'मुझे कैसे पता? देखिए, आप एक बार फिर उनके बारे में सवाल कर रहे हैं।'

'नहीं, नहीं। यह सब बस मैं पृष्ठभूमि तैयार करने के लिए कर रहा हूँ।'

'आपको इसके लिए कितना जानना है?'

'आप बता रही थीं कि आपकी माँ की मृत्यु हो गई, और आपके पति को ऐसा महसूस हो रहा था जैसे...'

'वह डिप्रेशन में चले गए। वह डिप्रेशन में थे। इसलिए उन्होंने अपनी जान ले ली। और मैं इस दुनिया में अकेली रह गई। मैं पश्चिमी ढंग के कपड़े नहीं पहनूँगी। मुझे लगता है कि मेरी सुन्दरता नेचुरल है, जैसे ऐश्वर्या राय की।'

'मुझे भी ऐसा ही लगा था जब आपको देखा था,' उसने कहा, 'लेकिन अब ज़िन्दगी आपको कठिन लगती होगी। आप कैसे सँभालती हैं इसे?'

'मेरा भाई मदद करता है। लेकिन मैं यहाँ बहुत दिन तक नहीं रह सकती हूँ। यहाँ किराया बहुत अधिक है। मेरे पति विदेशी बैंक में काम करते थे, अब वे इस दुनिया में नहीं रहे।'

'आपकी शादी कब हुई थी?'

'एक साल दो महीने पहले। वह बहुत अच्छे आदमी थे। जो चाहती थी मुझे मिल जाता था। लेकिन उन्होंने मुझे कभी छुआ नहीं। पता नहीं क्यों। मुझे लगा कि वह शायद कुछ कर पाने में असमर्थ थे। इसलिए मैं निर्दोष विधवा हूँ। आप इस बात को लिखना। लोग जब अख़बार में पढ़ते हैं तो उनको यक़ीन हो जाता है।'

'शायद इसी वजह से उनको डिप्रेशन हो गया हो।'

'मतलब?'

'मेरे कहने का मतलब यह है कि पुरुषों में जब कुछ कर पाने की

कूवत नहीं रह जाती है तो वे डिप्रेशन में आ जाते हैं', वह मर्दानगी को लेकर बहुत धीमे स्वर में कहना चाहता था ताकि उसको बुरा न लगे और उसको लगा कि वह इसमें असफल हो गया। लेकिन वह अपनी बात कह पाने में सफल हो गया था।

'नहीं, मैंने कहा न कि ऐसा कुछ नहीं था। ऐसा माँजी के कारण हुआ। वह उनको माँ मानता था, इसलिए वह डिप्रेशन में चला गया। मुझे लगता है कि वह कुछ गैंबलिंग-शैंबलिंग भी करते थे क्योंकि रात में बहुत देर से आते थे। अब मुझे उस स्टोरी के बारे में बताइए जो आप मेरे बारे में लिखना चाहते हैं।'

'मैंने तो यह सोचा था कि आज आपसे मिल लूँगा फिर अगले हफ़्ते आऊँगा।'

'जल्दी कर लो प्लीज़', वह बोली, 'मुझे नहीं पता है कि कब यह घर ख़ाली कर देना पड़े।'

~

घर जाते समय वह इसी उधेड़बुन में लगा रहा कि उसको मिली को इस नई जानकारी से अवगत करवाना चाहिए या नहीं। उसका एक मन था जो कह रहा था कि उसके ऊपर बोझ न डाला जाए। लेकिन उसके व्यक्तित्व का एक और पहलू था, जो वह जानता था कि अगर उसने मिली को कोई ऐसी बात नहीं बताई जिसका सम्बन्ध उसके बेटे से है तो वह उसको माफ़ नहीं करेगी।

और हुआ भी ऐसा ही, उसने उसके चेहरे पर एक नज़र डाली और उसको समझ में आ गया कि कुछ गड़बड़ है।

'क्या हुआ?' उसने पूछा।

उसने गहरी साँस ली।

'वह क़त्ल...'

मिली के चेहरे पर जो चैन दिखाई दे रहा था उसको देखते हुए उसने एक बार और सोचा कि उसको यह बात न बताई जाए। लेकिन वह जानता था कि बताना तो है ही।

'उस लड़के के फ़ोन में सुनील का नम्बर मिला है।'

मिली का चेहरा सख़्त होने लगा।

'हो सकता है कि इसका कोई मतलब न हो...' उसने कहना शुरू किया।

मिली उसको एकटक देखे जा रही थी।

'इसका कुछ मतलब है पीटर। इसका मतलब यह हुआ कि वह उस लड़के को जानता है। इसका मतलब है कि इस क़त्ल से वह किसी तरह से जुड़ा हुआ है।'

'जानता हूँ।'

वह पीछे मुड़कर कुछ-कुछ करने लगी, रसोई के बर्तनों को बिला वजह इधर से उधर करने लगी। वह दरवाज़े के पास स्टूल पर बैठ गया और कुछ बोलने की कोशिश करने लगा लेकिन उसके मुँह से आवाज़ ही नहीं निकल रही थी। मिली ने चाय का एक प्याला उठाया और उसकी तरफ़ बढ़ा दिया। उसने सिर हिला दिया।

'चिन्ता मत करो', चाय पीते हुए पीटर बोला।

'मैं एक ही शर्त पर चिन्ता नहीं करूँगी; तुम भी चिन्ता करना छोड़ दो', उसने झट से कहा। उसने मुस्कुराते हुए उसकी बात पर हामी भरी। करने से कहना आसान होता है।

'मुझे पक्का लगता है कि इसकी कोई व्याख्या होगी', वह बोला।

'है', मिली ने अपनी चाय समाप्त करते हुए कहा। 'यह सुनील है। वह क़ातिल नहीं है। वह समलैंगिक तो हो सकता है लेकिन क़ातिल नहीं। उसको घर आ जाने दो, हम उससे बात कर लेंगे।'

'काश! वह यहाँ होता', पीटर बोला।

'वह जल्दी ही आ जाएगा और हम उससे पूछ लेंगे', मिली बोली।

कहीं न कहीं उसको चैन महसूस हो रहा था। वे दोनों साथ मिलकर इस मसले को सुलझा सकते थे। उसने भी मुस्कुराते हुए अपनी बाँहें पीटर के गिर्द डाल दीं। पीटर ने उसको कुछ देर तक अपने ऊपर झुके रहने दिया।

~

उस रात जब वे डिनर कर रहे थे मिली का फ़ोन बजा। उसने फ़ोन की तरफ़ देखा और अचानक ख़ुश हो गई।

'सुनील है।'

उसको राहत महसूस हुई।

'एसएमएस है।'

'पढ़ो', पीटर बोला।

'जल्दी आऊँगा। जहाँ जा रहा हूँ, हो सकता है कि वहाँ फ़ोन का नेटवर्क नहीं हो।' उसने ऊपर देखा। 'मतलब कि जहाँ मैं जा रहा हूँ?'

'मुझे भी यही लग रहा है। उसको फ़ोन लगाओ', पीटर ने कहा लेकिन तब तक मिली ने नम्बर डायल करना भी शुरू कर दिया था।

'कोई जवाब नहीं आ रहा', उसने कहा।

पीटर ने पहले से ही खाना भी शुरू कर दिया था और उसको चैन में देखकर मिली का चेहरा भी निश्चिन्त हो गया। वह सम्पर्क में था। सुनील सम्पर्क में था। वह कोई छुपकर नहीं रह रहा था। वह किसी से भाग नहीं रहा था।

'मैं चर्च जा रही हूँ', खाना खाने के बाद मिली ने कहा।

बांद्रा में एक जगह एक प्रार्थनालय ऐसा था जो रात-भर खुला रहता था और जहाँ रात के किसी भी वक़्त कोई प्रार्थना करने जा सकता था। पवित्र अग्नि के समक्ष बारी-बारी से साध्वियाँ झुककर प्रार्थना करती रहती थीं। दुख और सुख के पलों में मिली यहीं आया करती थी।

'ठीक है', वह बोला।

'आओगे', मिली ने पूछा।

'नहीं', वह बोला।

'ठीक है', वह बोली, 'लेकिन बैठकर इसी बारे में चिन्ता मत करते रहना कि सुनील का नम्बर उस मोबाइल में कैसे आया। उसके पास बहुत सारे नम्बर हैं। वह अलग-अलग तरह के लोगों को जानता है। याद है एक बार वह बन्दर घुमाने वाले से बातचीत करने के लिए उसको घर लेकर आया था?'

पीटर को याद था। वह बन्दर शान्त था और अच्छी तरह बर्ताव कर रहा था, मानो वह अपने आसपास के नए माहौल से बहुत परेशान हो गया हो। लेकिन उसने मिली के हाथ से केला लिया था और उसको बहुत आराम से खा रहा था। सुनील और वह बन्दर वाला जानवरों के अधिकारों के बारे में बातें कर रहे थे।

मिली ने पीटर का गाल थपथपाया और चली गई। घर उसके आसपास सिमट आया था और उसको कोंकण के एक पुराने मुहावरे की याद आ गई : अब दीवारें मुझे काटने के लिए आती हैं या खाने को दौड़ती हैं? एक बार फिर, हमेशा की तरह उसको इस बात का अफ़सोस हुआ कि वह उस भाषा को भूल गया जो उसको लड़कपन के दिनों में बहुत अच्छी तरह आती थी।

समुद्र, उसने सोचा कि समुद्र मदद करेगा। जब वह घर से निकला तो उसने पाया कि उसका शरीर अपने आप माटुंगा रेलवे स्टेशन की तरफ़ बढ़ रहा था जो बिलकुल उलटी दिशा में था।

उसने अपने आपको रोका। जिस जगह पर अपराध हुआ था वहाँ जाने से कोई फ़ायदा नहीं होने वाला है।

समुद्र। उसने उसकी बहुत दिनों तक उपेक्षा की थी, जबकि उसकी दीवारें उसके बहुत पास थीं, महज़ एक ब्लॉक की दूरी पर, और वह कैडेल रोड लगभग रोज़ जाता था।

दो दिन पहले...नहीं तीन दिन पहले, उसकी ज़िन्दगी...उसकी ज़िन्दगी कैसी थी? उसकी आदतों की ग़ुलाम थी। वही आदत जिसकी वजह से वह शिवाजी पार्क में बाएँ से दाईं दिशा में चलता था क्योंकि उसको वही स्वाभाविक लगता था। पार्क में अँधेरा हो चुका था लेकिन उसके कोने मराठी बोलने वालों और लाइक्रा में अँटे शरीरों से जगमगा रहे थे। टहलते हुए उसको याद आया कि दो दिन पहले जब वह टहल रहा था तब भी उसके जीवन में सब कुछ ठीक नहीं था—वह वहाँ टहलते हुए इस बात को लेकर चिन्तित था कि उसके घर की छत में सीलन लग गई थी और वह सोच रहा था कि अपने पड़ोसियों से जाकर बात करेगा। वह इस बात को लेकर चिन्तित था कि कमाई तो उसकी कोई ख़ास नहीं हो रही थी लेकिन उसको टैक्स देने जाना था; यानी वह तब भी चिन्तित ही था। लेकिन ये चिन्ताएँ छोटी-मोटी थीं। वह जिस तरह से चाहता था उसका जीवन बहुत हद तक उसी रास्ते पर था। इस बीच, दूरदर्शिता के कारण उसका जीवन सही चल रहा था, हालाँकि तमाम कोशिशों के बावजूद थोड़ा मुश्किल भरा था।

'तुमको किस बात की चिन्ता है पीटर?' उसने अपने आप से सवाल किया, एक ऐसे दोस्त के लहजे में जो परेशान करने वाला तो हो लेकिन मदद भी करता हो।

'मुझे इस बात की चिन्ता है कि मेरा बेटा हत्या में शामिल है। मुझे इस बात से डर लग रहा है कि उसके ग़ायब होने का मतलब है कि वह किसी न किसी रूप में इसमें शामिल है। मुझे इस बात की भी फ़िक्र है कि वह कहीं समलैंगिक तो नहीं है।'

'इसमें से किसी भी बात को लेकर तुम क्या कर सकते हो?' परेशान करने वाले पीटर ने पूछा।

'ओह मुझसे इस तरह की बकवास मत करो', चिन्तित पीटर बोला। 'मुझे यह पता है। मुझे साहस दो कि मैं उन हालात को बदल सकूँ जिन्हें मैं बदल नहीं सकता। मैं किसी भी चीज़ के लिए कुछ भी नहीं कर सकता। अगर सुनील ने किसी की हत्या की है—इसके बारे में मैंने कहा कि मैंने इसका सामना किया और इससे कुछ बेहतर नहीं लगा, बल्कि मुझे बुरा इसलिए लग रहा है क्योंकि मुझे ग्लानि महसूस हो रही है। समझे? अच्छा, अगर यह बात है तो उसको शहर में जितनी जल्दी हो सके लौटकर आ जाना चाहिए और शिवा के सामने अपनी गिरफ़्तारी दे देनी चाहिए। शिवा उसका ध्यान रखेगा। और अगर वह समलैंगिक है तो उस बारे में मैं कुछ नहीं कर सकता हूँ, वह तो मुझे स्वीकार करना ही है।'

'स्वीकार करना है?'

'देखो, मैं इस बात को लेकर अभी चिन्तित नहीं हूँ।'

सच बात यह है कि वह नहीं था। इस चिन्ता का अचूक इलाज यही है कि इससे भी बड़ी चिन्ता आ जाए।

अँधेरे से एक आवाज़ आई, 'चाचा?'

वह अनजाने में ही कैडेल रोड पार कर समुद्र तट पर आ चुका था। बायीं तरफ़ महात्मा गांधी स्विमिंग बाथ था, जो अँधेरे में क़िले की तरह दिखाई दे रहा था।

'यूनिट?' अपनी चिन्ता के अँधेरे से निकलकर उसने आधे मन से उस लड़के की आँखों में देखा।

यूनिट पर उसकी नज़र ठहर गई। उसकी आवाज़ बदली हुई थी। मादक लग रही थी। 'आप *यहाँ* क्या लेने आए हैं चाचा?'

पीटर ने जल्दी से जवाब दिया, 'ईवनिंग वाक।' और रुकने से पहले उससे पूछा, 'और तुम?'

लेकिन वह पहले ही समझ गया था। यूनिट यहाँ किसी को स्वस्थ रहने में मदद करने नहीं आया था। वह यहाँ अपने शरीर को बेचने के लिए आया था। उसने कुछ ज़्यादा ही चुस्त टी-शर्ट पहन रखी थी और उतनी ही चुस्त जींस भी। उसने पुलिस को झाँसा दिया था कि वह फ़िज़िकल ट्रेनर है। पीटर को लग रहा था कि वह बेवक़ूफ ही था कि उसने इस बात पर यक़ीन कर लिया।

'क्या चाचा!' यूनिट ने पूछा और पीटर इस तरह पूछे जाने के कारण शर्मा गया। वह अजीब तरह से व्यवहार कर रहा था। कभी सिर नीचे कर

के अपने पैरों को देखने लगता था तो संकोच के मारे मुस्कुरा भी रहा था। उस लड़के के लिए पीटर के अन्दर से प्यार उमड़ रहा था जो अपनी तमाम घटिया हरकतों के बावजूद किसी बड़े बच्चे जैसा ही दिखाई दे रहा था। वह सुनील से बहुत बड़ा नहीं था।

'चाय?' उसने पूछा।

'शुक्रिया चाचा।'

पीटर को एक ईरानी रेस्तराँ की धुँधली-सी याद थी जहाँ एक कप ऑरेंज टी के साथ बातचीत को लम्बा खींचा जा सकता था। शायद उसका नाम था कैफ़े कैडेल? तब भी उसकी एक हद तक साख थी। लेकिन जब वे उस कोने में पहुँचे तो वहाँ बैंक खुल गया था।

'ईरानी कहाँ है?' उसने कुछ उलझन में पड़ते हुए पूछा।

'ईरानी?' यूनिट के चेहरे पर स्ट्रीट लैम्प की रोशनी पड़ी और पीटर ने देखा कि उसने आँखों में और भौंहों पर काजल लगा रखा था। इसके कारण वह अपनी उम्र से कम दिखाई दे रहा था, कम-से-कम पीटर की नज़रों में, क्योंकि उसको लगता था कि काजल केवल बच्चों को लगाया जाता था ताकि बुरी नज़र से उनको दूर रखा जा सके। जबकि यूनिट ने काजल इसलिए लगाया था ताकि अजनबियों की कामुक निगाहों को आकर्षित कर सके। लेकिन यौवन के इस भ्रम के बिना भी देखा जाए तो उसकी उम्र इतनी कम थी कि वहाँ किसी कैफ़े की मौजूदगी को याद रखना उसके लिए मुश्किल था।

'बरिस्टा', पीटर ने कहा और दोनों सड़क पार करने लगे। यूनिट अच्छी तरह से तैयार होकर आया था लेकिन जब दोनों साथ-साथ बैठे तो उसके चेहरे का भाव ऐसा था जैसे वह सब कुछ ठुकरा देना चाहता हो। उसके चेहरे पर ऐसा भाव था जैसे नाश्ते के लिए कुछ भी आ जाए वह उसको मना करने वाला था।

पीटर को लगा कि इसका कारण यह था कि जब वे अन्दर घुसे थे तो बहुत-सी निगाहें उनकी तरफ़ उठ गई थीं। लेकिन सभी लोगों की निगाहें पीटर के ऊपर थीं, एक बुज़ुर्ग इनसान, पिता की उम्र का। उसको ग़ुस्सा भी आया। अगर वह समलैंगिक होता और इस युवा में उसकी दिलचस्पी होती तो क्या होता? बुज़ुर्ग लोग युवा पत्नियों के साथ घूमते हैं तो यह उससे किस तरह अलग होता? उनका मज़ाक़ क्यों उड़ाया जाना चाहिए? क्या सभ्य होने की यही पहचान है? या हम लोग इस हद तक लिंग, उम्र और वर्ग को एक ख़ास तरह से देखने के आदी हो गए कि इससे अलग अगर

कुछ भी होता है तो उसका खुलेआम मज़ाक़ बनाया जाता है? क्या इसी वजह से सुनील अपनी समलैंगिकता के बारे में बताने से झिझक रहा था?

समलैंगिक झुकाव? मैं अपने मन में भी बिना किसी विशेषण को लगाए बात क्यों नहीं कर पा रहा? पीटर ने दुखी होते हुए सोचा। क्या इसी वजह से उसने हम लोगों को इस बारे में नहीं बताया?

'क्या खाओगे?' पीटर ने यूनिट से पूछा।

'मेरे लिए कुछ भी नहीं', यूनिट ने कहा।

'ख़ाली पेट कॉफ़ी पीना अच्छा नहीं होता। कुछ खा लो', पीटर ने छूटते ही कहा।

'चाचा, मुझे इतना सदमा पहुँचा है कि मुझे भूख कैसे लगेगी?' लेकिन वह मेन्यू को देख रहा था और उसने तय किया कि कपूचिनो और चिकेन सैंडविच लेगा।

पीटर मेन्यू लेकर देखने लगा कि क्या उसके पास पर्याप्त पैसे हैं। उसने कुछ दिनों से पैसे निकाले नहीं थे और सिवाय एक डेबिट कार्ड के वह और कोई कार्ड नहीं रखता था, जो वह आकस्मिक ख़र्चों के लिए रखता था। जब वह काउंटर पर गया तो उसने पाया कि उसके पास हनी और जिंजर टी के लिए भी पर्याप्त पैसे थे। वह ऑर्डर देकर जब अपनी मेज़ पर वापस आया तो उसने देखा कि यूनिट उसकी तरफ़ आशा से देख रहा था।

'तो तुम इस धंधे में कब से हो?' उसने पूछा।

'अंकल', इस बार उसने कुछ चिढ़ते हुए कहा, 'एक सैंडविच, एक कॉफ़ी और आप चाहते हैं कि इसके बदले में आप कुछ भी पूछ लें?'

'सॉरी।' पीटर ने कहा। तो कोई इस तरह के सवाल न पूछे? उसने सवाल पूछने के बारे में सोचा था। लेकिन फिर उसको प्रेस रूम में सुनाई जाने वाली पुरानी कहावत याद आई : यह मायने नहीं रखता कि आप क्या पूछते हैं, मायने यह रखता है कि आप किस तरह पूछते हैं। शायद उसका सवाल ग़लत था। फिर से शुरू करने का समय आ गया था।

'तुम प्रॉक्सी को कब से जानते थे?'

'हम लँगोटिया यार थे', यूनिट ने गर्व के साथ बताया, 'परेल में हम आसपास ही रहते थे। आप आर क्यू को जानते हैं?'

'नहीं', पीटर ने कहा।

'इसका मतलब हुआ रेलवे क्वार्टर, जो परेल में है, स्टेशन के पास।'

'अच्छा हाँ, समझ गया', पीटर ने कहा।

'वहाँ हम लोगों ने क्या दिन बिताए।'

'क्या बहुत मुश्किल था?'

'अंकल आप नहीं समझ पाएँगे। एक शौचालय, दस परिवार। इसलिए लड़के बाहर जाते थे।'

'कहाँ जाते थे?'

'मतलब यह कि जब आपको लगी हुई हो तो...। हर सुबह बहुत भीड़ रहती थी। सभी अन्दर जाने के लिए लाइन लगाकर खड़े रहते थे। इसलिए लड़के बाहर जाते थे।'

पीटर ने समझने की कोशिश की। वहाँ बहुत कम शौचालय थे इसलिए कम उम्र के लड़के बाहर जाते थे।

'अरें', वह बोला। वह पहली बार किसी ऐसे आदमी से बात कर रहा था जो खुले में शौच करता हो। वह जितना समझता था उसकी दुनिया उससे भी अधिक संकुचित थी। इसी वजह से उसके लिए यह मुश्किल हो रहा है कि वह सुनील के किसी और आदमी के साथ होने के बारे में सोचे, उसने अपने आप से कहा।

'इसमें ऐसा कुछ नहीं है', पीटर ने जब सहानुभूति जताने की कोशिश की तो यूनिट ने उसको ख़ारिज करते हुए कहा, 'सभी जाते थे, सभी लड़के, इसलिए न तो किसी को बुरा लगता था न ही कोई शर्मिंदा महसूस करता था। लेकिन एक दिन पीटी सर आए। कहने लगे कि तुम लड़के यह सब सड़क पर क्यों करते हो, यह अच्छी बात नहीं है। सुबह के समय मेरे घर आ जाया करो। मैंने सोचा कि वह ऐसा कैसे कह सकते हैं? यूँ ही? हम कैसे जा सकते हैं? लेकिन प्रॉक्सी बहुत साहसी था। वह चला गया।'

'फिर तुम भी गए?'

'पहले तो नहीं गए। लेकिन बाद में जाने लगा। जब प्रॉक्सी ने कहा कि इसमें कुछ भी ग़लत नहीं था, संडास भी साफ़ था। उसने यह भी कहा कि उसको नहाने के लिए गरम पानी भी मिला और साबुन भी बहुत अच्छा था, उससे नीबू की ख़ुश्बू आ रही थी।'

पीटर सिर हिला रहा था।

'कुछ लोगों ने कहा कि वह तुमसे ग़लत काम करने के लिए कहेगा। क्योंकि सभी यह कहते थे कि मेरा 'वो' बड़ा था।'

उसके कहने के लहजे से यह बात साफ़ थी कि वह शारीरिक लेन-देन की बात कर रहा था।

'प्रॉक्सी का भी', उसने पूछा।

'चाचा प्रॉक्सी का भी बड़ा था। मेरी ही तरह।' यूनिट ने कनखी मारते हुए कहा, 'आप देखना चाहते हो?'

पीटर को अच्छा नहीं लगा और इस बात को छिपाने के लिए वह मुस्कुराने लगा। 'नहीं, मैं इस तरह का नहीं हूँ।'

यूनिट थोड़ा अजीब तरह से हँसने लगा। 'अरे चाचा, इस लाइन में ऐसा कौन है? सब ऐसे नहीं होते हैं। मैंने बहुत से पुरुषों को देखा है। कुछ तो हर रात आते हैं। लेकिन वे ऐसे नहीं होते। कुछ तो अपनी आँखों से इसका फ़ोटो लेने के लिए आते हैं और घर जाकर अपनी पत्नी की उसमें चिपका देते हैं, लेकिन वे ऐसे नहीं होते हैं। नौ महीने के बाद उनको एक और बच्चा हो जाता है और वह भी वैसे नहीं रह जाते। कोई ऐसा नहीं जो यह कहे कि वह हर रात इसलिए आता है क्योंकि उसको हर रात चाहिए। वे कहते हैं : मैं यहाँ शायद ही कभी आता हूँ, यह तो पहली बार ही है, बस मज़े के लिए, यह देखने के लिए कि तुम लोग क्या-क्या करते हो। नहीं चाचा कोई भी वैसा नहीं होता। सबसे बुरे तो बुज़ुर्ग लोग होते हैं।'

पीटर को यह सुनकर बहुत दुख हुआ। सच में इस युवा शहर में बुज़ुर्गों के लिए कोई जगह नहीं है।

'तुम अपने ग्राहक के साथ कहाँ जाते हो?' उसने पूछा। उसे लग रहा था कि कोई ऐसा दरवाज़ा न खुल जाए जो उसके सँभाले न सँभले।

'ग्राहक?' यूनिट हँसने लगा, लेकिन उसने कुछ और नहीं कहा। 'जगह किसके पास है चाचा? अगर उनके पास घर होता है तो परिवार भी होता है। अगर उनके पास परिवार नहीं होता तो वे घर में दोस्तों के साथ रह रहे होते हैं। जगह की समस्या होती है न? अगर आप अपनी शर्ट भी नहीं उतार सकते तो और क्या हो सकता है। आप कुछ भी नहीं कर सकते। इसलिए अधिकतर सारा काम हाथ से ही हो जाता है।'

'तो वे माटुंगा रेलवे स्टेशन पर क्या करते हैं?'

'बाबा, वह मामला अलग है।' उसने अपने कान पकड़कर यह संकेत दे दिया कि यह बहुत बड़ा अपराध होता है जो वह नहीं करने वाला था।

'किस तरह अलग?'

वह कॉफ़ी पी गया और इस तरह खाने लगा मानो कोई खाना उससे छीनने वाला हो और इसलिए उसको जल्दी-जल्दी खाना समाप्त करना हो।

पीटर ने सोचा कि बोर्डिंग स्कूल के लड़के ऐसे खाते हैं। या ऐसे लोग जो बहुत बड़े परिवार से आते हैं।

'वहाँ प्रॉक्सी की मृत्यु हो गई', पीटर बोला, 'उसकी मृत्यु इस वजह से हुई क्योंकि वहाँ कुछ चल रहा था, नहीं?'

यूनिट ने बड़े नाटकीय ढंग से उबासी ली और अपनी कलाई घड़ी में समय देखने लगा।

'देखिए मैं यहाँ ऐसे बैठा हुआ हूँ जैसे मेरी गोद में आम अपने आप गिर पड़ेंगे। इस तरह से तो मैं कमाई नहीं कर सकता हूँ न?'

'अगर तुम चाहते हो कि पुलिस इस बात का पता लगा सके कि तुम्हारे दोस्त को किसने मारा तो तुमको उन लोगों को बताना चाहिए कि वहाँ हुआ क्या था।'

यूनिट के चेहरे से अचानक ग़ुस्सा झलकने लगा। वह पीटर को ध्यान से देखने लगा मानो कुछ समझने की कोशिश कर रहा हो। उसके बाद वह बोला, 'अंकल आप तो इतने पढ़े-लिखे हो, आप क्यों नहीं बता देते? मुझे जो पता है वह मैं बता चुका हूँ।'

उसके बाद वह उठा और बाहर निकल गया।

पीटर घर गया और बिस्तर पर लेट गया। कुछ देर तक उसको नींद नहीं आई, और जब आई तो उसको तरह-तरह के सपने आने लगे। उस रात उसने चीकू के विशाल बाग़ देखे, उसने देखा कि सुरंग के दूसरी तरफ़ हलकी-सी रोशनी झिलमिला रही थी। उसको कभी ऐसा नहीं लगा था कि उसको अपने सपनों से कुछ बात समझ में आती थी। उसका अवचेतन तो उसको इतनी छोटी-सी सूचना भी नहीं दे पाता था कि उसने चाबी कहाँ छोड़ी थी। जब वह सपने में जाता था या सपने से जागता था तो बस एक ही भाव रहता था कि कुछ सुझाई दे इसके लिए कुछ और ध्यान देने या अलग तरह से ध्यान देने की ज़रूरत थी।

~

वह अजीब तरह की ताज़गी के साथ उठा। लेकिन उसकी यह ताज़गी ख़त्म होने में बहुत वक़्त नहीं लगा। सुनील सुरक्षित नहीं था। जेंडे उससे बातचीत करना चाहता था।

वह बिस्तर से उठा और नहाने चला गया। उसके बाद हमेशा की तरह उसने अख़बार उठा लिया। लेकिन इससे भी उसको चैन नहीं पड़ा।

अख़बार में तरह-तरह के मामले भरे हुए थे। 'शौचालय में आतंक', एक शीर्षक ज़ोर ज़ोर से कह रहा था। 'वह काटता है, साहस दिखाता है, क्या वह पागल है?' दूसरा शीर्षक कह रहा था। आमतौर पर पीटर को अख़बारों को पढ़ने में एक घंटा समय लगता था। वह बहुत ध्यान से अख़बार पढ़ता था जैसा कि वह चाहता था कि उसके लेखक पढ़ें। लेकिन आज उसने पाया कि वह अपना कर्तव्य साफ़ तौर पर नहीं निभा पा रहा था, ख़ुद के लिए सूचनाएँ जुटा रहा था, भयावह सच्चाइयों के बारे में पढ़ रहा था और उनसे जुड़ी बातों के ऊपर ध्यान लगाते हुए पढ़ रहा था।

और जब वे रेशेदार टोस्ट को तोड़कर खा रहे थे, मिली का फ़ोन बजा। फ़ोन उसकी प्लेट के पास ही था। उसने उसे उठा लिया और देखने लगी। उसका चेहरा उतर गया।

यानी यह सुनील का फ़ोन नहीं था।

उसने फ़ोन उठाने का फ़ैसला किया। 'हाँ।'

'बाबा', वह बोली और उसका चेहरा ख़ुशी के मारे दमकने लगा।

पीटर उठकर खड़ा हो गया।

'सुनाई नहीं दे रहा...'

वह जहाँ था वहीं खड़ा रहा। अगर उसने फ़ोन लिया होता और अगर उसको भी सुनाई नहीं दिया होता तो वह उस बातचीत का अन्त कभी नहीं सुन पाया होता।

'कहाँ?'

उसने अपने एक कान को उँगली से दबाते हुए कहा।

'कौन? क्या? तुम ठीक तो हो?'

उसने अपना फ़ोन कान से और सटा लिया।

'तुमने क्या कहा? बुरी तरह क्या?'

पीटर अपनी मुट्ठियाँ भींचने लगा।

'मुझे कुछ सुनाई नहीं दे रहा बाबा। मुझे यह बताओ कि तुम ठीक तो हो न?'

उसके बाद फ़ोन कट गया। मिली ने फ़ोन कान से हटा लिया। उसके चेहरे से ऐसे लग रहा था जैसे वहाँ अविश्वास का भाव हो। वह फ़ोन के साथ तब तक लगी रही जब तक कि उसने अन्तिम नम्बर नहीं निकाल लिया।

'ये कहाँ है?'

'यह मैं कैसे बता सकता हूँ' उसने कहा। लेकिन वह अपनी डायरी

लाने के लिए चला गया जिसमें सभी टेलीफ़ोन एक्सचेंज की सूचियाँ थीं। उनको इससे पहले कभी उसको देखने की ज़रूरत नहीं पड़ी थी।

'यह नागालैंड का लग रहा है।'

'नागालैंड? वह नागालैंड में क्या कर रहा है?'

पीटर जानता था कि यह सवाल दरअसल पूछने के लिए ही पूछा गया था। वह थोड़ी देर चुप रहा, फिर बोला, 'मुझे यह बात जेंडे को बतानी होगी।'

बम्बई की चमकती सुबह पीटर घर से बाहर निकला। सोनचाफा की गंध हवाओं में फैली हुई थी और आकाश का रंग बहुत नीला था। सूरज अभी भी इमारतों के पीछे ही था और दुनिया बेहतर लग रही थी।

जेंडे के चेहरे पर किसी तरह का भाव नहीं था।

'यह रहा', पीटर बोला, 'उसने इस लैंडलाइन नम्बर से फ़ोन किया था।'

'वह कहाँ है?'

'मेरे ख़याल से नागालैंड में कहीं।'

'उसने फ़ोन किया था और तुमने पूछा भी नहीं?'

'फ़ोन उसकी माँ ने उठाया था।'

जेंडे ने सिर हिलाया और पीटर वहाँ से अपने आप चला गया।

छह

वह घर नहीं जा सकता था। अभी दो और सूत्रों का पीछा करना बाक़ी था : अँधेरी और रेलवे क्वार्टर। अँधेरी की आत्महत्या की तफ़तीश बहुत ख़तरनाक लग रही थी, बहुत अविश्वसनीय। जेंडे सही कह रहा था : वह तिनकों को पकड़ने की कोशिश कर रहा था। लेकिन जब वह एलफिंस्टन रोड स्टेशन पर उतरा और जब उसकी नज़र पटरी के किनारे बैठकर फ़ारिग़ होते पुरुषों पर पड़ी तो उसको समझ नहीं आ रहा था कि वह वहाँ क्या पाने की उम्मीद में आया था।

रेलवे क्वार्टर्स के बाहर वह एक दोमंज़िला इमारत की तलाश करने लगा जो सामने ही थी। चारखाने का पायज़ामा और बाँह वाली गंजी पहने एक बुज़ुर्ग बैठे थे जो देखने से एक मध्यवर्गीय रिटायर्ड आदमी लग रहे थे। वह अख़बार पढ़ रहे थे।

'यहाँ एक अध्यापक रहते थे?' पीटर ने पूछा।

उस बूढ़े आदमी को कुछ समझ में नहीं आया।

'हो सकता है कि अब वह रिटायर हो गए हों, पीटर ने बात जारी रखी।'

'पैगमेट? पीडबल्यूडी?'

पैगमेट? नाम परिचित लग रहा था।

'नहीं, पीडबल्यूडी में नहीं, वह अध्यापक थे। वह स्कूल में पढ़ाते थे?'

'हाँ, हाँ, वह स्कूल में तो थे, लेकिन अध्यापक नहीं। वह एक, दो, एक वाले पीटी मास्टर थे। क्या वह पढ़ाना होता है? असल में हम लोगों ने लड़कों के कारण उनका नाम पीडबल्यूडी रख दिया था।'

'लड़कों के कारण क्यों?'

'रेलवे कालोनी, पटरियों के पास जो है, उसमें पहले कुँवारे लोगों के लिए क्वार्टर बने थे। फिर उन कुँवारे लोगों की शादी हो गई और अब हर किसी को बधवार पार्क में तो घर नहीं मिल सकता है न?'

पीटर इस बात को समझता था कि कोलाबा का बधवार पार्क संभ्रांत इलाक़ा था, वहाँ रह पाना हर किसी की क़िस्मत में नहीं था।

'इसलिए जब किसी कुँवारे को क्वार्टर मिलता है तो वह यहाँ आता है, फिर जब उसकी शादी हो जाती है तो वह अपनी पत्नी को ले आता है। उनको असल में रेलवे से यह कहना चाहिए कि वह उनको मैरिड मेंस क्वार्टर दें लेकिन अगर मैरिड मेंस क्वार्टर न हों तो? अगर उन्होंने उस आदमी से यह कह दिया कि वह अपनी पत्नी को घर भेज दे, तो?'

पीटर बड़े धीरज के साथ अपना सिर हिला रहा था, वह ऐसे दिखा रहा था जैसे उसकी बातों में उसको दिलचस्पी हो। यह पूरे देश की समस्या है। जो क्वार्टर अविवाहित पुरुषों के लिए होता है उसका उपयोग पूरे परिवार द्वारा किया जाता है; विद्यार्थी जिस होस्टल में रहते हैं वहाँ भी उनकी पत्नियाँ, बच्चे, दादा-दादी जो भी आ सकते हैं, रहते हैं।

'आप पत्नी को लेकर आते हैं, फिर आपके बच्चे हो जाते हैं। अब जो जगह एक आदमी के रहने के लिए होती है वहाँ तीन लोग रहने लगते हैं। यह ठीक है। आप रह सकते हैं। लेकिन शौचालय का क्या?'

पीटर ने गहरी साँस ली। इस शहर में जब कोई शौचालय का नाम लेता है तो वह आहें भरने लगता है।

'तब बच्चे फ़ारिग होने के लिए बाहर जाते हैं।'

'फ़ारिग़?'

'फ़र्र-फ़र्र, सिस-सिस। और जिस जगह पर वे फ़ारिग़ होते हैं उसी जगह पर नहा भी लेते हैं।'

पीटर इसके पीछे के तर्क को समझने का प्रयास कर रहा था।

'श्श्श्श', वह कुछ दुखी भाव से बोला। लेकिन यह नहीं कहना चाहिए। लगता है कि वह आदमी चिढ़ गया था।

'अरे, लेकिन किया क्या जाए। जब लगती है तो जाना ही होता है न?'

'हाँ', पीटर ने कहा।

'और लड़के तो लड़के ही रहेंगे न?'

लड़कों के बारे में पीटर का मानना था कि वे अक्सर जानवरों की तरह होते हैं, जबकि लड़कियाँ परियों जैसी, लेकिन विनम्रता के साथ वह सहमत हो गया, 'हाँ', वह बोला।

'तो रोज़-रोज़ मैं वहीं खड़ा होता हूँ जहाँ आप खड़े हैं और वही देखता हूँ?'

पीटर ने इसको एक दोहराया गया सवाल समझ लिया।

'लड़के सुबह के समय उसके घर आते थे। एक दिन, हाँ। दो दिन, हाँ। हर दिन?'

'क्यों?'

'यही तो मैं पूछ रहा हूँ। एक दिन मैंने एक लड़के को पकड़ा और पूछा कि वह यहाँ क्यों आता है। मुझे लगा कि पैगमेट शायद कोचिंग क्लास चला रहा हो। और उसने मुझे क्या कहा?'

'क्या?'

उस आदमी ने गहरी साँस लेते हुए कहा, 'उसने मुझे बताया कि वे नहाने के लिए आते हैं।'

उसने अपनी दोनों भौंहें चढ़ा ली थीं।

'अच्छा नहाने के लिए आते थे।'

वह पीटर की तरफ़ कुछ समझाने के भाव से देखने लगा।

'अब आप जाकर ख़ुद देख लीजिए कि बच्चों को नहलाने से क्या होता है, जाकर ख़ुद ही देख लीजिए।'

'किस मंज़िल पर?'

'दूसरी मंज़िल पर। दरवाज़ा दाईं तरफ़ है।'

मुझे इस पर कवर स्टोरी करनी चाहिए, पीटर ने दरवाज़ा खटखटाते हुए सोचा। मुझे यहाँ आने से पहले ही सोच लेना चाहिए था। मैं जनगणना करने वाला हो सकता था। नहीं, जनगणना करने वाला नहीं, बल्कि ओपिनियन पोल करने वाला, साथ में एक नक़ली आई कार्ड भी लेकर आना चाहिए था। क्या तब मुझे अन्दर जाने का मौक़ा मिल जाता? वह सोचने लगा। वह ख़ुद भी कोशिश यही करता था कि ऐसे युवक-युवतियों के मुँह पर दरवाज़ा बन्द न करे जो हाथ में क्लिप बोर्ड लेकर आते थे कि 'आपका कुछ मिनट समय चाहिए' और फिर आठ पन्ने की प्रश्नावाली निकाल लेते थे...

दरवाज़ा तेज़ी से खुला। दरवाज़ा एक नौकर ने खोला था, जो नौजवान था और जिसने नीले रंग की बदरंग सी निकर पहन रखी थी और बिना यह देखे कि कौन आया है पीछे मुड़ गया।

'कौन?' अन्दर से एक काँपती हुई आज आई। नौकर रसोई में गया और कुछ साफ़ करने में लग गया।

'आत ये', उस आवाज़ ने कहा और पीटर अन्दर आ गया। पैगमेट सर, पीटी टीचर अब व्हीलचेयर में बैठे थे, उनका शरीर कमज़ोर पड़ गया था, उनकी त्वचा काग़ज़ की तरह पतली पड़ गई थी और बाँस की तरह पीली लग रही थी। ऐसा लग रहा था कि उनको कुर्सी से एक कपड़े के सहारे बाँधकर रखा गया था, जो कपड़ा तार से कुछ ही मोटा था।

'तुम इंजेक्शन लगाने आए हो? रोज़ वे किसी नए आदमी को भेज देते हैं। क्या हो रहा है, कुछ समझ नहीं आ रहा है। एक लड़का आया था, वह बहुत अच्छे से देता था, ज़रा भी दर्द नहीं होता था। अब तो कोई आता है और किसी तरह से लगाकर चला जाता है।'

उसको ज़रूर इंसुलिन का इंजेक्शन दिया जाता होगा। पैगमेट सर को डायबिटीज़ थी जिसके लिए उनको रोज़ एक सूई लगानी पड़ती थी। वह ख़ुद तो सूई लगा नहीं सकते थे।

'कौन हो तुम? क्या चाहिए? मेरे पास पैसे नहीं हैं। न खाना है। वे मुझे कुछ नहीं देते। तुमको चाय पीनी है? चाय के लिए बोल दो। वे चाय दे देंगे। मुझे भी चाय मिल जाएगी। तुम बोल दो तो मुझे भी चाय मिल जाएगी।'

शायद यह सुनकर घर का नौकर आया। उसने झाड़-पोंछ का कपड़ा टेबल पर रखा और बड़ी लापरवाही से पूछा, 'कुछ?'

'चाय?'

नौकर के चेहरे पर कुछ चिढ़ का भाव आया लेकिन उसने उसको जताया नहीं। पीटर ने महसूस किया कि इस तरह का उपयोगी तरीक़ा शहर में ऐसे नौकरों के लिए बहुत काम का होता है जिनको वेतन कम दिया जाता है और काम ख़ूब लिया जाता है।

'सत्तू, माला पान' वह बूढ़ा आदमी बोला।

इस बार उस नौकर के चेहरे पर चिढ़ साफ़ दिखाई दे रही थी।

'नंतर मी साफ़ नहीं करनार', नौकर ने जवाब दिया। उस आदमी ने बूढ़े आदमी की सफ़ाई करने से मना कर दिया। चाय पीने से उसे पेशाब लग आई थी।

'मी करतो', पीटर ने मदद करने की पेशकश की।

'हो', नौकर ने कुछ लड़ाकू अन्दाज़ में कहा, उसकी आवाज़ से अविश्वास झलक रहा था, कहते हुए वह रसोई में चला गया।

'तुम', उस बूढ़े आदमी ने पीटर को घूरते हुए कहा, 'कौन हो तुम? तुम मेरे लिए यह सब क्यों करना चाहते हो? क्या मेरे स्टूडेंट हो? किस साल

के? मुझे साल बताओ और अपना दस्ता भी। तुम अगर किसी टीम में रहे होगे तो मैं तुमको पहचान जाऊँगा। किस टीम में, मुझे बताओ? याद करो। तुम्हारे एकमात्र पीटी सर थे जबकि मेरे सैकड़ों विद्यार्थी थे जो पाँचवीं से लेकर दसवीं कक्षा तक पढ़ते थे। सभी लड़के किसी न किसी टीम में होते थे, चाहे खोखो का खेल ही क्यों न हो। हमारे स्कूल में कोई लड़का ऐसा नहीं था जो लड़कियों जैसे स्वभाव का हो।'

लड़कियों जैसे स्वभाव का लड़का। ऐसा लग रहा था कि एक बार किसी को कोई बात समझ में आ जाती है तो उसको हर जगह वही दिखाई देने लगता है। दस दिन पहले तक वह समलैंगिक लड़कों और लड़कियों के बारे में एकाध पल से अधिक नहीं सोचता था, इस बारे में कि उनको किस तरह से सोच के एक दायरे में रखा जाता था, किस तरह उनको अधिकारों से वंचित रखा जाता था। वह समलैंगिकों के अधिकारों का समर्थन करता था लेकिन रोज़-रोज़ के जीवन में उनको क्या-क्या सहन करना पड़ता था इस बात से उसको कभी परेशानी नहीं हुई। लेकिन अब ऐसा लग रहा था कि उनका ज़िक्र हर कहीं होता था और वह सकारात्मक नहीं होता था। और हो सकता है कि उसके अपने बेटे को भी यही सब सहन करना पड़ता हो। शायद अपने साहस के बावजूद उसको अभी भी सहन करना पड़े।

'तुम हो कौन?' उस बूढ़े ने फिर से पूछा। 'कितने साल हो गए। कितने सारे लड़के। लड़के जो पुरुष बन गए। हम यही तो कर रहे थे, भारत निर्माण कर रहे थे। भारत को महान बना रहे थे। यह किस तरह से किया जाना चाहिए? इतिहास और भूगोल से? रेन एंड मार्टिन से? नहीं यह मांसपेशियों से होता है। यह शरीर से होता है। पुरुष बनने से होता है।'

पीटर ने सोचा कि वह इस बुज़ुर्ग इनसान से कह दे कि भारत को राष्ट्र बनाने के लिए औरतों ने अधिक शारीरिक श्रम किया है : लकड़ियाँ जुटाना, पानी लाना, खाना पकाना, बीज बोना, बच्चों को पालना, फ़सल काटना, बुज़ुर्गों की देखभाल करना, उनकी साफ़-सफ़ाई, सेवा करना। हर कहीं औरतें काम करती दिखाई देती थीं, फ़्लाईओवर पर ईंटें ढोती हुई; दफ़्तर में काम करने वालों की नज़र से दूर रहकर, फ़र्श साफ़ करती हुईं; लाखों घरों में साफ़-सफ़ाई करती हुईं, खाना पकाती हुईं और बढ़ती उम्र में देवनागरी सीखती हुईं ताकि बच्चों को होमवर्क करवा सकें। बेटे जो उसी समय ग़ायब हो जाते हैं जिस समय उनकी सबसे अधिक ज़रूरत होती है।

लेकिन वह उस बूढ़े से बहस नहीं करना चाहता था; वह कुछ जानना चाहता था, कोई सुराग़ पाना चाहता था। हालाँकि वह इस बात को अच्छी तरह नहीं जानता था कि यहाँ से उसको कुछ पता चल भी पाएगा या नहीं।

'इसलिए उनको अपना शरीर बनाना चाहिए। अपने शरीर को साफ़ रखना चाहिए', वह बूढ़ा आदमी कह रहा था, 'तुमको पता है, मुझे उनको यह भी सिखाना पड़ता था कि अपने हाथ किस तरह धोए जाएँ, साबुन का इस्तेमाल करते हुए हैप्पी बर्थडे दो बार गाओ, नहीं तो कीटाणु नहीं मरते।'

और फिर अचानक, 'अपना शरीर दिखाओ।'

एक पल के लिए पीटर ने सोचा कि उसने ग़लत सुन लिया। क्या इस बूढ़े ने सच में वही कहा था...उसके बाद वह समझा कि वह कह क्या रहा था। उसने अपनी क़मीज़ की आस्तीन उठाई और अपनी बाँह की मछलियाँ दिखाईं। इस बात के ऊपर जब उसका ध्यान गया तो उसको बड़ा दुख हुआ कि उसको इवफ़िट जिम में डंबल उठाने के ऊपर अधिक ध्यान देना चाहिए था। वहाँ जो सिखाने वाले थे वे बार-बार उसको डंबल करने के लिए कहते थे लेकिन वह साफ़-साफ़ मना कर देता था। और अब पैगमेट, एक रिटायर्ड पीटी टीचर, उसका मज़ाक़ उड़ा सकता था।

'यह देखो', उस बूढ़े ने कहा और अपनी कमज़ोर बाँह को फुलाने लगा। उसकी झूलती त्वचा के नीचे लग नहीं रहा था कि मांसपेशियाँ फूल रही थीं लेकिन वह टीचर गर्व के साथ पीटर को दिखा रहा था जिसका मन जवाब देने के लिए हो रहा था।

'वाह', वह बोला, जबकि वह समझ रहा था कि उसके बोलने के पीछे वह दम नहीं था।

लेकिन पैगमेट के लिए शायद यह अच्छा था। 'सत्तू! चाय!' उसने चिल्लाकर कहा।

'चाय भगवान नहीं बना रहा है', एकसूत्रीय जवाब आया।

'चाय बनाने के लिए भगवान की ज़रूरत नहीं होती।'

'अगर आप अपनी मर्ज़ी से पानी उबालना चाहते हैं तो उसकी ज़रूरत होती है।' रसोई के अन्दर से जवाब आया।

यह आवाज़ ऐसी लग रही थी जैसे स्टेज के ऊपर किसी ने इसका ख़ूब अभ्यास किया हो।

'आपको पार्थस्ता नामक लड़के की याद है?' पीटर ने पूछा।

'मैंने सुना है कि मेरे एक विद्यार्थी का क़त्ल हो गया है। इसने मुझे बताया था।'

इसने का मतलब सत्तू था, जो चाय लेकर हाज़िर हो गया था। पीटर ने उसके हाथ से कप ले लिया और सिर हिला दिया। पैगमेट ने चाय का घूँट भरा और मुँह बनाने लगा।

'इसमें और चीनी डालो।'

'अरे आपको चीनी की बीमारी है। डॉक्टर ने कहा था...'

'डॉक्टर क्या कहेंगे? चलो थोड़ा गुड़ डाल दो, वह अच्छा होता है।'

'अरे! जो मिलता है वह पीजिए नहीं तो आप मर जाएँगे।'

पैगमेट सर ने एक घूँट भरकर मुँह बनाया और पीटर की तरह मुड़ा।

'कैसे मरा था वह?'

'क़त्ल हुआ था।'

'ढिशुम-ढिशुम'।

'नहीं रे', नौकर ने कहा। 'खचाक-मचाक।'

उसने ज़ोर से हवा में चाक़ू लहराते हुए कहा।

'यह सब जानता है', पैगमेट ने व्यंग्य के लहजे में कहा।

'अर्रे, यह अख़बार में छपा था। मुझसे पूछो न।'

'मुझसे पूछो न' एक नयी आवाज़ ने कहा था। पीटर ने ऊपर की तरफ़ देखा और पाया कि एक ख़ाकी वर्दी वाला पुलिस विभाग का आदमी खड़ा था। नौकर बिना कुछ कहे कमरे से चला गया और चाय लेकर वापस आया।

'अब भगवान चाय बना रहे हैं?' उस बूढ़े आदमी ने कहा।

'नहीं। सत्तू हमेशा की तरह अपने लिए चाय बना रहा था। लेकिन अब मैं आ गया हूँ। मेरी क़िस्मत अच्छी है।'

'क्या साहिब', सत्तू ने कहा लेकिन उसकी आवाज़ में माफ़ी का भाव था न कि वह पुलिस वाले की बात को चुनौती दे रहा था। उसके हाव- भाव बदल गए थे। वह ख़ुशामद नहीं कर रहा था लेकिन वह दुखी भी नहीं लग रहा था। पुलिस वाले ने उसको नज़रअन्दाज़ करते हुए अपना ध्यान पीटर पर लगाया।

'मैंने आपको कहीं देखा है।'

'मज़ेदार बात है', पीटर बोला, 'मैं भी आपसे यही कहने जा रहा था।'

और अगले ही पल उसको समझ में आ गया कि पुलिस वाले ने उसको पहचान लिया था।

'आप...'

पीटर देख रहा था कि वह ज़बर्दस्ती घुसने वाले और सांत्वना देने वाले के बीच कुछ तय नहीं कर पा रहा था। उसने फ़ैसला किया कि वह

पैगमेट जूनियर के फ़ैसले पर पहुँचने तक इन्तज़ार नहीं करेगा। उसने उठते हुए कहा, 'मैं अब चलूँगा। आपके बेटे आ गए हैं।'

'बैठो।'

पीटर बैठ गया। उसकी आवाज़ में आदेश का भाव था। जैसे कि पैगमेट सीनियर कोई अराजक हॉकी टीम व्यवस्थित कर रहे हों।

'तुम मेरे विद्यार्थी नहीं हो?'

'नहीं।'

'फिर तुम यहाँ क्यों आए?'

'वह लड़का जिसका क़त्ल हुआ था...'

अचानक वह सिपाही फट पड़ा।

'कौन हो तुम? आँय? तुम यहाँ कैसे आ गए? और तरह-तरह के झूठ बोल रहे हो। अब उठो और जाओ यहाँ से।'

'ऐ', वह बूढ़ा बोला, 'ची-बास।'

चुप हो जाओ, बैठ जाओ, सब मराठी के दो लफ़्ज़ों में कह दिया उसने।

'यह मेरा घर है। यह तब जाएगा जब इसको मैं जाने के लिए कहूँगा। यह जब तक चाहे यहाँ रह सकता है।'

'चाचा...'

चाचा! ज़ाहिर है वह पुलिसवाला उसका बेटा नहीं था।

बस उनके नाम एक जैसे थे।

'मैं आजीवन ब्रह्मचारी रहा। मेरे सारे विद्यार्थी इस बात को जानते हैं। तभी मैंने कहा : तुम मेरे विद्यार्थी नहीं हो। मेरा कोई बच्चा कैसे हो सकता है?'

पीटर मुस्कुराने लगा, यह मुस्कान उसकी सराहना के लिए थी जिसने उसको बेहतर तरीक़े से समझ लिया था।

'सॉरी सर', वह बोला।

'अब पूछो। क्या चाहते हो?'

'जिस लड़के की हत्या हुई है उसके बारे में।'

पैगमेट जूनियर की निगाहें उसके ऊपर टिकी हुई थीं। लेकिन पीटर ने उसके ऊपर ध्यान ही नहीं दिया।

'क्या वह यहाँ अक्सर आता था?'

'हाँ वह यहाँ अक्सर आता था', बूढ़े पैगमेट ने इस बात की पुष्टि की।

'कब?'

'जब वह स्कूल में पढ़ता था। वह नहाने आता था। शौच करने आता

था। वे लोग अपने बच्चों को शौच के लिए सड़कों पर भेज देते थे। वे ऐसा कैसे कर सकते थे? क्या वह स्वच्छता की बात है? क्या यह अच्छी बात है? इसलिए जो बच्चे मेरे स्कूल में पढ़ते थे, मैं उनको अपने घर आने के लिए कह देता था, यहीं आकर नहाओ-धोओ और स्कूल जाओ।'

'कोई इस बात पर आपत्ति नहीं करता था?'

'वे आपत्ति करते थे। वे हमेशा करते थे। लेकिन इस बात से मैं क्यों परेशान होता? क्या मुझे परेशान होना चाहिए? वे यहाँ आते थे, नहाते थे और साफ़-सुथरे बनकर स्कूल जाते थे।'

'वे ज़रूर आपके बड़े आभारी रहते होंगे।'

'मैं यह सब इसलिए नहीं करता था कि लोग मेरे कृतज्ञ हों। बल्कि मैं वह काम करता था जो मुझे ज़रूर करना चाहिए।'

'क्या आप उसके सम्पर्क में थे?'

पैगमेट जूनियर अपनी जगह से थोड़ा हिला, वह कुछ कहना चाहता था लेकिन उसने अपने आपको रोक लिया।

'क्या स्टूडेंट्स अपने अध्यापकों के सम्पर्क में रहते हैं?'

'मेरे ख़याल से कुछ रहते हैं।'

'क्या तुम अपने अध्यापकों के आभारी हो?'

'मेरे ख़याल से मैं हूँ। कम-से-कम कुछ अध्यापकों का।'

'क्या तुम उनके सम्पर्क में रहते हो?'

पीटर को शर्म महसूस हुई। वह उनकी अन्तिम यात्रा में जाता था। कुछ इस कारण से भी कि वह उनका आभारी होता था और कुछ इस कारण से भी कि वहाँ उसकी मुलाक़ात स्कूल के उन सहपाठियों से भी हो जाती थी जो अभी भी शहर में रह रहे थे।

'क्या आपको पता है कि उसकी किसी से कोई दुश्मनी थी?' उसने पूछा।

'ओफ़्फ़ो, मुझे कैसे पता होगा? क्या मेरे पास कोई काम नहीं है कि मैं घूम-घूम कर दोस्तों और दुश्मनों का पता करता रहूँ?'

पीटर ने हार मान ली। जब वह दरवाज़े की तरफ़ जा रहा था तो पैगमेट जूनियर उसको देखकर कुछ तनाव के साथ मुस्कुरा रहा था, 'सर सॉरी।' वह बोला। दरअसल उसको याद आ गया था कि पीटर इंस्पेक्टर का दोस्त था और उसने अपना ग़ुस्सा पी लिया था। वहाँ ओहदे का फ़र्क़ होता था। इस ऊँच-नीच को भूल जाना अच्छा नहीं माना जाता था; सरकार ने आपको और कुछ सिखाया हो या नहीं, यह तो सिखा ही दिया है।

'मेरे चाचा बहुत बूढ़े हैं, सर।'

'मैं समझ सकता हूँ।'

'परेशान होने की कोई बात नहीं है।'

'नहीं', पीटर ने कहा।

दूसरे शब्दों में, पैगमेट ने जेंडे को यह नहीं बताया था कि उसके चाचा का मृत लड़के के साथ किसी तरह का कोई सम्बन्ध था। यह अपने आप में हैरानी की बात नहीं थी। पुलिस के चक्कर में कोई नहीं पड़ना चाहता है, ख़ुद पुलिस भी नहीं। लेकिन फिर वह और उसका दोस्त डुर्रा अपराध की जगह पर क्या कर रहे थे?

नहीं, उसने ख़ुद कहा था कि मैं तिनके का सहारा ले रहा हूँ। जैसा कि उसका कहना था कि हो सकता है कि वह वहाँ से गुज़र रहा हो। उसको शायद यह पता नहीं रहा हो कि वहाँ कोई अपराध हुआ था, न ही यह पता रहा होगा कि किसका क़त्ल हुआ था।

लेकिन शक रह ही गया था और जब वह इस बारे में सोचता था तब उसको पीछे से सुनील झाँकता दिखाई देता था। कोई भी, कहीं भी...

लेकिन यह ग़लत नीति थी। कोई इसके लिए कि वह एक्स न हो इसलिए उसने उसको वाई का मामला बना दिया।

पीटर ने बाबू के बारे में सोचा, जो नागपाड़ा के स्पेंस लेन में कार धोता था, जहाँ उसकी दादी रहती थी। अगर आपकी कामवाली बाई नहीं आई हो और आपके घर कोई मेहमान आने वाला हो और आपके घर में पोंछा न लगा हो या झाड़-पोंछा न हुआ हो तो बाबू वह काम भी कर देता था। एक दिन तहमीना माई की झगड़ालू ननद आने वाली थी, जो जिस घर में जाती थी वहाँ की साफ़-सफ़ाई का मुआयना करने लगती थी। इसलिए उन्होंने बाबू को जल्दी से साफ़-सफ़ाई करने के लिए बुलाया। अगली सुबह उन्होंने पाया कि उनके घर से सोने का एक हार ग़ायब था। पुलिस को बुलाया गया और उन्होंने आदतन यह पूछा कि नौकर कौन-कौन थे? उस दिन कोई बाई नहीं आई थी। बाद में बाई ने आँखें ऊपर आकाश की तरफ़ करके ईश्वर को शुक्रिया अदा किया कि उसके पति ने उसकी ऐसी पिटाई की थी कि अगली सुबह उसके लिए उठ पाना ही मुश्किल हो गया और वह नहीं आ पाई।

इस तरह बाबू को पुलिस ने लॉकअप में बन्द कर दिया और उसने अपना अपराध क़बूल भी कर लिया। बाबू की इस दग़ाबाज़ी को लेकर अलग-अलग लोगों की राय अलग-अलग थी। कुछ लोगों का कहना था

कि नशे के कारण उसने ऐसा किया; कुछ लोगों का कहना था कि खुला बटुआ पड़ा हो तो किसी सन्त का भी ईमान डोल सकता है। बहुत कम लोगों ने यह कहा कि उनको इस बात पर यक़ीन नहीं हो रहा। तीन महीने बाद वह हार एक प्लम्बर को बन्द पड़ी नाली में मिला। तहमीना बाई सीधे पुलिस स्टेशन यह बताने के लिए गई कि उनसे ग़लती हो गई थी। बाबू को छोड़ दिया गया लेकिन वह अब पहले जैसा बाबू नहीं रह गया था। वह अन्दर से टूट गया था और साफ़ था कि उसका शरीर भी अब पहले जैसा नहीं रह गया था। उसने पाया कि कोई और नौजवान अब उन कारों को साफ़ कर रहा था जिन कारों को वह साफ़ किया करता था। ख़ैर, अब उसके लिए यह मुश्किल हो गया था कि वह कार धोने के लिए बाल्टी में पानी भर-भर कर ले जाए और रिहाई के कुछ सप्ताह बाद मई की एक दोपहर वह बेहोश हो गया।

यानी केवल सच। शायद सच। और पीटर इस सच तक किस प्रकार पहुँचे?

टुकड़े-टुकड़े जोड़कर। टुकड़े-टुकड़े जोड़कर। बस यही रास्ता था।

कोई ढर्रा नहीं, कोई मक़सद नहीं। बस एक लाश।

रेलवे स्टेशन के शौचालय में एक नौजवान की लाश।

दीवार पर ख़ून से 1 लिखा हुआ था।

एक फ़िज़िकल ट्रेनर जो किसी को प्रशिक्षण नहीं देता था।

एक अच्छी कमाई करने वाला फ़िज़िकल ट्रेनर।

एक नौजवान जो कमाई के लिए पुरुषों के साथ सेक्स करता था।

इन बातों के बारे में कौन जानता होगा?

~

उसको इस बात की याद मिली ने दिलाई।

'तुम लेज़्ली से जाकर बात क्यों नहीं करते?'

एक पल को तो पीटर अवाक् रहा गया। लेज़्ली मिली के परिवार का ऐसा रहस्य था जिसे सब जानते थे। वह 'पक्का कुँवारा' था, विज्ञापन के क्षेत्र में काम करता था, लेज़्ली सिकेरा, सिल्क काफ़्तान और स्कार्व्स पहनता था, जो उसके लिए हाथ से पेंट करके बनाए जाते थे। कलकत्ता आधारित राइटर्स वर्कशॉप में उसने एक भयानक कैम्प उपन्यास लिखा था। उसने उसके बारे में पहले क्यों नहीं सोचा था?

क्योंकि वह नहीं चाहता था।

वह यह नहीं सोचना चाहता था कि लेज़्ली और उसका बेटा एक जैसे...

एक जैसे क्या?

उसने फ़ैसला किया कि अच्छा यही होगा कि वह अपने इस वाक्य को पूरा न करे।

उसने लेज़्ली को फ़ोन किया तो उसको बताया गया कि 'महारानी' अपने घर में मेहमानों के साथ था।

बांद्रा जाते समय जब ट्रेन माटुंगा रोड स्टेशन से गुज़री तो पीटर मजबूर होकर यह सोच रहा था कि सुनील शौचालय में सेक्स के लिए जाता होगा। उसको अच्छा नहीं लगा। उसको शर्म महसूस हो रही थी। वह अपने आपको कितना आधुनिक समझता था। वह ख़ुद को सभी तरह के दायरों से कितना अलग रखता था। उसने एक और प्रयोग किया : उसका बेटा एक वेश्या के साथ सेक्स के लिए जा रहा है। नहीं, वह शौचालय में जाने वाले पुरुषों की तुलना वेश्यागमन करने वाले पुरुषों के साथ क्यों कर रहा था? वे न तो पैसे दे रहे थे न ही वे वहाँ पैसों की चाह में जाते थे। वे तो वहाँ उस चीज़ की तलाश में जाते थे जो उनको बाहर नहीं मिल सकती थी।

अच्छा ठीक है। फिर सुनील स्विंगर्स बार में महिलाओं के साथ सेक्स के बारे में सोच रहा है। कई औरतों के साथ। अभी भी अपमानजनक है। पीटर ने एक पल को राहत की साँस ली। आख़िरकार यह इतना बुरा भी नहीं है। वह पिता होने के कारण अपने बच्चे को ऐसे इनसान के रूप में नहीं देख पा रहा था जो सेक्स भी कर सकता हो। क्या यह सार्वभौम चीज़ थी? या यह भारत की ही विरासत है? क्या इसका कोई सम्बन्ध रोमन कैथोलिक होने से है? दोनों व्याख्याएँ सहज लग रही थीं, जो उसके ऊपर लागू नहीं होती थीं और इसलिए किसी और के ऊपर भी नहीं।

लेकिन वह इतना ईमानदार था कि उसने अपने आपको पूरी तरह इससे अलग कर लिया। अभी भी अपमानजनक लग रहा था, हाँ, लेकिन यह उतना अपमानजनक नहीं था कि वह अपने बेटे को समलैंगिकों के बार में देखे।

सात

लेज़ली जिसे कभी महारानी कहा जाता था—सबर्ब्स की महारानी—बांद्रा के सेंट स्ट्रीट्स में एक छोटे-से बंगले में रहता था। वहाँ एक छोटा-सा बग़ीचा भी था जिसमें दो पेड़ भी थे : जंगली आम और पलाश के।

दरवाज़ा एक सुन्दर नौजवान ने खोला।

'सॉरी...' पीटर ने पीछे हटते हुए कहा। उस लड़के की उम्र कम थी, देखने में भी वह और तरह का था, और उसमें सब कुछ और ही था। उसने लिनन की सफ़ेद क़मीज़ और ख़ाकी पैंट पहन रखी थी। दोनों में से कोई भी उसकी गठी हुई माँसपेशियों को ढक नहीं पा रहा था। लेकिन उससे भी अधिक कुछ था—उसके शरीर और चेहरे में असम्भव सा भरा-पूरापन था। पीटर अचंभित था और कोशिश कर रहा था कि वह उसको न घूरे।

'हेलो। आप लेज़ली सर से मिलने के लिए आए हैं?' उस नौजवान ने थोड़ा बनावटी ढंग से अमेरिकी लहजे में पूछा।

'हाँ', पीटर ने कहा।

'क्या आप पीटर फ़र्नांडीज़ हैं?'

'हाँ।'

'उन्होंने बताया था कि आप आने वाले हैं। प्लीज़ अन्दर आइए।'

वह पीटर को अन्दर लिविंग रूम में लेकर गया और वहाँ इस अन्दाज़ में बैठ गया मानो वहाँ होने का उसको हर अधिकार हो। पीटर ने इधर-उधर देखा। बांद्रा का बंगला हमेशा की तरह ही लग रहा था : ठंडा, शान्त और लेज़ली की पसन्द तथा रंगबिरंगेपन के प्रति उसके परिवार के प्यार का मिला-जुला रूप उसमें झलक रहा था। वहाँ बहुत सुन्दर मुरानो गुलदान थे और चरागाह का एक कशीदा किया हुआ दृश्य था जिसमें एक गड़ेरिया एक लजीली जलपरी को गुलाब भेंट कर रहा था।

'तुम्हारा नाम क्या है?' पीटर ने पूछा।

'हिमाल शाह', उस युवा ने जवाब दिया। पीटर को लगा जैसे उसने अपना नाम इस तरह बताया है कि मैं नाम से ही उसे पहचान जाऊँगा।

'और तुम करते क्या हो?'

'फ़िलहाल तो मैं काम कर रहा हूँ, लेकिन मैं पढ़ता भी हूँ', हिमाल ने जवाब दिया।

'यह अच्छी बात है', पीटर ने कहा। उसको ऐसा लगा कि कोई जबाव देना ज़रूरी था। वह पीटर को बहुत ध्यान से देख रहा था, इसलिए पीटर ने पूछ लिया, 'तुम क्या पढ़ रहे हो?'

'शिक्षा दुनिया में आगे बढ़ने का एक माध्यम है, नहीं अंकल?'

'हाँ सही कह रहे हो', पीटर ने हामी भरते हुए कहा।

'अगर आप महँगी शिक्षा नहीं ले रहे हैं तो आप कुछ नहीं होते, नहीं?'

'मुझे नहीं लगता...' पीटर ने कहना शुरू किया।

'आपके अन्दर जितने भी अच्छे गुण हों, आपने जो कुछ भी किया हो लेकिन दुनिया आपका पापड़ ही देखना चाहती है', हिमाल ने कहा और उसकी आवाज़ में कड़वाहट थी।

उसी समय लेज़्ली अन्दर से रंगबिरंगा काफ़्तान पहने प्रकट हुआ। ज़ाहिर है उसने वह कपड़ा उसी मौक़े के लिए पहना था। हिमाल ने तत्काल उठते हुए विदा ली।

'मुझे काम के लिए जाना है।'

लेज़्ली ने बड़ी विनम्रता से सिर हिलाया।

'काम को कौन टाल सकता है', वह बोला और ला जोकोंडा यानी मोनालिसा वाली मुस्कुराहट उसके चेहरे पर आ गई।

'और बताओ कद्दू खाने वाले।'

'सब ठीक है', पीटर ने सजग होकर जवाब दिया।

'और यहीं फ्रेंच में चल रही हमारी बातचीत थम गई।'

'तुम मुझे यहाँ लेकर आए।'

'तुम्हारी ख़्वाहिश थी डियर! तुम्हारी ख़्वाहिश थी।'

पीटर ने विषय बदलने की कोशिश की।

'यह नौजवान कौन था?' उसने पूछा। क्योंकि वह अभी भी दरवाज़े पर उससे अचानक हुई मुठभेड़ से उबर नहीं पाया था। और अब पीछे मुड़कर देखने पर महसूस हो रहा था कि वह चेहरा जाना-पहचाना लग रहा

था। लेकिन नहीं, यह इस तरह का चेहरा नहीं था जिसको आप आसानी से भूल सकते हों। ना ही ऐसा शरीर। दोनों इतने सुन्दर थे कि उनको भूला नहीं जा सकता था।

'इस लड़के का नाम हिमाल शाह है। यह मेरा किरायेदार है।'

'अच्छा', पीटर ने कहा।

'मेरे प्यारे पीटर तुम्हारा दिमाग़ कितना शैतान है,' लेज़्ली ने शरारती स्वर में कहा, 'लेकिन मैं तुमको इस बात का भरोसा दिलाता हूँ कि मैं उसके अभिभावक जैसा ही हूँ। हालाँकि जब वह नहाकर तौलिया लपेटे कमरे से गुज़रता है तो मुझे इस तरह के ख़याल आए हैं कि इडिपस भी शर्मा जाए।'

'मेरा यह मतलब नहीं था...'

'इसके अलावा, मैं कभी ऐसे किसी के साथ सेक्स नहीं करता हूँ जो मुझे पैसे देता हो। वह सचमुच बस मेरा किरायेदार ही है। वह पास में किसी प्रयोगशाला में काम करता है।'

'क्या यह वैज्ञानिक है?'

'क्या यह देखने में वैज्ञानिक लगता है? मुझे लगता है यह टेक्नीशियन है। हालाँकि यह ऐसे समय काम पर जाता है कि मुझे नहीं पता है कि किसी प्रयोगशाला में उस समय भी काम होता है या नहीं। हो सकता वह किसी तरह का जासूस हो। यह भी कि शायद बाउंसर हो, जो उसकी माँसपेशियों से पता चल जाता है। तुमने उसकी जाँघ देखी, नहीं? अगर तुम देखोगे तो तुम्हारी त्योरियाँ नहीं चढ़ेंगी बल्कि डर लगेगा।'

लेज़्ली कभी हाँ-हूँ में जवाब नहीं देता था।

'तो तुमने अपने घर में किसी को रहने दिया है?'

'क्या यह अजीब लग रहा है? मैं तुमको भरोसा दिलाना चाहता हूँ कि अच्छे लोग अपने घर में किसी न किसी को रहने के लिए जगह देते हैं। पेरिन गोभई ने उन अँधेरे दिनों में सुन्दर शाई को रखा था और उससे पहले डॉक्टर बानाजी थे, तुमको याद है जो आँखों से मोती निकाल लेता था। मुझे वह शब्द अच्छा लगता था : मोती आना, हालाँकि वह किरदार भी कुछ...'

वे बहुत पुरानी सड़क पर चल रहे थे।

'मुझे लगता है कि हम सब उस चुभन को महसूस कर रहे हैं', पीटर ने बीच में टोकते हुए कहा।

'जब तुम शरारती ढंग से बात करते हो तो मुझे बहुत अच्छा लगता है।'

उसके बाद उसने पीटर की तरफ़ देखा और अपना सिर एक तरफ़ करते हुए पूछा, 'तो यह महारानी तुम्हारे लिए क्या कर सकती है, मेरे दोस्त?'

'माटुंगा रोड स्टेशन पर क्या होता है?'

'हम यह मान लें कि तुम इस बारे में बात नहीं कर रहे हो कि ट्रेन किस तरह से आती-जाती है, माइकल एंजेलो गुनगुनाते हुए? हम यह मान लेते हैं कि तुम यह पूछ रहे हो कि वहाँ का माहौल कैसा है?'

'हाँ।'

'अच्छा सामान्य जैसा ही है, मुझे लगता है। दादर के कुछ लड़के वहाँ बकैती कर रहे थे और दक्षिण की तरफ़ प्लेटफ़ॉर्म नम्बर दो या तीन पर मामला कुछ अधिक गरम हो गया। बांद्रा के कुछ बाबा लोग उत्तर की तरफ़ से आए और पुलिस ने उनको प्लेटफ़ॉर्म नम्बर एक पर भगा दिया। और फिर एक स्थानीय प्रतिभा है। आसपास एक या दो कॉलेज हैं जहाँ के लड़के हमेशा कुछ करने के लिए तैयार रहते हैं। क्या मैंने तुमको बताया था...'

'लेज़्ली।'

'हाँ, हम विषय पर बात कर रहे हैं।'

'यह क़त्ल है।'

'कितना डरावना लेकिन रोमांचक है। वह क़त्ल जो पत्थर वाले पुराने पुल के नीचे हुआ था।'

'हाँ वही।'

'अच्छा, मैं तुमको उस जगह के बारे में कुछ कहानियाँ सुना सकता हूँ। कुछ ऐसी कहानियाँ जिन्हें सुनकर किसी के भी रोंगटे खड़े हो जाएँ और चिढ़ भी मचे। और तुम्हारे साथ काम करने वाले कुछ लोग भी इसमें आएँगे। और फिर एक आदमी था जो छोटे-छोटे पत्थरों से वहाँ बल्ब फोड़ देता था।'

पीटर ने उबासी ली।

'माटुंगा रोड स्टेशन समलैंगिकों में इतना लोकप्रिय क्यों है?'

लेज़्ली कुछ सोच में पड़ गया।

'यह सवाल हमारे मन में भी उस दौरान उठा जब कुछ घंटे हमने वहाँ गुज़ारे। मुझे लगता है कि जगह-जगह की बात है। जब कोई शौचालय रास्ते से कुछ हटकर होता है तो वह समलैंगिकों का अड्डा बन जाता है। अगर वह सबकी नज़रों के बीच में होता है तो वहाँ मस्ती कर पाना मुश्किल हो जाता है। इसके अलावा बीच की दीवार भी इतनी नीची होनी चाहिए कि उसको पार किया जा सके और स्टॉल बहुत अधिक चौड़े नहीं होने चाहिए

नहीं तो आप पार कर ही नहीं पाएँगे। भारत में शौचालय बनाने वालो—तुम सोच सकते हो उनके बारे में? क्या मुहावरा है। तुमको क्या लगता है कि इनको कौन डिज़ाइन करता है?—ख़ैर जो भी हो, वे कोशिश करते हैं जगह को अधिक से अधिक बढ़ाया जा सके, ताकि आपको पेशाब करने के लिए बने स्टॉल में बहुत कम जगह मिले, सब पास-पास रहें।'

'लेज़्ली।'

'हाँ समझ गया। देखते हैं। माटुंगा रोड। यह रास्ते से हटकर है। वहाँ जाने के लिए पुलिस को प्लेटफ़ॉर्म से उतरकर जाना पड़ता है और इसलिए वे जाते ही नहीं हैं। वहाँ पेशाब करने के लिए एक ही क़तार बनाई गई है। इसलिए आपको इस बात के लिए परेशान नहीं होना पड़ता है कि दूसरी क़तार में क्या चल रहा है। सभी एक पंक्ति में हैं। इसके विपरीत, बांद्रा प्लेटफ़ॉर्म का जो पुराना शौचालय दु:स्वप्न जैसा था, वहाँ पेशाब करने के लिए स्टॉल चौड़ाई में बनाए गए थे। फिर माटुंगा वाले में आने-जाने के लिए दो गेट हैं, दोनों खुले हैं, इसलिए अगर आप चाहें तो तेज़ी से निकल जा सकते हैं। पुलिस वाले एक तरफ़ से आए नहीं कि आप दूसरी तरफ़ से निकल गए।'

'क्या पुलिस वाले समलैंगिकों को अधिक परेशान करते हैं?'

'मेरे प्यारे पीटर पुलिस वाले सभी लोगों को परेशान करते हैं, तुम इस बात को जानते हो। लेकिन मुझे ऐसा लगता है कि पुलिस वाले अपराधियों को सबसे कम परेशान करते हैं। और चूँकि क़ानून के मुताबिक़ हम अपराधी हैं इसलिए अधिकतर वे हमें नज़रअन्दाज़ कर देते हैं।'

इस बेतुके व्यंग्य पर पीटर यांत्रिक ढंग से मुस्कुराने लगा।

'जहाँ तक नज़रअन्दाज़ करने की बात है तो क्या तुमको इस बात का पता है कि इस शहर में लगभग सभी लोगों ने मेरे उपन्यास को नज़रअन्दाज़ किया?'

पीटर न चाहते हुए भी मुस्कुरा उठा। लेज़्ली के उपन्यास को नज़रअन्दाज़ कर पाना आसान नहीं था; वह फ़ोन करता था, मैसेज भेजता था और कई-कई प्रतियाँ भेज देता था। अगर उसको नज़रअन्दाज़ किया गया तो इस वजह से क्योंकि वह एक बकवास उपन्यास था; उसका समलैंगिक विषय से ख़ास लेना-देना नहीं था। उसको लगता था कि कहीं न कहीं लेज़्ली भी इस बात को समझता था।

'तुमको क्या लगता है कि वे नगदी या गुलाबी रुपए के लिए इसकी समीक्षा करेंगे। क्या तुम जानते हो कि हम क्या कहते थे—वह दो रुपए के

नोट की तरह समलैंगिक है? क्योंकि वे इतने अधिक गुलाबी थे। मेरा मतलब उन सुन्दर पुराने नोटों से है। मतलब किसने उनको डिज़ाइन करवाया था? मैं ख़ुद भी किसी नोट को डिज़ाइन करना चाहूँगा।'

'लेज़्ली।'

'हाँ तो मैं क्या कह रहा था?'

'पुलिस वाले...'

'अच्छा हाँ। यह बात सही है कि मुम्बई की पुलिस हमें आमतौर पर अपने हाल पर छोड़ देती है। मुझे ऐसा लगता है कि उनमें से अधिकतर के लिए पकाने को बेहतर मछलियाँ होती हैं। लेकिन उनमें से कुछ मेरे दोस्त ऐसे होते हैं जो आपसे उठक-बैठक करवाते हैं, आपको घुटनों के बल बिठा देते हैं। और फिर आपको, तुम समझ रहे हो न मैं क्या कह रहा हूँ? और कोई ऐसा भी होता है जो वडापाव माँगता है। वडापाव का मतलब क्या होता है जानते हो न पीटर?'

पीटर को समझ नहीं आया। लेकिन उसको लेज़्ली की दुनिया को लेकर अजीब तरह का आकर्षण महसूस हो रहा था।

'क्या हम पुलिस वाली बात पर वापस लौट सकते हैं?'

'मुझे लगता है कि हम उन लड़कों के बारे में बात कर रहे थे जो लाठी रखते थे, नहीं? मैं तुमको बता सकता हूँ कि अपने ज़माने में मैंने भी लाठी पकड़ी थी।'

'पुलिसवाली?'

'क्या यह थर्ड डिग्री जैसी बात है?'

'मुझे माफ़ करना। मैं जाकर पूछ सकता हूँ...'

'किसी और से पूछने की हिम्मत मत करना। मैं तुमको बाहरी दुनिया के अँधेरे के बारे में बताऊँगा जहाँ रुदन है और क्रोध है। तुम जानना क्या चाहते हो?'

'मुझे नहीं पता। कुछ भी। सब कुछ।'

'और फिर भी जब भी मैं कुछ कहना शुरू करता हूँ तुम रोक देते हो।'

लेज़्ली ने अचानक पीटर की तरफ़ ठंडी निगाहों से देखा।

'कुछ देने के लिए कुछ आपके पास होना भी चाहिए। थूक दो मेरे पीटर नहीं तो तुमको निगलना पड़ जाएगा।'

'अच्छा ठीक है, एक नौजवान, एक निजी ट्रेनर का शौचालय में क़त्ल हुआ। शौचालय में उसको काट डाला गया।'

'मैंने अख़बार में पढ़ा था।'

'उसका 'वो' बहुत बड़ा था।'

'क्या वह मौज-मस्ती करवाता था?'

'नहीं। मुझे उसके दोस्त ने बताया था कि वह मालिश करता था और कुछ उलटे-सीधे काम भी करता था।'

लेज़्ली ने पूछा, 'तो तुम यह जानना चाहते हो कि यह सब हुआ कैसे?'

'हाँ।'

'क्या मुझे सब कुछ पता है?' लेज़्ली ने भौंहें चढ़ाते हुए पूछा। केवल एक भौंह। बड़ी सफ़ाई से।

'इसमें दो पुलिस वाले शामिल हैं।'

'कैसे?'

'यही तो मुझे पता नहीं है।'

लेज़्ली इन्तज़ार कर रहा था।

'जहाँ अपराध हुआ था वे वहाँ गए थे।'

'क्या उनको वहाँ नहीं होना चाहिए था?'

'नहीं वह उनकी बीट नहीं थी।'

लेज़्ली ने सिर हिलाया।

'नहीं। मैं किसी भारतीय के बारे में यह नहीं सोच सकता कि वह उस जगह जाए जहाँ उसका कोई काम नहीं हो। और जहाँ अचानक उसको कोई काम आ जाए। नहीं, तुम्हारा शक सही है। और कुछ?'

'उस मृत लड़के के दोस्त ने मुझसे कहा कि मुझे जाकर एक टीचर से बात करनी चाहिए। एक रिटायर्ड टीचर से।'

लेज़्ली ने इस बार दोनों भौंहें चढ़ाईं।

'बात यह नहीं है। यह गन्ना है। लम्बा, रसदार और सख़्त।'

'वह पीटी टीचर उन लड़कों के पास रहता था, कम-से-कम तब जब वह छोटा था। वह उनको अपने घर में नहाने के लिए बुलाता था।'

'अच्छा!'

'उसने शादी नहीं की।'

'ओह-ओह!'

'और उसका भतीजा उन दो में से एक पुलिस वाला है जो अचानक उस जगह पहुँच गया जहाँ अपराध हुआ था।'

'ओहो ओहो।'

'मुझे नहीं पता कि इससे क्या मतलब निकाला जाए।'

लेज़्ली हँसने लगा।

'मैं यह देख सकता हूँ। यह बहुत आसान है। पीटर यह किसी भी समलैंगिक आदमी के साथ हो सकता है। एक समलैंगिक। एक पुलिस वाला। इसीलिए मैं विविधता की बात करता हूँ। अधिक लोग होंगे तो तुमको अधिक तरह के अनुभव होंगे और इस तरह तुम ज़्यादा जान पाओगे।'

पीटर यह कहने ही वाला था कि विविधता को लेकर वह सभी तर्कों को जानता है लेकिन उसको समझ में आया कि यह बातचीत को ग़लत दिशा देना होगा। उसने लेज़्ली को कुछ देर के लिए विविधता के बारे में बोलने दिया और वह इसको लेकर कहानियाँ सुनाता रहा कि किस तरह समलैंगिक होने के कारण उसको दुनिया की बेहतर समझ है और जिसकी वजह से कितनी बार उसने उस विज्ञापन एजेंसी में बहुत अच्छा काम किया जहाँ उसने बरसों आर्ट डायरेक्टर के रूप में काम किया था। यह जानी-पहचानी धुन थी और उसने लेज़्ली को कुछ देर तक इसे बजाने दिया। जब वह लेज़्ली को सुन रहा था तब वह सोच रहा था कि क्या लेज़्ली के पास ऐसी भी कोई कहानी थी कि किस तरह हाशिए के किसी और समाज, जैसे आदिवासी या दलित समुदाय के किसी व्यक्ति ने अपने ज्ञान से किसी समस्या का समाधान किया हो। फिर उसे लगा कि यह कठोरता होगी।

'मुझे अभी भी कोई सम्बन्ध दिखाई नहीं दे रहा', जब तक उसको लगा कि लेज़्ली को सुनना सही था तब तक उसने लेज़्ली को बोलने दिया और उसके बाद बोला।

'ऐलन तुरिंग और जॉर्ज माइकल के बीच में क्या सामान्य है?' लेज़्ली अब कैम्ब्रिज के अन्दाज़ में आ गया था। उसकी उँगलियाँ लहरा रही थीं।

'दोनों ब्रिटिश हैं।'

'हाँ।' लेज़्ली ने कहा और उसके बोलने के लहजे से लग रहा था कि पीटर को इससे भी आगे बढ़कर सोचना चाहिए कि क्या सामान्य था।

'दोनों ही समलैंगिक हैं।'

'और?'

वही लहजा।

'अच्छा, मैं हार मान गया। मुझे नहीं पता।'

'कोटेजिंग। यह एक ब्रिटिश शब्द है सार्वजनिक शौचालयों में सेक्स की तलाश करने वालों के लिए। मेरे ख़याल से तुरिंग ऐसा करते हुए पकड़ा

भी गया था। जबकि वह जीनियस था, उसने जर्मन कोड मशीन के रहस्य को तोड़ने में सफलता पाई थी, जिससे ब्रिटेन ने युद्ध में विजय हासिल की, लेकिन शान्ति स्थापना के बाद यह बात मायने नहीं रखती। उसको भी उसी तरह से सज़ा दी गई।'

'उन्होंने उसको रासायनिक रूप से बधिया कर दिया था या ऐसा ही कुछ किया था?'

'हाँ, उसको प्रेम निवेदन करने के आरोप में गिरफ़्तार किया गया। सोच सकते हो? वह भी 1952 में, किसी आदिम युग में नहीं। उसके बाद जब वह शर्मिंदगी को सहन नहीं कर पाया तो उसने आत्महत्या कर ली।'

लेज़्ली ने जिस तरह आसानी से मान लिया था कि केवल वही तुरिंग की कहानी के बारे में सब कुछ जानता था इस बात से पीटर ने विरोध जताया।

'क्या उसकी माँ ने यह नहीं कहा था कि उसने आत्महत्या नहीं की थी और जो हुआ वह दुर्घटनावश हुआ जो साइनाइड और सेब को लेकर वह कर रहा था?'

'ओह, उसकी माँ', लेज़्ली बोला, 'किसी बात की जानकारी सबसे अन्त में माता-पिता को ही होती है। मेरी माँ को मरते समय तक लगता था कि मैं किसी सही लड़की का इन्तज़ार कर रहा हूँ।'

पीटर ने आँख मार दी। यह सही है, उसने सोचा। लेकिन यह जानते हुए जीना भी एक तरह की ख़ुशफ़हमी है कि दूसरों के माता-पिता भी अपने बच्चों के बारे में कुछ नहीं जानते।

लेज़्ली का कहना जारी था, 'जॉर्ज माइकल भी एक बार नज़र में आए थे लेकिन ज़ाहिर है तब तक नज़रिया बदल चुका था। उनको जेल भेजने या रासायनिक तरीक़े से बधिया किए जाने की धमकी नहीं दी गई।'

'लेकिन मैं अभी भी नहीं समझ पा रहा हूँ कि इस सबका उस नौजवान से क्या लेना-देना है जिसका क़त्ल हुआ है?'

'उन दिनों जब ब्रिटिश समलैंगिकों को हटाना चाहते थे या उनको जेल में डालना चाहते थे तो वे किसी ऐसे सुन्दर लड़के को चुनते थे जिसका शिश्न बड़ा होता था और उससे कहते थे कि वह शौचालय में खड़ा हो जाए और अपने शिश्न को उत्तेजित करे। और जब उसका 'वो' खड़ा हो जाता था तो उसको तब तक इन्तज़ार करना पड़ता था जब तक कि कोई ऐसा पुरुष नहीं आ जाता था जिसको बड़े शिश्न से प्यार हो, और तभी उसको पकड़ लिया जाता था। उसको जज के सामने ले जाया जाता था और इस

तरह एक स्पष्ट सन्देश वे सभी समलैंगिकों को देते थे। हाँ, समलैंगिकों के लिए वे इन्वर्ट शब्द प्रयोग में लाते थे यानी पीछे से करने वाला। इस तरह वे सभी समलैंगिकों को सन्देश देते थे और उनसे नफ़रत करने वालों को अपना रास्ता मिल जाता था।'

'लेकिन वह लड़का पुलिस में नहीं था लेज़्ली।'

'नहीं, वह नहीं रहा होगा। लेकिन उसकी सुन्दरता के कारण उसका चुनाव किया गया होगा। वह ज़रूर गोरा रहा होगा...नहीं, तुमने कहा कि उसका 'वो' बहुत बड़ा था। तो इसका मतलब यह है कि अपने उस हथियार के कारण ही उसका यह हाल हुआ। मुझे ऐसा लगता है कि उसका 'वो' बहुत बड़ा था उसके कारण ही वह यह काम करता था। माटुंगा के शौचालय में वह इसीलिए रहता था। वह खड़ा हो जाता था, उसको हिलाने लगता था, कुछ-कुछ सेक्सी सोचता रहता था, और तब तक इन्तज़ार करता रहता था जब तक कि कोई सही बन्दा आ नहीं जाता था। और जब उसका हाथ बीच की दीवार के पार जाता था और उसको पकड़ने लगता था तब पुलिस अपना काम करती थी।'

'इससे तो ऐसा लगता है कि समलैंगिकों के जोड़े को गिरफ़्तार करने के लिए काफ़ी मेहनत करनी पड़ती है। यहाँ तक कि एक समलैंगिक के लिए भी।'

'अरे नहीं पीटर, यह गिरफ़्तारी की बात नहीं है। तुमको रेकॉर्ड देखना चाहिए। मैकाले का लगाया गया क़ानून 377, सौ से भी अधिक साल से जारी है, लेकिन अगर इसका इस्तेमाल हुआ भी है तो महज़ दस बार हुआ होगा।'

लेज़्ली रुक गया। पीटर ने पूछा, 'फिर यह क्या है?'

'यह ब्लैकमेल का मामला है। अगर आपको सही आदमी मिल गया, कोई ऐसा जो अधेड़, जिसको देखने से लगता हो कि वह अच्छी नौकरी में है और जिसे वह खोना नहीं चाहता, कोई ऐसा आदमी जो यह नहीं चाहता हो कि उसकी इस आदत के बारे में प्रेस में छपे, और फिर उसको पुलिस थाने लेकर जाए। सब कुछ सही लगे इसके लिए वे उस लड़के को भी थाने में लेकर जाते। उसके बाद वहाँ जाकर वही करते जो आमतौर पर थाने में किया जाता है। लड़के को किसी दूसरे कमरे में ले जाते, साथ में चमड़े की एक बेल्ट भी। दरवाज़ा बन्द हो जाता और बेल्ट की आवाज़ आती और उस लड़के के चीख़ने-चिल्लाने की। इस बात का कुछ पता नहीं होता कि पुलिस उस दूसरे आदमी के साथ भी वही काम करेगी। उसको यह नहीं

बताया जाता कि अगली बारी उसकी होगी। वह यह मान लेता कि उसी का नम्बर आने वाला है। वह पहले से ही डर जाता। अपने जीवन में उसने इसी बात को छिपाकर रखा था और अब यही उजागर होने वाली थी। उसने कभी मुक्का चलाना नहीं सीखा था, बल्कि वह मुक्केबाज़ी से बहुत नफ़रत करता था, वह उसको देख भी नहीं सकता था। अब वह सोचता कि काश! उसने सीखा होता तो कम-से-कम दर्द तो सहन कर पाता। लेकिन वह उससे निकल गया था। उसका मन रोने का होता लेकिन वह रो नहीं सकता था क्योंकि उसको पता होता कि ख़ाकी वर्दी वालों की धारणा उसके बारे में इतनी ख़राब है कि वे सोचते कि वह छक्का है या औरत। ऐसे में वह उन हालात से निकलने के लिए कुछ भी करेगा।

'और ऐसे में वे उससे सौदेबाज़ी करते। पुलिस वाले उससे कहते, 'हमें पता है कि तुम अच्छे परिवार के हो। तुमने एक ग़लती की।' और फिर वे उससे पैसों की माँग करते—मुझे यह नहीं पता कि आमतौर पर कितनी राशि माँगी जाती होगी लेकिन लेकिन बम्बई में समलैंगिकों के लिए हेल्पलाइन है और उनको पता होगा। वे कहते होंगे कि इतना पैसा लेकर आओ, और सब मामला ठीक हो जाएगा।'

'मेरे ख़याल से वे पैसे आपस में बाँट लेते होंगे।'

'मुझे भी लगता है। मुझे नहीं पता कि इसमें किसका कितना हिस्सा होता होगा लेकिन लगता है कि बड़ा हिस्सा ख़ाकी वर्दी वाले ही ले लेते होंगे और उस बेचारे लड़के को बचा-खुचा मिल जाता होगा। तो यह बात है। यह हो रहा था। उस लड़के के साथ पुलिस का यही लेना-देना रहा होगा। वह उनके लिए जाल की तरह था जिसमें वे शिकार फँसाते थे।'

'लेकिन उन्होंने उस लड़के को मार क्यों डाला?'

'उफ़्फ़। क्या मैंने ऐसा कहा कि लड़के को उन लोगों ने मार डाला?'

पीटर सोचने लगा।

'नहीं।'

'ऐसा लगता है कि तुम यह कभी नहीं जान पाओगे कि किसने उसको मारा था। कोई इस बात की परवाह नहीं करेगा। इस तरह के काम के लिए किस तरह का लड़का तैयार हुआ होगा? सार्वजनिक शौचालय में अपने शिश्न को पकड़ कर तब तक खड़े रहना जब तक कि कोई आदमी उस तक न पहुँच जाए? पता है न्यूयॉर्क में इस तरह के लड़कों को क्या कहा जाता है? गे डर्ट। यह लड़का ज़रूर कोई ऐसा आदमी रहा होगा जिसको

कोई और काम नहीं मिला होगा। वह ज़रूर ग़रीब रहा होगा, और इस देश में ग़रीब हर रोज़ मारे जाते हैं, कौन परवाह करता है।'

~

पीटर बांद्रा की शान्त गलियों से गुज़रते हुए ब्लैकमेल की उस योजना के बारे में सोच रहा था। किसी को यह कैसे पता चलेगा कि किसका शिश्न सही आकार का है? उसने सोचा कि ब्रिटेन में चेंज़िंग रूम होते हैं, सामूहिक स्नानघर आदि होते हैं, किसी भारतीय आदमी को यह कैसे पता चलेगा कि किसका 'बड़ा' है?

हिमाल पीछे से आया।

'सर?' वह बोला, 'लेज़ली सर से आपकी मुलाक़ात हो गई?'

'हाँ, शुक्रिया।'

'आजकल वे अपने आपे में नहीं हैं।'

'सही में?' पीटर ने काफ़्तान पहने उस आदमी के बारे में सोचा। हाँ, पहले से कम ऊर्जा दिखाई तो दे रही थी लेकिन निश्चित रूप से इसका सम्बन्ध उम्र से होगा। 'मुझे तो तो ऐसा नहीं लगा', उसने कहा।

'वह ठीक नहीं हैं सर', नौजवान ने चिन्तित स्वर में कहा। पीटर की भौंहें चढ़ गईं।

'कैंसर?'

'एड्स सर।'

क्या इसे यह मुझे बताना चाहिए? पीटर सोचने लगा।

मानो वह नौजवान अनुमान लगाते हुए कह रहा हो : 'आप तो इनके कज़िन हो न, पीटर सर। इसी वजह से आपको बता रहा हूँ क्योंकि उनको आपकी मदद की ज़रूरत पड़ेगी।'

पीटर ने एक बार फिर उसे घूरकर देखा।

'सर एड्स का असर उनके दिमाग़ पर भी आ गया है। वायरस चारों तरफ़ फैल चुका है। इसकी वजह से लोग अजीब-अजीब तरह की हरकतें करते हैं। अजीब-अजीब तरह की बातें भी करते हैं।'

एक बार फिर यह बात जिस तरह से कही गई थी उससे लग रहा था कि इस बात का कोई गहरा मतलब था और पीटर पहले से ही असहज हो गया था।

'शुक्रिया मुझे यह बताने के लिए।'

वह आगे बढ़ गया। उसने तय किया कि वह जेंडे को फ़ोन करके पूछेगा कि उसकी तफ़्तीश कहाँ तक पहुँची। फ़ोन की घंटी बजती रही लेकिन जेंडे ने फ़ोन नहीं उठाया तो उसने सोचा कि एक मौक़ा लेकर देखे कि इंस्पेक्टर के दिमाग़ में क्या कुछ चल रहा है। वह जानता था कि उसका स्वागत नहीं किया जाएगा। वह जानता था कि उसको सहन नहीं किया जाएगा, लेकिन वह जेंडे को बताना चाहता था कि उसको क्या पता चला।

या जैसा उसे लगता था कि उसने कुछ पता किया होगा।

आठ

जब वह पहुँचा तो जेंडे को देखकर लगा कि उसे कुछ शक हो रहा है।

'मैं जल्दी चला जाऊँगा', पीटर ने कहा।

'पहले चाय पी लो।'

तो ऐसा लग रहा था कि सब कुछ सामान्य हो जाएगा। वह बैठ गया।

'तुम्हारा बेटा?'

'उसने फ़ोन किया था लेकिन मैंने उसको तुम्हारा सन्देश नहीं दिया।'

'अच्छा!'

और अभी भी यह बात साफ़ नहीं थी कि जेंडे ने उसकी बात का यक़ीन किया था या नहीं।

'लाइन क्लियर नहीं थी। ख़ैर मैं कुछ लोगों से मिलने गया था।'

और उसने पूरी कहानी सुना दी कि किस-किससे वह मिला और उसकी क्या गतिविधियाँ रहीं लेकिन उसने ध्यान दिया कि जेंडे अपने हाथ से कुछ नहीं कर रहा था। वह किसी तरह के नोट्स नहीं ले रहा था और नोट्स नहीं लेने का मतलब यह था कि वह उसको गम्भीरता से नहीं ले रहा था।

जब उसकी बात समाप्त हुई तो जेंडे ने कहा, 'अच्छा।'

'और लेज़्ली ने जो कहा उससे यह समझ में आ जाता है कि प्रॉक्सी के फ़ोन में उन पुलिस वालों के नम्बर क्यों थे।'

'अच्छा', जेंडे ने एक बार फिर कहा और एक ऐसी बात कही जिसका मतलब उसको समझ में नहीं आया।

'तुमको घर जाना चाहिए', वह बोला।

'मैं जानता हूँ', पीटर ने कहा, 'मुझे हस्तक्षेप नहीं करना चाहिए लेकिन अगर तुम्हारा बेटा शामिल होता तो तुम क्या करते? क्या तुम इस सबसे अलग रह पाते?'

'नहीं', जेंडे ने कहा, 'लेकिन अब तुमको घर जाना चाहिए। मिली तुम्हारा इन्तज़ार कर रही होगी।'

पीटर ने हार मान ली और पुलिस स्टेशन से बाहर निकल आया। उसको समझ में नहीं आया कि जेंडे के दिमाग़ में क्या चल रहा था या उसका मूड कैसा था। लेकिन जब वह घर पहुँचा तो मिली ने बहुत ख़ुश होकर दरवाज़ा खोला।

'वह आ गया है', मिली ने ख़ुशी के मारे चिल्लाते हुए कहा। पीटर ने इधर-उधर देखा। फ़र्श पर एक रकसैक खुला पड़ा था, गंदे कपड़े बाहर झाँक रहे थे। एक पल के लिए उसका ध्यान उस लड़के के रूम की तरफ़ गया जिसने बड़ी सावधानी से अपनी बैंकिंग व्यवस्था बना रखी थी।

वह राहत की साँस लेते हुए बैठ गया।

मिली अख़बार लेकर आई और उसके घुटनों पर रख दिया। वह कमरे से जाने ही वाली थी कि पीटर ने उसको बैठने का इशारा किया। वह झिझकते हुए बैठ गई।

सुनील टीशर्ट और शॉर्ट्स पहने हुए आया और बैठकर दोनों को देखने लगा।

'आप दोनों को हुआ क्या है?'

पीटर ने उसके हाथ में अख़बार दे दिया।

सुनील उसको देखकर हँसने लगा। 'हे भगवान, मीरा को देखिए। यह तो...'

उसके बाद वह हँसते-हँसते रुक गया और दोनों को देखने लगा।

'इसका शीर्षक', मिली ने कहा।

'समलैंगिक कार्यकर्ता सुनील फ़र्नांडीज़...' उसने पढ़ना शुरू किया और अपना सिर हिलाया। क्या उसको विश्वास नहीं हो रहा था? पीटर सोच रहा था।

उसके बाद वह उन दोनों को देखते हुए बोला, 'आप लोगों को क्या लगता है...एक मिनट रुकिए।'

उसने फिर अपना सिर हिलाया।

'क्या कुछ ऐसी बात है सुनील जो तुम हम लोगों से कहना चाहते हो?' पीटर ने पूछा।

सुनील का चेहरा सख़्त हो गया। किसी दीवार की तरह भावहीन, पीटर को लगा। जिस तरह उस दिन थाने में शिवा का चेहरा लग रहा था।

वह इन्तज़ार करता रहा।

'आप मुझसे यह पूछ रहे हैं कि क्या मैं समलैंगिक हूँ?'

'हाँ', पीटर ने कहा, उसको लग रहा था कि उसका घर आना कहीं और बुरा न हो जाए।

'यह मैं आप लोगों को नहीं बताऊँगा। मुझे नहीं लगता कि इस बात से मेरे अलावा किसी और को कोई मतलब होना चाहिए।'

पीटर ने इस बात का मतलब समझने का प्रयास किया। वह 'हाँ' के लिए तैयार था और उसको उम्मीद 'न' की थी। लेकिन यह बात? और तभी मिली हँसने लगी मानो वह इसी जवाब का इन्तज़ार कर रही हो।

'हाँ', वह बोली, 'यह तुम्हारे सिवाय और किसी का मामला नहीं होना चाहिए। मैं चाय बनाकर लाती हूँ।'

वह कमरे से निकल गई।

'इससे कुछ नहीं होने वाला', सुनील ने मिली को वापस बुलाते हुए आवाज़ दी। उसने पीछे मुड़कर हैरानी से उसकी तरफ़ देखा। उसके बाद उसने पीटर को देखकर आँख मारी और चली गई। उसने सुना कि वह एक फ़ादो गुनगुना रही थी।

सुनील बैठा रहा, उसके चेहरे पर ख़ामोशी थी, वह इसके ख़िलाफ़ था कि उसके पापा इस तरह के और सवाल करें, उसकी प्राथमिकता को तय करें, निजता और सभी तरह की पसन्द की निजता को लेकर तर्क करें। पीटर सोचने लगा और उसने तय किया कि इस विषय को छोड़ ही दे।

'जेंडे तुमसे बात करना चाहता है', वह बोला।

'मुझसे?'

'हाँ तुमसे।'

'अंकल शिवा ने ज़रूर...'

'नहीं, इंस्पेक्टर जेंडे तुमसे बात करना चाहता है।'

इस बार फिर से सुनील का चेहरा सख़्त हो गया। यह एक पुरुष का चेहरा था, पीटर को अब समझ में आ गया। एक ऐसे आदमी का जो उनको बाहर रखने के लिए एक रेखा खींच रहा था। क्या यह सब बदल रहा था, ऊपर चढ़ी रंगत जैसा, हर चोट, दाढ़ी का एक-एक बाल बचपन के सभी निशानों को मिटा रहा था? क्या उसको सुनील के चेहरे के बारे में कुछ भी पता नहीं था जबकि वह उसके बारे में इतना कुछ जानता था?

'किस बारे में?'

'एक ऐसे लड़के के बारे में है जिसकी मृत्यु हुई है।'

'लड़का?'

आदमी, मेरे ख़याल से मुझे यह कहना चाहिए था, पीटर सोच रहा था क्या मैंने लड़के शब्द का प्रयोग इसलिए किया था कि जिस लड़के की मृत्यु हुई थी वह समलैंगिक था?

'डैड, शुरू से शुरू कीजिए।'

पीटर ने उसको पूरी कहानी सुनाई।

'प्रॉक्सी? मर गया?'

'क्या तुम उसको जानते थे?'

'हाँ। मैं उसको जानता हूँ। मेरी एमफ़िल की थीसिस ऐसे लोगों के ऊपर थी जो बहुत ख़तरे में थे, एक ऐसे एनजीओ के साथ जो एड्स की रोकथाम के लिए काम कर रही थी।'

उसके बाद उसकी आवाज़ धीमी हो गई।

'वह मेरा दोस्त भी था।'

पीटर ने सोचा : मेरा बेटा मेरा बेटा है। वह इस बारे में सोचना भी नहीं चाहता था कि दोनों के बीच किस तरह की दोस्ती थी। लेकिन अगर सुनील प्रॉक्सी को पैसे देता था तो इससे क्या फ़र्क़ पड़ता है? यह भी हो सकता है कि अपनी थीसिस के लिए वह उसके ऊपर निर्भर रहा हो। 'नहीं,' उसने ख़ुद से कहा, 'तुमको नहीं पूछना चाहिए। तुम नहीं पूछोगे। तुमको बिलकुल नहीं पूछना चाहिए। यह उसकी ज़िन्दगी है और उसका पैसा है और शरीर भी उसी का है। वह बेटा तो हमारा ही रहेगा न।'

'और यह लड़का...उम्मम...ख़ुद को बेच भी रहा था?'

'मुझे नहीं लगता डैड कि आपको सेक्स को उस व्यक्ति के व्यक्तित्व से जोड़ कर देखना चाहिए। यह कहिए कि मुझे ऐसा लगता था कि वह कभी-कभार एमएसएम करता था और हो सकता है कि इसके लिए पैसों का लेन-देन भी होता हो।'

पीटर समझने की कोशिश कर ही रहा था कि सुनील ने कहा, 'इससे पहले कि आप पूछें, एमएसएम का मतलब हुआ पुरुष का पुरुष के साथ सेक्स करना।'

'यह समलैंगिक होने से अलग हुआ?' पीटर ने पूछा।

'यह निजी पसन्द का मामला है। अगर कोई पुरुष यह कहता है कि वह समलैंगिक है तो वह समलैंगिक हुआ। अगर वह यह कहता है कि वह

पुरुष के साथ सेक्स तो करता है लेकिन वह समलैंगिक नहीं है तो सही शब्द हुआ एमएसएम। वैसे भी सेक्स से जुड़ी पहचानें बदलती रहती हैं।'

एक पल को चुप्पी छा गई।

'डैड अब रहने भी दीजिए।'

'क्या रहने दूँ?'

'मेरे बारे में अनुमान लगाना बन्द कीजिए।'

'तुम्हारे बारे में नहीं।'

सुनील ने राहत की साँस ली।

तभी मिली आई और बोली, 'तुम्हारा पुलिसवाला दोस्त इससे मिलना चाहता है न? बेहतर होगा कि इसको ले जाओ।'

'जल्दी क्या है?' सुनील ने पूछा।

'इस तरह की बातों को जितनी जल्दी हो सके निपटा लेना चाहिए', वह बोली।

पुलिस स्टेशन पर पहले पीटर गया, मानो वह पुलिस और अपने बेटे के बीच ख़ुद को लाना चाहता हो। जेंडे अपनी मेज़ पर बैठा था।

'यह आ गया है।'

'मैं जानता हूँ।'

'तुम जानते थे?'

'तुमको क्या लगा कि मैंने तुमको घर जाने के लिए क्यों कहा था?'

'तुमको कैसे पता चला?'

'हम तुम्हारे घर के ऊपर नज़र बनाए हुए थे। और कैसे?'

सुनील थोड़ा सख़्त हुआ लेकिन पीटर ने उसको इशारे से कहा कि वह बाद में अपनी बात रखे। जेंडे ने सुनील को बैठ जाने के लिए कहा। पीटर के लिए राहत की बात यह थी कि उसने उससे ज़रूरी सवाल तुरंत करना शुरू किया।

'रविवार की रात दस बजे से लेकर सुबह सात बजे तक तुम कहाँ थे सुनील?'

'मैं हवाई जहाज़ में था और दिल्ली जा रहा था। अगर आप चाहें तो मैं अपना बोर्डिंग पास दिखा सकता हूँ।'

जेंडे ने कंधे उचका दिए।

'अच्छा ठीक है। बाद में लेकर आना।' उसके बाद उसने पूछा, 'तुम अपने बोर्डिंग पास सँभाल कर रखते हो?'

'अगर आप सरकारी पैसे पर सफ़र करते हैं तो वे इस बात को पक्का करना चाहते हैं कि आप फ़्लाइट में बैठे। इसलिए लौटकर आने के बाद आप अपना बोर्डिंग पास लगा देते हैं।'

जेंडे ने इस बारे में सोचते हुए भौहें चढ़ाईं। पीटर उसको देखकर कह सकता था कि उसके दिमाग़ में जो चल रहा था वह उसको छिपाना चाह रहा था। जेंडे सोचने लगा जो इस बात का संकेत था कि उसने इस बात को मान लिया था : 'समझ गया। तुम्हारे पास एक बोर्डिंग पास है, तुम बाहर गए थे। नहीं तो तुम टिकट कटाते और उसको कैंसिल करवाकर पैसे वापस ले लेते और नहीं जाते।' उसने हामी भरते हुए सिर हिला दिया। 'सरकार हर तरह से सोचती है।'

उसने सवाल पूछना शुरू किया, लेकिन वह बहुत अजीब तरह की निश्चिन्तता के साथ पूछ रहा था।

'प्रॉक्सी तुमको फ़ोन क्यों कर रहा था?'

'वह मेरा दोस्त था।'

'दोस्त', जेंडे ने उसकी बात को दोहराया। 'इस दोस्त से तुम्हारी मुलाक़ात किस तरह हुई?'

'मैं जिस एनजीओ के लिए काम करता था उसके माध्यम से।'

'किस एनजीओ के माध्यम से?'

सुनील ने नाम बताया। जेंडे सर हिलाने लगा।

'अगली बार से कहीं जाना तो माँ-पापा को बताकर जाने की कोशिश करना।'

सुनील हल्के से मुस्कुराया और पीछे मुड़कर चला गया। शिवा पीटर की तरफ़ घूमा।

'*चला*', वह बोला, 'हमें अब काम करना है।'

'क्या तुम सही में सुनील से बात नहीं करना चाहते?'

'नहीं।'

'क्यों नहीं?'

'क्योंकि हमारे पास उसके फ़ोन का जीपीएस रेकॉर्ड है। वह प्रॉक्सी की हत्या नहीं कर सकता था।'

'तुमने मुझे क्यों नहीं बताया?'

'तुमको क्या लगा कि उसने लड़के को मारा था?'

पीटर के पास इसका जवाब नहीं था लेकिन उसका मन हो रहा था कि वह लाठी उठाए और अपने पुराने दोस्त के सिर में दे मारे।

उसने एक दूसरी चाल चली।

'क्या हम उन दो पुलिस वालों से बात कर सकते हैं?'

'पैगमेट और डुर्रा? क्यों?'

'वे भी तो उसका क़त्ल कर सकते हैं। उसके फ़ोन में उनके नम्बर भी थे।'

'तुम पागल तो नहीं हो गए हो?' जेंडे ने कहा। 'वे क्यों उसको मारेंगे? उसको मारने के लिए वे किसी को भी खोज सकते थे। नहीं तो, उनमें से किसी एक को वहाँ जाकर खड़े रहना पड़ता।'

पीटर ने इसका मतलब यह समझा कि लेज़्ली ने जो बात बताई थी वह जेंडे को सही लगी थी।

'लेकिन हो सकता है कि उसकी योजना इनके खेल का ख़ुलासा करने की रही हो?'

'उसका यक़ीन कौन करता? यह किस तरह सबूत देता? और वह किसको बताता? पुलिस को? और वह ऐसा करता ही क्यों? उसके बाद पैसे के लिए वह क्या करता? यह मत भूलो कि वह इससे कमाई भी कर रहा था।'

'मुझे लगता है कि वह मीडिया में चला जाता।'

'किस तरह की स्टोरी के साथ जाता? कि वह पुलिस वालों के लिए शौचालय में जाकर अपने औजार को लहराता है ताकि उनको पैसों की कमाई हो सके? तुमको लगता है कि वे लोग बिना उसके फ़ोटो के अख़बार में ख़बर छाप देते? वह अपना चेहरा किस तरह दिखाता?'

'हो सकता है कि तुम सही हो। वे दोनों कहाँ है, पैगमेट और डुर्रा?'

'दोनों ही लम्बी छुट्टी पर हैं।'

'बिना वेतन के?'

'बहुत हुआ। उनको बर्खास्त कर दिया जाना चाहिए। मैं जानता हूँ। तुम जानते हो। लेकिन इस बात को साबित कर पाना मुश्किल है कि दोनों लम्बी छुट्टी पर क्यों गए हैं।'

'और उनको उनका वेतन मिल रहा है?'

'हाँ। लेकिन उन दोनों के लिए यह वेतन न मिलने जैसा ही है।'

शहर-भर में यह जानी हुई बात थी कि पुलिस वालों को अच्छी तरह से वेतन नहीं दिया जाता। शहर-भर में यह भी माना जाता था कि पुलिस वालों के पास बहुत अधिक पैसा था क्योंकि वे घूस में कमाई करते थे। अचानक

पीटर को ध्यान आया कि वह एक बहुत ही दुर्लभ क़िस्म के आदमी से बात कर रहा था : एक ईमानदार पुलिस वाला।

'तुम किस तरह काम चलाते हो?'

'काम चलाना?'

'बिना घूस लिए?'

'मेरी पत्नी कमाती है', जेंडे ने कहा, 'भ्रष्टाचार अपने आप में सिरदर्द है।'

'लेकिन घर का ख़र्चा चला पाना बहुत मुश्किल होता होगा।'

'मेरा ख़र्चा है ही क्या? बच्चे एसएससी स्कूल में हैं जिसमें सातवीं कक्षा के लिए सात रुपए देने होते हैं, दसवीं कक्षा के लिए दस रुपए। रहने के लिए पुलिस महकमे की तरफ़ से घर मिला है। वर्दी पुलिस देती है। बाइक पुलिस देती है। तेल पुलिस देती है।'

उसने कंधे उचकाए और पीटर के लिए यह बात साफ़ हो गई कि उसको अपने बारे में बात करना अच्छा नहीं लग रहा था।

'तो अब क्या?'

'हमें जाकर उँगली करनी होगी।'

पीटर को विक्टोरिया हाईस्कूल की याद आ गई जहाँ आम के दो पेड़ों के नीचे खेलते हुए अगर कोई किसी लड़के को उँगली कर देता था तो इसलिए नहीं कि उसका कोई समलैंगिक रुझान होता था बल्कि वह उसको परेशान करना चाहता था। 'उँगली मत करो यार', एक लड़का दूसरे से कहता।

उसके पेट के अन्दर कुछ शान्त हो गया क्योंकि वह अपने जाने-पहचाने क्षेत्र में वापस आ गया था, अपने दोस्त के पास वापस आ गया था, क़ानून के पक्ष में आ गया था, अपने पुराने रूप में। लेकिन ऐसा सोचते हुए भी वह यह जानता था कि यह बात सही नहीं थी। वह उसके साथ फिर कभी उतना सहज नहीं हो पाएगा। उसको उसका भावहीन चेहरा और आवाज़ हमेशा याद रहेगी, उसको पूरी तरह से बाहर कर देने वाला भाव। जेंडे ने जब उसको यह नहीं बताया था कि सुनील का इस मामले से कोई लेना-देना नहीं था तो वह एक बार फिर से उँगली कर रहा था, उसने इसलिए उससे सूचना छुपाए रखी थी ताकि उसको जितनी सूचना मिल सके मिल जाए। वे दोस्त थे तो क्या! यह क़त्ल की जाँच का मामला था। जब आप अपने आपको बाहर पाते हैं तभी आपको यह समझ में आता है कि एक दीवार है और आप कभी उसके भीतर थे।

नौ

जब पीटर घर पहुँचा तो मिली समुद्री मछली साफ़ कर रही थी। उसको लगा कि वह कुछ कहना चाह रही थी इसलिए वह एक स्टूल खींचकर उस छोटी-सी रसोई में उसके पास जाकर बैठ गया।

'तो?' वह बोली, 'तुम्हारा दोस्त सुनील से क्या चाहता था?'

'नहीं, वह साफ़ हो गया। वह उस लड़के को अपने काम के कारण जानता था।'

'मुझे ऐसा ही लगा था।'

वह देख रहा था कि वह नल के नीचे रखकर मछलियों को साफ़ कर रही थी।

'पता है', वह बोली, 'जब वह लौटकर आया और वह सुरक्षित था तो मैं बैठकर यही सोच रही थी कि हो सकता है कि वह समलैंगिक हो। और तब मुझे लगा कि क्या हुआ अगर वह कुछ है भी तो? कोई बात नहीं। वह मेरा बेटा है और सुरक्षित मेरे पास है। इसके लिए हाय-तौबा मचाने की क्या ज़रूरत है?'

पीटर ने महसूस किया कि उसकी आँखें गीली हो गई थीं। उसने मिली को गले से लगा लिया तो वह रोने लगी। लेकिन ये आँसू न ग़ुस्से के थे न पीड़ा के। ये राहत के आँसू थे, और वे दोनों बहुत देर तक एक-दूसरे से ऐसे ही चिपके खड़े रहे। पीटर की नाक उसके खिचड़ी बालों में थी, जिनसे तेल और पुदीने की जानी-पहचानी गंध आ रही थी। वह उसके लम्बे साथ से ताक़त जुटा रहा था, वे साल जो उन्होंने एक बिस्तर और एक रसोई के सहारे काटे थे।

फिर उसने बड़े प्यार से उसको अपने से हटाया।

'इस सबके बीच बांगड़ा भूने जा रहे थे?'

'रिकादो?'

'ऐसी तेज़ गंध वाली चीज़ों को बनाने का और तरीक़ा भी क्या है?'

मिली को मैकरेल नामक वह समुद्री मछली पसन्द नहीं थी लेकिन उसके जीवन में जो दो पुरुष थे वे दोनों उसे बहुत पसन्द करते थे। इसलिए वह उस मछली को अच्छी तरह साफ़ कर लाल कश्मीरी मिर्च का तड़का लगाकर, गोवा के सिरके से धोकर बनाती थी। यह सब इसलिए ताकि उस मछली की तेज़ गंध को कम किया जा सके।

बाद में डिनर के बाद एक फ़ोन आया। जेंडे का था।

'आ सकते हो?'

'अभी?'

'हाँ। मैंने यहाँ यूनियन को रखा हुआ है और मुझे कोई चाहिए जो मेरी जगह उससे बातें करे।'

'यूनिट?'

'वही।'

'वह कब से वहाँ है?'

'पाँच घंटे से।'

पीटर ने राहत की साँस ली। यह पुलिस की पुरानी रणनीति है। उससे तब तक बात करते रहो जब तक कि वह कुछ बक न दे।'

'आ रहा हूँ।'

जेंडे पीछे के कमरे में यूनिट के साथ था, जो लगभग बेहोशी की हालत में था।

'माँ क़सम, बाप क़सम, आपकी क़सम मुझे कुछ भी नहीं पता।'

उसके बाद उसने पीटर को देखा।

'काका, आप इनको बता दो। काका, आप मुझे जानते हो, मैं आपके बेटे को जानता हूँ। आप इनको बताओ। मैं साफ़-साफ़ काम करता हूँ, सम्मानित काम करता हूँ। मैं किडनी बेचने के धंधे में कैसे आ सकता हूँ?'

पीटर ने ध्यान दिया कि वह लड़का पहले उसको चाचा बोलता था, फिर अंकल और अब काका कह रहा था और सोच रहा था कि उन संबोधनों में अलग-अलग तरह का सम्मान और प्यार होता है क्या?

'फिर कोई फ़ोन करके तुम्हारा नाम क्यों बताएगा?' जेंडे ने पूछा। 'वह आवाज़ तुम्हारे बारे में बहुत कुछ जानती थी। वह बता रहा था कि तुमने उसको फ्रिज में रखा था। तुम्हारा मृत दोस्त भी इसमें शामिल था।

वही तुमको नियमित रूप से किडनी भेजा करता था ताकि तुम दो-तीन दिन तक रख सको।'

पीटर ने कोशिश की कि वह जेंडे की तरफ़ न देखे। क्या उसको सही में लगता था कि इससे कुछ होने वाला था?

लेकिन ऐसा लग रहा था कि इसका नतीजा मनोनुकूल होने वाला था।

'माँ क़सम सर! मुझे किसी ने कुछ नहीं भेजा था...मैं क़सम खाकर कहता हूँ। और प्रॉक्सी ने तो कभी कुछ रखने के लिए भेजा ही नहीं—कभी नहीं। हाँ, उसने एक चीज़ भेजी थी...'

'देखो, पहले ये झूठ बोलते हैं, फिर कहते हैं कि पुलिस थर्ड डिग्री का इस्तेमाल करती है।' और जेंडे ने टेबल पर ज़ोर से मुक्का मारा : धम्म! यूनिट के ऊपर इसका भयानक प्रभाव पड़ा। वह बच्चों की तरह फूट-फूट कर रोने लगा। 'पैसा', सुनाई दिया, और 'मुझे नहीं चाहिए था', और 'बैंक में।'

जेंडे अपनी कुर्सी से उठा जिससे यूनिट दुबक गया। लेकिन वह पुलिस अफ़सर कमरे से बाहर निकल गया। पीटर ने एक रूमाल निकाला और उसकी तरफ़ बढ़ा दिया। यूनिट ने उसको ऐसे लपका जैसे किसी डूबने वाले को लाइफ़ जैकेट मिल गया हो।

'काका...' उसने कराहते हुए कहा।

पीटर यूनिट की तरफ़ झुक गया और जितना दयालु चेहरा बना सकता था उसने बना लिया। शायद उस लड़के ने अच्छी पुलिस बुरी पुलिस के बारे में सोचा नहीं था।

'क्या उसको तुमने मारा?'

'मैंने?' वह इतनी नाराज़गी से बोला कि उसकी आवाज़ मिमियाने लगी।

'फिर सच बताओ, सारा सच बता दो। मैं इंस्पेक्टर को अच्छी तरह जानता हूँ। अगर तुम उसके साथ सहयोग करोगे तो तुमको कुछ नहीं होगा', वह बोला। एक पुरुष वेश्या, जिसका मृत व्यक्ति के साथ सम्बन्ध था—यूनिट एक ऐसा आदमी था जिसको कोई आलसी पुलिस वाला पकड़ता और उससे हलफ़िया बयान लेकर केस को बन्द कर देता। यूनिट की क़िस्मत अच्छी थी कि जेंडे ऐसा अफ़सर था जो सच जानना चाहता था और जितना सम्भव था वह उतनी सावधानी से सच की तलाश कर रहा था।

वह जिसके बारे में सोच रहा था वह लौटकर आया और उसने सभी लोगों के सामने गर्मागर्म चाय के प्याले रख दिए। अच्छी पुलिस-अच्छी पुलिस, पीटर ने सोचा।

यूनिट ने पीटर के रूमाल से नाक पोंछते हुए पूरी कहानी सुनाई। पैगमेट सर ने वास्तव में प्रॉक्सी और एक और लड़के ट्रॉफ़ी को बाथरूम की सुविधा दिलाई थी, सुनकर जेंडे आकाश की तरफ़ देखने लगा। कुछ और भी थे लेकिन उसको उनके नाम नहीं याद थे।

'क्या वह तुमको छूता था?' जेंडे ने पूछा।

'छूता?'

'क्या उसने तुम्हारे साथ कुछ ग़लत हरकत की थी?'

नहीं', यूनिट डरते हुए बोला, 'सर उस तरह के नहीं थे।'

लगता था कि पैगमेट सीनियर की दिलचस्पी केवल इसमें थी कि भारत के युवाओं की सेहत अच्छी हो। वे उनको साफ़-सुथरी जगह में नहाने और शौच करने की सुविधा देते थे। लेकिन पैगमेट जूनियर जब पहली बार बम्बई आया था तो छह महीने अपने चाचा के साथ रहा था और पुलिस में भर्ती हो गया था। वह हर उस आदमी के ऊपर धौंस जमाता था जो उससे छोटा और कम उम्र का होता था। वह उन लड़कों से क़रीब दस साल बड़ा था और इस कारण उनको परेशान किया करता था। उसका एक पसन्दीदा खेल उनके बीच घुसकर उनके तौलिए खोल देना था।

और इसी तरह से पैगमेट जूनियर को पता चला कि प्रॉक्सी का बड़ा था।

'जब हम प्रभा देवी में निजी प्रशिक्षण का कोर्स कर रहे थे तब एक दिन पैगमेट आया और उसने प्रॉक्सी से मिलने के लिए कहा', यूनिट बता रहा था, 'मैंने उससे कहा कि मत जाओ वह अच्छा आदमी नहीं है। लेकिन उसने प्रॉक्सी से कहा कि ऐसी कोई बात नहीं है, वह प्रॉक्सी को अमीर बना देगा, और इसी तरह की बातें कीं।'

जेंडे सिर हिला रहा था।

'उसने कहा कि तुमको करना बस यह है कि खड़े रहना है। मतलब यह है कि जैसे ही कोई छुए तो उसको निकलकर दोनों को अन्दर ले जाना था। बस यही, वह बोला, आसान है।'

'मतलब हनी ट्रैप', जेंडे ने कहा।

'मेरा भी बड़ा है।' ऐसा लग रहा था कि यूनिट इस सूचना को देने से ख़ुद को रोक नहीं पाया, 'लेकिन मैं बहुत काला हूँ इसलिए कौन आएगा।'

'यह सब कब हुआ?'

'दो या शायद तीन साल पहले।'

'वह कितना कमा लेता था?'

‘उसने बताया था कि पुलिस वाले सत्तर लेते थे और उसको बीस मिलता था।’

‘और बाक़ी का दस प्रतिशत किसको मिलता था? ऊपर वाले आदमी को?’

‘नहीं सर, जो पुलिस स्टेशन का इंचार्ज था उसको भी मिलता था।’

जेंडे ने सिर हिलाया। भ्रष्टाचार इतना प्रभावी है और उसका कारण यह है कि सभी लोगों को खिलाना होता है। जिनका पेट नहीं भर पाता वही शोर मचाते हैं।

यूनिट बोले जा रहा था, ‘हाँ एक दिन वह घर आया और बोला कि यह बॉक्स रख लो।’

‘वह?’

‘प्रॉक्सी। वह पैसे लेकर आया था। मैंने कहा : यह बहुत ख़तरे की बात है, लेकिन उसने मुझे दोस्ती का वास्ता दिया। वह बोला कि अगर तुम मेरे लिए इतना नहीं करोगे तो कौन करेगा? इसलिए मैंने रख लिया।’

‘पैसे कहाँ हैं?’

‘मैंने अपनी माँ को रखने के लिए दिया’, यूनिट ने कहा, ‘मुझे लगता है कि उसने आजी को दे दिया।’

‘यानी पैसे उनके पास हैं?’

‘नहीं। उस रात से एक रात पहले प्रॉक्सी मेरे घर आया। उसने कहा कि उसको पैसे चाहिए। वह बोला कि उससे एक अपराध हो गया है। उसने बताया कि उसके कारण कोई घायल हो गया और बाद में उसकी मृत्यु हो गई इसलिए वह उसको पैसे वापस देना चाहता था। मैंने कहा : माफ़ी माँगने से उस मुर्दा आदमी को ज़िन्दा नहीं कर सकते, अब जाने दो, अब इस मामले में मत पड़ो। लेकिन वह बोला : मुझे वापस लौटाना है। मुझे बुरा लगा। अगले ही दिन वह मर गया।’

‘प्रॉक्सी किसको पैसे लौटाना चाहता था? उसने तुमको पैसे क्यों दिए?’

‘इसका कारण यह था कि मैं हमेशा ही उसके और ट्रॉफ़ी के पैसे रखता था। नहीं तो वे पैसे उड़ा देते थे। वे ऐसे ही थे, अपने ऊपर उनका कोई वश नहीं था।’

‘ट्रॉफ़ी का क्या हुआ?’ पीटर को पूछना पड़ा।

‘काका, वह गल्फ़ चला गया। मुझे वहाँ बुलाता रहता है।’

‘तुम क्यों नहीं गए?’

'पैसे कहाँ हैं? उसके लिए पैसे चाहिए। एजेंट के लिए। नौकरी के लिए। फ़्लाइट के लिए। मेरे पास थे नहीं। मेरी माँ ने कहा था कि मेरा सोना ले लो। लेकिन मैंने नहीं लिया। अब मुझे लगता है कि मैंने ग़लती कर दी।'

'वह पैसा,' जेंडे बोला, 'जो उसने तुमको दिया था, शायद उस पैसे से तुम जा सकते थे?'

यूनिट अनिश्चित भाव से उसको देखने लगा। 'वह मेरे ऊपर विश्वास करता था सर। वे मेरे पैसे नहीं थे।'

दस

अगली सुबह पीटर की नींद जेंडे के फ़ोन से खुली।

'तैयार हो जाओ। दस मिनट में मैं आ रहा हूँ।'

'बीस', पीटर ने कहा।

पन्द्रह मिनट बाद जब वह सीढ़ियाँ उतर रहा था तो उसने देखा कि बस स्टॉप के पास जेंडे ने गाड़ी खड़ी कर रखी थी।

'हम कहाँ जा रहे हैं?' जेंडे की मोटरसाइकिल के पीछे बैठते हुए उसने पूछा। उसको शहर में मोटरसाइकिल पर बैठकर घूमना अच्छा नहीं लगता था। आसपास सहारा देने के लिए कुछ नहीं होता था, चारों तरफ़ से दैत्य की तरह विशाल ट्रकें और जान लेने को तैयार कारें आती रहती थीं, लगता था जैसे मोटरसाइकिल को टक्कर ही मार देंगी। और उसको हर बार दर्द होने लगता था।

'डुर्रा के घर', जेंडे बोला।

'वह पुलिस वाला? जो उस दिन आया था?'

'हाँ।'

'उसने क्या किया है?'

'कुछ नहीं। उसका बेटा मर गया है।'

'मर गया? कैसे?'

'यह हम वहाँ पता करेंगे। जुराले ने मुझे फोन किया था और बोला कि मुझे ज़रूर जाना चाहिए।'

जेंडे ट्रैफ़िक लाइट और छिटपुट पैदल यात्रियों के बीच से ऐसे निकला जा रहा था जैसे आँधी से पहले पत्ते। वे हाइवे से जा रहे थे, पीटर ने अपनी साँसें थाम रखी थीं और जेंडे हर जगह से निकलता जा रहा था।

डुर्रा अँधेरी ईस्ट के दो बेडरूम अपार्टमेंट में रहता था जो एक नई

सहकारी हाउसिंग सोसाइटी में था। फ़्लैट का दरवाज़ा खुला हुआ था, जो इस बात का पक्का प्रमाण था कि मौत आ चुकी थी। अन्दर बहुत से लोग अजीब तरह से खड़े थे, लेकिन कोई कुछ बोल नहीं रहा था। एक-दूसरे को देख-देख कर वे बीच-बीच में सिर हिला दे रहे थे। लेकिन जब पीटर और जेंडे आए तो सभी एक ही दिशा में देखने लगे, मानो कुछ दिखा रहे हों, बिना कुछ कहे, सभी उस कोने में देखने लगे जहाँ एक औरत गोद में बच्चा लिए बैठी थी।

पीटर के लिए किसी ऐसे घर में घुस पाना आसान नहीं होता था जहाँ गमी का माहौल हो, वह भी ख़ासकर ऐसे घर में जिसमें एक बच्चे की मृत्यु हुई हो। बच्चे का जो आकार था उसको देखते ही मन धिक्कार उठता था—'क्या आप इसको रोक नहीं सकते थे?' बेजान अंग ऐसे लग रहे थे जैसे पूछ रहे हों—'मुझसे पहले आपका समय नहीं आने वाला था?' उस छोटे बच्चे ने ऐंग्री बर्ड वाली टी शर्ट और शॉर्ट्स पहन रखे थे—वह न उसको देख पा रहा था न ही उससे अलग देख पा रहा था। अपने आप से समझौता करते हुए वह उस औरत को देखने लगा जिसने बच्चे को थाम रखा था।

वह आँखें बन्द किए रो रही थी, उसने बच्चे की लाश को कसकर पकड़ रखा था। जेंडे के इशारा करने पर जब कमरे में मौजूद एक आदमी ने उससे बच्चा लेने की कोशिश की तो उसने इतनी ज़ोर से धक्का दिया कि वह ज़मीन पर गिर पड़ा। माँ के शरीर की हरकत से बच्चे का शरीर अजीब तरह से हिल रहा था। जेंडे ने भी बच्चे को उसकी पकड़ से छुड़ाने की कोशिश की लेकिन उसका भी वही हाल हुआ।

जेंडे ने पूछा कि डुर्रा कहाँ है? एक आदमी ने बेडरूम की तरफ़ इशारा किया। डुर्रा बिस्तर पर बैठा हुआ था, बेजान-सा नीचे फ़र्श को देख रहा था। वह अकेला नहीं था लेकिन वह अपने आप में अकेला ही लग रहा था। उसका दुख इतना गहरा था कि वहाँ मौजूद लोग उसको तोड़ नहीं पा रहे थे। उनके पास कहने के लिए न तो कोई शब्द था न ही कहने का कोई ज़रिया। जेंडे ने उसकी तरफ़ देखा और अचानक उसका अफ़सर बन गया।

'डुर्रा' उसने ज़ोर से कहा। उसकी आवाज़ की रुखाई से वहाँ मौजूद सभी लोग उछल पड़े। डुर्रा ने ऊपर देखा।

'क्या हुआ?'

डुर्रा के चेहरे पर अजीब तरह के भाव आ जा रहे थे। पीटर ने सोचा कि अगर कोई उसके चेहरे की फ़िल्म बनाता और उसको स्लो मोशन में

देखता तो उसको उसकी अनेक भावनाओं के बारे में पता चल जाता, लेकिन उसको कुछ समझ में नहीं आ रहा था। दुख, ग़ुस्सा, ग्लानि, शर्म और...

डुर्रा उठा और अपने घर से इस तरह भागा मानो कोई शैतान उसका पीछा कर रहा हो। यह सब इतना अचानक था कि किसी ने उसको रोकने के बारे में सोचा भी नहीं। जेंडे वहाँ मौजूद लोगों की तरफ़ गया।

'मुझे फ़ोन किसने किया था?'

जुराले, युवा पुलिस अधिकारी, आगे आते हुए बोला, 'सर मैंने किया था।'

'तुमने मुझे फ़ोन क्यों किया?'

'मुझे लगा कि यह पुलिस केस भी हो सकता है।'

'मतलब?'

'मेरे ख़याल से बच्चे का क़त्ल हुआ है सर।'

'क्यों?'

'आपको याद है स्टेशन के शौचालय में 1 लिखा हुआ था?'

'हाँ?'

'घर के बाहर 2 लिखा था।'

वे बाहर गए। घर के बाहर सच में लाल रंग से 2 लिखा हुआ था।

'यह क्या है?' जेंडे ने एक पड़ोसी से पूछा।

उस आदमी ने कंधे उचकाए और जाने को हुआ।

'फ़्लैट नम्बर क्या है?'

'डुर्रा साहब का नम्बर चार है।'

'क्या इस बिल्डिंग में कोई डॉक्टर भी है?'

तभी एक नई आवाज़ आई।

'क्या हुआ है यहाँ? यह सब क्या है?'

वह एक युवती थी, नीले रंग की बॉर्डर वाली सफ़ेद साड़ी में।

'अर्रे, इनका बाबा मर गया है।'

'मर गया? क्या हुआ? एक्सीडेंट?'

'आप?' जेंडे ने पूछा।

'नर्स', औरत ने जवाब दिया। उसने कहा कि वह वहाँ बच्चे को इंसुलिन देने आई थी। उसको बच्चों वाली डायबिटीज़ थी।

'अर्रे', पड़ोसी ने कहा, 'कोई पहले ही आकर इंसुलिन की सूई बच्चे को लगा गया था। दस मिनट बाद हम लोगों ने भाभी के चिल्लाने की आवाज़ सुनी। जब हम भागकर आए तब तक सब ख़त्म हो चुका था।'

'कौन आया था?' नर्स ने पूछा।

'मुझे नहीं पता कौन आया था लेकिन कल तक बच्चा बिलकुल ठीक था। ख़ूब खेल-कूद रहा था', पड़ोसी ने कहा।

'इंजेक्शन में कोई गड़बड़ी रही होगी। हो सकता है कि नक़ली रहा हो', एक और आदमी बोला।

'या उसमें बुलबुला बन गया हो। मैंने कहीं पढ़ा था कि इंजेक्शन में अगर बुलबुला बन जाए तो आपकी जान भी जा सकती है।'

नर्स सभी लोगों के बीच से जगह बनाती हुई आगे बढ़ रही थी, उसने अपने पेशेवर रूप को बरक़रार रखा था। जब अन्दर जाकर उसने धीमी आज में 'भाभी' कहा तो पहली प्रतिक्रिया यह आई :

'अरे रोसम्मा सिस्टर आप आ गईं? आप आ गईं? यह रहा मेरा बच्चा। इसको ठीक कर दीजिए। इसको मेरे पास वापस ला दीजिए। आप नर्स हैं। आप देवी हैं। आप जानती हैं कि मैं अपने बच्चे से कितना प्यार करती हूँ। इसे मेरे पास वापस ला दीजिए।'

लोग हताश होकर इधर-उधर जाने लगे।

'मुझे दिखाइए', सिस्टर रोसम्मा ने कहा और शायद यह उसके बोलने का लहजा था, या यह उम्मीद कि नर्स शायद बच्चे की जान वापस ले आए बच्चा माँ की गोद से निकल चुका था और अब जाँच आगे बढ़ सकती थी।

नर्स ने जब बच्चे की अच्छी तरह जाँच कर ली तो जेंडे ने बच्चे के शरीर को बड़े प्यार से उठाया और पीछे मुड़ गया। ऐसा नहीं लग रहा था कि कोई उसको लेना चाहता था इसलिए वह धीरे-धीरे घर से बाहर की तरफ़ जाने लगा।

'वे मेरे बच्चे को लेकर कहाँ जा रहे हैं, मेरे मुन्ना को लेकर कहाँ जा रहे हैं?' माँ रोने लगी और अब सब कुछ सामान्य हो गया। अन्य औरतें घर में आने लगीं और शोक सन्तप्त माता को ढाढ़स बँधाने लगीं।

रोसम्मा दरवाज़े के पास पुलिस वाले के पास आई और बोली, 'एक मिनट रुक जाइए।'

वह रसोई में गई और उसने फ्रिज खोला। उसका चेहरा स्याह पड़ गया। उसने फ्रिज के दरवाज़े पर चुम्बक से चिपकी सूची को देखा।

'यहाँ छह बोतलें होनी चाहिए', वह बोली, 'एक भी नहीं है।'

वह जेंडे की तरफ़ मुड़ी।

'जिसने भी मुन्ना को इंजेक्शन लगाया है वह उसको मारना ही चाहता था। उसने इंसुलिन का ओवरडोज़ दिया है।'

एक ठंडा हाथ पीटर के कंधे पर पीछे से आया। जेंडे कुछ नहीं बोला। उसने नीचे उस छोटे-से चेहरे की तरफ़ देखा, वह शान्त और ख़ामोश था। वह सिर हिलाने लगा। रोसम्मा की आँखें गीली थीं लेकिन उसने अचानक अपनी हथेली के पीछे से आँसू पोंछे और सँभलकर खड़ी हो गई।

'क्या मैं जा सकती हूँ इंस्पेक्टर?' वह बोली, 'मुझे चार और मरीज़ों को सूई लगानी है।'

'जितनी जल्दी हो सके मैं आपको जाने दूँगा। क्या आज आपका आना पहले से तय था?'

सिस्टर रोसम्मा थोड़ा-सा खिसकीं।

'मैं सप्ताह में एक बार इसका शुगर लेवल देखने के लिए आती रही हूँ, मैंने इन लोगों को सूई लगाना सिखाने की कोशिश की थी लेकिन ये सीख नहीं पाए। ये लोग सीखना ही नहीं चाहते थे। इसलिए कंपाउंडर सूई लगाने के लिए आते थे।'

लेकिन जब दबाव डाला गया तो रोसम्मा ने स्वीकार कर लिया कि उसके आने की कोई निश्चित तिथि नहीं थी। वह इसलिए आती थी क्योंकि डुर्रा ने बहुत पहले उसकी मदद की थी—मलाड में उसका एक फ़्लैट किराए पर दिया हुआ था, और किरायेदार मकान ख़ाली नहीं कर रहा था। वह सप्ताह में एक दिन आने की कोशिश करती थी। पर कई बार...

एक पड़ोसिन यह कहने अन्दर आई कि मिसेज़ डुर्रा सिस्टर के बारे में पूछ रही थीं।

'गाड़ी बुलाओ', जेंडे ने जुराले से कहा, यह पुलिस का कोड था शव वाहन बुलवाने का।

'मैंने फ़ोन कर दिया है सर', जुराले बोला। अब इन्तज़ार करने के अलावा कुछ और नहीं किया जा सकता था।

रसोई अब छोटी लग रही थी जबकि वह मध्यम आकार का कमरा था। लाश रखने के लिए कोई जगह नहीं दिख रही थी, कोई ऐसी जगह जो सही हो। पड़ोसी दूर से देख रहे थे। जेंडे बच्चे को गोद में लिए ऐसे खड़ा था जैसे पत्थर की मूर्ति हो।

'कैसा पागल था?' पीटर बोला, हालाँकि वह जानता था कि वह एक घिसी-पिटी बात कर रहा था।

'सर?'

जुराले था।

'मुझे लग रहा है कि कोई हमें यह बताना चाहता था कि यह हत्या का मामला था।'

'मतलब?'

'बच्चे को डायबिटीज़ थी। यह ग़लती भी हो सकती है।'

'कोई इस तरह से ग़लती नहीं करता है', सिस्टर रोसम्मा ने कुछ चिढ़ते हुए कहा, 'पोस्टमार्टम में आप देखेंगे। शरीर में इतनी अधिक मात्रा में इंसुलिन है कि यह ग़लती नहीं हो सकती।'

'आपको लगता है कि ये पोस्टमार्टम करवाना चाहेंगे?' जुराले ने पूछा।

पीटर ने सोचा : यह सही कह रहा है। परिवार वाले अपने घर के मृत लोगों का पोस्टमार्टम नहीं करवाना चाहते हैं। मानो उसके ही सोच को सामने रखते हुए जुराले ने कहा : 'ये लोग ऐसा करवाना नहीं चाहेंगे। इन लोगों को लगा होगा कि इसको डायबिटीज़ था, यह बीमार था, और मर गया। और अगर पोस्टमार्टम हुआ भी तो इंसुलिन ही तो होगा न? यह कोई ज़हर तो है नहीं, कोई ऐसी चीज़ नहीं है न जो बच्चे के शरीर में नहीं होनी चाहिए।'

'हमें पता नहीं चला होता', जेंडे ने कहा, 'अगर दीवार पर 2 नहीं लिखा होता।

जुराले सही था। क़ातिल चाहता था कि उनको इस बारे में पता चले।

'डस्टबिन चेक कर लो', जेंडे बोला। जुराले किचेन काउंटर के नीचे झुका और एक डस्टबिन लेकर बाहर निकला। उसने जेंडे की तरफ़ देखा जो उसको देखकर ठुड्डी हिला रहा था।

'आगे बढ़ो', वह बोला, 'तुम पुलिस में रहकर ब्राह्मण नहीं बन सकते।'

पीटर को कुछ पुराने अख़बार मिले और उसने उनको ज़मीन पर फैला दिया।

'मुझे इसमें ढूँढ़ना क्या है?' जुराले ने फ़र्श पर घुटने के बल झुकते हुए पूछा।

'मुझे नहीं पता', जेंडे ने कहा।

जुराले ने अपने सामने बिखरे कचरे को देखा : चिकेन की हड्डियाँ, फलों के छिलके, काग़ज़ के गोले, बालों के गुच्छे, पेंसिल के टुकड़े।

'तुमको क्या देखना चाहिए?' जेंडे ने पूछा।

जुराले ने इस बारे में कुछ देर सोचा।

'कोई ऐसी चीज़ जो वह पीछे छोड़ गया हो।'

'हाँ', जेंडे ने ख़ुश होते हुए कहा, 'जैसे?'

'ग्लव्ज़, इंसुलिन की बोतल, सिरिंज?'

जेंडे ने हामी भरी और जुराले हाथ में दस्ताने पहनकर काम में जुट गया। लेकिन उसमें रोज़ के कचरे के अलावा कुछ भी नहीं था। शव-वाहन आ गया तो मिसेज़ डुर्रा चीख़ने-चिल्लाने लगीं और अपने बाल नोचने लगीं। सिस्टर रोसम्मा ने उनको नशे का इंजेक्शन दिया और वे वहाँ से चले गए, इस बात से शर्मिंदा कि उनको कितनी राहत महसूस हो रही थी।

~

वे जेंडे की मोटरसाइकिल से माहिम आए; जेंडे के जाने-पहचाने कोने में। वह मेज़ जो कमरे में एक कोने में थी, वहाँ जाली वाली खिड़की थी और मेज़ पर काग़ज़ों का अंबार लगा हुआ था। एक पेपरवेट रखा हुआ था जिसके अन्दर जमी हुई मछली की आकृति थी।

लेकिन जब वे आए तो उनको लग गया कि पुलिस स्टेशन में कुछ हुआ था, कुछ आँधी-तूफ़ान जैसा, हालाँकि कुछ भी अपनी जगह से हटा नहीं था, कोई कुर्सी पलटी नहीं थी, कोई दरवाजा इसके कारण टूटा नहीं था।

सब शान्त थे, ऐसी ख़ामोशी थी कि लग रहा था मानो सब उसी अवस्था में जम गए हों।

'क्या?' जेंडे ने पूछा।

'वह आपका इन्तज़ार कर रहा है', एक जूनियर अफ़सर ने कहा और इशारा किया।

जेंडे की मेज़ पर डुर्रा बैठा हुआ था, उसने अपने हाथ बाँध रखे थे। जेंडे की मेज़ पर एक रिवॉल्वर पड़ा था, उसके सामने।

'यह सब क्या है डुर्रा?' उसकी आवाज़ दिलासा देने वाली और सख़्त थी। आशय यह था कि हाँ मुझे पता है कि तुम बुरे दौर से गुज़र रहे हो लेकिन इससे निकल जाओगे।

जेंडे ने बैठने से पहले एक पुराने अख़बार से रिवॉल्वर उठाकर उसे दराज़ में रखा और उसको बन्द कर दिया, और यह सन्देश भी दे दिया कि यह तो रोज़-रोज़ का काम है।

'मैंने उसको मार डाला', डुर्रा ने जब कहा तो उसकी आवाज़ भावहीन थी।

'तुमने किसको मार डाला?'

'पैगमेट को। मैंने मार डाला।'

एक पल को ख़ामोशी छा गई।

'जुराले, एक मजिस्ट्रेट को बुलाओ', जेंडे ने कहा।

'सर?'

'अगर यह इक़बालिया बयान देना चाहता है तो इसको मजिस्ट्रेट के सामने देने दो। मैं नहीं चाहता हूँ कि बाद में किसी तरह की मुश्किल हो।'

जुराले चला गया और जेंडे उस आदमी से बोला जो उसका सहकर्मी था और अब जो एक अपराधी था, 'चाय पियोगे?'

'मुझे अपना बेटा चाहिए। मुझे बस अपना बेटा चाहिए।'

ख़ामोशी छा गई।

मजिस्ट्रेट आया और उसने अपनी जगह ली। साथ में एक अधेड़ स्टेनोग्राफ़र आया था, जिसके शरीर से तेज़ गंध आ रही थी। जुराले ने भी डुर्रा के बयान को दर्ज करने के लिए अपना मोबाइल फ़ोन निकाल लिया। बहुत कम सवाल थे। डुर्रा बात करना चाहता था। वह यह बताना चाहता था कि किस तरह से उसके साथी पैगमेट ने हनीट्रैप की योजना समझाई थी, और किस तरह से वह यह भी जानता था कि उसको वैसे लड़के कहाँ मिल सकते हैं जो उसका चारा बन सकते थे।

'यह उसका आइडिया था', डुर्रा ने कहा, 'उसने कहा कि पैसे कमाने के लिए यह अच्छा काम है। हमें कुछ करना नहीं था। हमें तो बस इन्तज़ार करना था। लड़का शौचालय में जाता। वह अपना 'वो' निकालकर खड़ा हो जाता। फिर वह इन्तज़ार करता। वह किसी ग़रीब आदमी को उसे नहीं छूने देता था। जब कोई अच्छे परिवार का दिखाई देने वाला आगे बढ़कर दिलचस्पी दिखाता तो हम अन्दर जाते। हम उन दोनों को दादर के प्लेटफ़ॉर्म पर पुलिस स्टेशन ले जाते, हमने वहाँ इन्तज़ाम कर रखा था। फिर हम दोनों में से कोई उस लड़के को दूसरे कमरे में ले जाता और ऐसे जताता जैसे बेल्ट से उसकी पिटाई हो रही है। हम लोग टेबल पर मारते थे और लड़का चीख़ने-चिल्लाने लगता था। फिर हम उस आदमी से कहते कि वह जाए और पैसे लेकर आ जाए।'

पीटर को अचानक यह ध्यान आया कि क्या लेज़्ली के साथ भी कभी ऐसा कुछ हुआ था? उसने सब कुछ कितने सही तरीक़े से बताया था।

'कितने पैसे?'

'पहले तो हम दो-तीन हज़ार रुपए कहते थे लेकिन फिर हमने देखा कि वे बिना किसी शिकायत के उससे अधिक पैसे देने के लिए तैयार रहते थे। इसलिए हम लोगों ने इसको पाँच हज़ार कर दिया। अगर उनमें से कोई

अधिक रोना-धोना मचाता था तो हम कम पैसे में भी मान जाते थे, क्योंकि हम समय गँवाना नहीं चाहते थे। लेकिन वह हर बार दो या तीन हज़ार रुपए से कम नहीं होता था। हम इस बात को पक्का कर लेते थे कि ऐसे लोग ही पकड़ में आएँ जो इतने पैसे दे सकते हों। पैगमेट कहता था कि इतने पैसे तो वे लोग एक शाम परिवार के साथ मल्टीपलेक्स जाने में ख़र्च कर देते थे और इस बारे में सोचते भी नहीं थे।'

'लेकिन अगर उस आदमी ने यह कहा कि उसके पास पैसे नहीं हैं तो?'

'आजकल सभी लोगों के पास कार्ड होता है, डेबिट कार्ड, क्रेडिट कार्ड। अगर वे अपना बटुआ साथ लेकर नहीं आते थे, उनके पास अगर कुछ ही नोट होते थे तो हम उनको जाकर पैसे ले आने के लिए कहते थे। हम उनका मोबाइल फ़ोन अपने पास रख लेते ताकि वे वापस आएँ। वे अपने फ़ोन को लॉक कर देते थे। उनमें से एक ने फ़ोन बन्द नहीं किया था। वह इतना डर गया था कि लॉक करना भूल गया और वहाँ से भाग गया। तभी पैगमेट को आइडिया आया। उसने उस आदमी के फ़ोन से अपने फ़ोन में कॉल किया और उसका नम्बर ले लिया। इसके बाद हम लोगों ने उसके सारे नम्बर ले लिए ताकि हमें रात में परेशान न होना पड़े। हमको जब ज़रूरत होती थी हम पैसे ले लेते थे। जब वह वापस आया तो पैगमेट ने उससे कहा कि हम जानते हैं कि तुम कौन हो। हमारे पास तुम्हारा नम्बर है, तुम्हारे दफ़्तर का, घर का, हम उन लोगों के पते ढूँढ़ लेंगे। उसके बाद पैगमेट ने फ़ोन से उस आदमी का फ़ोटो ले लिया। यह देखो, वह बोला, हम तुम्हारे घर आ सकते हैं, दफ़्तर आ सकते हैं और तुमको गुंडागिरी के लिए गिरफ़्तार भी कर सकते हैं। अब ठीक-ठाक पैसे इन्तज़ाम कर लो नहीं तो काम तमाम समझो। वह आदमी बच्चों की तरह रोने लगा।'

'वह कौन था?'

'मुझे उसका नाम याद नहीं है।'

'क्या कह रहे हो?' जेंडे ने कहना शुरू किया।

पीटर ने उसको चेतावनी देने की मुद्रा में देखा और हाथ से शान्त रहने का इशारा भी किया। जेंडे ने बड़ी मुश्किल से ख़ुद को शान्त किया और डुर्रा को बोलने का इशारा किया।

'तुम्हारे पास उसका नम्बर है?'

'हाँ', डुर्रा ने कहा और अपना फ़ोन निकालकर नम्बर खोजने लगा। उसके बाद उसका चेहरा उतर गया। 'मैंने उसका नम्बर x में सेव किया था।'

'एक्स?'

'फ़ोन पैगमेट ही करता था। और इस तरह के धंधे में अपना असली नाम कौन देता है? हमने उसका नाम पूछा भी नहीं। पैगमेट ने उसको चेतावनी दी थी कि अगर तुमने अपना नम्बर बदला तो हमारे पास तुम्हारे सारे नम्बर हैं, तुम्हारा पता है। हमारे पास था नहीं लेकिन उसने हमारे ऊपर यक़ीन कर लिया।'

'उससे तुम लोगों ने कितने पैसे लिए?'

'जब वह पाँच हज़ार रुपए लेकर आया तो मेरे ख़याल से हम लोगों ने कहा कि कल सुबह दस हज़ार और लेकर आए और अपना फ़ोन वापस ले जाए। उसने बताया कि कोई परेशानी थी, और उसको पैसों की ज़रूरत थी। अब याद नहीं है कि क़र्ज़ चुकाने की बात थी या किसी को भुगतान करना था या घर में कोई बीमार था। उसने कहा कि उसको इसके लिए पैसों की ज़रूरत थी, अब मुझे याद नहीं कि कारण क्या था। पैगमेट ने कहा कि तुम झूठ बोल रहे हो। और मैंने उसकी बात मान ली। मुझे उसकी बात नहीं माननी चाहिए थी। हमने उससे पहले दस हज़ार और फिर पचीस हज़ार और माँग लिए। उसको इतने पैसे देने ही नहीं चाहिए थे, यह उसकी ग़लती थी। जब उसने एक बार दे दिया तो हम समझ गए कि यह बार-बार देगा, और वह इतना अधिक डर गया था कि वह तब तक सब कुछ देता रह सकता था जब तक कि देने के लिए इसके पास कुछ न बच जाए। मैं यह भी सोचता था कि यह हम लोगों से लड़ता क्यों नहीं, हमसे यह क्यों नहीं कहता, कि जो करना है कर लो? लेकिन वह बस रोता रहता था और पैसे देता जाता था, देता जाता था। मैंने किसी आदमी को इतना डरा हुआ नहीं देखा था। इससे पैगमेट की आदत बिगड़ गई।'

'मतलब?'

'उसको इस आदमी को अपमानित करने में मज़ा आता था। कई बार वह उस आदमी को अपने घर बुला लेता था। मैंने उससे कहा : उसको घर मत आने दो। उसको हमारे बारे में कुछ पता नहीं चलना चाहिए। लेकिन वह बोला : उसको काम करने दो। उसके बाद उसने उसको एक बार इस स्टेशन में भी बुलाया। देर रात, पीछे की तरफ़, दीवार के पीछे। उसने उस आदमी को घुटनों के बल झुका दिया। मैं वहाँ से चला गया। उसके बाद मैं उसके साथ पैसे लेने नहीं जाता था। उसके बाद मैं एक बार ही गया था लेकिन वह आदमी इतना अधिक रो रहा था कि मुझे ऐसा लगा कि वह

आदमी सही में संकट में था। लेकिन पैगमेट ने कहा कि वह ऐक्टिंग कर रहा था। जब आप किसी को पैसे देते हो तो आपका दिल टूट जाता है। आप इसलिए रोते हो क्योंकि आपका दिल टूट चुका होता है। इसके अलावा और कोई बात नहीं होती है। मैंने उससे इतने पैसे नहीं लिए होते। लेकिन पैगमेट यह कहता रहता था कि वह एक विदेशी बैंक में काम करता था, वह पैसे ला सकता था, उसको क़र्ज़ लेने दो, जो चाहे करने दो, उसने इस तरह का काम ही क्यों किया, अगर उसने रंडीगिरी न की होती तो वह उस मुश्किल में फँसा ही नहीं होता। यह चलता रहा। मैंने उन लोगों से कहा, कि इस आदमी से बहुत ले लिया, बाक़ी लोग भी तो हैं। लेकिन वे मेरी बात सुन ही नहीं रहे थे। वे उससे पैसे ऐंठते रहे। कभी पैगमेट जाता तो कभी प्रॉक्सी।'

'तुम नहीं जाते थे?'

'मैं केवल एक बार अकेले गया था। लेकिन मैंने उसको कुछ पैसे दे दिए थे क्योंकि वह कह रहा था कि उसके पास कुछ भी नहीं है। पैगमेट यह सुनकर ग़ुस्सा हो गया और उसने कहा कि मुझे नहीं जाना चाहिए क्योंकि मैं नरम पड़ जाता हूँ। उसके बाद उस आदमी ने आत्महत्या कर ली। और प्रॉक्सी ने कहा कि वह यह नहीं करना चाहता था। वह अब कभी शौचालय में नहीं जाएगा। हम लोगों ने उससे कहा कि वह हमें बताने वाला कौन होता है कि हमें यह काम कब छोड़ देना चाहिए।'

बयान देने वाले ने सिर उठाकर ऊपर देखा, मानो वह किसी स्वप्न से जाग रहा हो। जेंडे ने सीधे उसकी तरफ़ देखा।

'यह सब उसका ही फ़ितूर था। यह सब। जब मुझे पहला नोट मिला तो मैंने उससे कहा था...'

'किस तरह का नोट?'

'एक पोस्टकार्ड आया था। उसमें लिखा था कि तुम मर जाओगे।'

'मुहर कहाँ की थी?'

'कहीं की नहीं। कोई हाथ से डालकर गया था। जब मैंने पता किया तो किसी को भी पता नहीं था।'

'उँगलियों के निशान?'

'घर में मैंने टेलकम पाउडर से कोशिश की थी लेकिन कुछ नहीं निकला।'

'अब कहाँ है?'

'मैंने फाड़ दिया।'

जेंडे ने गहरी साँस ली।

'पहले तो मुझे लगा कि कोई मुझे डराने की कोशिश कर रहा है। हम पुलिस वाले हैं। हमें मारने की कोशिश कौन करेगा?'

'तुमने इस बारे में सोचा कि तुम किस तरह एक ब्लैकमेलर में बदल गए हो?' मजिस्ट्रेट ने खाँसते हुए कहा।

जेंडे किसी तरह मुस्कुराया।

'सॉरी', उसने डुर्रा से कहा। डुर्रा ने मुस्कुराने की कोशिश की लेकिन उसका चेहरा पत्थर जैसा बना रहा। एक चमक आई और ग़ायब हो गई।

'मैंने उसे यह सब बन्द करने के लिए कहा था। हम लोगों ने तीन-चार साल तक यह काम किया। उसने फ़्लैट भी ख़रीद लिया। मैंने अपना क़र्ज़ चुका दिया। उस लड़के के पास इतना पैसा हो गया कि वह दुबई जा सके। अब एक अकेले आदमी ने ही हमें उससे कहीं अधिक पैसा दे दिया था जितना कि हम छह-सात महीने में कमाते थे, और फिर उसको आत्महत्या कर लेनी पड़ी। मैंने उससे कहा था कि अब छोड़ दे। वह कहता रहता था : बस एक बार और, एक बार और। मैं करना चाहता हूँ। मुझे बैंकाक जाने का मन है। तुम भी आ जाओ। यह नशे जैसा था। हम लोगों को रुक जाना चाहिए था। अगर हमने छोड़ दिया होता तो मेरा बेटा आज ज़िन्दा होता।'

वह रुककर आसपास सब लोगों को देखने लगा। लग रहा था कि उसकी आँख में जानवरों जैसी शैतानी आ गई थी।

'जिस आदमी ने आमहत्या की थी वही है। उसका भूत हम लोगों को परेशान कर रहा है। उसी के भूत ने प्रॉक्सी को मारा। उसी का भूत मेरे बेटे को मारने आया। और तब समझ में आया कि वह चाहता क्या था। वह चाहता था कि मैं पैगमेट को मार दूँ।'

वह रुका लेकिन उसकी आँखों की पुतलियाँ चक्कर खाने लगीं। ऐसा लग रहा तह जैसे उसको दौरा पड़ने वाला हो।

'क्या तुम अब ख़ुश हो?' डुर्रा अब उन लोगों से बात नहीं कर रहा था। वह उस भूत से बातें कर रहा था जो उसके सपनों में आता था। 'मैंने उसको मार डाला। तुमने मेरे बेटे की जान ले ली। अब हो गया। मुझे अकेला छोड़ दो।'

क्या उसने जान-बूझकर ऐसा किया था? पीटर सोच रहा था। क्या वह यह जताने वाला था कि वह पागल हो गया है, जिसको वह अपने बचाव के लिए आज़माता?

उसके बाद डुर्रा ने एक और रिवॉल्वर निकाला, अपने मुँह में डाला और ख़ुद को गोली मार ली।

ग्यारह

बाद में पीटर बस यही सोच पाया : इतना अधिक ख़ून, कौन सोच सकता था कि इस आदमी के अन्दर इतना ख़ून भरा था?

उसके बाद सरकारी अमले सक्रिय हो गए, बहुत कार्यकुशलता से तो नहीं लेकिन सभी की अपनी-अपनी भूमिका होती है। एक सिपाही ढकने के लिए एक चादर लेकर आया। चादर बहुत साफ़ नहीं था; शायद उससे यह काम पहले भी लिया जा चुका था। जुराले से कहा गया कि वह जाकर मृतक की पत्नी को सूचित कर दे। वह नौजवान अफ़सर सदमे जैसी हालत में था, बीच-बीच में वह अपना सिर हिला रहा था मानो किसी चीज़ को हटा रहा हो।

एक वरिष्ठ अफ़सर आया, उसने उसकी टोपी उतारी और लाश के पास चुपचाप खड़ा हो गया। दफ़्तर में बाक़ी सब भी अपने-अपने काम छोड़कर वहाँ खड़े हो गए। एक सिपाही ने पूछा कि क्या अफ़सर महोदय देखना चाहेंगे। उसने अपना सिर हिलाया, भौंहें चढ़ाकर वह जेंडे के साथ बातचीत में लग गया। पीटर से पूछा गया कि क्या वह गवाह बनना चाहेगा तो वह मान गया। उसके बाद तरह-तरह की काग़ज़ी कार्रवाई शुरू हुई तो उन लोगों ने सभी काग़ज़ों पर दस्तखत किए, चारों तरफ़। पीटर ने जेंडे के हाथ में हल्का-सा कंपन महसूस किया।

जब सब हो गया तो वह घर गया। अपने साथ जेंडे को भी लेकर गया। मिली ने उन दोनों को एक नज़र देखा और बोली कि वह बांद्रा अपनी बहन से मिलने जा रही थी। सुनील घर में नहीं था।

'क्या हुआ?' उसने दरवाज़े पर पूछा।

'एक पुलिस वाले ने आत्महत्या कर ली', वह बोला। उसने क्रॉस बनाया और मृतक के लिए दुआ करने लगी। वह भी शामिल हो गया और उसने

भी अपने अन्दर ज़रा-सी उष्मा महसूस की। इसको कैसे पता है कि किस समय क्या करना चाहिए? उसने उसके माथे को आभार जताने के अन्दाज़ में चूम लिया और मिली मुस्कुराते हुए वहाँ से चली गई।

बरामदे में, जेंडे कुर्सी झुकाकर रेलिंग पर पाँव रखकर बैठ गया। पीटर ने आरसी की एक बोतल खोली और सोचने लगा कि यह काफ़ी तो होगा। उसने एक पटियाला पैग अपने और एक जेंडे के लिए बनाया।

'मामला ख़त्म?' उसने पूछा।

'हाँ, अगर तुम भूत-प्रेत में यक़ीन रखते हो तो', जेंडे ने कहा, 'उस आदमी का भूत सबको मार रहा है। लेकिन यह रामसे ब्रदर्स की फ़िल्म नहीं है।'

जेंडे ने एक बड़ा-सा घूँट भरा। उसके बाद उसने उलटी हथेली से अपना मुँह पोंछा, जान-बूझकर किसी कामकाजी आदमी की तरह उसने ऐसा किया।

'आओ एक-एक करके बात करते हैं। इस मामले की शुरुआत होती है शौचालय में एक लाश मिलने से। यह उस आदमी की लाश है जिसका नाम प्रॉक्सी है। वह दो पुलिस वालों के साथ काम कर रहा था। वे उसको अन्दर भेजकर लोगों को जाल में फँसाकर ब्लैकमेल करते थे। उसके बाद उनके हाथ जैकपॉट लग गया। उनको कोई ऐसा आदमी मिल गया जिसके पास बहुत पैसे थे, और वे उससे ये पैसे ऐंठने लगे।'

'वह ज़रूर किसी बात से डरा हुआ था।'

'तुम तो यह बात ऐसे कह रहे हो जैसे यह कोई रहस्य की बात हो। वह बैंक में काम करता था, डुर्रा ने बताया था। अगर कोई आदमी किसी निजी बैंक में काम करता है तो हो सकता है कि वह अनुबंध पर हो। उसको कोई यूनियन नहीं बचा सकती, अगर यूनियन होती भी तो छक्के की फ़िक्र कौन करता है? इसलिए अगर उनको पता चल जाता तो इसकी नौकरी चली जाती। यही नहीं, समाज में बदनामी भी हो जाती। उसके दोस्त भी उसका साथ छोड़ देते क्योंकि उनको लगता कि कहीं लोग ऐसा न सोचें कि वे भी उसी तरह के हैं। अगर शादीशुदा होता तो पत्नी और बच्चे भी उसको छोड़ देते, या उनकी इज़्ज़त चली जाती। या उसके भाई-बहन, माँ-पिता की। इस तरह के लोगों को बहुत कुछ खोना पड़ जाता है पीटर।'

तभी जेंडे का फ़ोन बजा।

'जुराले?'

कुछ देर सुनने के बाद वह बोला, 'मुझे एसएमएस भेज दो।'

उसके बाद वह पीटर को देखने लगा।

'बम्बई में उन लोगों ने मिस्टर एक्स का नाम खोज लिया है।'

पीटर ने सवालिया अन्दाज़ में भौहें चढ़ा लीं।

'सूरज पटेल।'

पीटर कुर्सी से उछल पड़ा।

'वह आदमी जिसने आत्महत्या कर ली थी। याद है, प्रॉक्सी के कमरे में हमें अख़बार की कतरन मिली थी?'

'याद आया।'

पीटर का उत्साह बढ़ गया।

'यही वह आदमी रहा होगा जिसको प्रॉक्सी पैसे लौटाना चाहता रहा होगा। कारण यह था कि सूरज पटेल की सास बीमार थी और वह अस्पताल में थी। इसको खोजने का एक तरीक़ा है। मेरे पास अख़बार की वह कटिंग है। क़िस्मत से मैंने तुम्हारी बात नहीं सुनी और उसको रद्दी में नहीं डाला।'

वह गया और पेपर कटिंग देखने लगा।

'यह रहा। बदामा अस्पताल। वहाँ उसकी मौत हुई।'

जेंडे ने अपनी घड़ी देखी।

'अब तो बहुत देर हो चुकी है। हम सुबह के समय जाएँगे।'

उसका फ़ोन बजा। मैसेज आया था। उसने पढ़ा और उसके चेहरे पर कोई भाव नहीं आया।

'अब मुझे भी जाँच से गुज़रना होगा।'

'किस तरह की जाँच?'

'अरे, मजिस्ट्रेट ने वापस जाकर कहा है कि मैंने यह क्यों नहीं देखा कि उसके पास पिस्तौल है या नहीं।'

'उसने अपनी बन्दूक़ मेज़ पर रख दी थी। मैंने तुमको उसे दराज़ में बन्द करते देखा था। किसने सोचा होगा कि उसके पास एक और बन्दूक होगी?'

'बन्दूक़ पैगमेट की थी उसकी नहीं', जेंडे ने कहा, 'असल में मेज़ पर बन्दूक़ रखकर उसने मुझे बेवकूफ़ बना दिया।'

'उफ़्फ़', पीटर ने एक मिनट बाद कहा, 'उसने योजना बनाकर आत्महत्या की थी। कोई पुलिस वाला आत्महत्या कर ले—आपको इसकी उम्मीद नहीं होती है।'

'यह बहुत सामान्य बात है। इस शहर में रेकॉर्ड है कि कई बार एक साल में 200 तक पुलिस वालों ने आत्महत्या की।'

पीटर ख़ामोश था। सबकी नींद उड़ाने वाला वह पुलिस वाला ख़ुद बीमार था। अन्दर से खोखला हो गया था। उसने रपटें पढ़ी थीं, लेकिन उसको नहीं लगता था कि किसी ने कभी यह पूछा हो कि इतने लोग आत्महत्या क्यों कर रहे थे? जब कोई रिपोर्टर यह सवाल पूछता भी था तो जवाब सन्तुष्ट करने वाला नहीं होता था। हाँ, वे बहुत अधिक तनाव में रहते थे। हाँ, उन्होंने समाज का बुरा रूप भी देखा होता था। लेकिन किस वजह से कुछ लोग अपनी जान ले लेते थे? क्या उनका अहम इसका कारण होता था? या उनको ऐसा लगता था कि वर्दी और डंडे के बल पर दुनिया को चला सकते थे और इस बात का कोई मतलब नहीं रहता था?

'मैं तुम्हारा गवाह बन जाऊँगा', अन्ततः वह बोला।

जेंडे ने अफ़सोस के साथ सिर हिलाते हुए कहा, 'यह उस तरह की जाँच नहीं है।'

उसकी आवाज़ से एक दरवाज़ा बन्द हो गया। पीटर बाहर रह गया, ख़ाकी वर्दी की दुनिया को देखता हुआ, जो अपने ही क़ायदों से चलती थी। वहाँ उसके लिए कोई जगह नहीं थी।

जेंडे ने फिर कहना शुरू किया, 'तो इस सबमें हम यह जानते हैं कि पैगमेट और डुर्रा को किसने मारा। डुर्रा ने। लेकिन हम यह नहीं जानते कि प्रॉक्सी को किसने मारा और उस बच्चे को किसने मारा।'

'हम यह भी जानते हैं कि यह हत्यारा यह चाहता था कि कोई जान ले कि क़त्ल वह कर रहा था', पीटर ने उसको याद दिलाया। 'क्या पैगमेट को कोई पोस्टकार्ड मिला था?'

'मतलब?'

'डुर्रा को धमकी का पोस्टकार्ड मिला? क्या पैगमेट को भी मिला?'

'पैगमेट? क़ातिल को किस तरह पता चलता कि डुर्रा पैगमेट को मारने वाला था...नहीं, तुम कह रहे हो कि यह एक तरह से हत्यारे के लिए क़िस्मत की बात है। इसके बाद वह पैगमेट को मारना चाहता था। उसका काम डुर्रा ने कर दिया। लेकिन उसको पैगमेट को भी चेतावनी देनी चाहिए थी।'

'केवल एक काम करना है।'

जेंडे उठकर देह सीधी करने लगा। 'हम लोगों को कल दो जगहों पर जाना है।'

उसने एक घूँट में व्हिस्की पी और बोला, 'या अगर उन लोगों ने मुझे सस्पेंड करने का फ़ैसला कर लिया तो तुमको जाना होगा।'

~

सस्पेंशन के बारे में कोई ख़बर नहीं आई इसलिए पीटर और जेंडे बदामा अस्पताल पहुँच गए। वह एक निजी नर्सिंग होम निकला जो एक पाँचमंज़िला इमारत की दो मंज़िलों पर था।

'यहाँ का प्रभारी कौन है?' जेंडे ने रिसेप्शनिस्ट से पूछा, जो एक जवान लड़की थी और उसने अपने चेहरे को अच्छी तरह से पोत रखा था। उसने चुपचाप एक दरवाज़े की तरफ़ इशारा कर दिया, जिसके ऊपर लिखा था श्री ए.बी. बदामा, जो हल्की मूँछों वाला एक विचित्र क़िस्म का आदमी था।

'आप यहाँ के प्रमुख डॉक्टर हैं?'

'अरे नहीं, मैं डॉक्टर नहीं हूँ', बदामा ने कहा, 'मैं मैनेजर हूँ।'

'यहाँ का प्रमुख डॉक्टर कौन है?'

'किस मरीज़ का?'

'श्रीमती हेमलता जुगलकिशोर पटेल।'

'क्या वह यहाँ भर्ती हैं?' बदामा ने पूछने के लिए पूछ लिया। पहचान होने लगी थी।

'नहीं, उनकी यहाँ मृत्यु हुई थी।'

बदामा अपने हाथ मोड़कर कुर्सी पर बैठ गया। 'ओह, नहीं, यह दुखद घटना यहाँ नहीं हुई। उनको घर ले जाया गया था जहाँ उनकी मृत्यु हुई।'

'मुझे उनके काग़ज़ात देखने हैं?' जेंडे ने कहा।

'पता नहीं...'

'यह हत्या की तफ़तीश का मामला है मिस्टर बदामा। मैं बहुत से पुलिसवालों के साथ आकर शोर भी मचा सकता हूँ।'

मैनेजर बाँह सीधी करके अपनी कुर्सी पर तनकर बैठ गया। 'वह एक बुज़ुर्ग महिला थीं और उनको किडनी की समस्या थी, सर। उनकी तबीयत बहुत ख़राब थी लेकिन उनका बेटा इसको समझ नहीं पाया। वह यही कहता रहा कि हम दानकर्ता खोज लेंगे, हम दान करने वाले को खोज लेंगे। वैसे तो इसकी अनुमति नहीं है लेकिन ज़ाहिर है उसने कहा कि उसके परिवार के सदस्य हैं तो उसने श्रीलंका से एक डॉक्टर का इन्तज़ाम कर लिया। लेकिन जिस दिन ऑपरेशन होने वाला था तब तक न पैसा आया न कुछ जमा हुआ इसलिए हमें सब कुछ रद्द करना पड़ा।'

'मुझे फ़ाइल दिखाइए प्लीज़।'

फ़ाइल सौंप दी गई।

'जब काम हो जाए तो प्लीज़ लौटा दीजिएगा।'

जेंडे ने सिर हिलाया और हाथ से पावती की एक रसीद दे दी।

बाहर निकल कर वह बोला, 'और अब पैगमेट के पास।'

~

बाहर सफ़ेद साड़ी में जो औरत आई उसको देखकर ऐसा नहीं लग रहा था कि वह अपने पति के ग़म में थी। उसकी आँखें ठंडी और साफ़ थीं। जब जेंडे ने अपना परिचय दिया तो वह उसको बैठक में लेकर गई और उसने एक बुज़ुर्ग महिला से, जो परिवार की सदस्य जैसी लग रही थीं, चाय बनाने के लिए कहा।

'क्या चाहिए?' सोफ़े पर बैठते हुए उसने कहा।

'मैं यह जानना चाहता हूँ कि क्या आपके पति पिछले कुछ दिनों से परेशान थे?'

'क्यों?'

पीटर ने जेंडे को उतने ग़ुस्से में इससे पहले कभी नहीं देखा था।

'हम यहाँ एक क़त्ल की जाँच के लिए आए हैं।'

'किसका क़त्ल? मेरे पति का? मुझे पता है कि किसने किया है। आपको पता है कि किसने किया है। हम दोनों यह जानते हैं कि उसको उसके किए की सज़ा मिल गई।'

पीटर देख रहा था कि उसका दोस्त उस महिला की तेज़ आँखों का सामना नहीं कर पा रहा।

'वह एल.एस. पार्थस्ता।'

'और मेरे पति का उसके साथ क्या लेना-देना था?'

'आपका नम्बर मिला था...'

'वह मेरा निजी प्रशिक्षक था', उसने बिना किसी बनावट के कहा।

'हम अभी भी इस बात को लेकर निश्चिंत नहीं हैं...'

'इंस्पेक्टर जेंडे, मेरे पति ने पुलिस के लिए अपनी जान दे दी। वह मर गया। उसकी हत्या एक और पुलिस वाले ने की। अब कहने को रह क्या गया है? आप यहाँ क्यों आए हैं?'

वह बुज़ुर्ग महिला दो कपों में चाय लेकर आई और उसने उसको जिस तरह से रखा उससे साफ़ दिखाई दे रहा था कि उसका रवैया दोस्ताना नहीं था।

जेंडे ने एक बार फिर से कोशिश की, 'अगर तुम्हारे पति ने अपनी ज़िन्दगी पुलिस के लिए दी तो वह प्रॉक्सी का मामला भी सुलझाना चाहते रहे होंगे।'

'प्रॉक्सी?'

'आपका निजी प्रशिक्षक।'

'मुझे बहुत दुख है कि वह मर गया। लेकिन मुझे यह समझ में नहीं आ रहा है कि मैं आपकी मदद किस तरह कर सकती हूँ।'

'मैं उसका सामान देखना चाहता हूँ,' जेंडे ने कहा।

'ठीक है', उसने कहा और कोने में पड़ी एक मेज़ की तरफ़ इशारा कर दिया। 'वह अपना सारा सामान वहीं रखते थे।'

मेज़ वैसी ही थी जैसी दफ़्तरों में हुआ करती है। हरे रंग के लोहे के पाए पर भूरे रंग का फार्मिका टॉप। सतह पूरी तरह साफ़ थी, मानो सब कुछ साफ़ कर दिया गया हो।

'क्या यहाँ कुछ था? क्या आपने कुछ फेंक दिया?' जेंडे ने पूछा।

'नहीं। वह इसी तरह रखता था।'

ऊपर वाली दराज़ में बिल और रसीदें पड़ी हुई थीं; दूसरी दराज़ में बैंक के काग़ज़ात थे, और तीसरी में ऊपर ही एक पोस्टकार्ड रखा हुआ था जिसमें लिखा था : अब तेरी बारी।

जेंडे कुनमुनाया।

'आप जो चाहते थे मिल गया?' उसने पूछा।

'शुक्रिया। मैं इसको सबूत के तौर पर ले रहा हूँ।'

'किस बात का सबूत?'

'मैं बताऊँगा आपको', वह बोला। उसने उसके लिए एक रसीद लिखी लेकिन उसने उसके हाथ से नहीं ली। बल्कि उसने अपनी ठुड्डी टेबल की तरफ़ दिखाई और उसने रसीद वहाँ रख दी।

दोनों बिना चाय पिए ही निकल गए।

~

'आजकल देखो किस तरह से सब कुछ बदल गया है', जेंडे ने उडुपी कैफ़े में फ़िल्टर कॉफ़ी का इन्तज़ार करते हुए कहा, 'लोग पुलिस वालों को भी धमकाने लगे हैं। जब मैं पुलिस की नौकरी में आया था तब मैंने सोचा भी नहीं था कि कोई ऐसा भी कर सकता है।'

'क्या तुमने यह सोचा था कि पुलिस वाले ऐसे नौजवानों को खोजेंगे जिन्हें वे शौचालय में जाकर खड़ा होने के लिए कहें ताकि वे समलैंगिक लोगों को ब्लैकमेल कर सकें।'

जेंडे ने उसकी तरफ़ घूरकर देखा लेकिन तभी कॉफ़ी आ गई इसलिए वह उसको हिलाने और फूँकने में लग गया।

'मेरे ख़याल से पीटर तुम सही थे', वह बोला, 'हमें इस सूरज पटेल को फिर से देखना होगा।'

पीटर ने सिर हिला दिया। यह उसकी बात को स्वीकार करना था।

'मैं उसकी फ़ाइल निकालकर देखूँगा', जेंडे ने कहा, 'तुम उसके इलाक़े में जाकर लोगों से बातें करो।'

'मैं पहले ही बात कर चुका हूँ', पीटर ने ग्लानि के साथ कहा, 'पत्रकार जोटिन पेरी...'

'तुम कहाँ गए थे?'

'मैं उसकी विधवा से मिला था।'

'ओफ़्फ़ो', जेंडे ने कहा, 'अब मुझे जाकर सवाल पूछना पड़ेगा।'

'क्या हम सूरज पटेल के फ़ोन डिटेल्स निकाल सकते हैं?'

'तुमको क्या लगता है उसमें क्या मिलेगा?'

'मुझे नहीं पता। मुझे कुछ समझ में नहीं आ रहा है।'

'क्या तुम उन लोगों से मिलना चाहते हो? या जुराले उन लोगों की सूची बना दे जिनको फ़ोन किए गए थे?'

'यह अच्छा रहेगा', पीटर ने कहा और जेंडे इस काम को करवाने के लिए उठ खड़ा हुआ।

'चलो मैं तुमको घर छोड़ दूँ।'

बारह

'तुम प्रॉक्सी के बारे में क्या जानते हो?' पीटर ने सुनील से पूछा। उसका बेटा बहुत देर से किसी से फ़ोन पर बात कर रहा था और अब वह चाय का दूसरा प्याला पी रहा था।

'किस बारे में डैड?' सुनील ने कुछ सन्देह के साथ पूछा।

'वह मर गया है और मैं यह पता लगाने में जेंडे की मदद कर रहा हूँ कि उसको किसने मारा।'

सुनील ने ध्यान से उसकी तरफ़ देखा।

'कोई गहरा आधार है इसका', पीटर ने कहा। सुनील नरम पड़ गया।

'मैं अधिक जानता नहीं। वह बीच-बीच में फ़ोन करता था। कई बार उसका यूँ ही बात करने का मन होता था। कई बार वह फ़ोन इसलिए करता था क्योंकि वह कर सकता था। एक या दो बार उसने शराब के नशे में फ़ोन किया।'

उसने कुछ देर सोचा।

'एक और आदमी था जो उसको अच्छे से जानता था। उसका दोस्त था।'

'यूनिट?'

'हाँ। मैं उससे दो-एक बार मिला था। मेरे ख़याल से मेरे पास उसका नम्बर भी कहीं होगा', वह अपना फ़ोन देखने लगा। पीटर ने राहत की साँस ली। क्या इस लड़के के पास शहर के सभी पुरुष वेश्याओं के नम्बर हैं? उसके बाद उसने देखा कि सुनील ने फ़ोन अपने कान से लगा लिया।

'यूनिट? मैं हूँ। सुनील भैया।'

कुछ देर की चुप्पी रही।

'हाँ, मैंने सुना। बड़े दुख की बात है।'

कुछ देर फिर चुप्पी।

'मेरे पापा तुमसे मिलना चाहते हैं।'

फिर एक चुप्पी के बाद सुनील हँस पड़ा।

'लंच के लिए आ जाओ।'

पीटर का जैसे ख़ून जम गया। यह लड़का कर क्या रहा था?

लेकिन वह हो चुका था, आमंत्रण स्वीकार कर लिया गया था और पता बता दिया गया था, उसको रास्ता बताते हुए उसने यह भी बता दिया था कि शोभा रेस्तराँ के पास बस स्टैंड पर, जो वहाँ की पहचान थी।

'लीजिए हो गया', उसने फ़ोन काटते हुए कहा।

'क्या हो गया?', मिली ने पूछा, वह हाथ में अल्यूमिनियम की एक केतली लेकर चली आ रही थी, जिससे वह छोटे-से किचेन गार्डन में पानी डालकर लौट रही थी।

'कोई लंच के लिए आ रहा है', सुनील ने लापरवाही से कह दिया।

'कौन है?'

'उसका नाम यूनिट है।'

बरामदे में ख़ामोशी छा गई। मिली केतली छोड़कर दोनों को देखने लगी। पीटर कुछ-कुछ इस बात को समझ रहा था कि वह दोषी लग रहा था।

'यह यूनिट कौन है?'

'पुरुष वेश्या', सुनील ने बीच में बात काटते हुए कहा।

'क्या?'

'मैं उससे उस क़त्ल के बारे में बात करना चाहता था जिसमें सुनील...' पीटर ने कहा और बात बाहर निकल गई।

मिली ने तुलसी के ऊपर से ध्यान हटाया, जो उसके बग़ीचे की शान थी, जिससे जब मिली को याद आता था कुछ पत्ते तोड़कर पीटर को खिला देती थी।

'पीटर किसी भी चीज़ की एक सीमा होती है। और लंच? आज?'

'माँ, अभी तो दस ही बजे हैं। अभी समय है। हम कोई भोज नहीं करने वाले। और यह ज़रूरी बात है न? डैड को उससे उसके दोस्त के बारे में कुछ सवाल करने हैं जिसका क़त्ल हुआ है।'

'वाह, यह तो बहुत अच्छा होता जा रहा है। हम लोग एक सेक्स वर्कर को लंच पर बुलाने जा रहे हैं जिसके दोस्त का क़त्ल हुआ है। क्या वह स्मगलिंग भी करता था?'

उसके जीवन के दोनों पुरुष इस बात को समझ गए और ख़ामोश रहे।

'कहीं वह शाकाहारी तो नहीं है?' वह बोली और दोनों पुरुषों ने मान लिया कि मिली ने उदारता से उस अवस्था को स्वीकार कर लिया था जो उसके क़ाबू से बाहर थी।

'मुझे पता है कि वह कम-से-कम चिकेन तो खाता ही है', पीटर बोला और मसला शान्त हो गया। वह उसके पीछे-पीछे रसोई में चला गया।

'तुम दोनों में से एक को कम-से-कम मैफको जाकर एक ब्रॉयलर लाना होगा', वह बोली।

'मैं जाऊँगा', सुनील ने कहा।

'बाहर जाने वाले शॉर्ट्स पहन लो', माँ ने अपने आप कहा।

'क्यों इसमें क्या ग़लत है?' सुनील बोला और बाहर पहनने के लिए कोई दूसरा कपड़ा ढूँढ़ने चला गया।

मिली ने बासमती चावल का बर्तन निकालने के लिए कहा।

'शुक्रिया', पीटर ने कहा।

'किस बात के लिए?' मिली ने पूछा।

'पता नहीं। शायद हम लोगों को झेलने के लिए। बाप-बेटे को।'

'यही तो मुझे मिला है', कहते हुए मिली ने कंधे उचका दिए।

'हो सकता है कि यह अनुकूल हो जाएगा।'

'और शायद नहीं भी', मिली बोली, 'हो सकता है कि मदर मेरी पोते-पोती भी चाहती हो।'

यह सुनकर वह हँस पड़ा।

~

यूनिट समय पर आया। मुम्बई में अगर आप पन्द्रह मिनट लेट होते हैं तब भी आपको समय पर ही माना जाता है। सुनील ने दरवाज़ा खोला और ख़ूब गर्मजोशी से उसका स्वागत किया। मिली थोड़ा हिचक रही थी लेकिन उसने उदारता दिखाई और जब उसने देखा कि लड़का आसपास के माहौल से कितना अधिक प्रभावित हुआ है तो वह कुछ नरम पड़ी। इसके अलावा, यूनिट उस दिन के अवसर के मुताबिक़ कपड़े पहनकर आया था। उसने सफ़ेद रंग की पूरी बाँह की क़मीज़ जींस के अन्दर खोंस कर पहन रखी थी, पैरों में स्निकर्स थे जो उसने दरवाज़े पर ही उतार दिए थे।

'दूर से आए हो?' मिली ने उससे पूछा और उसको स्टील के गिलास में पीने के लिए पानी दिया। इसके बाद चर्चा होने लगी। मिली काँच के चार गिलास निकाल रही थी कि सुनील ने आकर कहा कि हो सकता है इससे उसको बुरा लग जाए।

'क्यों?' मिली ने पूछा।

'क्योंकि जो बाहरी होते हैं और जिनकी जाति अनिश्चित होती है उनको शीशे के गिलास में पानी दिया जाता है।'

'मैं पहले ही बता देती हूँ कि हमारे पास ताँबे का गिलास नहीं है।'

'स्टील के गिलास से ही काम चल जाएगा।'

'रोज़-रोज़ के इस्तेमाल वाले?'

'कई बार रोज़मर्रा के बर्तनों में खिलाना अच्छी बात मानी जाती है', वह बोला और मिली ने उनको दो बार रगड़कर धोया ताकि बर्तन चमकने लगें। यूनिट ने पानी पीने के बाद थोड़े और पानी की माँग की, उसने माफ़ी माँगते हुए बताया कि बाहर बहुत गरमी है। मिली ने मुस्कुराते हुए सिर हिलाया और कहा कि लंच दस मिनट में तैयार हो जाएगा।

यूनिट पीटर के बग़ल में एक गद्‌देदार कुर्सी पर बैठा था और वह पीटर की तरफ़ थोड़ा झुक गया था, मानो एक पुराने परिचित को देखकर आत्मविश्वास और राहत महसूस कर रहा हो।

'तुम प्रॉक्सी को अच्छी तरह से जानते थे, नहीं?' सुनील ने पूछा।

'भैया, हम साथ-साथ बड़े हुए।'

'मुझे वह याद है, दुख की बात है कि वह इस तरह चला गया', सुनील ने कहा, 'ऐसी मौत किसी की न हो।'

'सभी कहते हैं कि उसने उस तरह के काम किए और इसीलिए उसकी हत्या हुई। वे इस बात को नहीं समझ पाते कि उसको यह सब करना पड़ता था।'

'क्यों करना पड़ा?' पीटर ने पूछा क्योंकि उसको पता था कि यह बात कही जाएगी।

'अंकल सारी बातें अंधी माँ-विधवा बहन की ही नहीं होती हैं। ऊपर वाला कुछ लोगों की क़िस्मत ही ऐसी लिख देता है कि एक साधारण सी नौकरी भी नहीं मिल पाती। यह भी ख़राब क़िस्मत ही होती है। उसके बाद कोई क्या कर सकता है?'

'तुम लोग तो प्रशिक्षित थे न? निजी प्रशिक्षक के रूप में?'

'ये भी चूतिया बनाने का एक धंधा है। सॉरी मुझे इस तरह से नहीं बोलना चाहिए लेकिन यह बात सही है। यह एक गोरखधंधा है और हम लोगों जैसे बहुत से बेवकूफ़ हैं। वे पैसे ले लेते हैं और कुछ दिन क्लास में पढ़ाते हैं जहाँ वे कभी इस मांसपेशी कभी उस मांसपेशी के बारे में बताते हैं, कुछ व्यायाम सिखाते हैं, हमें कुछ नोट्स दे देते हैं और फिर टेस्ट होता है जिसमें सभी पास हो जाते हैं।'

सुनील ने बातचीत आगे बढ़ाई।

'लेकिन अगर सभी के पास एक जैसे सर्टिफ़िकेट होते हैं, तो क्या ये जिम, क्लब वाले ऐसे लोगों को काम पर रखते हैं?'

'मैंने एक के बाद एक कई इंटरव्यू दिए। आपको बता नहीं सकता सुनील भैया कि क्या कुछ नहीं हुआ। एक जगह उन्होंने कहा कि यहाँ सभी लोग शॉर्ट्स पहनते हैं। मैंने कहा कि मैं शॉर्ट्स नहीं पहन सकता। उन्होंने कहा, क्यों नहीं? तुम्हारी टाँगें अच्छी हैं। और आप यक़ीन नहीं करेंगे अंकल उस समय मेरे पैर ऐसे ही थे,' उसने पीटर की तरफ़ घूमते हुए और अपनी फूली हुई जाँघों को दिखाते हुए कहा। लेकिन मैंने कहा कि मैं शॉर्ट्स पहनकर अपनी टाँगें नहीं दिखा सकता और मैं स्लीवलेस टीशर्ट भी नहीं पहन सकता। उन्होंने पूछा, तुम्हारी परेशानी क्या है? मैंने कहा कि मैं बहुत ज़्यादा काला हूँ। क्या कहता? उन्होंने कहा कि जब कम काले हो जाओ तब आना।'

मिली उसी समय कमरे में आई और उसने यह बातचीत सुन ली।

'लेकिन तुमको अपने रंग को लेकर शर्मिंदा नहीं होना चाहिए', वह बोली और उन लोगों के सामने फ्राइड चिकन का प्लेट रख दिया। यह मिली का सामान्य ढंग था। कुछ फ्राई करती थी कुछ रस लगा देती थी। जब घर के लोग खाते थे तो फ्राइड चिकन खाने के साथ ही आता था और उसको आराम-आराम से खाया जाता था। और जब मेहमान आते थे तो फ्राइड चिकन स्टार्टर की तरह परोसती थी।

'मुझे शर्म नहीं आती है आंटी। मुझे अपना शरीर दिखाना अच्छा नहीं लगता है।'

मिली यह सुनकर थोड़ा हैरान हुई लेकिन कुछ कहा नहीं।

'क्या प्रॉक्सी को कोई काम मिल गया था?' पीटर ने पूछा, वह बातचीत को उस मृत लड़के पर ले जाना चाहता था।

'उसको भी कहीं काम नहीं मिला क्योंकि उसको अंग्रेज़ी नहीं आती थी। अच्छे जिम में काम करने के लिए ज़रूरी है कि आपको अंग्रेज़ी

आए। अगर आप अच्छी अंग्रेज़ी बोलते हैं तो लोग आपको काम देते हैं। लेकिन वह अंग्रेजी नहीं बोल पाता था और उन लोगों ने उसको काम नहीं दिया।'

'तुम्हारा क्या हुआ? क्या तुमको कहीं काम मिल पाया?'

'जब उसको ही नहीं मिल पा रहा था तो मुझे कहाँ मिलता?'

सुनील ने अपनी माँ की तरफ़ देखा तो वह उठकर यह कहती हुई रसोई में चली गई, 'मैं खाना गरम करती हूँ तुम लोग बातें करो।'

'तो प्रॉक्सी पुलिस वालों के लिए लोगों को फँसाने लगा। क्या वह पैसों के लिए पुरुषों के साथ भी जाता था?' सुनील ने पूछा। पीटर हमेशा से यह जानता था कि उसका बेटा सीधे-सीधे बात करता है, लेकिन यह सुनकर उसको भी धक्का लगा।

यूनिट को भी धक्का लगा। 'भैया कोई इस तरह की बातें किस तरह पूछ सकता है? कौन बताएगा? आपको क्या लगता है कि मैंने उसको बताया होगा कि मैं क्या करता था?'

'लेकिन तुमको क्या लगता है?' सुनील ने फिर कहा।

यूनिट उसको ऐसे देख रहा था मानो दिमाग़ में कुछ जोड़-घटाव कर रहा हो। उसके बाद वह बोला, 'देखिए आप जैसे लोग कॉलेज जाकर अलग-अलग चीज़ों के लिए कई शब्द सीख लेते हैं। अगर आप ऐसा करेंगे तो इस तरह के इनसान बन जाएँगे। अगर आप वैसा करेंगे तो उस तरह के इनसान बन जाएँगे। हमारे लिए बस एक ही शब्द है, मस्ती। अगर हम मस्ती करते हैं तो फिर मस्ती ही करते हैं। उसके लिए हमें नाम नहीं चाहिए। अगर हमें इसमें मज़ा नहीं आता तो हम तब करेंगे जब कोई पैसे देगा। एक बार जब आप इसके लिए पैसे लेने लगते हैं तो फिर सब कुछ आसान हो जाता है।'

मिली वापस आ गई और यूनिट चुप हो गया।

छोटी-सी गोल मेज़ पर चार लोगों के लिए लंच परोसा गया। इसके लिए भी यूनिट के आने के पहले कुछ बहस हुई थी। सामान्य तौर पर खाने की मेज़ पर खाना बर्तनों में रख दिया जाता है और मेहमानों से यह उम्मीद की जाती है कि वे अपने लिए ख़ुद परोसें। सुनील का मानना था कि यह उन लोगों के लिए अजीब हो सकता था जिनको थाली में खाने की आदत हो, जिसमें घर की माँ कटोरी को बार-बार भरती जाती है। लेकिन इस बात पर मिली नुक़्ताचीनी कर रही थी।

'चिकन फ्राई है, चिकन करी है और पुलाव है, रायता और आलू ज़ीरा भी है। और इसके लिए हमारे पास उतनी कटोरियाँ और थालियाँ नहीं हैं। ख़ैर मैं हर्षा बेन से माँग कर ले आऊँगी और हो सकता है कि वह घबड़ा जाएँ कि हम उनके शाकाहारी बर्तनों में चिकन परोस रहे हैं। इसलिए वह उसी तरह से खा सकता है जिस तरह से हम खाते हैं और उसी तरह से पी सकता है जिस तरह से हम पीते हैं।'

यूनिट ऐसा नहीं लग रहा था कि ख़ाली प्लेट का आदी नहीं था और वह प्लेट में सब कुछ भरने लगा।

'तुमको यूनिट क्यों बुलाया जाता है?' मिली ने पूछा।

'मैं दुबई जाना चाहता हूँ', अचानक यूनिट बोला।

'वहाँ तुम क्या करोगे?' पीटर ने पूछा।

'मैं कुछ भी कर लूँगा अंकल। कुछ भी। मैं बाथरूम भी साफ़ कर लूँगा। लेकिन मैं पैसे कमाना चाहता हूँ। मुझे कितना कुछ करना है। मुझे अपना घर ख़रीदना है। मुझे गाँव में अपने घर की मरम्मत करवानी है। शादी करनी है।'

यह सुनकर वहाँ सन्नाटा छा गया। पीटर सोच रहा था कि उसके चेहरे पर उसी तरह की हैरानी थी जिस तरह की हैरानी मिली के चेहरे पर थी। सुनील के चेहरे से ऐसे लग रहा था जैसे उसको इन बातों से कोई ख़ास फ़र्क़ नहीं पड़ा हो। हो सकता है कि यह उसका पेशेवर भाव हो, ऐसा भाव जिससे सामने वाला कुछ समझ ही न पाए।

हो सकता है यह सामने वाले को यह बताने के लिए हो कि वह अपने तक ही रहे। लेकिन पीटर को यह कुछ सर्द लगा। मिली ने मीठा परोसा जिसे खाने से यूनिट ने पहले तो मना किया लेकिन फिर ले लिया। कैरमल कस्टर्ड था और जब वे खाकर उठे तो वह पूरा ख़त्म हो चुका था। यूनिट जाने के लिए उठा।

'अंकल', वह बोला, 'क्या उनको पता चला कि प्रॉक्सी के साथ ऐसा किसने किया?'

'वे कोशिश कर रहे हैं', पीटर ने कहा। उसको समझ में नहीं आ रहा था कि लंच के ठीक बाद उस लड़के के बारे में बात करना जिसका क़त्ल हुआ हो और ख़ून से लिखे अंकों के बारे में बात करना कैसा लगेगा।

'देखिए, हम लोगों में से जब कोई मर जाता है तो उसके बारे में कोई परवाह नहीं करता है', यूनिट ने कहा।

पीटर पूछना चाहता था कि हम का मतलब क्या है लेकिन उसने टाल दिया।

~

शाम को जेंडे चाय पीने और नानखताई खाने आ गया।

'मैं उस महिला से मिलने गया था, विधवा से। वह कह रही थी कि प्रेस वाले उसको परेशान कर रहे हैं।' उसने पीटर की तरफ़ देखा और यह जताने की कोशिश की कि अपनी छोटी-सी ग़लती के लिए वह ख़ुद को शर्मिंदा महसूस न करे।

'कुछ पता चला?'

'नहीं। वह बहुत अधिक बात करती है, और वह भी अपने ही बारे में। वह सूरत की रहने वाली है। शादी के बाद वह यहाँ आई थी। उसने बताया कि वह इस लड़के के साथ शादी नहीं करना चाहती थी लेकिन इसके पास अच्छी नौकरी थी और इसके परिवार वालों ने दहेज भी नहीं माँगा। वे मन्दिर में ही शादी के लिए तैयार थे। उसका परिवार मध्यवर्गीय था और उसके पिता की मौत के बाद परिवार के ऊपर संकट आ गया था, इसलिए माँ ख़ुशी-ख़ुशी तैयार हो गई। उसको तभी यह लग गया था कि कहीं कुछ गड़बड़ थी। उसने इसको कभी नहीं छुआ। वह सूरत जाने के बारे में भी सोच रही है लेकिन साथ ही विदेश जाने के बारे में भी क्योंकि वहाँ लोग अधिक खुले दिमाग़ के होते हैं।'

'सब विदेश ही क्यों जा रहे हैं?'

जेंडे ने पीटर के इस घिसे-पिटे सवाल का जवाब दिया, 'जिसको भी मौक़ा मिल जाए इस मनहूस जगह से निकल जाने का, वह चला जाए, मुझे तो यही लगता है।'

'तुमने कभी इस बारे में सोचा है?'

'कोई सरकारी आदमी जाने के बारे में सोच भी नहीं सकता', जेंडे ने कहा, 'हो सकता है कि उसके बच्चे जाना चाहें। आज के बच्चे सभी कुछ पा लेना चाहते हैं, इसी समय। अगर लैपटॉप और कार नहीं है तो ज़िन्दगी बर्बाद है।'

लग रहा था वह ख़यालों में खो गया था।

'किडनी के पीछे की क्या कहानी है?' पीटर ने पूछा।

'उसने कहा कि उसको यह पता था कि कोई ऑपरेशन होने वाला

था लेकिन इस बारे में उसको कुछ पता नहीं था। उसने बताया कि उसकी माँ की किडनी का मामला था और उसका भाई और उसके पिता उसके इन्तज़ाम में लगे हुए थे।'

'यह सब मुझे अवैध क़िस्म का लग रहा है', पीटर ने कहा।

जेंडे सिर हिलाने लगा।

'जानते हो पीटर, मैं यह सोच रहा था—यह अजीब है, अपना-अपना परिवार है, वह कोई आसमान से तो नहीं उतरी है न? लेकिन यह ऐसी बात थी मानो उसके लिए कोई कुछ था ही नहीं। उसकी माँ भी नहीं जो अब इस दुनिया में नहीं है। उसके बारे में उसको कुछ याद नहीं था। लोग इस तरह के भी हो सकते हैं?'

'सब तरह के होते हैं शिवा।'

'छि:', जेंडे ने कहा।

'उसके बारे में कुछ पता चल पाया जो डुर्रा के लड़के को मारने आया था?' पीटर ने पूछा।

'माँ अभी बात करने की हालत में नहीं थी। हम लोगों ने सभी पड़ोसियों से पूछताछ की, कुछ भी पता नहीं चला। एक या दो ने कहा कि कोई वर्दी वाला था, जिस तरह की वर्दी लोग अस्पताल में पहनते हैं। शर्ट-पैंट और जेब में कशीदाकारी।'

जेंडे अपनी मोटरसाइकिल पर सवार हो चला गया और पीटर टहलने निकल गया। वह सड़क पर अस्त-व्यस्त अन्दाज़ में चल रहा था। ऐसा लग रहा था कि कोई सूत्र नहीं था और ऐसा लगता था कि बहुत से सूत्र थे। तीन लड़कों को पीटी टीचर के घर नहाने के लिए ले जाया गया। उसकी उन लोगों में किसी ग़लत तरह की दिलचस्पी नहीं थी सिवाय इसके कि वे साफ़-सुथरे रहें, लेकिन उसके भतीजे, जो नया-नया पुलिस में भर्ती हुआ था, ने यह देख लिया था कि उनके गुप्तांग बहुत बड़े थे और जब उसने कई साल बाद हनीट्रैप के बारे में सोचा तो उसने उन लोगों को ढूँढ़ निकाला। उनमें से एक इतना काला था कि ग्राहक उसकी तरफ़ आकर्षित न होते। एक गल्फ़ चला गया और तीसरे को चीरकर मारने के लिए छोड़ दिया गया। उसकी किडनी निकाल ली गई थी, लेकिन इसका कोई कारण समझ में नहीं आ रहा था। फिर उनमें से एक पुलिस वाले के बेटे को इंसुलिन का ओवरडोज़ देकर मार डाला गया। यह शायद उस आदमी को वहाँ तकलीफ़ पहुँचाने जैसा था जो उसकी सबसे बड़ी कमज़ोरी थी। आप ने हमारा एक

नुक़सान किया हम आपके चार का नुक़सान करेंगे। उसने कोशिश की कि वह अपने आपको उस हत्यारे के दिमाग़ में डालकर देखे जो उनके मर जाने के बाद वहाँ 1, 2 लिख रहा था। वह ग़ुस्से के उस स्तर को महसूस करना चाहता था। अगर किसी को चोट आ गई तो क्या होगा...? उसके बाद उसके दिमाग़ में यह वाक्य पूरा नहीं हो पाता था। उसकी हड्डियों में एक अंधविश्वास की सिहरन दौड़ जाती थी। वह उस अपराध की तरफ़ वापस लौटा जो हुआ था।

बच्चे का पिता, दुख के मारे उस आदमी को मार देता है जिसने यह योजना बनाई थी। वह इस बात को समझ रहा था कि उसका बेटा उससे छीन लिया गया और इसलिए वह अपने सबसे अच्छे दोस्त को मार देता है और फिर आत्महत्या कर लेता है। इसकी पूरी योजना बनाई गई थी। यह अपराध ऐसा नहीं था जो अचानक घटित हुआ हो। सब कुछ वापस पुलिस वालों और उनके हनी ट्रैप की तरफ़ लौट रहा था। फिर वह कौन था जो इन लोगों से बदला लेना चाह रहा था? वह अपना सिर हिलाने लगा। इतना कुछ हो रहा था कि ऐसा लग रहा था जैसे ईश्वर ख़ुद उतर कर आएँगे और इसका समाधान बताएँगे।

और अगली सुबह लेज़्ली ने पीटर को फ़ोन किया और कहा कि उसने प्रॉक्सी को मारा था, क्या वह आ सकता है?

तेरह

लेज़्ली ने पुराने ज़माने का काफ़्तान पहन रखा था जो बाटिक सिल्क का था। गले में लाल पत्थर की माला भी पहन रखी थी।

'याकूत है', वह बोला जब उसने देखा कि पीटर उसकी माला को देख रहा है। 'मुझे लगा कि मैं सब कुबूल करने जा रहा हूँ इसलिए यह पत्थर सही रहेगा।'

'क्यों?'

'अच्छा, तुम्हें नहीं पता? मेरे ख़याल से यह जमे हुए ख़ून का रंग है या इसी तरह का कुछ।'

'तुमने उन लोगों को क्यों मारा?'

'अरे कोई कारण नहीं था', लेज़्ली ने लापरवाही से कहा, 'मैं मर रहा हूँ। क्या तुम जानते हो?'

'मैंने सुना है', पीटर ने कहा।

'आजकल किसी की कोई निजता ही नहीं रह गई है। मुझे लगा कि जाने से पहले यह अच्छा रहेगा। कोई निशानी छोड़कर दुनिया से जाना। कुछ ग़लतियों को सही कर देना। मैंने एक बार एक उपन्यास लिखा था। क्या तुमको उसकी कोई प्रति दी थी मैंने?'

'कई सारी', पीटर ने कहा।

'मुझे डर है कि मैंने दुनिया-भर में ख़ूब सारी प्रतियाँ बाँटीं', लेज़्ली ने कहा, 'जब मैं चर्च गेट की पटरी पर अपनी किताब पड़ी देखता हूँ तो मुझे कुछ तकलीफ़ होती है क्योंकि मैंने कुछ किताबों के पन्नों के बीच में पाँच सौ रुपए के नोट डाल दिए थे।'

'क्यों?'

'इनाम की तरह। किताब को खोलने का इनाम।'

'ज़्यादातर लोगों ने नहीं खोली?'

'ज़्यादातर लोगों ने किताब नहीं खोली। लेकिन लोग ऐसे ही होते हैं।'

'क्या तुमको लोग अच्छे नहीं लगते?'

'क्या तुमको अच्छे लगते हैं? शायद तुमको अच्छे लगते होंगे। तुम ऐसे आदमी लगते हो जिसको भरोसा होता है। मुझे लगता है कि लोगों से प्यार करना एक बहुत बड़ा नस्लवादी आग्रह है। अगर आपसे यह अपेक्षा नहीं की जाती कि आप अश्वेतों से इसलिए नफ़रत करें क्योंकि वे अश्वेत हैं या समलैंगिकों से क्योंकि वे समलैंगिक हैं तो फिर आपको चीनी लोगों से इसलिए क्यों प्यार करना चाहिए क्योंकि वे चीनी हैं या हेटर्स को क्योंकि वे हेटर्स हैं? और अगर आपसे ऐसा करने की उम्मीद नहीं की जाती है तो आपसे यह आशा क्यों की जाती है कि आप सम्पूर्ण मानव जाति से प्यार करें क्योंकि वह सम्पूर्ण मानव जाति है?'

पीटर सही जवाब देने के बारे में सोचने लगा। लेज़्ली बहुत सहज भाव से मुस्कुरा रहा था।

'इससे फ़र्क़ नहीं पड़ता। यह शायद क्षेत्र के साथ आता है। ईसाई होने के कारण आपको सिखाया जाता है कि अपने पड़ोसियों से भी वैसे ही प्यार कीजिए जैसे आप अपने आप से करते हैं?'

'तुम भी तो ईसाई हो।'

'मैंने कोशिश की थी मेरी जान, लेकिन पड़ोसी कुछ अधिक ही भयावह थे और उनके लड़कों को मेरे जैसे प्यार में दिलचस्पी नहीं थी। मैंने चर्च में जाने की कोशिश भी की थी लेकिन उसका मुझसे कोई लेना-देना नहीं था इसलिए मैंने भी यह तय किया कि उससे कोई नाता न रखूँ। और फिर सब कुछ आसान हो गया।'

'तुमने लोगों से नफ़रत करने का फ़ैसला किया?'

'काश मैं यह कह पाता कि फ़ैसला किया। मुझे नहीं लगता कि मैंने कुछ फ़ैसला किया। मुझे लगता है कि नफ़रत को मेरे ऊपर थोप दिया गया। जो मुझे पसन्द था वह मुझे पसन्द नहीं होना चाहिए था और जो मुझे पसन्द नहीं था मैंने उसको भी प्यार किया।'

पीटर ने सिर हिला दिया।

'और फिर प्यार हो गया। क्या तुम जानते हो कि तुम्हारी तरह की बड़ी उम्र में प्यार का मतलब क्या होता है? नहीं, तुम अपने बेटे और अपनी पत्नी के साथ ख़ुश हो। तुमको कुछ नहीं चाहिए क्योंकि सब कुछ है तुम्हारे

पास। मेरे पास कुछ नहीं था जब मैं ठाणे में गे बम्बई बैश में गया था, जो किसी बढ़िया फ़ास्ट फ़ूड सेंटर में था। क्या तुम कल्पना कर सकते हो कि मैं ठाणे में बैठकर बर्गर खा रहा हूँ? मैंने आयोजकों से कहा कि आप मुझे ठाणे में तभी पाएँगे जब मुझे मेंटल अस्पताल ले जाया जाएगा। लेकिन एक शाम एक एयरकंडीशंड कार आई जो काफ़ी आरामदेह थी और कोई और था जो जाना चाहता था तो मैंने सोचा कि अपने स्टाइल से जाया जाए और अपने स्टाइल से वापस आया जाए, क्यों नहीं? तो मैं गया और वह वहीं था। वह क्लर्क जैसा था। मेरा मतलब है कि ज़्यादातर उसी तरह के वर्ग के थे, वे आएँगे और कहेंगे 'सक मी' और 'आइ एम स्ट्रेट', और 'आइ एम टॉप' और वे नहीं चाहते कि समलैंगिक शब्द से उनका किसी तरह का नाता हो। इस आन्दोलन से जुड़ने में उनको कोई दिलचस्पी नहीं होती या इस बात को साझा करने में कि उनके दिमाग़ या जीवन में क्या कुछ चल रहा है। इसलिए मुझे लगा कि वह वहाँ इसलिए आया है कि कोई उसको ऑर्गैज़्म दे दे और फिर वह घर जाकर उसके बारे में मज़ाक़ उड़ाने का नाटक करे। मेरे ख़याल से मैंने पहले उसको नज़रअन्दाज़ किया लेकिन फिर मैंने पाया कि मैं उससे बातें करने लगा। मैंने पाया कि मैं बांद्रा ट्रेन में बैठकर आ रहा था क्योंकि उसके पास रेल पास था, सोच सकते हो तुम? उसने मुझसे कहा कि मैं एक पास क्यों नहीं बनवा लेता हूँ और मैंने कहा कि मैं बनवा लूँगा तो वह बोला, 'अच्छी बात है, इससे तुम पैसे बचा सकते हो और शहर में अधिक तेज़ी से आ-जा सकते हो'—और इस तरह की तमाम घिसी-पिटी बातें उसने कीं जो आमतौर पर रेल में चलने के बारे में की जाती हैं। तो मैं कहना यह चाहता हूँ कि यह उसके दिमाग़ की बात नहीं थी। यह उसके शरीर की बात भी नहीं थी। मेरा मतलब है कि ठीक ही था कोई ख़ास बात नहीं थी। ना ही उसका *पोपट* ऐसा था।'

पीटर उम्मीद कर रहा था कि इससे अधिक खुलकर बात नहीं हो सकती थी।

'ज़ाहिर है वह गुप्त रूप से समलैंगिक था। सभी लोग ऐसे ही होते हैं। सब के सब। एक मनमौजी यहाँ आई और मुझसे कहने लगी कि मैं भी गुप्त रूप से रहता हूँ क्योंकि मैं बाहर जाकर चीख़-चीख़ कर इस बारे में नहीं कहता न ही पत्रिकाओं में इस विषय को लेकर इंटरव्यू देता हूँ। मैंने कहा, 'अच्छी बात है कि मैंने बहुत अच्छा गुप्त जीवन चुना और यह मेरी सारी ज़िन्दगी के लिए बहुत बड़ा है। लेकिन इस समय यह ख़ुद को

कुछ छोटा समझ रहा है इसलिए मैं आपको जाने के लिए कह सकता हूँ?' उसको इतना बुरा लगा कि वह कुछ बोल भी नहीं पाई। मुझे इन लड़कियों में यही बात बुरी लगती है कि वे बोल तो कुछ भी देती हैं लेकिन सुन नहीं पाती हैं। क्या इस बात को तुम समझ पाओगे डियर?'

पीटर ने कहा, 'तुम मुझे उस आदमी के बारे में बता रहे थे जिससे तुम ठाणे में मिले थे।'

'अगर मैं वाइल्ड था तो वह बोसी, मैं आर्थर था तो वह हेलेन, मैं सुकरात तो वह अलसिबियादेस। वह क्लर्क था और उसकी एक बूढ़ी माँ थी, और कुछ बड़ी बहनें थीं, और पता नहीं गाँव में उसके ऊपर कितना क़र्ज़ था जैसा उस तरह के समाज के तमाम तरह के लोगों के साथ होता है। लेकिन इस सबके बावजूद वह शादी करना चाहता था और दहेज लेना चाहता था ताकि वह अपनी बहनों की शादी में दहेज दे सके और ज़मींदार को पैसे चुकाकर अपनी ज़मीन छुड़ा सके। मेरे ख़याल से वह मुझे यह सब इसलिए बताता था क्योंकि वह चाहता था कि मैं उसको पैसे दूँ लेकिन उसने कहा कभी नहीं...'

इस मौक़े पर आकर लेज़्ली टूट गया। यह असली दुख था, ऐसा दुख जिसने शालीनता के उसके मुखौटे को उतार दिया और वह फूट-फूट कर रोने लगा। वह रो रहा था, उसका चेहरा अजीब तरह का हो रहा था, उसकी नाक बही जा रही थी, उसके मुँह से टूटी-फूटी आवाज़ निकल रही थी।

पीटर को समझ में नहीं आ रहा था कि क्या किया जाए। उसको टिश्यू पेपर का एक बॉक्स दिखाई दिया और वह उसको लाने के लिए उठा।

'अगर तुम मुझे टिश्यू दोगे तो मैं तुमको प्यार से मारूँगा', लेज़्ली ने कहा। वह अचानक अपने दुख से बाहर आ गया था। 'मुझे माफ़ करना मैं इस बात का इन्तज़ार करता रहा कि वह मुझसे कहे कि मुझे पैसे दे दो, यह दे दो, वह दे दो, लेकिन उसने नहीं कहा, उसने नहीं कहा। और अगर उसने कहा होता तो वह आज जीवित होता क्योंकि...'

वह एक बार फिर रोने लगा। पीटर पत्थर बना बैठा था। इस बार वह पहले से कुछ अधिक देर तक रोता रहा लेकिन जल्दी ही ठीक हो गया।

'तुमको मुझे गले लगाना चाहिए लेकिन क्या पता कोई तुमको एक समलैंगिक आदमी को गले लगाता देख ले और यह सोचने लगे कि तुम भी माहिम की फूल रानी हो। तुम लोगों के दिमाग़ इतने बन्द हैं। हे भगवान, हे भगवान, मुझे मरने का कोई ख़ौफ़ नहीं है क्योंकि कम-से-कम मैं यह

तो नहीं देख पाऊँगा कि विपरीत लिंग के प्रति आकर्षण ही सही होता है। मेरा मतलब है कि नर्क को मेरे जैसे लोगों से भरा होना चाहिए, नहीं? और इसके लिए नाटक करने की कोई ज़रूरत नहीं होनी चाहिए न? वे बेचारे जानी जो दूसरे जानी के साथ सोते हों उनको पत्थर मार-मार कर मार देना चाहिए? मुझे यह समझ में नहीं आता है कि इस्लाम धर्म को मानने वाले समलैंगिकों, यहूदी धर्म के समलैंगिकों या ईसाई धर्म के समलैंगिकों के लिए भी इसी तरह नर्क का घेरा होता होगा?

यह सब कहीं सारी रात न चलता रहे, पीटर को इस बात का ख़तरा लग रहा था।

'ओह, लेकिन तुम यहाँ इसलिए नहीं आए, नहीं? मैं तुमको अपनी कहानी सुना रहा था। मैं शायद पहला या दूसरा पुरुष था जिसके साथ उसने सेक्स किया था। जब उसने मुझसे यह कहा तो मैंने उदारता से कहा, और मुझे ख़ुद भी इस बात का यक़ीन नहीं हो रहा है कि मैं कितना अधिक प्यारा था तब, मैंने उससे कहा कि जाओ बाहर कुछ और अनुभव हासिल कर लो। मैं इस बात की कल्पना भी नहीं कर सकता हूँ कि कोई और इस तरह की बात भी करेगा, लेकिन मैं उसके प्यार में इस क़दर डूबा हुआ था तब भी मैंने कहा।'

पीटर ने सिर हिलाने की कोशिश की लेकिन वह हिला नहीं पाया।

'और फिर तुम्हारे लड़कों ने उसको नोचना शुरू कर दिया। उसको एक शौचालय में पकड़ लिया। क्या वह माटुंगा का पुराने पुल वाला शौचालय था या कोई और? उसने अपनी बहन की शादी के लिए जो पैसे बचाकर रखे थे वे पैसे उसने इन कमीने इनसानों को दे दिए। और फिर वह अपनी बहन का सामना नहीं कर सकता था, इसलिए उसने आत्महत्या कर ली।'

उसके बाद वह कुछ देर रुका। पीटर इन्तज़ार करता रहा।

'जानते हो पीटर, एक रात में ही मैंने अपना सब कुछ खो दिया, अपना प्यार, अपना सब कुछ, और मेरे अन्दर कहीं बहुत गहरे बदले की भावना पैदा हुई। मैंने तय किया कि मैं उनको ख़त्म कर दूँगा, उनको उनके किए की सज़ा दूँगा। आख़िरकार मैं तो अब मर ही रहा हूँ। अब मुझे खोना ही क्या है? मैंने अपने पुराने सम्पर्कों को तलाशा और इस बात को प्रसारित कर दिया। जल्दी ही मुझे प्रॉक्सी और उन पुलिसवालों के बारे में सुनने को मिला। सबसे पहले वह लड़का, मैंने सोचा। उसके बाद पुलिस वालों को। लेकिन पहले ही क़त्ल के बाद इतना ख़ून था चारों तरफ़! और मेरी एक

प्रिय जींस ख़राब हो गई। मैंने उसको माहिम क्रीक में छिपा दिया। लेकिन बाद में ज़ाहिर है कि मैं इस तरह नंगा-पुंगा घर तो नहीं जा सकता था।'

'तुमने एक बच्चे को मार दिया?'

ख़ामोशी छाई हुई थी जबकि लेज़्ली सोच रहा था। पीटर को लगा जैसे वह अपने आपको समझाने की कोशिश कर रहा था।

'मैं उसको ऐसी चोट पहुँचाना चाहता था जिससे उसको बहुत अधिक दर्द हो। और मेरा यह ख़याल अच्छी तरह काम कर गया, नहीं? उन लोगों ने एक-दूसरे को मार डाला और मुझे कुछ करना भी नहीं पड़ा।'

'एक बच्चा लेज़्ली?'

लेज़्ली ने ग़ुस्से में नज़रें उठाईं और बोला, 'मुझे यह समझ में नहीं आता है कि हम बच्चों को लेकर इतनी हाय-तौबा क्यों मचाते हैं। मेरा मतलब यह है कि वे वयस्कों के छोटे रूप ही तो होते हैं, नहीं? और इस बार मैंने आसानी से और सहज रूप से किया, नहीं? मैंने उसको बस ज़रूरत से ज़्यादा इंसुलिन भरकर सूई दे दी और वह अपनी माँ की बाँहों में सो गया। जानते हो देश में बच्चे सबसे बुरी मौत मरते हैं।'

पीटर ने गहरी साँस ली और बोला, 'तुमको यह सारी बातें दुहरानी होगी, इंस्पेक्टर जेंडे रास्ते में है।'

'क्या मैं इस इंस्पेक्टर को जानता हूँ?'

'नहीं, लेकिन वह अच्छा आदमी है।'

'मैंने अजनबियों की उदारता के ऊपर हमेशा भरोसा किया है', लेज़्ली ने कहा और सोफ़े से उठ गया। घंटी बजी। पीटर दरवाज़े तक गया और जेंडे के साथ वापस आ गया।

'अच्छे इंस्पेक्टर' कहते हुए लेज़्ली नाटकीय ढंग से झुक गया और वापस सोफ़े पर बैठ गया। 'मैं संक्षेप में बताऊँगा मिस्टर जेंडे।'

और फिर पीटर की मदद लेते हुए उसने सारी बातचीत दुहरा दी। दस मिनट के अन्दर बिना भावुक हुए उसने पूरी कहानी बताई। जेंडे बिना कुछ बोले सुनता रहा। जब लेज़्ली की कहानी पूरी हो गई तो वह बोला, 'अब आप मुझे गिरफ़्तार कर सकते हैं इंस्पेक्टर। मैं तैयार हूँ।'

'तुम शायद कपड़े बदलना चाहोगे,' पीटर ने बड़े आराम से कहा।

लेज़्ली को कुछ समझ में नहीं आया और उसने फिर अपने आपको देखा।

'मेरे प्यारे मैं', वह बोला और हँसने लगा। 'मैं तो पूरी तरह भूल ही गया कि मैं तैयार नहीं था।'

वह अपने बेडरूम में गया और कपड़े बदलते हुए चीख़ने-चिल्लाने लगा।

'मरेगा साला जेल में', जेंडे ने सहानुभूति के साथ कहा।

'मरेगा तो वैसे भी', पीटर बोला।

'मतलब एकदम फ़िलॉसफ़ी स्टाइल कि हम सब मरने वाले हैं, ज़िन्दगी तो बेवफ़ा है?'

'नहीं। एड्स से।'

'आईला' जेंडे ने कहा और तभी लेज़्ली बेडरूम से बाहर आया, वह पिंक टीशर्ट और जींस पहनकर आया था। जब वह पुलिस की जीप में बैठा तो उसके हाथों में हथकड़ी नहीं लगाई गई। वह शाही अन्दाज़ में जीप में सवार हुआ, मानो वह उन अलग-अलग नाटकों की लाइनों का रिहर्सल कर रहा हो जो वह जज से कहने वाला था।

जेंडे उसको सन्देह की नज़र से देख रहा था। लेज़्ली से उसकी आँख मिल गई और लेज़्ली ने आँख मार दी। जेंडे ने चिढ़कर गहरी साँस ली। जब वे पुलिस स्टेशन पहुँचे तो उसने लेज़्ली का मुआयना करवाया और उसको आर्थर रोड जेल भेज दिया गया। उसके बाद वह पीटर को एक तरफ़ लेकर गया।

'तुम उससे पूछना कि वह झूठ क्यों बोल रहा है', वह बोला, 'वह तुमको सच बता देगा।'

'क्या?'

'देखो, उसको ऐसा लग रहा है कि पुलिस इस मामले को बन्द करना चाहती है इसलिए वह उसकी सुन लेगी। यह बात सही है। पुलिस सामान्य तौर पर इस केस को बन्द करना चाहती है। लेकिन मैं ऐसा नहीं हूँ, तुम जानते हो, वह झूठ बोल रहा है। तुम उससे सही कहानी निकलवा सकते हो।'

पीटर उसकी तरफ़ देखने लगा।

'फिर हम लोगों ने उसको गिरफ़्तार क्यों किया?'

'अगर वह यह सोचता है कि वह मुझे बेवकूफ़ बना रहा है तो मुझे इसका बुरा भी नहीं लग रहा। और शायद वास्तविक हत्यारा अब यह सोचे कि सब ठीक हो गया और वह राहत की साँस ले सकता है, और हो सकता है कि वह कोई ग़लती कर जाए। अब तुम आर्थर रोड जाओ और उससे बात करो। सच बात का पता लगाओ।'

लेकिन लेज़्ली अपनी बात से नहीं हिल रहा था। वह पक्का फ़ैसला कर चुका था कि उसने उस आदमी को मार डाला और उसकी किडनी निकाल ली। उसने उस बच्चे को मार डाला। उसका कहना था कि वह बहुत गुस्से

में था। उसको पहली बार प्यार हुआ था और उसको उससे छीन लिया गया। वह बोला, वह दुख-भरे दिन अकेले बिता रहा था।

'और जब मैं तुमसे बात करने आया था, तब तुमने...'

'मैंने अच्छा नाटक किया, नहीं?'

पीटर कुछ नहीं बोला। क्या यह सब उसकी दिमाग़ी हालत के कारण था जो एड्स के कारण हुआ था? लेकिन यह बात उसने बहुत संगत तरीक़े से कही है।

'तुम्हारे साथ जो लड़का रहता था वह कहाँ है?'

यह उसकी कल्पना थी या एक पल की असहजता जो उसने लेज़्ली के चेहरे पर देखी थी?

'हिमाल? मैंने कल रात उसको भेज दिया। मैं नहीं चाहता था कि वह इन मामलों में उलझे।'

पीटर उसको ध्यान से देख रहा था। लेज़्ली को क़ैदी के रूप में देखना अजीब लग रहा था, मानो वह अपनी नफ़ासत के बिना नंगा हो गया हो। वह अपना सिर हिला रहा था। ऐसा लग रहा था कि लेज़्ली इस बात से बहुत ग़ुस्से में आ गया था।

'मेरे दोस्त तुमको इस बात का कुछ अन्दाज़ा नहीं है कि एक चुप्पा आदमी ग़ुस्से में आकर क्या-क्या कर जाता है।'

'मैं जितने सालों से तुमको जानता हूँ', पीटर ने कुछ रुखाई से कहा, 'उनमें मैंने कभी यह नहीं सोचा कि तुम चुप्पे क़िस्म के आदमी हो।'

लेज़्ली किसी तरह हँसने लगा।

'अरे यार, अगर तुम आवाज़ नहीं करोगे तो लोगों को लगेगा कि तुम्हारा अस्तित्व ही नहीं है। वे तब भी ऐसे ही जताएँगे जबकि एक रात पहले हो सकता है कि तुमने उनके शिश्न को चूसा हो।'

पीटर आँखें नचाता हुआ माहिम पुलिस स्टेशन वापस चला गया।

'कुछ नहीं हुआ', पीटर ने जेंडे से कहा।

'केस बन्द हो गया', जेंडे ने कहा, 'और असली क़ातिल वही है।'

वे चुपचाप बैठे रहे।

'वह किसी को बचा रहा है', जेंडे ने कहा, 'मैंने ऐसे मामले भी देखे हैं जब कोई बीमार होता है तो वह सोचता है कि चलो मैं तो मर ही रहा हूँ इसलिए इस जुर्म को मैं ही क़ुबूल कर लेता हूँ और वह आदमी जिसकी अभी पूरी उम्र पड़ी है ज़िन्दा रह जाएगा और मैं मर जाऊँगा।'

'तुमको लगता है?'

'मुझे लगता है। पता है क्यों? वह इस तरह का आदमी नहीं है जो किसी को काट डाले। किसी को काटना आसान नहीं होता है। आपको उसके लिए पत्थरदिल होना पड़ता है। आपको इस तरह का होना चाहिए कि चारों तरफ़ ख़ून देखकर आपको कुछ न हो। इस तरह का आदमी? क्या यह उसके बाद हाथ अन्दर डालकर किसी की किडनी निकाल सकता है? और हाँ, अगर इसने ऐसा किया है तो कौवे सफ़ेद हो सकते हैं और कल सूरज भी पश्चिम की तरफ़ से निकल सकता है।'

घर लौटते हुए पीटर इस बारे में सोच रहा था। क्या लेज़्ली किसी को बचा रहा है? हो सकता है। वह 'ए टेल ऑफ़ टू सिटीज' के किरदार के रूप में ख़ुद को देखता रहा होगा, जो बेहतर इनसान के लिए अपनी क़ुरबानी देना चाहता था। लेकिन वह बेहतर इनसान कौन था जिसको वह बचा रहा था?

कुछ नहीं सूझा।

उसके पीछे कोई चल रहा था, कोई छुपकर चल रहा था।

चौदह

उस शाम बाद में यूनिट ने फ़ोन किया।

'टीवी पर बता रहे हैं कि कोई गिरफ़्तार हो गया है?'

'हाँ', पीटर ने कहा।

'कौन?'

'पता नहीं आप उसको जानते हैं या नहीं। लेज़्ली सिकेरा नामक आदमी।'

'कौन?'

'बांद्रा से?'

'अच्छा प्रॉक्सी को उसने मारा?'

'उसका यही कहना है।'

'अच्छा इक़बालिया बयान', यूनिट ने उसकी बात को ख़ारिज करते हुए कहा, 'इसका कोई मतलब नहीं है। अदालत में जाकर यह कह देगा कि बयान उसने पुलिस के दबाव में दिया।'

'मुझे लग नहीं रहा है कि यह आदमी इस तरह का काम करेगा।'

'क्या इसको फाँसी होगी?'

'मुझे लगता है कि फाँसी के बारे में सोचने के लिहाज़ से यह जल्दी होगा', पीटर ने सावधानी बरतते हुए कहा।

'उसको सज़ा मिलनी चाहिए। उसने बच्चे का क़त्ल किया है।'

'यह फ़ैसला अदालत को करना है', पीटर ने कहा।

'मैं दुबई के लिए वीज़ा अप्लाई कर रहा हूँ अंकल', यूनिट बोला, 'मैं टूरिस्ट वीज़ा लेकर जा रहा हूँ और यह देखकर आऊँगा कि वह जगह कैसी है तब जाने के बारे में फ़ैसला करूँगा।'

'मेरी शुभकामना है', पीटर बोला और उसने फ़ोन रख दिया।

वैसे तो यूनिट इस बयान को सही नहीं मान रहा था, लेकिन महज़ बयान

के लिहाज़ से ही देखें तो लेज़्ली को इस बात की कितनी उम्मीद थी कि उसको गम्भीरता से लिया जाएगा? अगर ज़िन्दगी हॉलीवुड की फ़िल्म होती तो वह एक सनसनीख़ेज़ सीरियल किलर होता लेकिन लेज़्ली शौचालय में?

और भी अजीब बातें थीं, जैसे दीवार पर लिखे नम्बर, और कम-से-कम एक बार नम्बर तो ख़ून से लिखा था—क्या यह किसी फ़िल्म के सीन जैसा नहीं लग रहा था?

नहीं, पीटर ने अपने आपसे कहा, कई बार कल्पना सच से भी ज़्यादा अजीब होती है। यह लेज़्ली सिकेरा नहीं हो सकता है।

बात फिर से वहीं आ गई। अगर लेज़्ली नहीं तो कौन? किस तरह का आदमी?'

शायद समय आ गया था अजित पितले के पास वापस जाने का।

~

जब उसने पितले का नम्बर डायल किया, तो उसको तब की बात याद आई जब वह पिछली बार दफ़्तर में गया था, जिस सवाल के कारण उसको बहुत शर्मिंदा होना पड़ा था। बिना बात किए उसने फ़ोन वापस रख दिया।

लेकिन फिर उसने अपने आपको समझाया : 'उसको तुम्हारी याद नहीं होगी। वह रोज़ सौ-सौ लोगों को देखता है। वे सब उसकी आँखों के सामने से जुलूस की तरह गुज़रते हैं। यह ऐसी बात है मानो किसी का इंटरव्यू किसी रिपोर्टर ने लिया हो और वह उम्मीद कर रहा हो कि वह उसको याद रखे। लेकिन पेशेवर लोग याद नहीं रखते।'

उसने फ़ोन मिलाया और मिलने का वक़्त लिया।

पितले पीटर को देखकर हैरान नहीं हुआ। शायद यह उसके काम का हिस्सा हो; उसको अपनी भावनाओं को नहीं दिखाना होता है।

'यह बात उस केस से सम्बन्ध रखती है जिसमें मैं सहयोग कर रहा हूँ, माटुंगा रोड स्टेशन में हुए क़त्ल को लेकर,' पीटर ने कहना शुरू किया।

'मैं समझ गया था', पितले ने कहा।

'अच्छा, मुझे लगता है कि यह सब ग़लत तरह की हरकतों से जुड़ा हुआ है—वेश्यावृत्ति के अलग-अलग रूपों से', पीटर यह बोलते हुए लड़खड़ा रहा था।

'सेक्स वर्क', पितले ने कहा।

'सेक्स वर्क', पीटर ने कहा, 'हाँ बस यह केवल काम नहीं है, नहीं?

मेरे कहने का मतलब यह है कि इसमें शोषण होता है और सहमति नहीं ली जाती है....'

'ऐसा बहुत कुछ अस्पताल में भी होता है। किसी भी संस्थान में होता है', पितले ने कहा।

'लेकिन यह वही बात तो नहीं हुई ना?'

'कैसे?'

पीटर कुछ जोश में आ रहा था।

'जब मेरी उम्र कम थी तो मेरे ख़याल से मैं अपने शरीर को बेचने के बारे में सोचता रहता था। पता नहीं क्यों मुझे लगता था कि इसमें कितना मज़ा आएगा कि कोई मुझे सेक्स के बदले में पैसे दे। यह सोचकर ही बहुत असाधारण लगता था कि कोई मुझे चाहे...' वह इस बात से परेशान हुआ कि एक अजनबी से उसने यह किस तरह की बात कह दी। हालाँकि ऐसा कहने के कारण ऐसा लग रहा था कि पितले कुछ हद तक नर्म पड़ गया था।

'पुरुष आमतौर पर इस तरह की कल्पना किया करते हैं', वह बोला, 'पुरुष आमतौर पर किसी चीज़ की चाह करते हैं, वे चाहते हैं कि कोई उनकी भी चाह करे। यह एक वयस्क पुरुष का बचपना है। यह विचार कि कोई आपके लिए मूल्य चुकाना चाहता है तो इसका मतलब यह है कि वह अपनी ख़्वाहिश को लेकर गंभीर है।'

'इसलिए वे इस बात से सही में ख़ुश होते होंगे कि कोई उनको सच में पैसे दे रहा हो, जब यह भुगतान किसी और को करना पड़े?'

पीटर ने व्यंग्य भाव से अपनी भौंहें चढ़ाईं मानो वह पीटर को यह जताना चाह रहा हो कि वह स्ट्रेट क़िस्म का समलैंगिक था, और उसकी कल्पनाएँ औरतों को लेकर थीं।

'स्त्रियों की कल्पनाएँ प्रभुत्व वाली होती हैं', पितले ने कहा, 'और वे तब तक इसका आनन्द उठाती हैं जब तक कि उनको यह लगता रहता है कि जब सब कुछ बहुत अधिक हो जाए तो उसको रोका भी जा सकता हो। और कल्पनाओं में हम यही तो करते हैं। यथार्थ में जो मुश्किलें होती हैं उनके साथ खेल खेलना।'

'मैं असल में पुरुषों के बारे में बात कर रहा था। उन पुरुषों के बारे में...जो सेक्स के पेशे में हैं।'

'आह', पितले ने अपनी मुस्कान दबाते हुए कहा, 'हम लोगों को पहले यह समझना होगा कि यह पुरुषों के लिए एक लाभकारी पेशा बना रहे,

इसके लिए यह ज़रूरी है कि इसमें कुछ महिलाएँ भी हों जो बहुत ज़्यादा नहीं हैं। यानी यह मुख्यत: एमएसएम सेक्स के बारे में है।'

'हाँ', पीटर ने कहा। वह इस बात से राहत महसूस कर रहा था कि उसको पितले से यह नहीं कहना पड़ा कि वह एमएसएम का मतलब समझा दे। ऐसे पुरुष जो पुरुषों के साथ सेक्स करते हों, सुनील ने उसको पहले ही बता दिया था। और उसको अब उस बातचीत की याद आई तो वह हैरान हुआ कि उसको ऐसा महसूस करते हुए न तो अफ़सोस हुआ न ही कोई उलझन। यह एक तरह से आश्चर्य जैसा था, जिसमें कुछ हद तक गर्व का भाव भी था, कि वह एक ऐसा पिता था जिसका बेटा उससे एमएसएम के बारे में भी वैसे ही बात कर सकता था जिस तरह से *कम्युनिस्ट मेनिफ़ेस्टो* के बारे में।

'इस बारे में तुम मुझे कहीं उद्धृत नहीं कर सकते', पितले कह रहा था, 'मैंने इस बारे में कोई अध्ययन नहीं देखा है। मुझे इस बारे में कुछ पता भी नहीं है कि इस तरह का कोई अध्ययन है भी। मुझे नहीं पता है कि वे अध्ययन किस तरह से किए गए।'

'मैं समझ गया', पीटर ने कहा।

'मैं इस बात के बहुत विस्तार में नहीं जाना चाहता हूँ लेकिन मैंने यहाँ कुछ के इलाज किए हैं...'

'आपने ऐसे कुछ लोगों के इलाज किए हैं?'

'आमतौर पर वे मादक द्रव्यों के लती के रूप में आते हैं। मेडिकल सिस्टम इतना पुराना है, इतना अपर्याप्त है, कि हम ऐसे सभी मरीज़ों को मानसिक चिकित्सा के वार्ड में लेते हैं : आत्महत्या करने में असफल लोगों को; घबराहट की शिकार लड़कियाँ; ड्रग्स से ग्रसित युवा...सब एक ही वार्ड में रहते हैं।'

पीटर ख़ामोश रहा।

'लेकिन एक दिन हालात बदल जाएँगे', पितले ने मुस्कुराते हुए कहा, 'हमें उम्मीद नहीं छोड़नी चाहिए।'

ख़ामोशी बढ़ने लगी। पीटर ने कोशिश की कि वह सब्र बनाए रखे मगर वह असफल हो गया।

'पुरुष सेक्स वर्कर?'

'मैं महज़ सोच रहा हूँ। आप अपने शरीर से किस तरह जुड़े होते हैं? वह कितना आपका होता है कितना नहीं होता है? जब आप उसको बाज़ार

में पेश करते हैं और उसका विश्लेषण और आकलन किया जाता है और पेशकश की जाती है; तो वह प्रस्ताव आपको कमतर नहीं बनाता? एक युवक मुझे यह बता रहा था कि वह अपनी सील बचा रहा था...'

'सील?'

'वर्जिनिटी के बारे में बात करने का एक लहजा है। किसी वेश्यालय में आपको यह भरोसा दिलवाया जाता है कि जो नया माल है उसकी सील पक्की है। उसके मामले में मुझे लगता है कि वह गुदा वर्जिनिटी के बारे में बात कर रहा था।'

पीटर सिर हिलाने लगा।

'उसने कहा कि वह अपनी सील एक फ़्लैट के लिए बचा रहा था। वह इसको उसी को देता जो उसके लिए एक फ़्लैट ख़रीद देता।'

पीटर की भौंहें चढ़ गईं।

'हाँ। सुनने में ऐसा लग रहा है कि बहुत अधिक पैसों की माँग की गई हो लेकिन यह भी यथार्थ के बीच एक तरह की कल्पना है। उसको बवासीर था और वह एचआईवी पॉज़िटिव था लेकिन उसने अपनी सील किसी बड़े अमीर के लिए बचाकर रखी हुई थी जो उसके प्यार में पड़कर उसके लिए सब कुछ कर दे।'

'यह उस तरह की कल्पना लगती है...' पीटर अपनी बात किसी भी तरह से पूरी नहीं कर पाया।

'कल्पना उपयोगी होती है। कल्पना ज़रूरी होती है। बहुत-सी शादियों में यह सेक्स को ज़िन्दा बनाए रहती है। आप जब भी किसी सेक्स विशेषज्ञ के पास जाते हैं तो वह आपसे यही कहता है कि आप कल्पना का उपयोग करें। लेकिन इसी तरह से जो कुछ हो रहा होता है वह आपके वश में होता है। जब कोई नौजवान यह तय करता है कि उसको अपना जिस्म बेचना है तो वह जल्दी ही इस बात को समझ जाता है कि इसमें कितना ग़लत है। उसके ग्राहक उसके साथ कितनी क्रूरता कर सकते हैं। पुलिस उससे कितना कुछ ठग सकती है। उसको यह बात समझ में आ जाती है कि अपने सामान का विज्ञापन करने और इस बात का विज्ञापन करने कि वह काम क्या करता है, के बीच की रेखा क्या होती है। हो सकता है कि लोग उसकी ख़्वाहिश करते हों, लोग सड़क पर उसको मुड़-मुड़ कर देखते हों, यहाँ तक कि फ़ाइव स्टार होटलों में भी, लेकिन ज़्यादातर संसार के लिए वह हासिल किए जाने से बहुत दूर होता है। लेकिन इस सबके बीच जैसे

ही पैसा आता है सब कुछ बदल जाता है। अब वह वेश्या हो जाता है। पैसों के बदले में उससे जो कहा जाता है उसको वह करना होता है। उसके साथ अक्सर बुरा बर्ताव किया जाता है। उसके अहं को ठेस लगती है लेकिन पैसों के एवज़ में जो कहा जाता है उसे करना पड़ता है। वह पैसे ले लेता है और उसका ग़ुस्सा बढ़ता जाता है।'

ग़ुस्सा, पीटर ने सोचा, यह एक महामारी की तरह है। अभी हम सभी ग़ुस्से में हैं।

'मैं बार-बार आपको इस बात की याद दिला रहा हूँ कि मैं कोई विशेषज्ञ नहीं हूँ। मैंने सात या आठ ऐसे पुरुषों से बात की है जो सेक्स वर्क करते हैं। उन सभी ने यह काम अपनी मर्ज़ी से शुरू किया। किसी ने उनसे कह दिया कि वे देखने में अच्छे हैं, उनके लिए महिलाएँ पैसे देंगी, और पैसा बहुत आसानी से आएगा। और फिर उनको पता चला कि उनके लिए पुरुष पैसे दे रहे थे। अब उनकी मुश्किल दूसरी हो गई, वे अब हिजड़ों के साथ सीधी प्रतियोगिता में आ गए। पारम्परिक रूप से हिजड़े वे होते हैं जो ऐसे पुरुषों की सेवा किया करते हैं जो अस्वाभाविक सेक्स करना चाहते हैं। मुझे ऐसा नहीं लगता कि यह सब इतना आसान होता है, मैं यह नहीं सोचता हूँ कि जो पुरुष हिजड़ों के साथ सेक्स करते हैं वे समलैंगिक ही हों। मेरे ख़याल से यह बहुत जटिल होता है और यह बताता है कि सेक्स का मामला कितना बदलता रहता है। हो सकता है कि आप किसी हिजड़े से ही प्यार करें, या किसी ऐसे से प्यार करें जो हो सकता है कि हिजड़ा हो। यह कभी आसान नहीं होता, लेकिन जब आप नौजवान होते हैं तो अपने शरीर को बेच रहे होते हैं और अब आप हिजड़े जैसे होते हैं। और मैं अभी तक ऐसे किसी आदमी से नहीं मिला हूँ जिसको यह लगता हो कि हिजड़ा कहा जाना अपमान नहीं होता है।'

'निश्चित रूप से उनमें कुछ समलैंगिक होते होंगे?'

पितले ने कंधे उचकाए।

'मुझे लगता है कि ये सब पहचानें हैं। इनसे ख़ास तौर पर कोई लाभ नहीं होता है। हाँ, उनमें से कुछ समलैंगिक हो सकते हैं लेकिन उनका ग़ुस्सा इस बात को लेकर नहीं होता है। सेक्स वर्क में इससे फ़र्क़ नहीं पड़ता है कि आपका रुझान कैसा है। बल्कि बात यह होती है कि आपको भुगतान किया जाता है। और यहाँ मैं पैसों को लेकर कोई बड़ी बात कहना चाहता हूँ। अगर यह है तो। कोई भी आदमी उसको जो भुगतान किया जाता है,

उससे कभी ख़ुश नहीं रहता। मैं सुनता रहता हूँ कि मेरे साथी डॉक्टर इस बात को लेकर शिकायत करते रहते हैं कि उनको ठीक वेतन नहीं दिया जाता है। मैंने सुना है कि कम्पनियों के सीईओ भी इस बात की शिकायत करते हैं कि उनको जो वेतन मिल रहा है वह उचित नहीं है। हमने अपने आपको दुनिया को दे दिया, बदले में हमें यह मिला। इसलिए जब आप शरीर के साथ ऐसा कर रहे होते हैं तो यह सम्भावना और भयानक हो जाती है कि आपको यह लगने लगता है कि आपकी अहमियत को ठीक तरह से समझा नहीं जा रहा। जब आपको अचानक राजा के रूप में नहीं बल्कि रंडी के रूप में देखा जाने लगता है। आपको हैरानी होगी कि पुरुष सेक्स की दुनिया में इस शब्द का प्रयोग कितना अधिक किया जाता है।'

'क्या कोई इससे बाहर निकलने का ज़रिया नहीं ढूँढ़ता?'

'मेरे ख़याल से कुछ तो कोशिश करते हैं। लेकिन बहुत लोग इससे निकल नहीं पाते क्योंकि उनको हमेशा पैसे कमाने होते हैं। इसकी कोई सीमा तो होती नहीं है। विडम्बना यह है कि उनको ऐसा लगता है कि सब कुछ उनके क़ाबू में रहता है, वे किसी भी समय बाहर जा सकते हैं, और पन्द्रह मिनट से लेकर एक घंटे के भीतर उनके पास पैसे होते हैं। कुछ हज़ार, कुछ सौ। लेकिन वे जितना ही अधिक समय इस पेशे में बिताते हैं उससे निकल पाना उतना ही मुश्किल हो जाता है और अपमानित होने का भाव उतना ही बढ़ जाता है। कभी-कभी कुछ होता है। आमतौर पर यह ग़ुस्सा होता है, अपने आप को लेकर, इस संसार को लेकर। हर कहीं ऐसा ही होता है, नहीं? कारपोरेट के बोर्ड रूम से लेकर बेडरूम से लेकर रेलवे स्टेशन के शौचालय तक। पुरुषों को ऐसा लगता है कि वे अपनी सत्ता को खो चुके हैं। वे हिंसक होने लगते हैं, ग़ुस्से में आने लगते हैं और इससे निकल पाना उनके लिए मुश्किल होता जाता है।

~

पितले के पास से लौटते हुए पीटर ने पाया कि वह ट्रेन पकड़ने के लिए पास के स्टेशन की तरफ़ जा रहा है। वह अँधेरी की तरफ़ जा रहा था। शायद उसको वहाँ कुछ मिल जाए, आख़िरी सिरा।

तीनों लोग पेड़ के नीचे ऐसे बैठे थे मानो वे वहाँ से गए ही न हों।

'हेलो', वह बोला।

'हेलो', उनमें से एक ने कहा।

'आप पहले भी आ चुके हैं', दूसरा आदमी बोला, 'आप उस पत्रकार के दोस्त हैं। मैंने उससे कहा था कि वह इस बारे में लिखे कि किस तरह झोंपड़पट्टी वाले बिजली की चोरी कर रहे हैं लेकिन पत्रकार लोग कायर होते हैं। एक ज़माना था जब फ्री प्रेस जर्नल सरकार के ख़िलाफ़ भी खड़ी हो जाती थी। अब तो सब बिक गए हैं।'

पीटर बैठ गया।

'हाँ वे बस हत्या और आत्महत्या के बारे में लिखते हैं,' वह बोला।

'आत्महत्या में आपकी बड़ी दिलचस्पी है', दूसरा व्यक्ति बोला, 'पिछली बार भी आप यही कह रहे थे।'

'वह औरत अब यहाँ से जा रही है, पता है? मुझे पता चला है कि रहीना साहब एक बार फिर किरायेदार खोज रहे हैं।'

'उनको इस बाज़ार में ऐसा कहाँ मिल पाएगा? पता है वह इस घर का कितना माँग रहे हैं?'

पीटर ने बीच में टोका।

'क्या आप उसको जानते थे, जो मर गया उसको?'

'सूरज पटेल? हाँ। मैं लिफ़्ट में एक बार उससे मिला था। मैंने उससे कहा था कि यह शरीफ़ों की बस्ती है। हम सब लोग अच्छे घर के हैं। अगर तुम यहाँ रहना चाहते हो तो ढंग से रहना होगा नहीं तो बाहर निकलवा दिए जाओगे। मैं सोसाइटी से बात करूँगा,' मैंने कहा।

'वह कर क्या रहा था?'

'हर रात वह देर से आता था। भगवान जाने क्या करता था, कहाँ जाता था। लगता था जैसे उसका कोई और जीवन भी रहा हो, अच्छा आदमी नहीं था।'

वे लोग ऐसे लोगों के बारे में बातचीत करने लगे जो समाज के क़ानून तोड़ते थे। करमबेलकर दूसरे लोगों की जगह पर गाड़ी लगाने लगता था, जब वे शहर से बाहर गए होते थे। डिसूज़ा आवारा कुत्तों को खाना खिलाता था जबकि वे कुत्ते रात रात-भर भूँकते थे और शरीफ़ों की बस्ती की नींद में ख़लल डालते थे। पीटर उठकर जाने ही वाला था कि उसका सामना हिमाली से ही हो गया।

'आप यहाँ क्या कर रहे हैं?' उसने तेज़ आवाज़ में पूछा।

'मैं यहाँ से जानेवाला...'

'मिस्टर शेनॉय, यहाँ किस तरह की सिक्योरिटी है?' उसने तीखी आवाज़ में पूछा, 'यहाँ कोई भी आकर जवान औरतों को परेशान करने लगता है।'

'यहाँ क्या चल रहा है?' एक और आवाज़ ने कहा, 'मेरी बहन को कौन परेशान कर रहा है?'

उसके पीछे हिमाल खड़ा था।

हिमाल और हिमाली।

तो यही वह कारण था कि यह लड़का उस दिन बांद्रा में जाना-पहचाना लग रहा था।

हिमाली पटेल पहले हिमाली शाह रही होगी। उसने अपना नाम बदल लिया होगा। अधिकतर महिलाएँ अभी भी बदल लेती हैं। उसने इस बारे में सोचा नहीं था।

हिमाली और हिमाल।

हिमाल और लेज़्ली।

कुछ-कुछ समझ में आने लगा था।

लेकिन उसको इस बारे में सोचने के लिए वक़्त चाहिए था।

हिमाल अब उसकी तरफ़ देख रहा था। जब उसने पीटर को पहचान लिया तो उसकी आवाज़ नर्म पड़ गई। 'अंकल, आप यहाँ क्या कर रहे हैं?'

'इसने मुझे बताया कि यह पत्रकार है', हिमाली ने कहा, 'इसने मुझसे कहा था कि यह मेरा इंटरव्यू लेना चाहता था।'

'ये पत्रकार ही हैं', हिमाल बोला, 'लेज़्ली अंकल ने मुझे बताया था। ये एक प्रसिद्ध अख़बार के लिए काम करते हैं।'

हिमाली का रुख़ बदल गया।

'सॉरी अंकल, मुझे लगा कि आप मुझे बुद्धू बना रहे थे। ऊपर आकर बैठिए न।'

'नहीं, नहीं, अभी वक़्त नहीं है। फिर कभी...'

पीटर ने भागने के लिए बहाना बनाया। अचानक उसको लगा कि इस सबके बीच कोई सूत्र था। लेकिन उसको समझ में नहीं आ रहा था कि यह सूत्र कहाँ जा रहा था। उसने ट्रेन पकड़ी और पुलिस स्टेशन चला गया।

'क्या मैं लेज़्ली से बात कर सकता हूँ?' उसने पूछा।

'अगर तुम चाहते हो तो मैं जेल वालों से कहलवा दूँगा', जेंडे ने कहा।

'मैं उससे जाकर मिलना नहीं चाहता हूँ बल्कि उससे एक सवाल पूछना चाहता हूँ।'

'कौन-सा सवाल?'

'मैं यह जानना चाहता हूँ कि हिमाली का भाई कहाँ काम करता था?'

'अच्छा, यह बात नोट्स में नहीं है। कल आना और तुम उससे फ़ोन पर बात कर लेना।'

~

अगली सुबह लेज़्ली ने ही पीटर और जेंडे से मिलने की इच्छा ज़ाहिर की। फ़ोन पर उसकी आवाज़ तेज़ और ग़ुस्से में लग रही थी।

'तुमको मुझे यहाँ से निकालना होगा पीटर', वह बोला, 'उस नौजवान का क़त्ल मैंने नहीं किया। न ही उस बच्चे का। तुम इस बात को जानते हो और सभी जानते हैं। जेल में जो उस तरह के लोग हैं वे भी जानते हैं और उन्होंने मुझे अपने फ़ोन का इस्तेमाल करने दिया। आ जाओ।'

सुनील ने पूछा कि क्या उसको किसी वकील का नम्बर चाहिए।

'मेरे ख़याल से जेंडे ही काफ़ी होगा', पीटर ने कहा।

जब वे आर्थर रोड जेल पहुँचे तो लेज़्ली ग़ुस्से में काँप रहा था।

'यहाँ...क्या तुम मेरी बात पर यक़ीन करोगे? मुझे एचआईवी नेगेटिव है। मेरे कहने का मतलब यह है कि मेरी बीमारी ख़तरनाक नहीं है। उन्होंने यहाँ जाँच की। मैंने सोचा कि क्यों परेशान हुआ जाए? मुझे पहले से ही पता है। लेकिन मुझे इस बात की ख़ुशी है कि सरकारी कामकाज के तौर-तरीक़े के कारण मुझे फिर से जाँच करवानी पड़ी, और मुझे यह पता चल गया कि मुझे यह ख़तरनाक बीमारी है ही नहीं', अन्तिम कुछ शब्दों से ख़ुशी छलक रही थी।

'तुम इतने निश्चिंत कैसे थे कि तुमको यह बीमारी है', पीटर ने पूछा।

'हाँ। मुझे लग रहा था। क्या तुम सोच सकते हो? यह सब उस छोटे शैतान हिमाल के कारण?'

अब सब कुछ साफ़ होता जा रहा था।

'उसी ने मुझे यह समझाया कि मुझे टेस्ट करवा लेना चाहिए। मेरे शरीर में इस बीमारी का कोई लक्षण नहीं था लेकिन उस शैतान ने ज़बरदस्ती मुझसे कहा कि मुझे जाँच करवानी चाहिए और फिर वह इस रिपोर्ट के साथ आया और उसने कहा कि मेरी वजह से हो सकता है उसको भी यह बीमारी हो गई हो इसलिए मैं जितना कम करूँ...'

'क्या उस आदमी के साथ तुम्हारा सम्बन्ध था?' जेंडे ने जान-बूझकर शान्त आवाज़ में पूछा।

'अरे यार, तुम मुझे उस जाल में फँसाना चाहते हो कि मैं अस्वाभाविक सेक्स की बात को क़ुबूल कर लूँ, नहीं? लेकिन हाँ, उस लड़के के साथ मेरे सम्बन्ध थे। अगर आप दो-चार बार ब्लोजॉब देने को सम्बन्ध का नाम देना चाहें तो। मेरे कहने का मतलब यह है कि वह तो मुझे चूमने भी नहीं देता था। मैंने उससे कई बार कहा भी कि केवल औरतें इस तरह के काम करती हैं लेकिन वह मेरी बात सुनता ही नहीं था। लेकिन क्या शरीर है उसका!'

जेंडे ने कुछ नहीं कहा लेकिन पीटर ने लेज़्ली को इशारा किया कि वह इस तरह की बात न करे जिससे जेंडे को शर्म आए।

'मैं अपनी स्थिति की नज़ाकत को समझता हूँ इसलिए मैं इससे उलटी बातें करूँगा। वह लड़का दिन-भर अण्डरवियर पहनकर घर में उछलकूद मचाता था और कहता था कि वह कुछ और करने के लिए भी तैयार हो सकता है मगर पहले मुझे एड्स का टेस्ट करवाना होगा। और उसने मुझे कहा कि वह पैथ लैब में काम करता है इसलिए वह टेस्ट करके इस बात को गुप्त रखेगा। और मैं इसलिए तैयार हो गया क्योंकि मैं हमेशा से बहुत सावधान रहता आया हूँ। मुझे याद है कि बेचारे राय ने होमियोपैथी के अलावा कुछ भी लेने से इनकार कर दिया था और ऐसे जताता था कि वह ख़ूब हँसेगा तो यह बीमारी चली जाएगी। और मैक तो धर्म-कर्म में लग गया था, बेचारा, मदर चर्च की बाँहों में ही चला गया, लेकिन मैं हमेशा से यही कहता था कि अगर कोई सेक्स नहीं करना चाहता तो कोई बात नहीं, समझे?'

जेंडे कुछ कहना ही चाहता था कि पीटर ने उसको बीच में रोकते हुए पूछा, 'इस तरह आप एड्स टेस्ट के लिए तैयार हो गए?'

'हाँ, सही में। मैंने सोचा कि मुझे यह अलग से करवा लेना चाहिए क्योंकि आप चिन्तित होने से ख़ुद को रोक नहीं सकते। मेरा मतलब है कि एक अच्छा तरीक़ा और मेरा काम हो जाएगा लेकिन अब लगता है कि हमेशा के लिए यहीं रहना होगा। क्या यह अन्त की शुरुआत है? कापोसी सरकोमा वायरस कब आने वाला है? ज़ाहिर है, अब इसके लिए तरह-तरह की दवाएँ बन चुकी हैं और सब कुछ क़रीब-क़रीब ठीक हो जाता है। लेकिन यह अब भी सामाजिक जीवन पर एक धब्बे की तरह देखा जाता है। नहीं? मेरे कहने का मतलब है कि आपको ऐसे दूसरे लोगों के साथ जीवन बिताना पड़ता है जिनको यह बीमारी होती है, और मैं इस बात को सहन नहीं कर सकता। और फिर यह हुआ कि मेरा एचआईवी पॉज़िटिव

निकल गया। लेकिन उसने मुझे अपनी बाँहों में ले लिया और दिलासा देने लगा...मत पूछो, इंस्पेक्टर को शर्म आने लगेगी।'

पीटर ने कोशिश की कि जेंडे के ऊपर उसकी नज़र न पड़े लेकिन वह कह सकता था कि वह हारा हुआ लग रहा था।

'और अगली ही सुबह वह मेरे लिए दूध लेकर आया और कहने लगा कि वह अपनी नौकरी छोड़ देगा और मेरी देखभाल करेगा क्योंकि मेरे अन्दर वायरस बहुत अधिक बढ़ गया है। उसने मुझसे कहा कि अगर मुझे पता था तो मुझे इतने दिनों तक इसको नज़रअन्दाज़ नहीं करना चाहिए था और कहने लगा कि मैं बहुत दुबला हो गया हूँ। वह मुझसे यह मनवाने में कामयाब रहा कि मैं मरने वाला हूँ। उसके बाद उसने मुझे अपनी बहन हिमाली और उसके पति सूरज के बारे में भयानक कहानी सुनाई। यह नामों का कितना अजीब जोड़ा था न? मेरे कहने का मतलब यह है कि सूरज की गर्मी से सारी बर्फ़ पिघल जाती है।'

'क्या?'

आख़िरकार जेंडे बोला, 'यह चालाकी कर रहा है, पीटर। हिमाली, बर्फ़, सूरज, यहाँ तक कि तुम भी इस बात को समझ जाओगे।' उसके बाद जेंडे ने कुछ झिड़कते हुए कहा और शान्त हो गया।

'बाद में चालाकी के और भी मौक़े आएँगे लेज़्ली। हिमाल ने तुमसे क्या कहा?'

'अरे यार, यह एक तरह से ग्रीक ट्रेजेडी जैसी बात है, और यह लड़का उसकी वजह है। देखो हिमाल पैसे बचा रहा था क्योंकि इसको विदेश जाना था और वहाँ जाकर इसको इस धंधे में बड़ा नाम बनाना था। यह अभी उस तरह का नहीं था। ख़ैर, यह विदेश जाना चाहता था, उस बहुत बढ़ाए-चढ़ाए गए ऐप्पल के पास, लेकिन इसकी माँ बीमार पड़ गई। उसको किडनी की परेशानी थी। मुझे लगता था कि यह लड़का भाग जाएगा लेकिन यह अपनी माँ को सच में बहुत प्यार करता था। इसलिए इसने पैसे निकाले और अपने बहनोई के साथ साझा खाते में डाल दिए। वह भी उस बूढ़ी से बहुत जुड़ा हुआ था और वह भी उसके इलाज में पैसे लगाना चाहता था। या हो सकता है कि वह इस लड़के से प्यार करता रहा हो। मुझे इस बात से हैरानी नहीं होगी। बात कुछ भी हो, वे उनके लिए एक किडनी ख़रीदने वाले थे। यह काफ़ी निंदनीय बात है लेकिन लोग ऐसा करते हैं और किडनी दान देने वाला एक किडनी के साथ ही रह लेता है। सब कुछ हो गया, सर्जन को भी

तैयार कर लिया गया, ऑपरेशन थिएटर बुक कर लिया गया और किडनी दान देने वाले ने अपनी क़मीज़ उतारी और उसकी पीठ पर निशान भी लगा दिया गया। मुझे ठीक से याद नहीं। ख़ैर जिस समय माँजी को लगाया जाना था सब ख़त्म हो चुका था। सब कुछ। सूरज हनी ट्रैप में फँस चुका था, प्रॉक्सी नामक उस लड़के ने उसको उसमें फँसा लिया था। हाँ, प्रॉक्सी ही नाम था। उसके बाद उसने इसको ब्लैकमेल किया और इसका सारा पैसा ले लिया। इसलिए हिमाल उन सब लोगों से बदला लेना चाहता था। उस लड़के से जो वहाँ खड़ा रहता था, उन पुलिसवालों से जो उसको चलाते थे, सब से। वह उन सभी लोगों को मारना चाहता था और उसने मार भी डाला। उसने मुझे यह बताया था कि किस तरह उसने बच्चे को बड़े प्यार से मारा था, क्योंकि वह जानता था कि किस तरह से बिना दर्द पहुँचाए यह काम किया जा सकता था, क्योंकि वह पैथ लैब में काम करता था। और फिर उसने मुझे यह बताया कि किस तरह उस बच्चे का पिता पागल हो गया और उसने दूसरे पुलिस वाले को मार डाला। पुलिस वालों को तो उसको मारना ही नहीं पड़ा। ऐसा लग रहा था कि उन लोगों ने ख़ुद को ही समाप्त कर डाला...ग्लानि और ग़ुस्से में।'

'और वह क्लर्क की जो कहानी थी?'

'वह सही है। मैंने उस क्लर्क से प्यार किया था और उसको खो दिया और उसके बारे में कुछ भी नहीं कर पाया। ये लोग सालों से यही कर रहे हैं, दूसरों की ज़रूरतों को लेकर पैसे बना रहे हैं। मैं अपने प्यारे श्वास के लिए कुछ नहीं कर सका—यही उसका नाम था, श्वास। मैंने उसको पैसे दिए कि वह इन लोगों को चुप करवा दे और मैंने उसको अपनी पूरी ज़िन्दगी दे दी होती, लेकिन उसने माँगना बन्द कर दिया और फिर चला ही गया। उसके लिए शर्म बहुत बड़ी थी। जब मैंने यह ख़बर सुनी तो मैं रोने के सिवा और कुछ भी नहीं कर पाया। मैं तो उसके अन्तिम संस्कार में भी नहीं गया। मैं उसकी क़ब्र पर भी नहीं गया क्योंकि उन्होंने उसको जलाकर उसकी अस्थियों को माँ गंगा में प्रवाहित कर दिया था। इसलिए मेरे लिए ग़म मनाने के लिए कुछ भी नहीं बचा।'

लेज़्ली ने रुककर पानी की माँग की और जब एक सिपाही पानी लेकर आया तो उसने हाथ के इशारे से उसको जाने के लिए कह दिया। कुछ समय बाद उसने फिर से बोलना शुरू किया।

'जब हिमाल ने मुझे बताया कि उसने क्या किया था तो मैं दिल से

इस बात को जानता था कि यह काम मुझे करना था। मुझे बाहर निकलकर अपने प्रेम का बदला लेना चाहिए था। मुझे उनके ऊपर भेड़िए की तरह टूट पड़ना चाहिए था। जबकि मैं बस बैठा रहा, भद्दे-भद्दे मज़ाक़ करता रहा, वायलेट क्रीम खाने में लगा रहा। हिमाल मुझे योद्धा जैसा लग रहा था, मानो बाहर निकल कर उसने अपने बहनोई और अपनी माँ के लिए लड़ाई लड़ी हो। हम्मूराबी की संहिता के अन्दाज़ में जान के बदले जान, उसने कहा और जब उसको लगा कि सुनने वाला अधिक सहानुभूति नहीं दिखा रहा है तो उसने फिर से कोशिश की। नहीं, आप कोई अन्दाज़ा नहीं लगा सकते कि उसने किस तरह से यह बात बताई। उसने इस बदले के लिए कितनी कोशिश की। सबसे पहले उसने यह पता लगाया कि किस-किस दिन सूरज ने पैसे निकाले। इसके बाद उसने सूरज का मोबाइल फ़ोन निकाला और उन लोगों को खोज निकाला जिनसे सूरज ने उस-उस दिन बात की थी जिस दिन सूरज ने भुगतान किए थे और तब जाकर उसको दो पुलिस वाले मिले। उसके बाद उसे इस लड़के प्रॉक्सी के बारे में पता चला। पहले उसका इरादा था प्रॉक्सी से बात करके यह बताने का कि उसने किस तरह ग़लत काम किया है। लेकिन जब उसने उसको शौचालय में देखा और उसको समझ आया कि वह अभी भी उस घटिया काम में लगा हुआ था तो वह अपने ऊपर क़ाबू नहीं रख पाया और उसने उसको मार डाला,' वह बोला।

'क्या वह अपने साथ चाकू लेकर गया था?'

एक पल को चुप्पी रही।

'इस बारे में मैंने सोचा ही नहीं', लेज़्ली ने घबराते हुए जवाब दिया।

'तुम इस बारे में सोचना नहीं चाहते', जेंडे बोला।

लेज़्ली ने कंधे उचका दिए। 'हो सकता है। हो सकता है कि मैं अंधा हो गया होऊँ। हो सकता है कि मैं यह सोचना ही नहीं चाहता था। लेकिन ऐसा लग रहा था कि उसको मुझसे यही उम्मीद थी, यह उम्मीद कि इस बात से मैं उसके ऊपर लट्टू हो जाऊँगा। और जब उसने मुझे यह बताया कि मेरे पास समय बहुत कम था तो मुझे लगा कि मुझे एक अच्छा काम करना चाहिए और इस इल्ज़ाम को अपने ऊपर ले लेना चाहिए।'

'सही क़दम?' जेंडे ने गुर्राते हुए कहा, 'तुम जानते हो कि यह कितनी बेवकूफ़ी का काम किया? क्या झूठ बोलना सही बात है? क्या हुआ होता अगर हम लोगों ने तब तुम्हारे ऊपर भरोसा कर लिया होता? अगर हम इस समय तुम्हारी बातों के ऊपर भरोसा न करें तो?'

लेज़ली का मुँह बन गया।

'सही कह रहे हो दोस्त, मैं बहुत बुद्धू हूँ। मेरे अन्दर हिम्मत की भी कमी है। मेरे कहने का मतलब यह है कि जब मुझे पता चला कि मुझे एड्स है तो लगा कि यह क़दम सही था, अब जब मुझे एड्स नहीं है तो पता नहीं क्यों मुझे यह नहीं सोचना चाहिए कि यह सही है।'

जेंडे उसकी तरफ़ अविश्वास के साथ देखने लगा फिर बोला, 'मुझे समझ में नहीं आ रहा है कि तुम क्या बात कर रहे हो लेकिन मैं यह देखूँगा कि मैं क्या कर सकता हूँ।'

'शुक्रिया', लेज़ली ने कहा, 'बहुत शुक्रिया। मुझे समझ में नहीं आ रहा है कि जो कुछ हुआ उसको किस तरह बताऊँ। मुझे तो यह भी नहीं लगता है कि मैं प्यार में था। लालसा, हाँ, लेकिन मैं जानता हूँ कि इससे किस तरह निपटा जाए। मेरे ख़याल से उसकी उम्मीद यही कि कोई उसके लिए बहुत अच्छा करे। मानो यह उसका हक़ हो और मुझे ऐसा लगा कि अगर मैंने उसके लिए ऐसा नहीं किया तो इसका मतलब होगा कि मैंने सुन्दरता का भी सम्मान नहीं किया। सुन्दर लोग ऐसे ही होते हैं, आपको ऐसा नहीं लगता?'

जेंडे उसको ऐसे देख रहा था मानो उसे कुछ भी समझ नहीं आया इसलिए लेज़ली ने बात बदलते हुए कहा, 'क्या मुझे वकील रख लेना चाहिए?'

'नहीं,' जेंडे ने कहा। 'जब ज़रूरत होगी, मैं बताऊँगा। फ़िलहाल हम तुम्हारे ऊपर से आरोप हटाकर तुम्हें छोड़ देंगे।'

पन्द्रह

वे अँधेरी गए। उनको उम्मीद यह थी कि फ़्लैट बन्द मिलेगा और उसमें रहने वाले ग़ायब होंगे। लेकिन दरवाज़ा हिमाल ने खोला। उसने सिर्फ़ लुंगी पहनी थी और वह भरपूर मर्दाना लग रहा था।

जेंडे इसके लिए तैयार नहीं था। उसने अपनी हैरानी को छिपाने के लिए अपनी भृकुटियाँ चढ़ा लीं। उसके बाद उसी ने पहल की।

'हम यहाँ एल.एस. पार्थस्ता के क़त्ल की जाँच के लिए आए हैं, जिसको प्रॉक्सी के नाम से भी जाना जाता था।'

'हाँ', पनियल आँखें चमकने लगीं और जबड़े भिंच गए।

'इस बात को मानने का हमारे पास कारण है कि तुम्हारे पास कुछ ऐसी सूचनाएँ हैं जो तुम हमारे साथ साझा करना चाहोगे।'

'मेरे ख़याल से आपने मिस्टर लेज़्ली को पहले ही गिरफ़्तार कर लिया है?'

'उनको कल छोड़ दिया जाएगा।'

'अच्छा।'

साफ़ था कि हिमाल ऊपर से शान्त दिखना चाह रहा था। वह हूँ-हाँ में ही जवाब दे रहा था।

'क्या तुम मरने वाले को जानते थे?'

'नहीं।'

'क्या तुम्हारा सब इंस्पेक्टर पी. के. डुर्रा से किसी तरह का सम्पर्क था या जी. जी. पैगमेट से?'

'नहीं', उसकी आँखों में हल्की-सी चमक आई।

'इतवार की रात तुम कहाँ थे?'

'मैं अपनी बहन के साथ था।'

'क्या वह क़ानून के सामने शपथ लेकर यह बात कहेगी?'

हिमाल ने मुस्कुराते हुए कहा, 'क्यों नहीं कहेगी? यह सच है।'

'सच का फ़ैसला तो अदालत में होगा।'

'मैं इसको लेकर निश्चिन्त हूँ।'

थोड़ी देर ख़ामोशी रही। उसके बाद जेंडे ने फिर कहना शुरू किया।

'तुम काम कहाँ करते हो?'

'फ़िलहाल मैं कहीं काम नहीं करता।'

'आख़िरी बार तुमने कहाँ काम किया था? हमें ऐसा लगता है कि तुम किसी पैथ लैब में काम करते थे?'

'बांद्रा में पाथफ़ाइंडर पैथ लैब में।'

'वहाँ तुम्हारा काम क्या था?'

'मैं लैब असिस्टेंट था।'

'वहाँ तुम किस हैसियत से काम करते थे?'

'मैं सैम्पल लेता था और लोगों के घर जाकर उनको इंजेक्शन देता था।'

'क्या तुम इंसुलिन की सूई भी देते थे?'

उसे कोई हिचक नहीं हुई। 'बहुत से लोगों को। डायबिटीज़ की बीमारी बहुत से लोगों को है।'

'तुमने वहाँ से काम छोड़ क्यों दिया?'

'हाल में ही मेरी माँ का देहांत हुआ है।'

'उनकी मृत्यु कैसे हुई?'

'वह बूढ़ी हो गई थीं।'

'हमारी सूचना यह बताती है कि उनकी मृत्यु एक अस्पताल में हुई।'

'हाँ।'

'जहाँ तुम उनके लिए किडनी ट्रान्सप्लांट का इन्तज़ाम कर रहे थे?'

'हम उनको लेकर बदामा अस्पताल गए थे। वहाँ के डॉक्टर उनका इलाज कर रहे थे।'

'तुम्हारे संयुक्त खाते में काफ़ी रकम थी, जो खाता तुम अपने बहनोई सूरज पटेल के साथ चलाते थे। उसका क्या हुआ?'

एक पल की झिझक के बाद वह बोला, 'आपको उसी से पूछना चाहिए।'

'तुम्हारे बहनोई की मृत्यु हो चुकी है।'

'और यह जवाब भी उसके साथ ही चला गया। और पैसे भी। इसके लिए मुझे कैसे दोषी ठहराया जा सकता है?'

'क्या तुम्हारे बहनोई को कोई ब्लैकमेल कर रहा था?'

'मुझे नहीं पता। मुझे बस इतना पता है कि एक दिन उसने आत्महत्या कर ली और हमने पाया कि हम लोगों ने जो पैसे बचाए थे वे ग़ायब थे।'

'उस खाते में तुमने कितने पैसे रखे थे?'

'मुझे लगता है आपको पता है। काफ़ी पैसे थे।'

'पाथवेज पैथोलोजिकल लेबोरेटरीज में तुमने कितना कमाया था?'

'मुझे नहीं लगता है कि मुझे यह बात आपको बतानी चाहिए।'

'मैं आसानी से पता लगा सकता हूँ।'

'फिर तो मेरा सुझाव है कि आप ऐसा ही कीजिए प्लीज़।'

साफ़ लग रहा था कि यह बातचीत किसी दिशा में बढ़ती दिखाई नहीं दे रही थी।

'मैं तुमसे कहना चाहता हूँ कि तुम शहर छोड़ कर मत जाना और अगर जाना भी तो मुझे उस जगह का पता बता देना जहाँ तुम जा रहे हो।'

एक बार फिर से उन आँखों में कुछ कौंधा लेकिन तत्काल उस चमक को दबा दिया गया।

'मैं ऐसा ही करूँगा।'

लिफ़्ट में नीचे जाते समय जेंडे ने कहा, 'यह अच्छा हुआ। अब हमें पता है। यही आदमी है। मैं कह सकता हूँ।'

'इंट्यूशन?'

'तुम्हारा जो जी चाहे कह लो। कुछ लोग होते हैं जो मार देते हैं। कुछ लोग होते हैं जो नहीं मारते। तुम्हारा दोस्त? वह किसी को मार नहीं सकता। यह आदमी? बहुत आराम से किसी को मार सकता है।'

'केवल...'

'हाँ, लेकिन ऐसा मत कहिए। मुझे पता है कि मैं इस तरह की भावना को अदालत लेकर नहीं जा सकता। अब हम लोगों को पक्के सबूत जुटाने की ज़रूरत है। इससे सहूलियत हो जाएगी। सबूत तैयार हो जाने के बाद आसानी हो जाएगी।'

शुरुआत उन्होंने पाथवेज पैथोलोजिकल लेबोरेटरीज से की। हिमाल को वहाँ कितना वेतन मिलता था, इसके बारे में पता करने में उनको ज्यादा परेशानी नहीं हुई। वहाँ के मैनेजर ने कोशिश की इस बात को छिपाने की लेकिन जेंडे ने बस इतना कहा कि यह हत्या की जाँच का मामला था और अगर सहयोग किया गया तो प्रेस में और आगे के सभी

काग़ज़ात में कंपनी का नाम उजागर नहीं किया जाएगा। हिमाल का वेतन किसी तरह से गुज़र-बसर के लायक था, वह तो इतना कम था कि बांद्रा के पेइंग गेस्ट में रहने का खर्च भी वहन नहीं किया जा सकता था, माँ के इलाज में कई लाख खर्च करने के लिहाज से तो बिलकुल कुछ भी नहीं था। यह भी साफ़ था कि इस सबके बावजूद उसके पास अपने लिए भी काफ़ी धन था।

'तुम्हारे पास इस बंदे की तस्वीर है?' जेंडे ने पूछा।

एचआर की फ़ाइलों को खँगाला गया और उसकी एक तस्वीर मिल गई। जेंडे ने राहत की साँस ली क्योंकि उस तस्वीर में जो आदमी था उसने लैब की वर्दी पहन रखी थी।

'इससे लोगों को उसको याद रखने में मदद मिलेगी।'

'क्या पता उसको आम कपड़ों में दिखाया जाए तो शायद बेहतर हो', पीटर ने कहा।

'बहुत हो गया', जेंडे ने अधीर होते हुए कहा। 'ये कोई तुम्हारा क्राइम शो नहीं है। यह मुंबई है और हम मुंबई पुलिस हैं। यहाँ सब इसी तरह से होता है। यहाँ कोई एक फोटो लेता है और उसको दिखाते हुए कहता है, 'यही वह आदमी था जिसको आपने देखा था?' अगर वह वही आदमी हुआ जिसको उन्होंने देखा होगा तो वे हाँ कहेंगे और अगर तुम उनको यह कहोगे कि 'क्या अदालत में वे इस बात को कहेंगे?' तो वे कहेंगे कि 'कोर्ट कचहरी? यह सब हम से नहीं होगा। हम लोग अच्छे लोग हैं।' एक दिन इन अच्छे लोगों में से भी किसी को कभी गवाही की ज़रूरत पड़ेगी तो उनको यह समझ में आएगा कि यहाँ के इज़्ज़तदार लोग उनके लिए भी नहीं निकलेंगे। तब यह उनको ठीक कर देगा।'

पीटर को समझ में आ गया कि जेंडे उस शाम अपने पसंदीदा विषय पर बोले जा रहा था।

'अब क्या?'

'अब हम लोग वापस तुम्हारे उस दोस्त हिमाल जुगलकिशोर साह से मिलने जाएँगे।'

हिमाल ने उनका स्वागत पहले की ही तरह सामान्य भाव से किया।

'हमें पता चल गया है कि पाथवेज पैथेलोजिकल लैब में तुम कितना कमा रहे थे।'

'अच्छा।'

'तुमने इतनी सारी बचत कैसे कर ली? मेरे ख़याल से तुम्हारे एक खाते में ही चार लाख से अधिक रुपए हैं। अगर इसमें से आधा भी तुम्हारा है तो कुछ महीनों की कमाई के हिसाब से देखें तो यह राशि बहुत अधिक है।'

मैं साथ में कुछ और काम भी करता हूँ।'

'किस तरह का काम?'

'मैं लोगों को इंजेक्शन लगाने का काम करता था।'

'यह तो तुमने हमें बताया था। इसके लिए तुमको कितने पैसे मिल जाते थे?'

'कभी सौ तो कभी डेढ़ सौ। जो जितना दे सकता था देता था।'

'तुम नौ घंटे की शिफ़्ट में नौकरी करते थे और फिर तुम्हारे पास इसके लिए भी समय होता था कि शहर में जा-जा कर लोगों को सूई लगाते थे?'

'मेरी माँ बीमार थीं और मुझे कड़ी मेहनत करनी पड़ती थी।'

'तुमको तब कैसा महसूस हुआ जब तुम्हें पता चला कि बैंक से तुम्हारे वे पैसे ग़ायब थे, जो तुमने बहुत मेहनत से कमाए थे?'

'मैं बहुत दुखी हुआ था।'

'दुखी?'

'अगर मेरी माँ रही होती', पीटर ने कहा, 'तो मैं दुखी नहीं होता बल्कि मुझे ग़ुस्सा आ गया होता।'

हिमाल दोनों को घूरकर देखने लगा। ऐसा लग रहा था जैसे सब्र का बाँध टूट गया हो।

'ग़ुस्सा? क्या आपको ग़ुस्सा शब्द का मतलब पता भी है? चलो ठीक है, मैं कह देता हूँ कि मुझे ग़ुस्सा आ गया। मैं दुखी था? ये सब महज़ शब्द हैं इंस्पेक्टर। इनसे यह नहीं समझ में आता कि तब कैसा महसूस होता है जब आपकी माँ मर रही हो और उसको बचाने के लिए आपने कोई कसर न छोड़ी हो और आपको पता चले कि किसी ने आपके सारे पैसे निकाल लिए। आप उसको क्या कहेंगे फिर? वह आपको स्ट्रेचर पर लेटी देख रही हो। उसको लग रहा हो कि आप उसको बचा लेंगे। और उस समय तक आपको भी महसूस हो रहा हो कि आप उसको बचा लेंगे। डॉक्टर तैयार हो। अस्पताल तैयार हो। बस पैसे ही नहीं बचें। सब चला गया।

'कुछ पुरुष सोच सकते हैं कि मुझे बदला लेना चाहिए। मुझे उन लोगों को मार डालना चाहिए जिन लोगों के कारण मेरी माँ की मृत्यु हुई,

मुझे उनसे वह ले लेना चाहिए जो उन लोगों ने मेरी माँ से ले लिया। आँख के बदले आँख, दाँत के बदले दाँत, किडनी के बदले किडनी। कुछ लोग इस तरह से सोचते हैं। कुछ लोग ऐसा भी सोचते हैं कि मुझे उनको सबक़ सिखाना चाहिए। लेकिन ज़िन्दगी ऐसी नहीं होती है इंस्पेक्टर। ज़िन्दगी ऐसे लोगों से भरी हुई है जो यह कहते हैं कि तुम्हारे पास डिग्री क्या है? तुम एमबीए क्यों नहीं कर लेते? वे आपको होटल में डिनर के लिए बुलाएँगे और अगली ही सुबह उनके सेक्रेटरी का फ़ोन आएगा कि वह विदेश चले गए हैं। सबको काम मिल जाता है लेकिन आपको लैब टेक्नीशियन के जॉब से काम चलाना होता है। इसलिए आप अपने आप से कहते हैं कि चलो यही क़िस्मत है मेरी और आप अपने आपको दिलासा देते हुए जो काम है उसी में लगे रहते हैं। और आपको क्या मिला? आप यह पाते हैं कि पुलिस आपसे आकर सवाल पूछती है। आप यही पाते हैं। आप मेरे पड़ोसी को तो जानते हैं न? उसका नाम जोटिन पेरी है और वह एक पत्रकार है। मैं जाकर उसको कह देता हूँ कि आप मुझे परेशान कर रहे हैं और मैं उससे कहूँगा कि वह अख़बार में यह छाप दे। मैं उससे कहूँगा कि वह अख़बार में जाकर यह छाप दे कि आप अपना काम नहीं कर सकते हैं इसलिए आप अपने दोस्त को झूठ-मूठ में फ़ैशन शूट के लिए भेजते हैं और एक ऐसी महिला को परेशान करते हैं जिसके पति की हाल में ही मृत्यु हुई हो। और आप एक ऐसे मेहनती और ईमानदार आदमी को मानसिक रूप से प्रताड़ित करते हैं जिसकी माँ की हाल में ही मृत्यु हुई है। आने के लिए आपका शुक्रिया। अब मैं आपको बाहर जाने का रास्ता दिखा देता हूँ।'

बाहर जेंडे मुस्कुरा रहा था।

'इसने क़ुबूल कर लिया। देखा, वे हमेशा यह कहने के लिए तत्पर रहते हैं कि उन्होंने क्या किया है।'

'नहीं, उसने क़ुबूल नहीं किया है...'

'मैं जानता हूँ कि उसने क्या कहा और क्या नहीं कहा। अगर उसने यह कहा भी होता कि मैंने बच्चे को मार डाला, मैंने उस आदमी को काट डाला तो भी मैं उसका उपयोग नहीं कर सकता था। पुलिस के सामने दिए गए बयान अदालत में नहीं चलते। लेकिन अब इस बात में कोई शक नहीं रह गया है कि हत्यारा यही है। हमें तो बस सबूत की तलाश करनी है। किसने किया इस बात का पता लगाना कोई मुश्किल काम नहीं, मुश्किल इस बात का पता लगा पाना होता है कि कैसे किया? तुम इस बात को जानते हो

न पीटर, इसलिए जाओ और अपने दोस्त से पूछो कि यह माँ का लाड़ला किराया कितना देता था? उसके पास ये पैसे आए कहाँ से?'

~

दुर्भाग्य से, लेज़्ली उसकी मदद नहीं कर पाया। हिमाल किराया देने के लिए तैयार तो हुआ था लेकिन उसने कभी दिया नहीं, और लेज़्ली ने उसको घर में रख तो लिया था लेकिन उसको इस बात की उम्मीद कभी नहीं थी कि वह किराया भी देगा।

'वह हर बार यही कहता था कि किराया दे देगा, बस उसको कुछ समय चाहिए', लेज़्ली ने कहा, 'मैं बोर हो गया तो मैंने पूछना ही छोड़ दिया। मैं बस इंटरटेनमेंट टैक्स लेता था।'

पीटर ने कनखियों से न देखने की पूरी कोशिश की।

'मैं जानता हूँ कि तुम क्या सोच रहे हो पियरली गेट्स के सेंट पीटर। लेकिन तुमको इस बात का कोई इल्म नहीं है कि उम्र के साथ कोई कितना अदृश्य हो जाता है। उसने मुझे दृश्य बनाया।'

पीटर को समझ में नहीं आ रहा था कि इस बात का क्या जवाब दे।

'और हाँ, मैंने उसको पैसे भी दिए। और यह केवल मनोरंजन की बात ही नहीं थी...मैं तुमको किस तरह बताऊँ। उसमें एक अजब तरह का जोश था जो अपनी तरफ़ खींचता था। नहीं, यह सही शब्द नहीं है। मुझे ऐसा महसूस होता था कि वह ज्वालामुखी जैसा है, जो फटने के लिए तैयार रहता था लेकिन केवल मैं उसको शान्त रखता था। यह इतनी बड़ी बात थी। उसके अन्दर हमेशा कुछ सुलगता रहता था।'

उसे पितले के शब्द याद आए : ग़ुस्से की तलाश करो।

लेज़्ली ने अपने चेहरे पर तकिया टिकाया हुआ था।

'पीटर तुम इस बात को नहीं समझ सकते कि अपनी चीज़ों के बीच वापस आकर मैं कितना ख़ुश हूँ।'

'तुम्हीं तो हीरो बनने चले थे।'

'तुम मुझे बता रहे हो। मैंने यह उम्मीद नहीं की थी कि जेल इतना भयानक होगा। मेरा मतलब यह नहीं है कि जेल में रियलिटी टीवी के स्टार मिलते जो जेल लुक ऑफ़ द ईयर के लिए वहाँ हों लेकिन वहाँ दुर्गन्ध बहुत थी और वह जगह बहुत बोरिंग थी। मुझे लगा कि मुझे कहना चाहिए कि मैं कुछ पढ़ाना चाहता हूँ, बोलचाल की अंग्रेज़ी या कुछ और, लेकिन

मैं अपने आपको अध्यापक के रूप में देख नहीं पा रहा था। मैं अपने आपको अपराधी के रूप में भी नहीं देख पा रहा था। मैं अपने आपको इसके सिवा और किसी रूप में नहीं देख पा रहा था कि मैं मर रहा हूँ। मैं जानता हूँ कि हम सबको एक दिन मरना है। लेकिन जब मौत पास होती है, और जब कोई आपसे लगातार यह कहता रहता हो कि आपके दिन पूरे हो रहे हैं क्योंकि इसकी संख्या बढ़ रही है उसकी संख्या घट रही है, तो आपको लगता है कि आँकड़े झूठ नहीं बोलते, इसलिए भले मैं ख़ुद को बेहतर महसूस कर रहा हूँ लेकिन मैं मरने वाला हूँ। तुम नहीं समझ सकते हो कि यह कैसा होता है।'

वह जब वहाँ बैठकर कम होती रोशनी के बीच उसे देख रहा था तो पीटर को समझ आया कि जाँच में लेज़्ली बहुत उपयोगी हो सकता है। इस तरह से कि सब कुछ समलैंगिकों के संसार से जुड़ा हुआ है, जिनको मजबूरन शौचालयों में मिलना पड़ता है और भेदभाव वाले क़ानून के कारण उनको ब्लैकमेल का डर बना रहता है। शायद वह इस दुनिया को बेहतर तरीक़े से समझता हो...

'लेज़्ली, क्या तुमको लगता है कि तुम इस जाँच का हिस्सा बन सकते हो?' उसने पूछा।

'मुझे जो पता था मैंने बता दिया', लेज़्ली ने तत्काल जवाब दिया, लेकिन उसकी बुझी हुई चालाक आँखों में चमक आ गई थी।

'मैं जानता हूँ', पीटर ने कहा, 'लेकिन इस केस का लगता है किसी अवैध कामकाज या किसी और बात से लेना-देना ज़रूर है।'

'और मैं, जिस तरंग से नैतिकता में ज्ञान काम आता है, उसी तरह से मैं अँधेरी दुनिया में तुम्हारा मार्गदर्शक बन जाऊँगा?' लेज़्ली ने पूछा। 'सुनने में यह बहुत ख़ुश करने वाली बात लगती है लेकिन मेरे प्यारे पीटर मैं तुमको बताना चाहता हूँ कि यह नाइट-टाइम जॉब होगा। हमारी दुनिया तब जगती है जब सूरज डूब जाता है। तुमको अपनी बहुत-सी नींद खोनी पड़ जाएगी।'

पीटर का दिल डूब रहा था। उसको अपनी नींद से बहुत प्यार था। वह यह तय करना चाहता था कि कब और कैसे उसने पाया और यह कब शुरू हुआ और कब इसका अन्त हुआ और वह इसको पाने के लिए कहाँ जाता था। लेकिन वह मुस्कुराने लगा और ऐसा जताने की कोशिश करने लगा कि वह सदा से यही करना चाहता था।

'कब से शुरू करना है?' पीटर ने पूछा।

'अभी से अच्छा समय कौन-सा हो सकता है', लेज़्ली ने कहा, 'तुम घर जाकर अच्छी तरह से तैयार होकर वापस मुझसे चर्च गेट पर आठ बजे मिल सकते हो?'

'अच्छी तरह तैयार होने का क्या मतलब है?'

'पता नहीं। मुझे नहीं लगता है कि तुमने जो कपड़े पहन रखे हैं वह इससे कुछ ज़्यादा अलग होगा। लेकिन अपनी क़मीज़ पैंट के अन्दर खोंस लेना। बाल झाड़ लेना। और हाँ, गहरे रंग के कपड़े, प्लीज़।'

'गहरे रंग के कपड़े क्यों?'

'ख़ुद को छिपाने के लिए मेरी जान। इसके अलावा, आजकल भारत में काला ही नया पिंक है।'

पीटर को इस बात का मतलब समझ में तो नहीं आया लेकिन उसको लगा कि यह एक तरह का मज़ाक़ था, वह हँसने लगा।

घर में जब उसने मिली को बताया कि वह कहाँ जा रहा था तो इस बार वह कुछ हैरान हुई।

'तुम जानते हो कि तुम्हारे पापा अब क्या कर रहे हैं?' मिली ने अपने बेटे से पूछा।

'मैं मुम्बई के समलैंगिक संसार के बारे में अधिक पता लगाने जा रहा हूँ', पीटर ने अपने बेटे की आँखों में देखते हुए कहा। सुनील उनको देखकर मुस्कुराने लगा।

'मज़े कीजिए डैड।'

'ध्यान रखना नौजवान', पीटर ने उसकी तरफ़ उँगली उठाते हुए कहा, 'मुझे पहनने के लिए तुम्हारी एक शर्ट चाहिए। और अंकल शिवा को फ़ोन करके कहो कि मुझे हिमाल शाह की एक तस्वीर चाहिए। मैं बीस मिनट में लेने आऊँगा।'

~

'अरे पीटर, कितने अच्छे लग रहे हो', लेज़्ली ने कहा, जो ए.एच. व्हीलर के स्टॉल पर झुका हुआ था जहाँ अख़बार, पत्रिकाएँ, किताबें और रेलवे के कुछ मिनिएचर भी बिकते थे।

'मुझे सुनील से एक काली टी शर्ट माँगनी पड़ी', वह बोला, 'लेकिन काला किसलिए पहनना है?'

'हम जिन स्थानों पर जाएँगे उनमें से अधिकतर खुली जगहों में हैं, समझ गए न मैं क्या कह रहा हूँ', लेज़्ली ने कहा और दोनों नॉर्थ एंड सबवे के एक प्लेटफ़ॉर्म पर चलने लगे। 'इसलिए सबसे अच्छा है कि उनके जैसे हो जाओ। यह ज़रूरी है कि तुम दूर से ही न पहचान लिए जाओ।'

'हम जा कहाँ रहे हैं?'

'मैंने सोचा कि तुम्हारी शिक्षा मदरशिप से शुरू की जाए। यहीं से हम सब ने समलैंगिक संसार में अपनी यात्रा शुरू की थी : येलो स्टोन रोड। तो वहाँ चलते हैं, तुम और मैं, जब आकाश में शाम ढल जाए, जैसे टेबल पर किसी मरीज़ को ईथर दिया जाता है।'

वे उस उमस-भरी रात में निकल पड़े। पीटर ख़ाली ओवल मैदान में लेज़्ली के पीछे-पीछे चल रहा था।

'यह भी बहुत गर्मजोशी से भरी जगह है। मैंने यहाँ कई बार ख़ुशियाँ मनाई हैं। पहली बार सी-फ़ूड यहीं खाया था।'

'बिलकुल नहीं, क्या तुम घर में मछली नहीं खाते?'

'अरे मेरे प्यारे पीटर। मैं समझाता हूँ। सी-फ़ूड समलैंगिकों की दुनिया की भाषा है, जो समुद्री यात्री के लिए प्रयोग में लाई जाती है। मेरे ख़याल से बड़ी संख्या में लोग बन्दरगाह पर उतरकर पास के रेड लाइट क्षेत्र में जाते हैं। लेकिन उनमें से कुछ हमारे पास आते हैं। शायद वे पूरी तरह से समलैंगिक ही होते हैं। शायद समुद्री लहरों पर यात्रा करते हुए उनको इसकी आदत लग जाती हो। पता नहीं। लेकिन हम लोग इसी को सीफ़ूड कहते हैं।'

पीटर ओवल के फैले विस्तार को देखने लगा।

'लेकिन तुम लोगों को कुछ करना हो तो कहाँ करते हो?'

'मेरे प्यारे दोस्त, तुम यह नहीं सोचते कि हम यहाँ इतनी दूर आते थे? यहाँ हम उनको खोजते और फिर उनको लेकर कहीं और चले जाते थे।'

'और क्या तुमको इसके लिए पैसे देने पड़ते?'

'नहीं। यह बात पैसे देने की नहीं थी। न ही यह प्यार की बात थी। यह बात वासना की होती है। इस तरह, यह सिर्फ़ वासना ही है। यह इस तरह की बात है कि जो आपको पसन्द है उसकी तलाश करना, और उसने भी आपको पसन्द किया तो आप उसके साथ घर गए, मस्ती की और फिर वह वापस चला गया। यह इतना साफ़-सुथरा, इतना स्पष्ट, और हर तरह से इतना मुफ़्त होता था कि हम लोग सबके साथ, अनेक लोगों के साथ सम्बन्ध बनाते। मैं कभी एक ही आदमी के साथ दुबारा नहीं सोया।'

पीटर ने यह सब तब पढ़ा था जब वह अख़बार में काम करता था और एड्स की व्यापकता को लेकर एक कॉपी को सम्पादित कर रहा था। लेकिन यह अलग था जो उसको एक ख़ास आदमी बता रहा था जिसने इस तरह के ख़ास काम किए थे और जिसने इस तरह के चुनाव भी किए थे।

'लेकिन ऐसे लोग भी तो होते होंगे जो पैसे देते हों?'

'अरे, हमेशा ही ऐसे लोग होते रहेंगे जो पैसे देंगे। इसके निंदक तो यह भी कहेंगे कि इसमें हमेशा सब कुछ पैसों से ही होता है। किसी न किसी रूप में। लेकिन मेरे ख़याल से लेन-देन दो तरह का होता है जिनमें से एक तब होता है जब सब कुछ शुरू होने से पहले सौदा किया जाता है। उनमें से कोई पैसों की बात करना शुरू कर देता है और जब सब कुछ सही रहता है तो एक राशि तय हो जाती है। ऐसे लोगों को हम पेशेवर कहते हैं। दूसरी तरह का लेन-देन वह होता है जब इसकी शुरुआत हो जाती है तो उसके बीच में या उसके हो जाने के बाद पैसों के बारे में बातचीत की शुरुआत होती है। ऐसे लोगों को हम छलिया कहते हैं।'

वे रीगल का चक्कर लगाते हुए ताज की तरफ़ बढ़ रहे थे। वहाँ की दुनिया बहुत चमकदार थी। वहाँ लोग बड़े-बड़े ग़ुब्बारे लेकर चल रहे थे, दोनों तरफ कई कई फ़ीट तक, और कुछ संगीत के साज और नक़्शे बेच रहे थे। उसके बाद दोनों एक ऐसी सड़क पर आ गए जहाँ पीटर पहले भी कई बार आ चुका था लेकिन रात में उसकी रंगत ही कुछ और हो गई थी। इस तरह के पर्यटन स्थलों पर जिस तरह का शोरगुल होता है वह सब यहाँ भी था : हवा मिठाई वाला, चना सिंग वाला, साइकिल पर कॉफ़ी लेकर चलने वाला, हाथ देखने वाला और पोस्टकार्ड बेचने वाला। एक पूरा परिवार घूमने के लिए आया हुआ था और अपने मौज-मस्ती के अन्तिम दौर में चीख़ते-चिल्लाते हुए सब उसका पूरा मज़ा उठा लेने के चक्कर में थे। कुछ जोड़े समुद्र के किनारे समुद्री दीवार के ऊपर झुककर एक-दूसरे से डूब कर बातें कर रहे थे। उनके चेहरे एक-दूसरे के बहुत पास थे, उनकी साँसें घुल-मिल रही थीं। वे स्थायी रूप से दुखी भाव में रहते थे। इनके अलावा, जॉगिंग करने वाले, टहलने वाले, दौड़ने वाले भी थे। वहाँ गोरे भी थे, भूरे भी थे और अश्वेत भी।

लेकिन बात यह नहीं थी।

उस रात सड़क पर जो ख़ास तरह की रोशनी आ रही थी बात उसमें थी। नहीं, उसने सोचा, नहीं। यह अँधेरा है। यहाँ एक गहरा अँधेरा है, समुद्र

का अँधेरा। रोशनी और बाहर का कोलाहल उससे लड़ने की कोशिश कर रहा हो लेकिन अन्त में हार जाएगा। समुद्र गहरा है और जीत समुद्र की होगी। एक लहर उठी और गिर गई और उसने रोशनी की एक लहर बटोर ली। लेज़्ली एक ख़ाली स्थान पर बैठ गया और उसने अपने बग़ल की सड़क पर हाथ से थपथपाया।

'अगर तुम यह पूछने वाले हो कि यही सड़क क्यों, तो मत पूछना। मुझे लगता है कि यह कोलाबा के पास है और पुराने दिनों की सारी बदमाशियाँ यहीं होती थीं। कुछ पुराने ज़माने की रानियाँ तुमको बताएँगी कि यह सब अरबों ने शुरू किया।'

'मतलब?' पीटर ने ख़ुद को उसके लिए तैयार किया जो वह नहीं सुनना चाहता था।

'उन दिनों की बात है जब पेट्रो डॉलर की आमद शुरू हुई थी, और अरब के लोग मुम्बई में बारिश देखने के लिए आने लगे थे। और ताज यह देखने के लिए बहुत सही जगह पर था कि बादल किस तरह छाते हैं, किस तरह बरसते हैं। मेरा एक दोस्त यहाँ रहता था जो बताता था कि वे लोग हमेशा खिड़की खोलकर रखते थे, ताकि बारिश का आनन्द उठा सकें, और एयर कंडीशनर के दबाव को कुछ कम किया जा सके। और कुछ लोग किनारे की तरफ़ ही रह जाते थे, उनको नीचे की सड़क से स्थानीय बच्चे आवाज़ देते रहते थे।'

पीटर ने आसपास देखा और कल्पना करने की कोशिश की।

'क्या पुलिस उनको भगाती नहीं थी?'

'इस बारे में मुझे नहीं पता। मैं यहाँ था नहीं। मैंने जो कुछ सुना है वही बता रहा हूँ तुमको। लेकिन हो सकता है कि वूडू और गोकुल समलैंगिकों के अच्छे अड्डे बन गए हों। लेकिन इन बातों के बारे में मैं निश्चित रूप से कुछ नहीं कह सकता। मैं बांद्रा की रानी थी और यह सीमा से दक्षिण की तरफ़ था, मेरे लिए नीचे मेक्सिको जाने जैसा।'

एक पल के लिए ख़ामोशी छा गई।

'अब मुझे यह बताओ कि हम क्या ढूँढ़ रहे हैं?'

'हिमाल के बारे में और कुछ।'

'कुछ तो मैं बता सकता हूँ।'

'चलो सुनाओ।'

'ऐसे नहीं पीटर। मुझसे जो पूछना है सवाल में पूछो।'

'क्या वह समलैंगिक है?

'पीटर तुम विपरीत सेक्स में रुचि रखने के अपने स्वभाव को लेकर अधिक होशियारी दिखा रहे हो। ठीक है, कुछ ऐसे पुरुष भी होते हैं जो इस संसार में अपनी राह बनाना चाहते हैं। पुरुष बेशक शार्प जैसे किरदार भी हो सकते हैं। लेकिन देखो हम सब किसी न किसी रूप में समझौते तो करते ही हैं ना? मैं एक लेखक बनना चाहता था लेकिन मैं एक कॉपीराइटर बनकर रह गया। कुछ पुरुष यहाँ अपने लिए रेखा खींच लेते हैं : मैं शेखीबाज नहीं बनूँगा। कोई वहाँ एक रेखा खींच देता है : मैं अपने शरीर का इस्तेमाल नहीं करूँगा। कुछ लोग जो चाहते हैं उसको लेकर इतने समर्पित रहते हैं कि वे उसके लिए कुछ भी करने के लिए तैयार रहते हैं। हिमाल ऐसे लोगों में एक है। उसके पास अच्छा शरीर है और वह उसका इस्तेमाल करेगा, क्योंकि वह दिमाग़ के इस्तेमाल से आसान और तेज़ होता है। उसके शरीर को मैंने देखा है, वह कोई साधारण नहीं है, लेकिन वह बहुत जल्दबाज़ी में है।'

'तुमको क्या लगता है, हिमाल को क्या चाहिए?'

'वही जो उसकी पीढ़ी के सब लोगों को चाहिए। उनको वह चाहिए जिसको वे लाइफ़स्टाइल कहते हैं। मेरे कहने का मतलब है कि एक समय इस तरह के लड़कों को बेनेटन की शर्ट और वीआईपी का अण्डरवियर चाहिए होता था। आज वे सिंगापुर से सूट ख़रीदना चाहते हैं, और उनको केल्विन क्लेन की चड्डी चाहिए। और यह तो बस कपड़ों की बात है। इस माँग को कई गुना कर लीजिए। सही इलाक़े में सही फ़्लैट, कार या एसयूवी, या कार और एसयूवी, स्मार्ट फ़ोन, और इसलिए तुम समझ सकते हो कि वे हमेशा मोलभाव में क्यों लगे रहते हैं। पुराना ज़रिया शिक्षा थी, लेकिन शिक्षा का रास्ता ऐसा नहीं है जिसका उपयोग सब कर सकते हों। अगर कोई पढ़ने-लिखने के रास्ते पर नहीं चल सकता है तो उसके लिए क्या? अगर आपका दिमाग़ ग़लत हो गया तो? या आपको शुरुआती दिनों में सही मात्रा में पोटैशियम न मिला हो। लेकिन अगर दूसरी तरफ़ आपके पास अच्छा शरीर हो और आपको ऐसा लगता हो कि इसका इस्तेमाल करके मैं दुनिया में कहीं जा सकता हूँ तो क्यों नहीं इस्तेमाल किया जाए?'

कुछ अधिक उम्र का बिखरी ज़ुल्फ़ों वाला एक आदमी वहाँ आया और बोला, 'लेज़्ली? तुम यहाँ क्या कर रहे हो? मुझे लगता है कि तुमको सच्चा प्रेमी मिल गया?'

'अरे सिरिन। शर्म की बात है।'

'क्यों? क्या हुआ?'

'यह लम्बी कहानी है।'

'मुझे लम्बी कहानी सुनना पसन्द है। तुम्हारे साथ कौन है?'

'हेलो, मैं पीटर फर्नांडिस', पीटर ने कहा।

'मैं फ़ांज़ हूँ', उस आदमी ने कहा और लेज़्ली की तरफ़ देखकर बोला, 'क्या यह वर्जीनिया को जानता है?'

'अच्छा वह पुरानी बात अभी भी चल रही है?' लेज़्ली ने पूछा। 'नहीं यह वर्जीनिया को नहीं जानता है।'

'कितनी बुरी बात है, आजकल वर्जीनिया के बारे में पता भी नहीं चल पाता', और इससे पहले कि फ़ांज़ समझ पाता, उसने इस बात को छोड़ दिया।

'ये वर्जीनिया कौन है?' पीटर ने कहा।

'कोड है', लेज़्ली ने कहा, 'वह तुमको जानता नहीं था और यह जानना चाहता था कि क्या तुम समलैंगिक हो? अब चूँकि वह तुम्हारे सामने मुझसे खुलकर तो नहीं पूछ सकता था इसलिए उसने पूछा कि क्या यह वर्जीनिया को जानता है? मुझे बस इतना ही कहना होता है कि नहीं, यह नहीं जानता। और कोई ऐसा नहीं है जो समझ न जाए। हमारे ज़माने में हम कहते थे कि क्या यह अरनेस्ट को जानता है?' इसका कारण आस्कर वाइल्ड थे, जानते हो, और जिस तरह से उन्होंने अपने नाटक का अन्त इस से किया था, अरनेस्ट को जानना कितना मायने रखता था?'

पीटर को लग रहा था कि अभी बहुत कुछ सीखने को था। वह जिस अख़बार में काम करता था डेस्क पर अक्सर एक लाइन का मज़ाक़ उड़ाया जाता था जो रिपोर्टर लिखा करते थे : यह एक ऐसा समाज है जिसके बारे में हम कुछ नहीं जानते, वे ऐसा लिखते थे और डेस्क के लोग अपने आपको महत्त्वपूर्ण समझते हुए इस बात पर अफ़सोस जताते थे कि रिपोर्टर अपनी अज्ञानता को छिपाने के लिए ऐसी बात कहते थे। लेकिन यहाँ सच में एक ऐसा समाज था जिसके बारे में हम कुछ नहीं जानते थे।

'अब क्या?' उसने लेज़्ली से पूछा।

'अब हम इन्तज़ार करते हैं। मैं जिस समलैंगिक जीवन को जानता हूँ वह इन्तज़ार करना है। पहले आप इन्तज़ार करते हैं कि सूरज ढल जाए। फिर आप इन्तज़ार करते हैं कि मीरकैट्स अपने बिलों से निकल आएँ और आसपास सूँघना शुरू कर दें। फिर आप इसलिए इन्तज़ार करते हैं कि कोई

आपकी तरफ़ ध्यान दे। फिर आप इस बात के लिए इन्तज़ार करते हैं कि वह पहल करे। मिलन जो है वह इन्तज़ारी ही है।'

'तुमने कभी पहल नहीं की?'

'जब बहुत मजबूरी हो तब मेरी जान, जब बहुत मजबूरी हो तब।'

पीटर ने फिर कुछ नहीं पूछा।

समय धीरे-धीरे बीत रहा था। लेज़्ली ने अपने धंधे के जाने-माने लोगों के बारे में बताया : फ़ोटोग्राफ़र, जिसको यह नाम इसलिए दिया गया था क्योंकि ऐसा लगता था कि वह अपनी आँखों से सब कुछ समझ जाता था; इग्गी, क्योंकि उसके बालों में सफ़ेद धारियाँ थीं, रॉकेट, जो लोगों को ग्रांट रोड में पीछे की तरफ़ एक कमरे में ले जाता था जहाँ जब वे नंगे होते थे तब वह उनकी क़मीज़ में छेद कर देता था और धमकी देता था कि उसको और अधिक पैसे नहीं दिए गए तो वह पैंट में भी छेद कर देगा।

'क्या हम उससे बात कर सकते हैं?'

'मेरी जान तुम कोशिश कर लो। मैं तो नहीं जाने वाला हूँ।'

'कोई चाहिए मुझे जो मेरा परिचय करवा दे', पीटर ने कहा।

फ़ांज़ एक बार और सामने आया।

'फ़ांजी मेरे बच्चे, यह रॉकेट से मिलना चाहता है।'

'क्यों?'

'इसको शोध करना है?'

'क्या इसको आजकल लोग यह कहनें लगे हैं?'

'हाँ या न?'

'ज़रूर, ज़रूर। आ जाओ। लेकिन उससे मैं ख़ुद बात नहीं करूँगा। मैं तुम्हारा परिचय करवा दूँगा और चला जाऊँगा। तुम्हारा कोई और नाम भी है क्या?'

'नहीं, इसको कोई ज़रूरत नहीं है।'

'कोई और नाम क्यों?'

'आमतौर पर इस खेल में सबका कोई और नाम होता है', फ़ांज़ ने कहा। 'अगर हर बार एक ही बात कही जाए तो सहूलियत हो जाती है।'

'जैसे फ़ांज़?'

'नहीं', फ़ांज़ ने बीच में काटते हुए कहा, 'यह मेरा असली नाम है।'

समुद्र किनारे की सड़क जहाँ रेडियो क्लब के पास से निकलती थी, और जहाँ ढेर सारी परफ्यूम की दुकानें, रेस्टोरेंट और सस्ते होटल थे, रॉकेट वहीं अँधेरे में एक जगह मिला।

'रॉकेट, यह पीटर है और पीटर यह है रॉकेट' फ़ांज़ ने दोनों का परिचय करवाया।

'अच्छा नाम है पीटर', रॉकेट ने कहा और अपने फ़ोन में कुछ करने लगा। उसके फ़ोन में फ़्लैशलाइट थी जिसे वह उसके चेहरे पर चमकाने लगा।

'नहीं', फ़ांज़ ने कहा, 'मैंने कहा न। इससे तुम भूत जैसे लगते हो।'

सच में वह लगता था। उसके अन्दर से रोशनी चमकने लगती थी। उसकी ठुड्डी से परछाईं उसकी आँखों में पड़ रही थी। लड़के ने कंधे उचकाए और फिर फ़ोन को बन्द कर दिया।

'और यह ग्राहक नहीं है', फ़ांज़ बोला।

रॉकेट की दिलचस्पी तत्काल ख़त्म हो गई।

'धंधे का टाइम है। दिमाग़ का दही मत बनाना। समय क़ीमती होता है।'

'मैं पैसे दे दूँगा', पीटर ने कहा, जबकि वह असहज लग रहा था क्योंकि उसको इस बात का कोई इल्म नहीं था कि कितना भुगतान करना पड़ सकता है। वह मार्गदर्शन के लिए फ़ांज़ की तरफ़ मुड़ा लेकिन वह पहले ही ग़ायब हो चुका था।

'तुम किस बात के पैसे दोगे?' रॉकेट ने इस बार अंग्रेज़ी में पूछा, एक ऐसी अजीब अंग्रेज़ी में जिसमें अमेरिकी, ब्रिटिश और शिक्षित भारतीय अपने आप को साबित करने की होड़ में थे।

'सूचना देने के लिए।'

'किस बात की? किस बात के लिए?'

'माटुंगा रोड के शौचालय में एक क़त्ल हुआ था...'

'प्रॉक्सी न? चूतिया था। पुलिस का टट्टू। एक न एक दिन कोई न कोई उसको मार ही देता। मैंने उसको पहले ही चेतावनी दी थी। मैंने कहा था कि यह सब मत करो। उनके साथ जाओ। या उनके साथ मत जाओ। ये पुलिस वाले हरामी होते हैं, जब तुम मुश्किल में फँसोगे तो ये तुम्हें नहीं बचाएँगे।'

'लेकिन तुम भी तो उन लोगों को कमरे में ले जाकर उनकी क़मीज़ें फाड़ देते थे।'

'आपसे यह झूठी बात किसने कही?' रॉकेट ग़ुस्से में लग रहा था। 'आप इसी वजह से डरे हुए हो, अंकल? इसी वजह से? चिन्ता मत करो। मैं आपका ध्यान रखूँगा। नस-नस खोल दूँगा साहब। पूरी ख़ुशी दूँगा।' उसकी आवाज़ से लग रहा था जैसे वह मनुहार कर रहा हो।

पीटर कहना चाहता था, 'मैं इस तरह का नहीं हूँ', लेकिन उसको यूनिट के ख़तरनाक जवाब याद आ गए। इसलिए उसने पूछा, 'क्या तुम प्रॉक्सी को जानते थे?'

'मैं सन्तरी से लेकर मंत्री तक सबको जानता हूँ। हाँ, मैं उसको जानता था। वह एक टट्टू था। दूसरा वाला थोड़ा सख़्त है। वह यूनिट है। मैं उसको भी अच्छे से जानता हूँ।'

'यूनिट?'

'पूछ न मेरे को पूछ। मैं सभी लोगों को जानता हूँ। वे बाहर से जैसे हैं वैसे अन्दर से नहीं हैं। इनमें से कुछ हैं जो मसल्स फुला कर टाइट-टाइट टी शर्ट पहनते हैं लेकिन वे लंगोट में ऐसे चलते हैं जैसे टारजन हों। लेकिन जब दो कुत्ते लड़ रहे होते हैं तो वे सड़क पार कर जाते हैं। यूनिट? वह इस तरह का नहीं है। वह इस तरह का नहीं है। एक दिन इस बन्दे प्रॉक्सी को लगा कि वह सब कुछ अकेले कर लेगा, समझे? वह शौचालय में जाएगा और अपने शिकार को पकड़ेगा और बजाय पुलिस के साथ साझा करने के वह उससे सब कुछ ले लेगा। इसलिए वह गया और खड़ा होकर तब तक हिलाता रहा जब तक कि कोई आ नहीं गया। उसके बग़ल में एक लड़का आया। दुबला-पतला मरियल-सा। उसने अच्छे कपड़े पहन रखे थे, अमेरिकन स्टाइल के, जींस, टी शर्ट। जब उस लड़के ने हाथ बढ़ाया तो प्रॉक्सी ने उसका हाथ पकड़ लिया और बोला कि चल पुलिस थाने। लेकिन वह लड़का मार्शल आर्ट का प्रदर्शन करने लगा। वह प्रॉक्सी को लात-थप्पड़ मारने लगा, और यहाँ रॉकेट है जो बॉलीवुड स्टाइल में लड़ाई करता है। प्रॉक्सी भागा जा रहा था और पीछे-पीछे वह मार्शल आर्ट वाला बन्दा। वह उत्तर-पूर्व का बन्दा था और ये लड़के ऐसे लोगों को बहुत मारते हैं। उसने प्रॉक्सी को वहीं ख़त्म कर दिया होता लेकिन बाहर यूनिट खड़ा था। वह स्टेशन के प्लेटफ़ॉर्म पर था। मतलब यह कि उसको लड़ाई के बारे में नहीं पता था। अचानक वह बीच में आ गया, लेकिन उसने उसको उठाकर पटक दिया। वे लड़ते रहे और लड़ाई तब जाकर रुकी जब यूनिट का सिर टूट गया, उसके माथे पर जो निशान है न वह उसी से आया है।'

पीटर को वह निशान याद आया। वह इतना ताज़ा था कि बचपन का नहीं लगता था।

'यूनिट में हिम्मत है। लेकिन प्रॉक्सी? पता है उसने क्या किया? वह अपने दोस्त को छोड़कर भाग गया। वह इस तरह का आदमी था। उस

चूतिये के बारे में ज़्यादा फ़िक्र मत कीजिए। उसका मरना सभी के लिए अच्छा हुआ। यहाँ तक कि उस यूनिट के लिए भी। अच्छा अब मैं चलता हूँ। समय क़ीमती होता है।'

'बिलकुल', पीटर बोला। 'एक बात और।' उसने हिमाल का फ़ोटो निकालते हुए पूछा, 'क्या तुम इसको जानते हो?'

रॉकेट ने एक नज़र डाली। 'अर्रे डैडी, आप तो बड़े शौक़ीन हो। यह तो महँगा वाला लगता है।'

'हो सकता है कि यह क़त्ल के बारे में कुछ जानता हो। मुझे इसकी पृष्ठभूमि के बारे में कुछ जानना है। यह बांद्रा में एक पैथ लैब में काम करता था। पाथफ़ाइंडर में।'

'इसके पैसे अलग से लगेंगे। दो हज़ार लगेंगे। और मैं यह सब इसीलिए कर रहा हूँ क्योंकि मुझे अपने धंधे में लफड़ा अच्छा नहीं लगता। प्रॉक्सी चूतिया था लेकिन क़त्ल की अनुमति तो नहीं दी जा सकती है न।'

'दो हज़ार ठीक है', पीटर ने कहा, उम्मीद कर रहा था कि अगर इस सबसे कुछ सामने नहीं आया तो जेंडे उसका सिर नहीं खाएगा।

'बन्दा जाना-पहचाना लग रहा है लेकिन पक्के तौर पर कह नहीं सकता। मुझे फ़ोटो दीजिए। मैं दूसरों से पूछूँगा। आप कल फिर आना। और आज के पाँच सौ दे दो।'

सोलह

जेंडे ने पूरा दिन यह पता लगाने में बिताया कि मुम्बई आने के पहले हिमाल का जीवन कैसा था। लेकिन उसको ख़ास कुछ पता नहीं चला।

'वह सूरत में कुछ अधिक नहीं करता था। कॉलेज गया, लेकिन छात्र राजनीति में नहीं गया। अगर वह गया होता तो उसकी फ़ाइल बनी होती।'

'क्यों?'

'क्योंकि इनकी हमेशा ही फ़ाइल होती है', जेंडे ने कहा, 'पहले ये छात्र संघ वाले बड़ी मुश्किल होते थे। सेक्शन 363 या सेक्शन 503 में...'

'मतलब?'

'सेक्शन 363 अपहरण के लिए होता है और 503 धमकी के लिए। आजकल बड़े शहरों में तो यह सब शान्त हो गया है लेकिन छोटे-छोटे शहरों में यह अभी भी है और राजनीतिक दल इनको पार्टियों के लिए पैसे देते हैं। लेकिन इसने कुछ भी नहीं किया। इसका कोई पुलिस रिकॉर्ड है ही नहीं।'

वे पार्क में चक्कर काट रहे थे।

'तो अब क्या करोगे?'

'मैं उँगली करूँगा।'

'फिर से?'

'हाँ फिर से। तुम भी आ जाओ।'

पीटर के पास उस दिन करने के लिए कुछ ख़ास था नहीं इसलिए वह भी हिमाल से मिलने के लिए चला गया। ऐसा लग रहा था कि वह सोने ही जाने वाला था कि वे आ गए।

'इंस्पेक्टर', वह बोला, 'आ जाइए।'

'हम तुम्हारी बहन से मिलने आए हैं।'

'वह घर में नहीं है।'

'उसके आने तक हम इन्तज़ार कर लेंगे।'

हिमाली अपने भाई के पीछे से प्रकट हुई।

'ये लोग यहाँ क्या कर रहे हैं?'

हिमाल ने पीछे मुड़कर उससे गुजराती में कुछ कहा।

'गांदी, बेहतर है कि इनको आने दो। क्या तुम यह चाहते हो कि आस-पड़ोस वालों को यह पता चल जाए कि हमारे यहाँ पुलिस आई है? आइए इंस्पेक्टर। आप चाय पीना चाहते हैं?'

'नहीं शुक्रिया।'

'मैं सोने जा रहा हूँ', हिमाल बोला।

'हाँ पूरी रात बाहर रहते हो और सारा दिन सोते रहते हो', हिमाली ने कहा।

'शान्ति रख', हिमाल ने बीच में टोकते हुए कहा और बेडरूम में चला गया।

'क्या आपका भाई रात में बाहर रहता है?'

'यह जवान है', हिमाली बोली, 'कुँवारा है। इसका सामाजिक जीवन भी है।'

'यह कोई काम नहीं करता है।'

'मेरी क़िस्मत कितनी ख़राब है। दूसरी औरतें शादी कर लेती हैं और उनको पैसों के बारे में कुछ नहीं सोचना पड़ता। मेरे पति मर गए। मेरे भाई के पास कोई नौकरी नहीं है।'

'लेकिन इसकी तो एक लाइफ़स्टाइल है न?'

'मैं उससे नहीं पूछती हूँ और वह भी मुझसे कुछ नहीं पूछता', वह बोली।

'आप कोई नौकरी नहीं करती हैं। वह भी कोई नौकरी नहीं करता है। फिर आप इस फ़्लैट में कैसे रह रही हैं, किराया दे रही हैं, केबल, बिजली और सभी कुछ का भुगतान कर रही हैं?'

'मुझे नहीं पता', हिमाली ने कहा और फिर उसकी आवाज़ ग़ुस्से में तेज़ होने लगी। 'मुझे नहीं पता। आप उससे पूछिए न। उसके पास पैसे हैं। उसके पास हमेशा से पैसे रहे हैं।'

और वह अपना मुँह दुपट्टे में छिपाकर रोने लगी। जेंडे ने पीटर को इशारा किया और दोनों चुपचाप वहाँ से निकल गए।

'यह लड़का किसी तरह पैसे तो कमा रहा है', जेंडे ने कहा, 'कहीं न कहीं से तो इसके पास पैसे आ रहे हैं। और इसको लगता है कि जहाँ से आ रहे हैं वह अच्छी जगह नहीं है।'

'क्या तुमने इसके बैंक रिकॉर्ड देखे हैं?'

'मैंने देखा था लेकिन वहाँ कुछ नहीं था। लेकिन क्या ग़लत ढंग से आया पैसा बैंक के रास्ते जाता है? बच्चा भी जानता है कि अगर आपके पास काला धन है तो आप बैंक में नहीं, घर में रखेंगे।'

पीटर ने उबासी ली। वह सोना चाहता था। देर रात तक जागना उससे हो नहीं पाता था और वह एक रात और लेज़्ली के साथ बाहर रहा था।

'अच्छा, मुझे हिमाल के फ़ोटो की एक और प्रति चाहिए', वह बोला।

'तुम उस आदमी का एल्बम बना रहे हो क्या? ठीक है मैं जुराले से कहूँगा कि एक और कॉपी निकाल दे।

'तुम जुराले को हिमाल के पीछे क्यों नहीं लगा देते हो?'

'लगता है तुम आजकल अपराध कथाएँ ज़्यादा पढ़ रहे हो', जेंडे ने कहा, 'तुमको क्या लगता है कि दो लोगों को उनकी ड्यूटी से हटाकर किसी का पीछा करने के लिए भेज पाना आसान होता है? मुझे ओवरटाइम का कारण बताना होगा।'

उसने पीटर की तरफ़ सन्देह से देखा।

'और हाँ, तुम उसका पीछा मत करने लग जाना। नहीं तो मिली-भगत मेरे दरवाज़े पर आ जाएगी।'

पीटर ने मुस्कान बिखेरी और लंच के लिए घर चला गया। वह बड़ी शिद्दत से कुछ देर सोना चाहता था लेकिन मिली ने सोने नहीं दिया।

'कभी बिस्तर से उठकर खाना नहीं खाना चाहिए और खाने के तुरंत बाद बिस्तर पर नहीं जाना चाहिए।'

उसने उसको चादर निकलवाने और गद्दे बदलने में मदद के लिए कहा और जब उसको लगा कि काफ़ी समय हो गया है तब जाकर उसने पीटर को लेटने जाने दिया। पीटर को लगा कि उसको तत्काल नींद आ जाएगी लेकिन उसके शरीर को तो बहुत थकान महसूस हो रही थी लेकिन उसकी आँखें खुली हुई थीं।

मिली भी उसके बग़ल में लेट गई।

'अरे क्या तुम अभी भी उस घिनौने क़त्ल के बारे में सोच रहे हो?' मिली ने पूछा।

'एक तो इसलिए क्योंकि वह बहुत वीभत्स था', वह बोला, 'और अब तो एक नहीं कई क़त्ल हो चुके हैं।'

'बताओ', कहते हुए वह पीटर की तरफ़ मुड़ गई। वह उसको बड़े

ध्यान से देख रही थी। उसने उसको अभी तक की पूरी बात बताई और जब उसने बताया कि हिमाल के कारण वह किस तरह परेशान था तो मिली ने एक समाधान सुझाया।

'उन लोगों से जाकर बातचीत करो, जिनके साथ वह काम करता था', उसने कहा, 'हो सकता है उनसे कोई सूत्र मिल जाए।'

~

इसके लिए पाथफ़ाइंडर लैब के मैनेजर को जेंडे की तरफ़ से फ़ोन किए जाने की ज़रूरत थी कि वह फ़ोन करके उनसे यह कह दे कि वे अपने यहाँ काम करने वाले तीन लैब असिस्टेंट से पीटर की बात करवा दें। वे दो पुरुष थे और एक महिला। वैसे तो वहाँ के मैनेजमेंट और कर्मचारियों ने यह बताने की पूरी कोशिश की कि वह क्या करता था लेकिन पीटर को जल्दी ही यह बात समझ में आ गई कि सभी लैब असिस्टेंट असल में उनका सैम्पल लाने का काम करते थे जो बहुत बीमार होने के कारण लैब में नहीं आ सकते थे। उन्होंने शायद ही कभी कोई क्लिनिकल काम किया हो। वह काम विशेषज्ञों के ऊपर ही था। लड़कों के नाम थे, जयवंत और राधाकृष्ण और लड़की का नाम था सुरुचि। उसको हिमाल के स्थान पर रखा गया था इसलिए उसको उसके बारे में कुछ पता नहीं था।

'उसको निकाला ही जाने वाला था', जयवंत ने बताया, 'वह कभी समय पर नहीं आता था, वह अक्सर सोने के चक्कर में रहता था मानो वह पूरी रात जगा हो।'

'हाँ वह रात में बाहर रहता था', राधाकृष्ण ने कहा, 'एक बार मैं बहुत देर से बांद्रा जा रहा था तो वह स्टेशन पर खड़ा था, मानो किसी का इन्तज़ार कर रहा हो।'

'प्लेटफ़ॉर्म एक पर?' पीटर ने पूछा।

राधाकृष्ण ने दाँत निपोर दिए।

'इन्तज़ार कर रहा था और इन्तज़ार कर रहा था', जयवंत ने कहा।

'क्या वह और तरह के काम करता था?' पीटर ने पूछा, 'रात में काम?'

उसने पूरी कोशिश की कि उसकी आवाज़ से ऐसा लगे कि वह बस जानना चाह रहा है लेकिन अनचाहे ही उसका प्रभाव सन्न कर देने वाला रहा। दोनों युवाओं ने एक-दूसरे की तरफ़ देखा मानो इशारा कर रहे हों, और फिर ऐसे जताने लगे मानो उसके बारे में वे अलग से कुछ नहीं जानते।

पीटर ने तब दूसरा रास्ता पकड़ा।

'हिमाल ने बताया कि वह लोगों को इंजेक्शन दिया करता था', वह बोला, 'उसने बताया था कि वह बहुत से मरीज़ों को इंसुलिन की सूई लगाने जाता था।'

एक बार फिर उन लोगों ने उसको देखा, ग्लानि और डर से।

'कोई नहीं, मुझे सब पता है', पीटर ने एक मौक़ा लेते हुए कहा।

'देखिए सर जी, अगर कोई नर्स आपके घर आकर इंजेक्शन देती है तो वह उसके लिए पेशेवर दर से चार्ज करेगी। बहुत से लोग यह ख़र्च नहीं उठा सकते', जयवंत ने समझाते हुए कहा।

'बस, हाँ', राधाकृष्ण ने बीच में टोकते हुए कहा, 'ऐसा नहीं है कि वे ख़र्च उठा नहीं सकते हैं बल्कि वे उठाना नहीं चाहते हैं। जब स्वास्थ्य की बात आती है तो ख़र्चे उठाने की बात कहाँ से आती है? लेकिन लोग ऐसे ही होते हैं। वे कॉफ़ी के लिए पैसे ख़र्च कर देंगे नर्स के लिए नहीं।'

'वह नर्स बनना चाहता था इसलिए वह बड़ी-बड़ी बातें करता था। देखिए बात यह है कि जब किसी मरीज़ को शुगर होता है तो कभी-कभी वह बहुत बढ़ जाता है, हम सब जानते हैं। हम यह देखते हैं कि डॉक्टर इंसुलिन के इंजेक्शन के बारे में लिख देते हैं और कुछ लोग बार-बार लैब में नहीं आ सकते हैं और नर्स का ख़र्च भी नहीं उठा सकते हैं, इसलिए हम कहते हैं कि हम कम पैसों में आकर सूई लगा देंगे। बात यह है। और हम जाते भी हैं।'

'तो आप लोग इंसुलिन ख़रीदते भी हैं?'

'नहीं सब कुछ दवा की पर्ची से मिलता है। यहाँ तो सिरदर्द की दवा भी बिना पर्ची के नहीं मिलती। हमें वह पर्ची कहाँ से मिलेगी? मरीज़ या उनके रिश्तेदार इंसुलिन ख़रीद कर अपने घर में रखते हैं, हम बस जाकर इंजेक्शन लगा देते हैं।'

'यह सब काम किस तरह होता है? आप लोगों के मरीज़ निश्चित होते हैं?'

'ऐसा नहीं है। हम तीन लोगों के बीच में दस मरीज़ हैं—असल में ढाई लोगों के बीच क्योंकि हिमाल अक्सर नहीं आता था और सुरुचि की नई-नई शादी हुई है इसलिए इसकी अपनी मजबूरी है।'

पीटर ने हामी भरी।

'इसलिए जो जा सकता है चला जाता है। इस तरह से किसी को पता नहीं चल पाता। क्योंकि लैब वाले, पैथोलॉजिस्ट और डॉक्टर सब एक होते

हैं। वे मरीज़ से कह देंगे कि किसी को आने मत देना। अरे, क्या हम बस कोई हैं? वे मरीज़ों को मूँड़ना चाहते हैं और सब कुछ ख़ुद ही रख लेना चाहते हैं। अधिक से अधिक मुनाफ़ा। वे शोषण करते हैं।'

पीटर ने ऐसे सर हिलाया मानो सब समझ रहा हो।

'ये लोग यह नहीं चाहते हैं कि दूसरे लोग इस काम में आएँ', जयवंत विस्तार से समझा रहा था, 'हम अच्छी सेवा देते हैं। अगर लोगों के पास घर में इंसुलिन नहीं होता है तो हम उनको वह भी उपलब्ध करवा देते हैं। क्योंकि यह क़मीज़ जो है यह हमारा पहचान-पत्र होती है', उसने क़मीज़ की जेब पर लगी पट्टी की तरफ़ इशारा करते हुए कहा। हम पीछे से किसी दवा की दुकान में जाते हैं और वे बिना कुछ पूछे हमें दे देते हैं, क्योंकि उनको पता होता है कि हम कहाँ काम करते हैं। हम दवा लेकर बेचेंगे या क्या करेंगे।'

पीटर सोच रहा था कि क्या हिमाल ने इंसुलिन ख़रीदा था। उसको डुर्रा के फ्रिज में जो इंसुलिन मिला था उसने उसी का उपयोग किया था। लेकिन हो सकता है कि वह इस बात को लेकर निश्चिंत नहीं रहा हो कि बच्चे की जान लेने के लिए वह पर्याप्त होगा या नहीं।

वह हिमाल की तस्वीर लेकर पास के गुड हेल्थ क्लीनिक में गया और उसके हाथ ख़ज़ाना लग गया। एक बूढ़ी महिला काउंटर पर बैठी हुई थी और उसे याद था कि हिमाल इंसुलिन ख़रीदने आया था।

'आप यह क्यों जानना चाहते हैं?'

'मैं पुलिस के साथ काम करता हूँ और इसका सम्बन्ध क़त्ल की एक जाँच से है।'

उस महिला को यक़ीन नहीं हो रहा था। पीटर ने अपने फ़ोन से जेंडे को फ़ोन मिलाया और उसको वहाँ के हालात के बारे में बताया।

'उसको फ़ोन दे दो', जेंडे ने कहा। पीटर ने मोबाइल उस महिला को दे दिया। दो मिनट तक महिला ने ध्यान से फ़ोन पर सब कुछ सुना और फिर वह निश्चिन्त हो गई, और मामला सुलझ गया।

'वह बहुत कम आता था', उस महिला ने पीटर को फ़ोन वापस देते हुए कहा, 'बाक़ी दोनों तो अक्सर आते रहते हैं। एक दिन वह आया और उसने छह डोज़ के बराबर इंसुलिन की माँग की। मैंने दे दिया क्योंकि पाथफ़ाइंडर वाले अक्सर लड़कों को भेजते रहते हैं और बाद में वे दवा की पर्ची भी भिजवा देते हैं। मैंने उसको दे दिया...अच्छा एक मिनट रुकिए आपको बताती हूँ।'

उसने अपनी दराज़ खोली और उसमें से बिल की कार्बन कॉपी देखने लगी।

'हाँ यह रहा।'

डेट मिल रहे थे। इंसुलिन उसी दिन सुबह के समय ख़रीदी गई थी जिस दिन उस बच्चे की मृत्यु हुई थी।

'आपको यह इतनी अच्छी तरह कैसे याद है कि आपने यह बेची थी?' पीटर ने पूछा।

'क्योंकि वह शाम को आया था और उसने इसको वापस कर दिया था। मैंने उसकी ख़रीद को कैंसिल किया और पैसे वापस लौटा दिए।'

'क्या एक बार बिका हुआ सामान...?'

'आप किसी और दुकान में ऐसा कर सकते हैं। लेकिन केमिस्ट के लिए सरकार के क़ानून अलग हैं। मान लीजिए आप किसी कपड़े की दुकान से क़मीज़ ख़रीदने जाते हैं। तीन क़मीज़ों का पैक है तो आपको तीनों लेनी होती हैं या फिर दूसरी दुकान जाना पड़ता है। लेकिन आप दवा की दुकान में ऐसा नहीं कर सकते हैं। अगर कोई एक माँगे तो आपको एक देना पड़ता है, अगर कोई दो माँगता है तो आपको दो देना पड़ता है। वापस लेने के मामले में कोई पक्का नहीं कह सकता है। कोई कहता है कि हम वापस नहीं लेते हैं। कोई कहता है कि तमाशा बनाने से पहले वापस ले लो। चूँकि कई बार डॉक्टर की राइटिंग पढ़कर हम समझ नहीं पाते हैं तो हम पूछते हैं, यह सिर के लिए है? पेट के लिए है? और हम अनुमान के आधार पर दवा दे देते हैं। अगर ग़लत दवा दे दी गई या ग़लत मात्रा में दे दी गई तो बेहतर होता है कि उसको वापस ले लिया जाए। यह लड़का इंसुलिन लेकर वापस आया और बोला कि इसकी ज़रूरत नहीं पड़ी। मैंने कहा कि अगली बार मैं तुमको नहीं दूँगी। और उसने जवाब दिया—अरे आंटी अगली बार की चिन्ता मत कीजिए। और उसने अपने पैसे वापस ले लिए।'

समझ गया, पीटर ने सोचा।

सत्रह

‘हिमाली से पूछ लो कि उसको डायबिटीज़ और ब्लड शुगर की बीमारी तो नहीं है’, पीटर ने जेंडे से कहा।

‘वह कहेगी कि वह एक मासूम विधवा है। उसको इस तरह की बीमारी कैसे हो सकती है?’ जेंडे ने उदास होते हुए कहा।

पीटर ने हँसते हुए कहा, ‘मैं जानता हूँ, लेकिन अब हमें इस बात का पता चल चुका है कि वह उस दिन केमिस्ट की दुकान में गया था जिस दिन लड़के की मृत्यु हुई थी। हमें यह पता है कि उसने इंसुलिन ख़रीदी थी और लौटा दी थी। केमिस्ट शॉप की महिला को याद है कि वह आया था। हम यह जानते हैं कि वह बच्चे के घर गया था—उसके लिए लैब की पोशाक को पर्याप्त सबूत मान लिया जाना चाहिए, नहीं? और शायद उस बच्चे की माँ भी उसको पहचान लेगी। तो अब हमारे पास लक्ष्य है और मौक़ा भी।’

‘सभी परिस्थितियाँ यही कहती हैं और हमें यह भी पता है कि वह कहीं गया हुआ था, याद है?’

‘बहन?’

‘वह तो वही कहेगी जो कहने की ज़रूरत होगी। अगर हिमाल उससे यह कहने के लिए कहेगा कि वह घर में था तो वह कहेगी कि वह घर पर ही था। परिवारों के साथ इस तरह की मुश्किल होती है। वे वही कहते हैं जो कहने के लिए उनसे कहा जाता है।’

‘लेकिन इस बात को सभी जानते हैं। इस बात को जज भी जानते हैं।’

‘ऐसे में यह जज के ऊपर निर्भर करता है। मैं जज के ऊपर निर्भर नहीं रहना चाहता। मैं ऐसे जज की तलाश में नहीं जाना चाहता जो इसको स्वीकार कर ले। मैं सबूत चाहता हूँ और हमारे पास कोई सबूत नहीं है।

पीटर ने कोशिश की कि वह इस सबके लिए ख़ुद को उत्तरदायी महसूस न करे। केवल एक आदमी बचा था जिसके पास वह आगे के सूत्रों की तलाश में दुबारा नहीं गया था, वह आदमी जो कम-से-कम एक मृत व्यक्ति के बारे में जानता है। सीनियर पैगमेट। और इसलिए पीटर उसके घर की ओर चल पड़ा।

घर में काम करने वाला नौकर उतना ही असभ्य था और वह बूढ़ा वैसा ही मरियल लग रहा था।

'क्यों आए हो?' बूढ़े आदमी ने पूछा। 'सब मर गए। यही दुनिया की रीत है। कहते हैं न नेकी कर दरिया में डाल? लेकिन अगर वह दरिया गटर हो तो क्या? और वह गटर आपके अपने घर में हो तो क्या?'

इस बात का वह क्या जवाब देता। उसने पूछा, 'आप कैसे हैं?'

'कैसा रहूँगा? अठासी साल की उम्र हो गई है मेरी। जिन बच्चों को मैंने पढ़ाया था अब वे कहते हैं कि 'पैगमेट सर अभी ज़िन्दा हैं?' जब मैं अठासी साल का हुआ था तो वे आए थे, दस-बीस लड़के आए थे। वे केक, वैफर्स और फैंटा लेकर आए थे। उनको याद था कि मुझे फैंटा पसन्द है।'

'बूढ़ा आदमी फैंटा-शैंटा माँगता है', घर का नौकर हाथ में झाड़ू और कचरा पेटी लिए कमरे से गुज़रते हुए बोला।

'सत्तू', उस बूढ़े ने चिढ़ते हुए आवाज़ लगाई।

'पियो और मर जाओ,' सत्तू ने कहा।

सीनियर पैगमेट एक बार फिर पीटर की तरफ़ मुड़ा। 'उन्होंने फ़ोटो खींचे और कहा कि वे यह दुआ करते हैं कि मैं सौ साल जियूँ। उस समय मुझे ऐसा लग भी रहा था। मैं अच्छी तरह से बारह सूर्य नमस्कार कर लेता था, उस तरह से नहीं जिस तरह से आजकल स्कूलों में सिखाते हैं। वे योग का मज़ाक़ उड़ा रहे हैं। पहले मैं शिवाजी पार्क का चक्कर लगा लिया करता था। मैं बैठकर दूसरे बूढ़ों के साथ बातें नहीं करता था। अच्छी तरह से तेज़-तेज़ चलते हुए बाद में मैं घर आकर हल्का नाश्ता करता था। अब कुछ भी नहीं रहा। ना टहलता हूँ, न कुछ और करता हूँ।'

'कोई रिश्तेदार भी नहीं,' सत्तू ने कहा।

इस बार उस बूढ़े आदमी ने इसको अनसुना कर दिया।

'उन्होंने मुझे बताया कि मेरा भतीजा ग़लत काम किया करता था। वह इन बच्चों को ले जाकर ग़लत काम करने के लिए कहता था। लोगों को ब्लैकमेल करता था। हम ने उसको यह नहीं सिखाया था। यह

उसने ज़रूर कहीं और से सीखा होगा। उसने इस तरह की बातें कहाँ से सीखी होंगी?'

पीटर ख़ामोश बना रहा।

'बहुत से लड़के यहाँ नहाने के लिए आते थे। स्कूल में, मैं उन लोगों को पहचान लेता था, वे बहुत साफ़-सुथरे रहते थे क्योंकि वे यहाँ आते थे। पानी, साबुन। अगर कोई बिना दाँत साफ़ किए आता था तो मैं उसको दंतमंजन देता था।'

'क्या आपको प्रॉक्सी याद है?'

'लछमन?'

'हाँ, लछमन।'

'मैं सबको जानता था। उसका क़त्ल हो गया था, तुम पहले भी उसके बारे में पूछने के लिए आए थे। मुझे सब याद रहता है, मेरी स्मृति को कुछ नहीं हुआ है। बस यह शरीर...लछमन बॉलिंग करता था लेकिन बैटिंग नहीं कर पाता था। वह फ़ास्ट बॉलिंग खेल नहीं पाता था। वह टेनिस बॉल से तो खेल लेता था या रबर बॉल से लेकिन एक बार उसको सीज़न बॉल से चोट लग गई और बस हो गया। वह काँपने लगता था। उसको इतना पसीना आता था कि नमक से उसकी आँखें जलने लगती थीं। लेकिन वह कबड्डी अच्छी खेलता था।'

पीटर सोचने लगा कि क्या उसको एक फ़िज़िकल टीचर के संस्मरण से अधिक भी कुछ मिलने वाला है!

'एक लड़का यूनिट भी था?'

'उसका बाप शराबी था और अक्सर आकर कहता था कि वह उसको स्कूल से निकालकर ले जाएगा और भट्टी में काम पर लगा देगा। वह ख़ुद भी एक भट्टी में काम करता था। वह शराब बनाता था। एक आंटी के लिए।'

पीटर ने जल्दी से हिसाब-किताब लगाया।

'शराबबन्दी तो बहुत पहले ख़त्म हो गई होगी न?'

'मुझे इस बारे में कैसे पता होगा? लेकिन वे मुझे बताते थे कि एक बार आपको कच्ची शराब का स्वाद लग जाए तो उसके सामने सब कुछ फीका लगने लगता है।'

'क्या यूनिट अच्छा खिलाड़ी था?'

'नहीं। उसका अपने ऊपर क़ाबू नहीं था। उससे कोई भी कुछ भी करवा लेता था। कबड्डी को ही ले लो। जब आपकी साँस उखड़ने

लगती है तो आप वापस आ जाते हैं। लेकिन अगर विपक्षी टीम का कोई खिलाड़ी कह देता अरे डरपोक या यह कि वह देखो वह अपने पैरों के बीच किस तरह पूँछ लटकाए घूम रहा है, तो वह तत्काल वापस मुड़ जाता। इस तरह वह पकड़ा जाता था। एक बार कोई उसको अपमानित करता था तो वह अपना आपा खो देता था और मारपीट करने लगता था। फिर वह यह नहीं देखता था कि लड़का बड़ा है या छोटा या कैसा है। वह बस मारने लगता था।'

सत्तू चाय लेकर आया। 'एक-एक', उसने दुख-भरे अन्दाज़ से कहा, 'एक-एक करके सब जा रहे हैं।'

'बस मैं रह गया हूँ', पैगमेट सीनियर ने कहा और फिर कहा, 'यह चाय बेस्वाद है।'

'आपकी जीभ में अब कोई स्वाद नहीं बचा है।'

'मेरी जीभ सही है। देखो।' उसने अपनी जीभ निकाल कर दिखाई।

पीटर ने हल्की गरम चाय का स्वाद लिया—वह बूढ़ा आदमी सही कह रहा था, वह स्वादहीन थी—और उसने विदा ली। जब वह बाहर जा रहा था तो उसने घर के नौकर को पैसे दिए।

'आप जो भी जानना चाहते हैं मुझसे पूछिए,' सत्तू ने कहा।

'क्या इंस्पेक्टर पैगमेट यहाँ कुछ छोड़ गया है?'

सत्तू ने मुस्कुराते हुए अपने बनियान में हाथ डाला और एक चाबी निकाली, 'यह।'

जब जेंडे चाबी का ज़िम्मा सँभालने और उसको सबूत के रूप में दर्ज करने के लिए आया तब कमरे का माहौल उदासी मिश्रित ग़ुस्से का था। सामान्य भाव ऐन वक़्त पर दग़ा देने का था। सत्तू से यह उम्मीद की जा रही थी कि वह उस ख़ज़ाने को ले जाता जो उसको निश्चित रूप से लगता था कि लॉकर में था।

'अब यह जा चुका है', वह बोला।

'पुलिस इसका ज़िम्मा ले लेगी', जेंडे ने कहा।

'सब जानते हैं कि इसका मतलब क्या होता है।'

'क्या होता है?'

'अरें जाने दीजिए, मैं क्यों बताऊँ? यह मेरे लिए लाठी होगी।'

'देखिए हम किस तरह की दुनिया में रह रहे हैं', वह बूढ़ा आदमी बोला, 'ये पैसे उसने ग़लत कामों से कमाए। अब इसको इस बात की फ़िक्र

है कि ये पैसे पुलिस के पास जाएँगे जो इन पैसों को मार लेंगे। कौन पैसे मार रहा है और किससे मारे गए?'

कभी नहीं मुस्कुराने वाला जेंडे भी मुस्कुरा उठा।

'आप साथ आ सकते हैं काका', वह बोला, 'जब हम लॉकर खोलेंगे तो आप वहाँ रहना।'

'क्या यह लॉकर की चाबी है? बैंक के लॉकर की?' ऐसा लग रहा था जैसे सत्तू फ़ट पड़ेगा।

'हाँ। तुम भी आना।'

'अगर मैं आऊँगा तो इसको आना ही होगा' पैगमेट ने कहा, 'यह मुझे उठाकर ले जाता है।'

'यह रोज़ का बोझ है', सत्तू ने कहा। उसने जिस तरह कहा उससे ऐसा लग रहा था जैसे वह इस लाइन को बहुत दिनों से कहना चाह रहा था और आज जब मौक़ा मिला तो उसने ज़ोर से कह दिया। वह दूसरे कमरे से व्हीलचेयर लेकर आया और उस बूढ़े आदमी को उठाकर उसने उसमें डाल दिया, ऐसा करते हुए उसने जेंडे और पीटर की मदद लेने से भी इनकार कर दिया।

बैंक के ठंडे अँधेरे बेसमेंट में लॉकर के सामने वे सभी एक अजीब से समूह में खड़े थे। उसकी दो चाबियाँ थीं, एक बैंक के पास थी और एक उस लॉकर के मालिक के पास। उसका एक पासवर्ड भी था, लेकिन रसीद बुक के साथ जेंडे की मौजूदगी के कारण उसको उन्होंने जाने दिया।

लॉकर में दो बैग थे। उनमें हज़ार-हज़ार रुपए के नोट भरे हुए थे। सत्तू ने बैग देखे और उसकी आँखें लालच और भय से फैल गईं।

'अगर मुझे इंग्लिश आती न,' वह बोला, 'तो ये पैसे मेरे होते।'

'ऐसा क्यों?' पैगमेट सीनियर ने कहा, 'क्या तुम उसके बेटे हो?'

'मेरे पास चाबी थी।'

'ये पैसे बैंक के हैं।'

जेंडे ने कंधे उचकाए।

'अब यह पुलिस की सम्पत्ति है', वह बोला। एक गणक को बुलाया गया और उसने शपथ लेकर पैसे गिनने शुरू किए जबकि पीटर अपने फ़ोन से उसकी फ़िल्म बनाने लगा। वे साढ़े चार लाख रुपए थे।

~

जब पीटर वापस आया तो सुनील घर में था।

'अच्छा, यूनिट ने फ़ोन किया था। वह आपसे बात करना चाहता था', सुनील ने कहा।

'मैं उसको बाद में फ़ोन कर लूँगा', पीटर ने जवाब दिया, 'मैं सोने के लिए जा रहा हूँ। मुझे आज रात भी लेज़्ली के साथ बाहर जाना है।'

सुनील ने अपने लैपटॉप से सर उठाकर अपने पिता की तरफ़ ऐसे देखा मानो वह कुछ कहना चाह रहा हो लेकिन फिर उसने कहा नहीं और फिर से टाइप करने लगा।

पीटर बेडरूम में गया और दरवाज़ा बन्द कर लिया। उम्र के कारण उसका शरीर भारी और थका हुआ लग रहा था। जब उसने कपड़े बदले और बिस्तर में सोने गया तो परदे से छनकर सूरज की रोशनी आ रही थी और उसके सामने चादर पर त्रिकोण बना रही थी। उसने अपने हाथ सूरज की रोशनी की तरफ़ बढ़ाए और कुछ देर तक उसकी गरमी को महसूस करता रहा। अपने शरीर को उसने पूरी तरह ढीला छोड़ दिया। रिटायरमेंट की यह बड़ी बात होती है कि आप दोपहर में सो सकते हैं और इस बात से आपको ग्लानि भी नहीं होती।

लेकिन कई घंटे बाद जब वह सोकर उठा तो उसका मुँह रोएँ से भरा हुआ था, उसका दिमाग़ ऊन से भरा हुआ था और वह तकिए पर इधर-उधर सिर पटक रहा था। यह बुढ़ापे की बड़ी बात होती है कि अगर आप एक रात जग जाएँ और जगने की अगली रात आने वाली हो तो आपको उससे उबरने में कई दिन लग जाते हैं।

उसने सोचा कि लेज़्ली को फ़ोन करे और कैंसिल कर दे लेकिन उसकी आँखों के सामने माटुंगा रोड स्टेशन के शौचालय में पड़ी वीभत्स लाश का दृश्य कौंध गया, जेंडे की गोद में पड़े बच्चे की लाश का दृश्य कौंध गया, डुर्रा का चिथड़ा शरीर कौंध गया। वह जाएगा क्योंकि हो सकता है उसको इस केस के बारे में कुछ और पता चल जाए, उन शौचालयों के बारे में कुछ ऐसा पता चल जाए जिससे हिमाल के भाग्य का फ़ैसला हो जाए। शायद इससे उसको उस ज़िन्दगी के बारे में भी कुछ और पता चल जाए जो शायद सुनील जी रहा था। या नहीं। क्या उसका कभी पता चल पाएगा?

वह अपने आपको खींचता हुआ बाथरूम में लेकर गया, बाल्टी में पानी भर कर नहाया। वह कभी एक बाल्टी से अधिक पानी इस्तेमाल नहीं

करता था। वह इस बात का ध्यान रखता था कि पानी बरबाद न हो। लेकिन उसने आधी बाल्टी पानी अपने सिर पर डाल कर स्नान किया, कि शायद इससे उसके शरीर की थकान कुछ कम हो जाए।

~

लेज़्ली ने कहा था कि वे बांद्रा में मिलेंगे, छज्जे के नीचे, जहाँ पुरुष लड़कियों के साथ लगे रहते हैं। पीटर धीरे-से गुर्राया। व्यंग्य लेज़्ली की तरह-तरह की चालबाज़ियों को लेकर था, कुछ भाषा के माध्यम से, कुछ कपड़ों के, कुछ शरीर के। पीटर सोच रहा था कि कई बार चालाकी करना ही इनसान का स्वभाव बन जाता है। लेज़्ली शीशमहल की तरह लगता था, लगातार अपने आपको प्रतिबिम्बित करता रहता था, गूँजता रहता था, सभी को किसी मानक के आधार पर परखा जाता था जिसका इससे कोई लेना-देना नहीं होता था जो लेज़्ली वास्तव में था। 'लेज़्ली थकान', उसने अपने आप से ज़ोर से कहा, 'मुझे लेज़्ली थकान हो गई है।'

स्टेशन लोगों और गतिविधियों से चहक रहा था। लग रहा था जैसे सभी लोग लगातार चले जा रहे थे, जो मुम्बई की ख़ासियत है। इससे उसको याद आया कि गोवा से उसके पास आई एक आंटी ने इस शहर के बारे में क्या कहा था : 'देखकर ऐसा लगता है जैसे सब कहीं न कहीं टकराने वाले हों लेकिन आख़िरी पल में वे अपने आंपको बचा लेते हैं।' यहाँ कोई सेक्स बाज़ार कैसे हो सकता है?

'बेवकूफ़ मत बनो यार', लेज़्ली ने कहा, 'तुम ग़लत तरह से सोच रहे हो। तुम्हारे दिमाग़ में वे सारे ठग, भाड़े के लड़के, हनी ट्रैप भरा हुआ है। यह कोई बाज़ार नहीं है बल्कि पुरुषों के बार जैसा है। यहाँ ज़्यादातर पुरुष सेक्स के लिए ही आते हैं।'

'लेकिन कहाँ?'

'हाँ, यही तो सवाल है। देखो इस शहर में एक करोड़ लोग रहते हैं, जिनमें से बहुत कम लोगों के पास अपने बेडरूम हैं। बहुत से लोगों के पास तो रहने के लिए बिल भी नहीं है। यह सुनने में अच्छा नहीं लगता है लेकिन जैसा कि मैं कह रहा था कि शहर में प्यार करने के लिए कोई जगह नहीं है, उनके लिए भी नहीं जो इसकी तलाश में होते हैं। ऐसे में हम क्या करें? हम शौचालयों में करते हैं, एक-दूसरे के बग़ल में खड़े होकर। और इसी वजह से पुलिस हम लोगों तक पहुँच जाती है और ठग

भी। और अब तो चाक़ू लेकर वहशी भी रहते हैं। लेकिन जब आप बिना स्त्री के हज़ारों-लाखों पुरुषों को एक शहर में ठूँस देते हैं तो यही होता है।'

'तुम यह कह रहे हो कि यह सब परिस्थितिवश होता है?'

'मुझे ऐसा मानना अच्छा लगता कि जो पुरुष दूसरे पुरुषों के साथ सेक्स करते हैं वे अपनी पसन्द से ऐसा करते हैं। लेकिन यह तब होता है जब मैं कल्पना कर रहा होता हूँ। लेकिन मैं दूसरी तरह से इस बात को जानता हूँ। हम सब सेक्स करना चाहते हैं और इसकी पूर्ति किसी न किसी तरह से करते हैं। यहाँ आने वाले बहुत से पुरुष ज़रूरी नहीं है कि दूसरे पुरुषों की तलाश में ही रहते हों। वे बस यही चाहते हैं कि कोई भी मिल जाए या वे आपसे ऐसा ही कहते हैं।'

'यूनिट कह रहा था कि सभी ऐसा कहते हैं कि मैं उस तरह का नहीं हूँ।'

'हाँ वे कहते हैं। लेकिन उनका मतलब क्या होता है? क्या उनके कहने का मतलब यह होता है कि मैं उस तरह का आदमी नहीं हूँ जो शौचालयों में लड़कों को जाकर पकड़ता है। वे लड़के ज़ाहिर है पैसे लेकर सुख देने के लिए तैयार रहते हैं? क्या वे यह कहते हैं कि मैं उस तरह का आदमी नहीं हूँ जो पुरुषों की संगत करता हो, चाहे वे जिस तरह के भी हों? मुझे नहीं लगता है कि ऐसा है। मुझे ऐसा लगता है वे अपनी समलैंगिक पहचान से मुकर रहे होते हैं, वे अपने उस दर्जे से मुकर रहे होते हैं ताकि समाज में उनको बहिष्कृत न समझा जाए। वे इसके लिए बेचैन होते हैं कि उसी दुनिया में उनके पैर जमे रहें जिस दुनिया को वे जानते हैं। वह दुनिया जिसमें स्त्री-पुरुष सेक्स को सामान्य समझा जाता है, जबकि वे कगार की तरफ़ एक और क़दम बढ़ा रहे होते हैं।'

पीटर सुनकर बहुत दुखी हो गया।

'क्या यह तुम अपने लिए कह रहे हो?'

'नहीं', लेज़्ली ने कहा, 'मैं जानता था। मुझे तभी से पता था जब मेरी उम्र आठ साल के आसपास थी। मुझे पुरुषों को नंगा देखना अच्छा लगता था। उस समय मैं इस बारे में इतना ही समझता था। मैं अपने पापा को ऐसी पत्रिकाएँ ख़रीदकर लाने के लिए कहता था जिनमें पुरुषों की मांसपेशियों का प्रदर्शन होता था। नहीं, अब मुझे मांसपेशियाँ पसन्द नहीं हैं लेकिन उस समय मेरे यार यह बताओ कि मुझे यह अन्दाज़ा कहाँ से होता कि दूसरे पुरुषों के पास क्या होता है?'

'अपने आप को देखकर?'

'ओह बकवास। यह आत्ममुग्धता है। मैं कभी आत्ममुग्ध नहीं रहा। अब उस लड़के को देखो जो पाँच मिनट से इधर से उधर टहल रहा है। वह उसी तरह का है। उसकी तरफ़ घूरकर मत देखो यार, उसको लगेगा कि तुम उसमें दिलचस्पी ले रहे हो।'

'तुमको कैसे पता?'

'वह चमक रहा है।'

'इसका क्या मतलब हुआ?'

'मेरे ख़याल से इसका लेना-देना कुछ हद तक इससे है कि आप किस तरह से चलते हैं, किस तरह से अपने आपको सँभालते हैं, जहाँ रुकते हैं, वहाँ किस चीज़ को देखते हैं। सामान्य रूप से यह आँखों में होता है। किसी के चेहरे और शरीर की तरफ़ जल्दी से एक नज़र देखना, गुप्तांग को अधिक ध्यान से देखना, मुझे लगता है कि यह संकेत होता है। उसके बाद वापस सामने वाले की आँखों में देखना कि वह देख रहा है या नहीं और फिर यह देखना कि उस तरह देखने को लेकर वह क्या सोच रहा है। अगर उसकी आँखों में कुछ दिखाई नहीं देता तो वह तेज़ी से कट लेता है मानो आपका कोई मतलब ही न रहा हो। लेकिन अगर सामने वाले की दिलचस्पी हुई, और वह शरीर को देख रहा हो तो सामने वाला किसी दिशा में बढ़ते हुए संकेत दे देता है। इसी वजह से शौचालय में यह आसान होता है।'

'इसका कारण?'

'क्योंकि अधिकतर लोग किसी न किसी बदबूदार शौचालय में जाते हैं और फ़ारिग़ होकर बाहर निकल जाते हैं। लेकिन अगर आप उसी में रुके रहते हैं, जबकि दूसरे लोग आते-जाते रहते हैं तो इसका मतलब यह हुआ कि आप माइकेल एंजेलो जैसे हैं। यह थोड़ा आगे की बात है कि किसी समलैंगिक आदमी को किस तरह पहचाना जाए?'

और धीरे-धीरे, लेज़्ली की मदद से, पीटर ऐसे लोगों की पहचान करने लगा जो इन्तज़ार करते थे और एक-दूसरे की तरफ़ बढ़ जाते थे, धीरे-धीरे एक-दूसरे से बातचीत करते और फिर एक-दूसरे से अलग हो जाते या कुछ मामलों में साथ-साथ निकल जाते। लेज़्ली सही कह रहा था। उनमें से अधिकतर अधेड़ होते थे, बैंक में काम करने वाले कैशियर, बीमा एजेंट, कार सेल्समैन। जो लड़के होते थे वे कॉलेज में पढ़ाई करने वाले लगते थे। या ऐसे लड़के होते थे जो कॉलेज में पढ़ने वाले लड़कों की तरह लगते थे।

'रानी माँ!' सफ़ेद जींस और नेवी कैप पहने एक लड़का लेज़्ली के पास आया और झुककर बोला मानो वह किसी नाटक में अभिनय कर रहा हो, 'आप सरकारी घर से कैसे निकले?'

'काम की वजह से', लेज़्ली ने कहा, 'यह एक ऐसा काम था जिसको नज़रअन्दाज़ नहीं किया जा सकता था।'

'आप तो कविता कर रहे हैं। मुझे कविताएँ पसन्द हैं। मैथ के लिए मैं इंग्लिश में कैसे फ़ेल हो गया था पता है?'

यह बात पीटर से कही गई थी, जो यह सोच रहा था कि उसे ये पता क्यों होना चाहिए।

तभी एक आदमी सामने से गुज़रा और धीरे-से बोला, 'पुलिस।'

'ऐसा लग रहा है कि महज़ यहाँ खड़े होने के लिए वे हमें परेशान करने वाले हैं', उस लड़के ने कहा।

'यह राहुल है', लेज़्ली ने कहा, 'इन सबको राहुल बुलाया जाता है।'

'क्यों?' पीटर ने पूछा।

'क्या इसको वर्जीनिया नहीं पता है?' उस लड़के ने पूछा।

'क्या इसको देखने से ऐसा लगता है कि इसको वर्जीनिया के बारे में पता होना चाहिए?'

'अच्छा, टूरिस्ट है। यह रुककर हमारे क्लब का हिस्सा क्यों नहीं बन जाता?' मैं अपने जैसे लोगों को अल्पसंख्यक कहते-कहते थक गया हूँ। मैं इस ओहदे पर किसी को भी रख सकता हूँ। जैसे उस तरह के हस्ताक्षर अभियान होते हैं जिनमें लोग व्हेल को बचाने के लिए हस्ताक्षर करते हैं जबकि उनको व्हेल मछलियों की ज़रा भी चिन्ता नहीं होती है।'

पीटर को साफ़ लग रहा था कि उसको इस बारे में कोई नहीं बताने जा रहा कि इस शहर के समलैंगिकों ने राहुल छद्म नाम क्यों रखा था।

पास से गुज़रता हुआ एक और आदमी बोला, 'पुलिस।'

'चेतावनियाँ तो महामारी की तरह आ रही हैं', राहुल ने कहा, 'मुझे जाकर देखना चाहिए।' वह अगले ही पल लौटकर आ गया। उसके चेहरे पर दुख था और हाव-भाव व्यवसाय वाले।

'वे पूछताछ के लिए लोगों को पकड़ रहे हैं। उनका कहना है कि उन्हें जो जाने हुए अपराधी हैं। सभी भाड़े के लड़कों को। रानी माँ आप भी घर जाओ। मैं भी जा रहा हूँ।'

अठारह

जंगल की आग की तरह ख़बर फैल गई। कुछ नहीं हुआ। कोई भागाभागी नहीं। बस धीरे-धीरे सब बाहर निकल गए। पीटर ने उत्तर में जाने वाली ट्रेन पकड़ ली। वह सोच रहा था कि क्या लोगों को लगा होगा कि मैं भी वहाँ से जाने वालों का हिस्सा हूँ। आख़िरकार, वह लेज़्ली और राहुल से बात कर रहा था। अजीब बात है, अजीब बात है, हम इस बात को लेकर कितना चिन्तित रहते हैं कि दूसरे हमारे बारे में क्या सोचेंगे!

पीटर की जेब में पड़ा फ़ोन बीप करने लगा। जेंडे ने उसको मैसेज भेजा था।

'माटुंगा रोड स्टेशन आ जाओ, एक और गया।'

नहीं, यूनिट नहीं। वह इस बात को समझ रहा था इसलिए उसने जेंडे को फ़ोन नहीं किया। उस समय वह उस संकट को सुलझाने में उलझा हुआ होगा जो हर मौत अपने साथ लेकर आती है।

ट्रेन पर जाते समय पीटर को अपने अन्दर घबराहट महसूस हो रही थी। 'तुमको ऐसा क्यों लग रहा है कि यह यूनिट ही होगा?' उसने ख़ुद से पूछा। 'उसका इस ब्लैकमेल से कोई लेना-देना ही नहीं था। सूरज के फ़ोन में इसका नम्बर भी नहीं रहा होगा। वह नहीं हो सकता।' लेकिन एक भयानक बात ज़रूर थी—एक वही बचा हुआ था जिसका प्रॉक्सी से कोई लेना-देना था। प्रॉक्सी ने अपना पैसा उसी के पास रखा था।

वह माटुंगा रोड स्टेशन पर उतरा और प्लेटफ़ॉर्म के उत्तर की तरफ़ बढ़ गया। उसी तरह वहाँ लोग जुटे हुए थे, उसी तरह के गबदू लोग, उसी तरह के सवाल, उसी तरह के अनुमान। शहर में हर रोज़ एक से अधिक लोग गिरकर मर जाते थे या रेल की पटरी पार करते हुए उसके नीचे आ जाते थे। उसको लग रहा था कि यह उन्हीं में से कोई होगा। शायद वहाँ कोई

ख़ास आदमी होता है तभी उस पर इतना ध्यान दिया जाता है। नहीं तो यह सब सामान्य बात ही होती। एक स्ट्रेचर और एक दाग़दार चादर से लाश को ढक दिया जाता और शहर के मुर्दाघर में ले जाया जाता।

जहाँ यह सब चल रहा था जेंडे उसके बीच में खड़ा था, ग़ुस्से और ख़ामोशी के सागर के बीचोबीच।

उसने शौचालय की तरफ़ इशारा किया और पीटर मन ही मन तैयार होकर अन्दर घुसा।

लेकिन ज़मीन पर औंधा यूनिट नहीं पड़ा था। वह हिमाल था। वह जानवर जैसा शरीर जिसे उसने बड़े नाज़ से सँवारा था, वहाँ क्षत-विक्षत पड़ा था। उसको भी उसी तरह मारा गया था जिस तरह प्रॉक्सी को, एक तरफ़ से काटकर। इसके अलावा भी कुछ था, कुछ ऐसा जो उस लड़के को प्रॉक्सी से जोड़ने वाला था, लेकिन ख़ून और कीचड़ के बीच उसको यह समझ में नहीं आ रहा था कि वह क्या चीज़ थी।

पीटर बाहर निकल गया और उसने जेंडे से पूछा, 'क्या हुआ?'

जेंडे ने कंधे उचका दिए लेकिन यह उस तरह से कंधे उचकाना नहीं था जिसमें बेपरवाही होती है। बल्कि इसमें एक तरह से यह कहने का भाव था कि तुम भी अनुमान लगाने के मामले में मेरे ही जैसे हो और हम दोनों ने जो अनुमान लगाया वह पूरी तरह से समय की बर्बादी थी।

'क्या शरीर का कोई अंग भी निकाला गया है?' पीटर इस बात को कहते हुए भी समझ रहा था कि यह बेवकूफ़ी थी।

'हाँ, मैंने अपना हाथ अन्दर डाला था और यह पता लगाने की कोशिश भी की थी कि अन्दर क्या था और क्या नहीं।'

'माफ़ करना', पीटर ने कहा। जेंडे कुनमुनाया। एक पल बाद ही वह बोला, 'माफ़ करना। मैं उनसे बोलूँगा कि वे इस बात की भी जाँच कर लें।'

'क्या यह बात हमें उसकी बहन को बतानी चाहिए?'

'रात में इस समय जाने के लिए हमें एक लेडी अफ़सर चाहिए। जब हमें मिल जाएगी तब हम जाएँगे। चाय?'

दोनों चाय की दुकान की तरफ़ बढ़ चले जो स्टेशन के बीचोबीच थी। हमेशा की तरह पीटर ने चाय का ऑर्डर दिया और भुगतान भी किया। अगर यह ऑर्डर जेंडे ने किया होता तो ज़ाहिर है कि मालिक उससे कहता कि वह पैसे नहीं लेगा और जेंडे यह कहता कि वह पैसे ज़रूर देगा। एक बार पीटर ने उससे पूछा था कि वह ऐसा क्यों करता है। 'क्या यह आसान नहीं

है कि चाय ले ली जाए?' जेंडे यह सुनकर हँसने लगा। 'तुमको सोल याद है?' पीटर उसे कैसे भूल सकता था? सोल समुद्र के पास एक छोटा-सा स्टॉल था, जिसको सहकारी रूप से सेंट पीटर स्कूल के 1970 की क्लास के लोगों ने शुरू किया था, उसी स्कूल ने जिसमें बाद में पीटर और जेंडे पढ़ने के लिए गए थे। जब बहुत अच्छे एथलीट सोल का पैर वाशी पुल को पार करते समय टूट गया था। 'उस समय मैं पीछे की तरफ़ बैठा हुआ था जब दो पुलिस वाले आए और उन्होंने नूडल्स और गार्लिक चिकेन का ऑर्डर किया था या इसी तरह का कुछ और ऑर्डर किया,' जेंडे ने कहा, 'जब ऑर्डर पूरा हुआ तो रसोइये ने आक थू किया मानो वह खाने में थूक फेंक रहा हो और फिर वेटर ने भी आक थू कर दिया। हो सकता है कई बार वे थूक फेंक भी देते हों, कौन जानता है? चूँकि पुलिस ने पैसे नहीं दिए इसलिए तब से मैं भुगतान करने लगा। नहीं तो वे मेरे खाने पर भी थूक सकते थे। हो सकता है सच में नहीं लेकिन अपने दिमाग़ में वे ज़रूर थूकते होंगे।'

वे कुछ अधिक ही मीठी चाय पी रहे थे कि उनकी सहकर्मी आ गई जो उनके साथ अँधेरी जाने वाली थी लेकिन सब इंस्पेक्टर जयश्री पाटिल भी चाय पीना चाहती थी क्योंकि वह थकी हुई थी। इससे पहले वह एक मन्दिर में ड्यूटी पर थी, महिला भक्तों की जाँच-परख कर रही थी। पीटर उठकर जाने ही वाला था कि उस महिला सब इंस्पेक्टर ने ख़ुद ही चाय का ऑर्डर कर दिया और भुगतान करने की ज़रूरत को नज़रअन्दाज़ कर दिया। इस बीच समय धीरे-धीरे आगे बढ़ता जा रहा था। पीटर इस बात को महसूस कर पा रहा था कि जेंडे की बेचैनी बढ़ती जा रही है तो उसने जाकर उसको सुझाव दिया कि वह हिमाली को फ़ोन करके यह बता दे कि वे आ रहे हैं।

'क्या यह अच्छा विचार है?' जेंडे ने पूछा।

'इससे तो बेहतर ही है कि आधी रात उसके घर जाकर कहा जाए कि उसके भाई की मौत हो गई है।'

'मैं कह रही हूँ कि हमें सुबह के समय जाना चाहिए।' पाटिल बोली।

'सुबह होने पर वह पुलिस स्टेशन आ जाएगी और कहेगी कि उसके भाई का पता नहीं चल पा रहा है, और अगर हम लोगों ने उससे यह कह दिया कि लाश हमारे पास थी और हम लोगों ने उसको इस बारे में बताया नहीं तो वह सीधे अख़बार में जाएगी और कह देगी कि मुम्बई पुलिस ऐसा करती है, वैसा करती है।'

'यह भी है', पाटिल ने कहा।

जब वे हाउसिंग सोसाइटी के लिए निकले तो क़रीब-क़रीब आधी रात हो चुकी थी।

'क्या तुमको ऐसा नहीं लगता कि उसी ने इसकी हत्या की है? मेरा मतलब है कि पुरुष शौचालय में क़त्ल हुआ है, ठीक है। लेकिन उसी ने उसको मरवा दिया होगा', पीटर ने कहा, 'या मेरा दिमाग़ फिर गया है?'

'मुझे समझ में नहीं आ रहा है कि क्या कहा जाए', जेंडे बोला, 'हमें ऐसा लग रहा था कि क़ातिल यही है लेकिन अब इसी का क़त्ल हो गया। इसका मतलब यह है कि क़ातिल कोई और है। यह केस कितनी बार खुलेगा?'

पीटर ने सिर हिलाया। हिंसा इसी तरह की थी। लगता था कि इसने घटनाओं का एक सिलसिला शुरू कर दिया। हिमाल का क़त्ल बदले के लिए हुआ है। हिमाल को मारा किसने होगा?'

'लेकिन वह अपने भाई का ही क़त्ल क्यों करेगी?' जयश्री ने कहा।

जेंडे ने कंधे उचकाए। वह पीटर से अक्सर कहता था कि इस तरह की कोई बात नहीं होती कि किसी के बारे में कहा जाए कि वह अपराधी जैसा नहीं लगता। कुछ लोग ऐसे होते हैं जो आवेश में आकर कुछ कर जाते हैं जबकि कुछ ऐसे लोग भी होते हैं जो ऐसे हालात में आवेश में नहीं आते।

हिमाली सोई नहीं थी लेकिन उसने फूलों वाली नाइटी पहनी हुई थी। जब उसने उन लोगों को देखा तो लगा जैसे किसी ने उसके अन्दर की बत्ती जला दी हो, वह चौकन्नी हो गई।

'इतनी देर से?' वह बोली, 'मैं अकेली हूँ। मेरा भाई...'

उसके बाद उसने एक बार फिर से उन लोगों की तरफ़ देखा।

'मैडम यह बात आपके भाई से ही जुड़ी हुई है और हमारे साथ महिला पुलिस अफ़सर भी आई हैं।'

हिमाली दरवाज़े से पीछे हटते हुए बोली, 'आइए, बैठ जाइए और एक मिनट रुक जाइए। मैं आ रही हूँ।'

वह लिविंग रूम में गई, जो पूरी तरह से ख़ाली था। वहाँ से फ़र्नीचर हटाया जा चुका था। उसकी जगह पर वहाँ प्लास्टिक की छह कुर्सियाँ लगी हुई थीं। उनको एक ख़ास शैली देने की कोशिश की गई थी। दो कुर्सियाँ लाल, दो नीली और दो सफ़ेद थीं।

जब वह वापस आई तो उसने सलवार-क़मीज़ पहन ली थी और बीच में माँग निकालकर बाल झाड़ लिये थे।

'बताइए', उसने कहा।

'आपको यह बताते हुए मुझे बहुत दुख हो रहा है कि आज आपके भाई का क़त्ल हो गया है।'

हिमाली आँखें फाड़े उनको देखती रही फिर जैसे उसके बदन में कँपकँपी छूट गई।

'हे भगवान, हे भगवान, मुझे पता था कि एक दिन यह इसी तरह जाएगा', कहते हुए उसने दुपट्टे में अपना चेहरा छिपा लिया। जयश्री आगे बढ़कर उसके बग़ल में बैठ गई। क्या इस तरह के पलों के लिए भी क़ायदे-क़ानून होते होंगे? क्या जयश्री पाटिल शोक सन्तप्त महिला को गले से लगा सकती थी? उसने इस समस्या का समाधान निकाला और रसोई में जाकर स्टील के गिलास में पानी भरकर ले आई। उसने गिलास हिमाली को थमा दिया जो उसको हाथ में लिए बैठी रही।

'लेकिन अब मैं क्या करूँ? लेकिन अब मैं क्या करूँ?' हिमाली सुबकते हुए हिचकियाँ ले रही थी। 'मम्मा उसको ठीक नहीं कर पाईं। वह उनका हिम्मु हिम्मु हिम्मु था। वे केवल उसी के बारे में बात करती थीं। वह उनका कोहनूर था। और फिर वह इस तरह का हो गया। कोई नहीं...यहाँ तक कि पापा भी नहीं...हम कुछ नहीं कह सके, हम कुछ नहीं कर पाए।'

वे चुपचाप बैठे रहे। कुछ समय के बाद उसने पानी की तरफ़ देखा और एक घूँट भरा। उसके बाद वह उठ खड़ी हुई।

'मैं अपना चेहरा धोकर आती हूँ', वह बोली। जब वह लौटकर आई तो अधिक सहज लग रही थी।

'वह कैसे मरा?'

जेंडे ने इस सवाल को टाल दिया। 'कृपया इस फ़ोटो को पहचानिए', उसने जेब से एक तस्वीर निकालते हुए कहा।

'यह मेरा भाई हिमाल जुगलकिशोर शाह है', हिमाली ने कहा।

'मुझे इस बात के लिए माफ़ कीजिए कि आपको यह दिखाना पड़ा। लेकिन हमें क़ानूनी प्रक्रिया पूरी करनी होती है। कुछ घंटे पहले ही आपके भाई का क़त्ल हुआ है। आज जब वह घर से निकला था क्या उसने बताया था कि वह कहाँ जा रहा है?'

हिमाली उसको स्थिर भाव से देख रही थी।

'आप कहीं जाते हैं तो क्या अपनी पत्नी को बताकर जाते हैं?' उसने पीटर की तरफ़ मुड़ते हुए पूछा। 'या आप? आप ही बताइए मैडम इंस्पेक्टर, क्या आपके पति को पता होता है?'

पाटिल ने कंधे उचकाते हुए अपने इस बढ़े हुए ओहदे को सम्मान के साथ ग्रहण किया। 'हमारी लाइन में कौन कह सकता है कि हम कहाँ जाएँगे और हम क्या करेंगे?'

'हो सकता है आपके पति एक बार पूछते हों, दो बार पूछते हों और जब आप जवाब नहीं देती होंगी तो वे कहते होंगे, 'चलो इसको ख़ुद ही नहीं पता है इसलिए यह बता नहीं सकती है।'

पाटिल ने जेंडे की तरफ़ देखा और वह उसके बचाव में आया।

'आप यह कहना चाहती हैं मिसेज़ पटेल कि आपका भाई आपको इसलिए नहीं बताता था क्योंकि उसको ख़ुद पता नहीं होता था?'

'नहीं', वह बोली।

'फिर आपको पता कैसे नहीं होता था?'

'मेरा भाई दूसरे लोगों जैसा नहीं था इंस्पेक्टर। आप जानते हैं। आपने उसको देखा है। आप उससे मिले थे। जो भी उससे मिलता था वह उसको फँसा लेता था। वह उसके जादू में आ जाता था। ऐसे लोग उसकी मदद करना चाहते थे। वे उसका ध्यान रखना चाहते थे। वे उससे कहते : आओ मेरे साथ रहो और मेरे पेइंग गेस्ट बन जाओ और उनमें से कई तो उससे पैसे भी नहीं लेते थे। मेरा भाई जो चाहता था वह हासिल कर सकता था। लेकिन वह उस तरह का नहीं था।'

सब यही कहते हैं कि वह कितना अच्छा था और कितना प्यारा था, पीटर सोच रहा था।

'किस तरह का नहीं था?' जेंडे ने पूछा।

'वह किसी के साथ अच्छी तरह बना कर नहीं रख पाता था। वह इसी तरह से दोस्त बनाता था'—उसके बाद उसने हवा में अपनी उँगलियाँ नचाते हुए कहा—'लेकिन फिर उसकी लड़ाई हो जाती थी। कोई उससे कुछ कहता, मान लीजिए कोई कहता कि समय पर आया करो या यह कि अपने बाल कटवा लो तो वह उसके ऊपर चिल्लाना शुरू कर देता। जब वह स्कूल में पढ़ता था तो पापा ने उससे कई बार कहा था कि यही ग़ुस्सा एक दिन तुमको ले डूबेगा। पहले वह इतना बुरा नहीं था लेकिन जबसे वह मुम्बई आया था तब से वह भयानक हो गया था। आपको उससे सावधान रहना पड़ता था। वह हर समय लड़ने के लिए तैयार रहता था। मुझे लगता है कि पप्पा की चेतावनी सही साबित हुई। यही ग़ुस्सा उसको खा गया। मुझे लगता है कि इसी वजह से वह मरा।'

'आपके भाई का क़त्ल हुआ है', जेंडे ने उसको याद दिलाते हुए कहा।

ऐसा लग रहा था कि वह उस मृत आदमी की तरफ़ से गुस्से में था। शायद यही उसकी ताक़त थी, पीटर सोच रहा था, इसी वजह से वह ऐसा समर्पित पुलिस अफ़सर था। अभी भी अन्याय से वह बहुत परेशान हो जाता था।

'मैं जानती हूँ। आप जानते हैं कि कैसा लग रहा है, इंस्पेक्टर? पहले मेरी माँ की मृत्यु हुई। उसके बाद मेरे पति की हत्या हुई। अब मेरा भाई नहीं रहा।'

'आपके पति ने तो आत्महत्या की थी न?' जयश्री ने पूछा, 'दुखद मामला था।'

'मेरे पति ने आत्महत्या नहीं की थी', हिमाली बोली, 'उसकी हत्या की गई थी। उसकी हत्या मेरी आँखों के सामने ही हुई थी। यहीं। मेरे भाई ने उसका क़त्ल किया था। अब मैं कह सकती हूँ।'

उसके बाद कमरे में जैसे सन्नाटा छा गया। एक और क़त्ल, पीटर ने सोचा।

हिमाली ने अपने गिलास का पानी पी लिया था। उसके बयान के बाद जिस तरह की प्रतिक्रिया उसको मिली वह उससे सन्तुष्ट दिखाई दे रही थी।

'शायद आपको यह कहानी शुरू से सुनानी चाहिए', जयश्री ने कहा।

'आप समझ जाएँगी बहन', हिमाली ने पाटिल से कहा, 'या हो सकता ही कि आप इस बात को न समझ पाएँ क्योंकि जब आपकी शादी होती है तो आपकी कुछ उम्मीदें भी होती हैं न? आपका पति यह कर देगा, वह कर देगा। लेकिन आपका पति आपको हाथ ही न लगाए तो?'

जयश्री हैरान लग रही थी और फिर उसने समझते हुए उबासी ली, 'वह छक्का था?'

छक्का। पीटर यह नहीं समझ पा रहा था कि क्रिकेट का यह शब्द हिजड़े के लिए क्यों प्रयोग किया जाने लगा। इसके बारे में आमतौर पर यह कहा जाता है कि हिजड़े सप्ताह के छठे दिन ही चक्कर लगाते हैं। पीटर ने ध्यान दिया कि यह बात वैसे सच नहीं थी क्योंकि वे लगभग हर दिन, हर जगह होते थे। उसने इस शब्द का प्रयोग ख़ुद कभी नहीं किया था लेकिन उसके आस-पास के लोग दूसरों को नीचा दिखाने के लिए इस शब्द का प्रयोग करते थे। और यहाँ उस शब्द का प्रयोग एक महिला कर रही थी।

'अब कौन कह सकता है? वह तो गया', हिमाली ने ऊपर आकाश की तरफ़ दिखाते हुए कहा, 'जब रिश्ता आया तो हम लोगों ने ऐसा सोचा कि हमारी दुआ सुन ली गई। लड़का बम्बई में काम करता था, उसके पास

रहने के लिए अपनी जगह थी, एक विदेशी बैंक में उसकी अच्छी नौकरी थी, वह बहुत अच्छा कमाता था, उसके पास अपनी कार भी थी। हम लोगों ने सब कुछ सुन रखा था। और वे दहेज भी नहीं चाहते थे क्योंकि उसके पिता और उसकी मृत माँ दोनों गांधीवादी थे। मुझे इसमें सन्देह था। आज के समय में गांधीगीरी करता कौन है? लेकिन मेरा भाई भी मुम्बई में रहता था और उसने कहा कि उसने लड़के को देख रखा था क्योंकि वैसे भी हमारे पास पैसे कहाँ थे? उसके बाद जब वह सूरत में अपने घर आया तब मैं उससे मिली, वह ठीक ही लगा। वह देखने में अच्छा था, गोरा था और इतना विनम्र लगता था कि मैंने हाँ कह दी और हमारा विवाह हो गया। क्या सपने थे मेरे उस समय, इंस्पेक्टर साहब!'

पीटर ने ध्यान दिया कि कहानी एकदम फ़िल्मी लग रही है लेकिन वह फिर भी इससे प्रभावित हुआ था।

'मैं चाहती थी कि मेरा अपना बच्चा हो। मेरा पारिवारिक जीवन अच्छा हो। इसके लिए मैं सब कुछ छोड़ देने के लिए तैयार थी। लेकिन कुछ भी नहीं हो रहा था। मुझे लगता है कि पहले दिन उसने कोशिश की थी। लेकिन नैनीताल जब हम हनीमून पर गए तो उसने कुछ भी नहीं किया। मुझे लगता था कि उसको शर्म आती थी। लेकिन वह हम सभी लोगों का अच्छी तरह से ध्यान रख रहा था। वह माँ को पैसे भेजता था, मेरा भाई जब चाहे यहाँ आकर रह-खा सकता था। उसको तोहफ़े देने अच्छे लगते थे। मैं कुछ भी माँग सकती थी, और हिमाल भी। जब मम्मा बीमार थीं तो वह बहुत दुखी हुआ था, अपने बच्चे की तरह ही। हम उनको डायलिसिस के लिए बम्बई लेकर आए। जब आपकी माँ आपके घर में रहती हों तो आपको कुछ चीज़ों को मान लेना पड़ता है। इसलिए मैंने मान लिया और कभी कुछ नहीं कहा।

'इस तरह से देखें तो वह अच्छा था। उसको मम्मा पसन्द थीं क्योंकि जब वह छोटा था तभी उसकी माँ की मौत हो गई थी। जब हम लोगों को यह बताया गया कि उनकी किडनी ख़राब हो रही है और केवल एक काम किया जा सकता था कि किडनी का प्रत्यारोपण करवाया जाए, तब उसी ने कहा : करवा लेते हैं। फिर हिमाल ने मेरे पति से कहा कि संयुक्त खाता खुलवा लेते हैं जिसमें हम दोनों पैसे रखते रहेंगे। वह तैयार हो गया और दोनों एक ही खाते में पैसे रखने लगे। मुझे यह नहीं पता कि किसका पैसा कितना था। मेरे पास कुछ पैसे थे और मैंने भी उसमें पैसे डाल दिए। अस्पताल ने हमें बताया कि हमारे पास दो-तीन महीने थे।'

'किसी की किडनी ख़रीदने के लिए?' जेंडे ने पूछा।

हिमाली रुक गई मानो वह झूठ बोलने के लिए सोच रही हो। लेकिन फिर उसने न बोलने का फ़ैसला किया।

'अब छिपाने को रह क्या गया है? एक ग़रीब औरत थी जो कह रही थी कि वह अपनी किडनी दे देगी। उसको अस्पताल ने खोजा था, यह काम वही लोग नियमित रूप से करते थे, सब जानते हैं इस बात को। लेकिन उस औरत के बारे में क्या बताऊँ। ये लोग बहुत चालाक होते हैं। वह तरह-तरह की माँग करने लगी। लेकिन हम लोगों ने सारी माँगें मान लीं, और हम लोगों ने पैसे अलग रखने शुरू कर भी दिए थे।'

इसके बाद की कहानी को समझना बहुत आसान था। ऑपरेशन में अधिक दिन नहीं रह गए थे कि सूरज हनी ट्रैप में फँस गया। जब पुलिस स्टेशन में उसकी धुलाई हुई तो वह पूरी तरह से टूट गया। उसने अपने फ़ोन को बन्द नहीं किया और ब्लैकमेल होता रहा। पीटर को यह समझ में नहीं आ रहा था कि हिमाली कितना जानती थी। इसमें वह कितना ख़ुलासा करने वाली थी। उसने देखा कि जेंडे का चेहरा भावहीन था। वह चाहता था कि यह औरत बोलती रहे—सच या झूठ, जो भी है बोल ले।

'हम लोगों ने मम्मा की किडनी के लिए लाखों रुपए जुटाए थे', हिमाली बता रही थी, 'उस दिन मैं और मेरा भाई मम्मा को लेकर अस्पताल गए, तो अस्पताल वालों ने कहा कि कौन-सा ऑपरेशन, कौन-सा बेड, किस तरह की बुकिंग? कुछ भी नहीं था।

'हम घर वापस आए लेकिन सूरज वहाँ नहीं था। हम लोगों ने सोचा कि वह काम पर गया होगा। हम लोगों ने बैंक में फ़ोन किया लेकिन वह वहाँ नहीं था। हम लोग उसका इन्तज़ार कर ही रहे थे कि मम्मा की हालत और बिगड़ गई। हम लोगों को उन्हें वापस अस्पताल ले जाना पड़ा। हम लोगों के रोने-गिड़गिड़ाने पर उन लोगों ने एक सामान्य वार्ड में बिस्तर दे दिया और वहीं उनकी मृत्यु हो गई। अस्पताल से ही हिमाल उनके शरीर को लेकर श्मशान घाट गया और उनका क्रियाकर्म कर दिया। उनको अग्नि के हवाले कर दिया। जब सूरज घर आया तो मैं घर में ही थी। मैंने उससे कहा कि मुझे सब कुछ बता दो। तुमने पैसे खाते में जमा नहीं किए, तुमने अस्पताल में कोई बुकिंग भी नहीं की। क्या हुआ? सच बताओ, जो भी हो। मैं तुमको दोष नहीं दे रही हूँ, मैंने उससे कहा बस मुझे बता दो। यह कोई झूठ बात नहीं थी मैं जानना चाहती थी। यही बात थी।

'लेकिन फिर हिमाल घर आया और वह बहुत ग़ुस्से में था। उस खाते से केवल दो ही लोग पैसे निकाल सकते थे, मेरा पति और वह। उसने पैसे नहीं निकाले थे। इसलिए ज़ाहिर है सूरज ने ही निकाले थे। हिमाल ने सूरज की कनपटी पर एक थप्पड़ जमाया और फिर एक थप्पड़ और मारा। बाप रे, मुझे तो लगा कि उसका सिर ही उड़ जाएगा। सूरज रोने लगा। वह हिमाल के पैरों पर गिर पड़ा और मुझे माफ़ कर दो, मुझे माफ़ कर दो कहकर गिड़गिड़ाने लगा। मैंने हिमाल से कहा कि जो होना था वह तो हो गया, लेकिन वह ऐसा लग रहा था जैसे मेरी बात ही नहीं सुन रहा था। मेरे भाई ने कभी उसको भी माफ़ नहीं किया जिसने उसको समय पर खाना न दिया हो। लेकिन मेरी कोशिश करने के कारण वह कुछ हद तक शान्त हुआ। उसने यह भी कह दिया कि अब हम कर भी क्या सकते हैं? पैसे चले गए, माँ चली गईं। उसने मेरे पति से कमरे में आकर सारी बात बताने के लिए कहा। मुझे इस बात की चिन्ता थी कि वह एक बार फिर से उसकी पिटाई न कर दे। लेकिन सूरज ने कहा कि मैं तुम्हारे सामने बात नहीं कर सकता इसलिए अच्छा यही है कि अकेले में बात कर लूँ। मैं बाहर आकर यहीं बैठ गई। वे क्या बातें कर रहे थे मुझे कुछ सुनाई नहीं दे रहा था। मुझे लगा कि मुझे इस बारे में पता होना चाहिए इसलिए मैं चाय बनाने के लिए रसोई में गई। मुझे वहाँ से कुछ-कुछ सुनाई दे रहा था। मेरा पति हिमाल को किसी पुलिस वाले के बारे में बता रहा था, पैगमेट और एक और कोई नाम...।'

'डुर्रा?'

'हो सकता है। मुझे याद नहीं है, लेकिन मुझे यह याद है कि सूरज ज़ोर-ज़ोर से किसी प्रॉक्सी के बारे में बात कर रहा था।'

तो इस तरह से हिमाल ने उन लोगों को खोज लिया जिनके बारे में उसको लगता था कि वे उसकी माँ की मौत के ज़िम्मेदार थे। उसने अपने बहनोई के मुँह से सच निकलवा लिया था।

'मैं चाय लेकर अन्दर गई। सूरज ज़मीन पर बैठा हुआ था और फिर से रो रहा था। मुझे उसके लिए बुरा महसूस हुआ। वह जो भी रहा हो मेरा पति था। मैंने हिमाल से जाने देने के लिए कहा, अब वह क्या कह सकता था और क्या कर सकता था। उसके बाद आप कल्पना कीजिए, मेरा भाई, मेरे अपने भाई ने क्या किया? उसने मेरे बाल पकड़कर मुझे धक्का दे दिया। मैं वहाँ से भागकर रसोई में आ गई। मैं बस यही प्रार्थना कर रही थी कि अब इस सबका अन्त हो। शायद मैंने ठीक तरह से प्रार्थना नहीं की थी क्योंकि

इसका अन्त तो हुआ लेकिन इस तरह से हुआ कि मैंने उस तरह के अन्त की कल्पना भी नहीं की थी।

'जब वे बाहर आए तो हिमाल शान्त था। उसने कहा कि वह चाहता था कि मेरा पति माफ़ी माँगे। उसने मेरे पति से कहा कि वह टेबल पर बैठकर मुझे एक चिट्ठी लिखे। उसने कहा कि वह चिट्ठी में लिखे कि मुझे माफ़ कर दो। सब मेरी ग़लती थी। मुझे माफ़ कर दो। मेरे पति ने लिखना शुरू किया लेकिन हिमाल ने काग़ज़ लेकर फाड़ दिया। लिख जो मैंने लिखने के लिए कहा था, उसने कहा और मेरे पति के सिर के पीछे दो-चार थप्पड़ जड़ दिए। मैंने कहा कि वहाँ मत मारो, छोटा मगज वहीं होता है, यह मर जा सकता है। लेकिन वह उसको मारे जा रहा था और कहे जा रहा था कि जो मैं कह रहा हूँ लिख। हम लोग तुमको माफ़ कर देंगे। मेरे पति में अब ताक़त नहीं रह गई थी। वह लल्लू था। वह लिखने लगा। जब उसने लिख लिया तो ऐसा लगा कि मेरे भाई के ऊपर फिर से पागलपन सवार हो गया। उसने मेरे पति को पीछे से क़मीज़ पकड़कर कुत्ते की तरह उठाकर दीवार से दे मारा और उसको मारता रहा, मारता रहा। मेरे पति ने अब रोना भी बन्द कर दिया था, अब उसके मुँह से किसी तरह की आवाज़ भी नहीं आ रही थी, मानो उसकी आवाज़ चली गई हो। उसके नाक और मुँह से ख़ून बह रहा था। उसके बाद उसने भागने की कोशिश की और वह बालकनी की तरफ़ भागा और मेरे भाई ने उसको उठाकर बालकनी से नीचे फेंक दिया। मैं रोने लगी, लेकिन उसने कहा कि अगर मैंने कुछ कहा तो वह मुझे भी इसी तरह मार देगा। उसने मुझसे कहा कि मैं बेडरूम में जाकर सोने का अभिनय करूँ, और जब पड़ोसी आएँ तो मैं इस तरह जताऊँ कि मैं सदमे में आ गई और मैंने यही किया।'

एक पल के लिए पूरी तरह से ख़ामोशी रही।

'वह लेज़्ली के साथ क्यों रह रहा था?'

'वह मेरी शादी के एक साल पहले ही बम्बई आ गया था। जब मैं आई तो मैंने कहा कि वह मेरे और मेरे पति के साथ रहकर पैसे बचा सकता है। लेकिन उसने बताया कि उसको अपने दफ़्तर के पास ही एक अच्छा पीजी मिल गया है। उसने कहा कि वह आदमी उसको गोद ले सकता है क्योंकि वह उसको बेटे की तरह मानता है।'

यह उसके लिए कोशिश कर रहा था, पीटर ने सोचा। क्या हिमाल को सही में ऐसा लगता था कि वह लेज़्ली का वारिस बन सकता था?

या वह परिवार के लिए महज़ एक कहानी बना रहा था? यह कहना मुश्किल था।

'यह मेरे भाई की कहानी है इंस्पेक्टर साहब जिसके बारे में मैं बात कर रही हूँ। मुझे उसके ग़ुस्से से बहुत डर लगता था। लेकिन मुझे ऐसा नहीं लगता था कि वह ऐसा भी कुछ कर सकता था। जब सूरज के शरीर को ले जाया गया तो वह सूरज का फ़ोन लेकर उससे नम्बर नोट कर रहा था। वह अलग-अलग नम्बर पर फ़ोन करके उनके नाम लिख रहा था। मैंने उससे पूछा कि तुम क्या कर रहे हो तो वह बोला कि अगर तुमने बहुत अधिक सवाल पूछे तो तुम जानती हो तुम्हारा क्या हो सकता है, और फिर वह बालकनी की तरफ़ देखने लगा। मेरे पति को मारने के दो या तीन दिन बाद उसके पास किसी का फ़ोन आया और उसने इसको कहीं आने के लिए कहा। मेरे ख़याल से वह ऐसे जता रहा था मानो वह मेरा पति हो क्योंकि वह कह रहा था कि मैं इतने पैसे कहाँ से लाऊँगा? और यह कि मैं आऊँगा, चिन्ता मत करो। मैं किसी तरह बन्दोबस्त कर लूँगा।'

वह कुछ देर शान्त रही। उसके बाद उसने कहा, 'मुझे लगता है कि उसने उस लड़के को मार डाला, इंस्पेक्टर साहब। मुझे ऐसा लगता है उसने उसको मारकर उसकी किडनी निकाल ली। मैंने जब उसको देखा कि वह मेरे पति को इस तरह से फेंक सकता है तो मुझे इस बात का यक़ीन हो गया कि वह यह काम भी कर सकता था।'

उन्नीस

अगली सुबह यूनिट ने फ़ोन किया।

'अंकल शहर में क्या हो रहा है?' उसने पूछा, 'एक-एक करके वह सबको मार रहा है।'

'जानता हूँ', पीटर ने कहा। उसको उस लड़के के डर की याद आई और अब वह इससे हैरान भी हो रहा था।

'मुझे लगता है कि मुझे यहाँ से चले जाना चाहिए। यह जगह ख़तरनाक होती जा रही है', यूनिट ने कहा।

पीटर को यह विचार अच्छा लगा।

'कौन था?' मिली ने पूछा, वह उसके लिए चाय का दूसरा प्याला लेकर आई ताकि वह चाय पीने में उसका साथ दे सके। पीटर ने उसको सब कुछ बताया। वह सिर हिलाती रही।

'जानते हो न, अगाथा क्रिस्टी की किताबों में आपको जिस किरदार के ऊपर शक होता है कि क़त्ल उसने किया होगा, उसी का क़त्ल हो जाता है। इसका मतलब यह होता है कि वह क़ातिल नहीं हो सकता और लोग फिर शुरू से अनुमान लगाने लगते हैं।'

'काश यह सब इसी तरह होता', पीटर ने कहा, 'इस बात में कोई शक नहीं है कि प्रॉक्सी को हिमाल ने मारा था। मेरे ख़याल से हम सही थे।'

मिली ने चाय का घूँट भरा।

~

'वह उसी शौचालय में दुबारा क्या करने गया था?'

यह एक अच्छा आइडिया था। पीटर ने सोने का इरादा त्याग दिया और पुलिस स्टेशन के लिए निकल गया, जहाँ जुराले उन नम्बरों की सूची बना रहा था जिन पर हिमाल ने फोन किया था।

'जहाँ तक हिमाली ने कहानी सुनाई', जेंडे बोला, 'वह नम्बर सूरज की मृत्यु के बाद भी चालू था। इसलिए हिमाल ज़रूर उन नम्बरों पर फ़ोन करता रहा होगा। उसने realcaller.com पर सूरज का फ़ोन रजिस्टर किया था ताकि उसको उन नम्बरों के नाम पता चल जाएँ।'

'इसका मतलब उसने क़त्ल किए थे। इसका मतलब्र यह हुआ कि क़ातिल दो थे।'

'हाँ। पैथोलॉजिस्ट का कहना है कि यह चाक़ू भी वह नहीं था।'

'उसको कैसे पता?'

'घाव किस तरह से हुआ है इससे इसका अन्दाज़ा हो जाता है शायद। एक मिनट रुक जाओ,' यह जेंडे ने कहा और अपने आसपास के काग़ज़ों में से कुछ खोजने में लग गया। 'घाव का किनारा ऐसा था जैसे कसाई के चाक़ू से किया गया हो।'

'वह क्या होता है?'

'इस बार जो क़ातिल था वह कसाई था।'

'ऐसा मत कहो', पीटर बोला। माहिम में आस-पड़ोस अच्छा था, जहाँ शीतला देवी का मन्दिर भी था, जो शहर की सबसे पुरानी देवियों में एक थी। सड़क की दूसरी तरफ़ एक गुरुद्वारा था जहाँ कभी सिटी लाइट सिनेमा था, एक दरगाह और दो चर्च भी थे। पुलिस के नज़रिए से यह कोई शानदार बात नहीं थी।

जेंडे ने कहा, 'एक और बात।'

पीटर इन्तज़ार करने लगा।

'फ़ोरेंसिक के लोगों के मुताबिक़ इस बार जो हत्यारा है वह पहली बार का क़ातिल नहीं है। वह पहले भी क़त्ल कर चुका है।'

'ओहो।'

'हाँ, यह चिन्ता की बात है। लेकिन उनका कहना है कि यह अभी अनुमान भर है। उनका कहना है कि इस बार मारने वाला ज़रा भी नहीं हिचका था। घाव बहुत सफ़ाई से और एक बार में किया गया था।'

यह किरदार ज़्वीन की तरह हुआ, पीटर ने सोचा। हिमाल को उसी तरह से मार डाला गया जिस तरह से उसने क़त्ल किया था। एक बार फिर, इसमें भी ग्रीक ट्रेजेडी का तत्त्व है। मुम्बई के शौचालय में ग्रीक ट्रेजेडी। इससे उत्तर-आधुनिक बात हो ही नहीं सकती थी।

'हिमाल उस रात शौचालय में क्या करने गया था?'

'अरे, इस तरह के सवाल तुमको अपने दोस्त लेज़्ली से पूछने चाहिए।'

अचानक पीटर को थकान महसूस होने लगी। बांद्रा की एक और यात्रा।

लेज़्ली बहुत उत्सुक लग रहा था।

'इसका चेहरा ढक दो, मेरी आँखें नहीं ठहर रहीं। यह बहुत जल्दी मर गया', वह बोला, 'बेचारा। ऐसा लगता था कि इसकी चमक बहुत तेज़ थी, मानो यह बहुत दिनों तक रहने के लिए नहीं आया था। जाने का कितना शानदार तरीक़ा है। देखो, सभी अख़बारों के पहले पन्ने पर है।'

पीटर कहना चाहता था कि हिमाल की ख़बर पहले पन्ने पर आई ज़रूर लेकिन शाम के अख़बारों में, लेकिन फिर उसको लगा कि यह लेज़्ली की कही बात की बाल की खाल निकालना होगा। बल्कि उसके भीतर अचानक एक तरह की जो भावना उमड़ आई थी उसने उसको परे किया और लेज़्ली से वह सवाल किया जो उसको परेशान किए हुए था, 'वह उसी शौचालय में क्या कर रहा था?'

लेज़्ली ने कंधे उचकाते हुए कहा, 'यह बात मुझे भी अजीब लग रही है। मुझे लगता है कई बार इन स्थानों का उपयोग पेशाब करने के लिए भी किया जाता है।'

पीटर मुस्कुरा रहा था। उसको काम के दिनों से याद आ रहा था कि वह सार्वजनिक शौचालयों का इस्तेमाल तभी करता था जब आसपास कोई उनसे साफ़ जगह मौजूद नहीं होती थी, अन्यथा या तो वह घर में करता था या दफ़्तर में। इसलिए हिमाल वहाँ क्यों गया, जब वह काम नहीं कर रहा था तो सार्वजनिक शौचालय में क्यों गया, जबकि वह घर में जा सकता था? ज़ाहिर है, जब तक कि वह वहाँ किसी काम के ही सिलसिले में न गया हो।

'क्या हमारे पास उसकी कोई अच्छी तस्वीर है?' लेज़्ली ने पूछा।

पीटर सिर हिलाने लगा, इसके बाद उसको रॉकेट की याद आई, जिसने दो हज़ार लेकर सूचना देने की बात की थी।

जब पीटर ने लेज़्ली से कहा तो उसने हवा में अपने हाथ खड़े कर दिए।

'पीटर, पीटर। तुमने उस लड़के का भरोसा कर लिया? वह अपनी सुन्दर नाक में बर्फ़ भर लेगा और उसको इतने शेख़ मिल जाएँगे कि वह एक रात में इससे दस गुना कमा लेगा। अगर तुम्हारी क़िस्मत अच्छी हुई तो अगले क्रिसमस तक वह तुमको बता देगा। कुछ चीज़ों को रानी माँ

के लिए भी छोड़ देना चाहिए। हम लोग आज रात फिर से बाहर निकलेंगे और सवाल पूछेंगे।'

पीटर ने राहत की साँस ली, लेकिन मन ही मन। यह सब हो जाने के बाद वह मिली को लेकर गोवा लम्बी छुट्टी पर जाने वाला था। वे मॉरा में अपने पुराने घर की पोर्च में बैठकर धूप सेंकेंगे...पहले घर की सफ़ाई कर लेंगे। नहीं, वह बहुत अधिक काम जैसा ही लग रहा था। और उसने फिर से गहरी साँस ली।

~

उस शाम लेज़्ली बहुत जोश में था।

'मैंने कुछ अपने आप भी पता किया है', उसने रहस्यमय ढंग से कहा, 'मैं दिन-भर ख़ाली नहीं बैठा हुआ था जबकि तुम शायद बैठे थे।'

'समुदाय में?'

'जानते हो जो समलैंगिक होते हैं वे अपने समलैंगिक होने को लेकर उतने आसक्त नहीं होते हैं। मैं पाथफ़ाइंडर लैब गया था और वहाँ जाकर मैंने अपने ख़ून की जाँच करवाई। समय की बर्बादी तो हुई ही ख़ून की भी हुई लेकिन इससे मदद बहुत मिली। हिमाल की नौकरी चली गई थी, जानते थे तुम? यहाँ तक कि जब वह नौकरी करता था तब भी उसने वहाँ काम करने वाले सभी सहायकों से पैसे ले रखे थे। क्या उस लड़के को पैसों की हवस थी? मैं यह मानता हूँ कि मैं उसको सोना तो नहीं देता था लेकिन उसको अक्सर कुछ हज़ार रुपए देता रहता था। ज़्यादातर पिछले दो-एक महीने में, जब वह हर दूसरे दिन पैसे माँगता था और टाइट चड्डी पहनकर मेरे सामने से गुज़रता था ताकि मैं मना न कर सकूँ। मुझे पक्का लगता है कि किसी और चीज़ में उसने बहुत से पैसे गँवा दिए थे।'

पीटर ने भौंहें चढ़ा लीं।

'ओह मुझे कोई ग़लतफ़हमी नहीं है डार्लिंग, कुछ और लोग भी थे जिन्होंने उसको रख रखा था। और ज़्यादा बेहतर ढंग से। मेरी तिजोरी छोटी है, हालाँकि तुमको मेरे कपड़ों से ऐसा नहीं लगेगा। इस लड़के की आदतें महँगी थीं, और मुझे लगता है कि बाद के दिनों में वह बहुत ज़्यादा ख़र्चे में फँस गया था क्योंकि लैब में सहायकों से भी पैसे माँगने लगा था। इसलिए यह कोई हैरानी की बात नहीं होगी कि वह रेलवे के शौचालयों में जाने लगा होगा। मुझे ऐसा लगता है लेकिन हम लोग इसकी पुष्टि अपनी दुनिया से करेंगे।'

'बढ़िया', पीटर ने कहा। लेज़्ली ने उस दुनिया का दरवाज़ा खोल दिया था। जेंडे और पीटर यह नहीं कर सकते थे।

'कल्पना कर सकते हो? उस लड़के के बारे में बात करने अभी तक तीन लोग आ चुके हैं?'

'जेंडे और मैं तो गए थे। तीसरा कौन था?'

लेज़्ली चिढ़ गया, 'मुझे नहीं लगता कि यह बात मायने रखती है।'

'शायद नहीं', पीटर बोला हालाँकि उसने इस बात को भविष्य में जानने के लिए दर्ज कर लिया।

'आओ चलते हैं। हम टैक्सी-टैक्सी से बात करने जा रहे हैं। वह हम लोगों को लेने के लिए आ रहा है', लेज़्ली ने कहा।

'वह कौन है?'

'पता नहीं क्यों मैंने उसके बारे में पहले नहीं सोचा था। वह समलैंगिकों के बारे में चलता-फिरता कोश है।'

'क्या वह तुमसे भी अधिक जानता है?' पीटर ने हैरान होते हुए पूछा।

'हैरान होने का तुमको पूरा अधिकार है', लेज़्ली ने कहा, 'मुझे इस माहौल के बारे में पहले बहुत पता था। कहा जा सकता था कि एक ज़माना था जब मैं ही माहौल था। लेकिन कुछ समय पहले मैंने गुप्त पोर्न की दुनिया छोड़ दी और उसकी यादों को भी पीछे छोड़ दिया।'

'या तब जब उस युवा क्लर्क ने तुम्हारा दिल तोड़ा?'

'भूल जाओ कि मैंने तुमको कभी यह कहानी सुनाई भी थी। पीटर, प्लीज़,' वह बोला और उसकी आवाज़ में किसी तरह की बकवास नहीं थी, 'मैंने प्यार किया। मेरा प्यार खो गया। कहने की बात नहीं है।'

पीटर अक्सर दुआ करता था कि लेज़्ली कभी तो अपनी अदा छोड़कर असली रूप में आ जाए। अब जब लेज़्ली अपने सहज रूप में आ गया था तो वह यह दुआ कर रहा था कि वह अपनी अदा में वापस चला जाए। तब आसानी हो जाती थी।

गेट के बाहर एक काली-पीली टैक्सी आकर रुकी। लेज़्ली और पीटर बाहर निकल आए। लेज़्ली सामने की तरफ़ गया और उसका ख़ूब गर्मजोशी के साथ स्वागत हुआ।

जब पीटर अन्दर दाख़िल हुआ तो एक चहकती हुई आवाज़ ने कहा, 'हेलो डियर।'

रीयर व्यू मिरर में जो आदमी दिखाई दे रहा था उसके सिर के बाल

कम लग रहे थे और वह देखने में छोटा-मोटा व्यापारी लगता था। हालाँकि उसकी आँखें दोस्ताना थीं।

'यह टैक्सी-टैक्सी है', लेज़ली ने कहा, 'और यह मेरा दोस्त पीटर है।'

'मुझे यह नाम इसलिए दिया गया है क्योंकि मेरे पास दो टैक्सी हैं और कई बार मैं एक टैक्सी में चलता भी हूँ।'

'मैंने कभी इस बात को समझा नहीं', लेज़ली ने ऊपर देखते हुए कहा।

'कुछ लोगों को अच्छा लगता है', टैक्सी-टैक्सी ने कहा, 'शायद यह वर्दी के कारण हो।'

'क्या कोई वर्दी भी होती है?'

'अगर आप टैक्सी के मालिक होते हैं तो आप सफ़ेद पहनते हैं। अगर आप किसी और की टैक्सी चला रहे होते हैं तो ख़ाकी पहनते हैं।'

'क्या तुम इस टैक्सी के मालिक नहीं हो?'

'मैं हूँ। लेकिन मेरे लाइसेंस में और कोई नम्बर है। और वैसे भी ख़ाकी वर्दी में सफ़ेद से अधिक ग्राहक मिलते हैं।'

'हो सकता है कि उनको उस वर्दी से पुलिस की याद आती हो', लेज़ली ने कहा।

'और तुम रोज़ी-रोटी के लिए यह काम करते हो?' पीटर ने पूछा।

'अरे नहीं बाबा, रोज़ी-रोटी के लिए नहीं, मौज-मस्ती के लिए', टैक्सी-टैक्सी ने कहा और पीटर हँसने लगा क्योंकि वह जानता था कि वह इस सवाल की उम्मीद कर रहा था और उसने टैक्सी-टैक्सी की बात को दोहरा दिया : 'रोज़ी-रोटी के लिए नहीं, मौज-मस्ती के लिए।'

लेज़ली अपनी आँखों को नचाने लगा।

'मैं कपड़ों का बिज़नेस करता हूँ। होलसेल', टैक्सी-टैक्सी ने हिंगलिश में बताया। साफ़ था कि वह जान-बूझकर ऐसे बोल रहा था क्योंकि वह बीच-बीच में अच्छी अंग्रेज़ी भी बोलने लगता था।

'हम लोग डिसकाउंट के लिए नहीं कहेंगे', लेज़ली ने कहा।

वह अब बांद्रा में धीरे-धीरे गाड़ी चला रहा था।

'तुम क्या किसी को लेने वाले हो?'

'नहीं', टैक्सी-टैक्सी ने कहा, 'अभी बहुत जल्दी है। तुमको इन्तज़ार करना पड़ेगा। अब तभी कुछ होगा जब इस सड़क पर सिंगल पुरुष घूमने लगेंगे।'

पीटर को कुछ समझ में नहीं आ रहा था। उसकी दुनिया में तो कोई भी टैक्सी बुला सकता था।

'ऐसे लड़के होते हैं जो देर रात लौट रहे होते हैं, कफ परेड से कोलाबा तक, वे चर्च गेट स्टेशन के लिए जा रहे होते हैं। मैं रुकता हूँ और उनसे कहता हूँ कि मैं भी उसी तरफ़ जा रहा हूँ, आओ बैठ जाओ, और मैं अपनी बग़ल की सीट थपथपा देता हूँ, और उनको समझ में आ जाता है। कई बार मुझे उनको उनके घर तक छोड़ना पड़ता है, कई बार सिर्फ़ स्टेशन तक, सब इसके ऊपर निर्भर करता है कि वे चाहते क्या हैं।'

पीटर ने महसूस किया कि उसमें हैरान होने का गुण अभी भी है।

'टैक्सी में?'

'हाँ, एक जमाना था जब मेरी टैक्सी की खिड़कियों में काली फ़िल्म लगी हुई थी। मैं खिड़की का शीशा चढ़ाकर एसी चला देता और कोई गाना बाजा देता। संगीत का मेरा टेस्ट बहुत अच्छा है। मैंने अपना कलेक्शन बनाया है। 'मुगले आज़म' और 'उमराव जान'। इन गानों से मूड सेट हो जाता है। जैसे 'पाकीजा' फ़िल्म का 'मौसम है आशिकाना' गाना। लेकिन अब यह बकवास क़ानून बन गया है कि आप अपनी गाड़ी के शीशे में काली फ़िल्म नहीं लगा सकते, लेकिन अगर आप रचनात्मक होते हैं तो रास्ता निकाल ही लेते हैं।'

पीटर को अभी भी समझ नहीं आ रहा था कि टैक्सी में क्या क्या हो सकता था लेकिन उसने नहीं पूछने का फ़ैसला किया। बल्कि उसने हिमाल की तस्वीर बढ़ा दी।

'यह?' टैक्सी-टैक्सी ने कहा, 'हम इसको पत्थर के सनम बुलाते हैं। बुरी ख़बर, बहुत बुरी ख़बर। यह यहाँ नया था। मेरा एक व्यवसायी दोस्त है जो इसको कफ परेड में अपनी पार्टियों में अक्सर बुलाता था, दूसरों को उधार भी दिया करता था। यह हिट था। कई बार एक रात के दस हज़ार भी लेता था, अगर वह इसको बाँध कर करते तो और अधिक लेता था। फिर वे इससे ऊब गए। यह ग़ुस्सैल हो गया, बहुत अधिक माँग करने लगा। अब वह लड़कों को पत्थरवाड़ी ले जाता है...'

'वह कहाँ है?' पीटर ने पूछा।

'मरीन ड्राइव पर जो पत्थर लगे हैं न?'

'वह जो दीवार है?'

'हाँ, जब ज्वार-भाटा शान्त रहता है तो जाने के लिए वह अच्छी जगह है। इसलिए वह उनको शौचालयों में, ट्रेन में फँसाकर पत्थरवाड़ी ले जाता और उनकी पैंट ऐसे उतारने लगता मानो वे उसको बहुत पसन्द आ रही हों

और फिर उनकी पैंट पकड़कर फाड़ने लगता था, थिर्र। अगर इस आवाज़ के बारे में सोचोगे तो यह बहुत डरावना लगता है। इसका मतलब यह यह हुआ कि आप अपने चूतड़ दिखाते हुए घर जाएँ। कौन ऐसा चाहता है? और अब वही शरीर जो इतना आकर्षक लगता था डरावना लगने लगता। उसके बाद वह उनके पैसे, घड़ी जो भी उनके पास होता था ले लेता था।'

उसने उसकी तस्वीर वापस लौटा दी।

'कितने दुख की बात है न? मैं नए लड़कों को हमेशा कहता हूँ कि अगर सामने वाले की मांसपेशियाँ हों तो हमेशा सावधान रहने की ज़रूरत है। मांसपेशियाँ महज़ विज्ञापन की तरह होती हैं। आप जो पाते हैं वह अक्सर वह नहीं होता है जो आप देखते हैं।'

'मैं हिमाल के बारे में यह बात नहीं जानता था', लेज़्ली ने चिढ़ते हुए कहा, 'देखो, किसी के ऊपर यक़ीन करने से क्या होता है?'

'तुम उसके ऊपर किस तरह यक़ीन करते थे?'

'मैंने उसको अपने घर में पेइंग गेस्ट रखा। जबकि वह अधिक पैसे देता नहीं था।'

'यह विश्वास नहीं होता है', टैक्सी-टैक्सी ने कहा, 'यह ख़्वाहिश होती है।'

'तुम्हारी बात में कुछ दम है।'

'और वह अंग्रेज़ी में बोलता था, इसका भी फ़ायदा उसको था।'

पीटर को देखकर ज़रूर ऐसा लग रहा था कि उसको कुछ समझ में नहीं आ रहा है, इसलिए दोनों उसको समझाने लगे।

'धोखेबाज़ जो होते हैं वे सामान्य तौर पर नीचे के तबक़े से आते हैं, यह बात कहनी नहीं चाहिए लेकिन होता यही है। लेज़्ली तुमको बताएगा कि मेरे मन में समाज के वर्गों को लेकर कोई ऐसी बात नहीं है।'

'हमारे इस शहर में यही एक टैक्सी है जो सबसे अधिक जनतांत्रिक है', लेज़्ली बोला, 'मैंने इस टैक्सी में आगे की सीट पर वेटर्स और साफ़-सफ़ाई करने वाले लड़कों को भी देखा है।'

'एक बात है कि उनका शरीर मध्यवर्ग के बन्दों से ज़्यादा अच्छा होता है', टैक्सी-टैक्सी ने कहा।

'तुम कुछ बता रहे थे?' पीटर ने कहा।

'इनमें से ज़्यादातर लड़के निचले तबक़े के होते हैं, दग़ाबाज़ होते हैं। इसलिए अगर कोई अंग्रेज़ी बोलने वाला होता है तो आप यह मान लेते हैं कि वह दग़ाबाज़ नहीं होगा। आप इससे यह समझ लेंगे कि वह आपके

साथ सेक्स करना चाहता है। चाहे आप अट्ठावन साल के थुलथुल हों और वह अट्ठाईस साल का और उसका शरीर भी अच्छा हो। आपको ऐसा लगने लगता है कि वह आपको चाहता है। इसलिए आप सामान्य से कुछ अधिक करते हैं। आप उसको एक घंटे वाले होटल में ले जाने के बजाय घर ले जाएँगे। बस हो गया। काम हो गया। मैंने तो एक हीरा व्यापारी के बारे में भी सुना है जो मरीन ड्राइव फ़्लाईओवर के नीचे शौचालय में आता था, याद है?'

लेज़्ली ने सिर हिला दिया।

हाँ, वह बाहर अपनी कार रोकता था और अन्दर ब्रीफ़केस लेकर जाता था। फिर किसी लड़के को अपने साथ गायवाड़ी, जहाँ उसके पास एक घंटे वाला होटल था। एक बार एक लड़का उसका ब्रीफ़केस लेकर भाग गया। और वह वहाँ लौट गया जहाँ से आया हुआ था। बुरहानपुर या झुमरी तलैया या कहीं और। हवस आपका यह हाल कर सकती है।'

'क्या यह सच में हुआ था?'

'कौन जानता है, मैंने यह कहानी इतनी दफ़ा सुनी है कि हो सकता है सच ही हो', वह बोला और 'थोड़ी-सी बेवफ़ाई' का गाना गुनगुनाने लगा।

'दग़ाबाज़ों की शुरुआत किस तरह हुई?' लेज़्ली ने पूछा।

'देखो, होता यह है कि इनमें से कोई लड़का शहर में कोई काम कर रहा होता है। हो सकता है क्लीनर का, चपरासी का या और कोई काम। और उनमें से कोई बड़ी उम्र का उनको यह बता देता है कि अगर उनको रात में निकलने में कोई परेशानी न हो तो पैसे कमाए जा सकते हैं। अक्सर वे उसके बारे में सीधे-सीधे बात नहीं करते हैं जिसको ये होमोसेक्स कहते हैं। वे कहेंगे कि इसका मतलब हुआ कि किसी अमीर आदमी को फँसा कर उसको उल्लू बनाना। इस वजह से वे इस तरह का काम शुरू करते हैं। और अगर कोई ना-नुकुर करता है तो लड़के उसके ऊपर कूद कर उसके पैसे निकाल लेते हैं। इसके कई तरीक़े हैं। कुछ लड़के अपने ग्राहक के साथ घर जाते हैं और उसको कुछ देर तक खेलने भी देते हैं या उसको ये लोग अपनी भाषा में जो भी कहते हों, उसके बाद कह देते हैं कि जब तक आप पैसे नहीं देंगे तब तक मैं अपने कपड़े नहीं पहनूँगा या जब तक आप पैसे नहीं देंगे मैं शोर मचाकर आपके पड़ोसियों को बुला दूँगा या फिर इसी तरह की कोई और बात। यह होता तो ब्लैकमेल है लेकिन एक बार ही किया जाता है। बहुत से लोग होते हैं जो भुगतान कर देते हैं। कई तो

पैसे देने के बाद उस लड़के से कहते हैं कि अगले सप्ताह फिर आना। यह लड़का, क्या नाम है इसका?'

'हिमाल।'

'हिमाल? अच्छा, जो भी हो। मुझे कुछ और सुनाई दिया था। ख़ैर, वह ज़रूर शहर में आया होगा तो उसको समझ में आ गया होगा कि इसमें कितना पैसा था। तुमने अख़बारों में पढ़ा है न? किसी ने पेंटिंग ख़रीदने के लिए इतने पैसे दे दिए। कोई इतने पैसों के गहनों के साथ एयरपोर्ट पर पकड़ा गया। मेरे और तुम्हारे जैसे लोगों के लिए यह सब महज़ संख्या हो सकती है। इनके जैसे लड़कों के लिए यह प्रेरणा की तरह हो सकती है। उनको पैसे चाहिए होते हैं। और ज़्यादातर मामलों में उनके पास अपने शरीर के सिवाय कुछ भी नहीं होता है। इसलिए वे बाज़ार में अपने शरीर को दाँव पर लगा देते हैं क्योंकि फ़िल्मों में उन्होंने यह देख रखा होता है कि ताज़ा माल के लिए शौक़ीन कुछ भी देने के लिए तैयार रहते हैं। फिर उनको पता चलता है कि यह भी महज़ कहानी ही होती है; शरीर भी सस्ता ही होता है। इसकी कोई ख़ास क़ीमत नहीं होती। जो पुरुष इस तरह से पैसे देते हैं, वे उतने पैसे तो दे देते हैं लेकिन वे किसी से प्यार नहीं करते। अगर सम्भव हो तो वे हर दिन एक नए शरीर की तलाश में रहते हैं। इस वजह से बेचारा ग़रीब लड़का बुरे काम करने लगता है।'

'इसमें यह कितने समय से था?'

'पत्थरवाड़ी में? बहुत दिन से नहीं। नया बन्दा है। बहुत दिन नहीं हुए, मुझे बताया गया क्योंकि वह कई जगह गया भी लेकिन एक बात है उसको सब जानते थे। मैं विक्रम से कहता रहता हूँ कि gaybombay.com पर अपनी गैलरी बना ले और कहता हूँ कि ये वे लोग हैं जो इस तरह के ग़लत काम कर रहे हैं। मैं फ़ोटो खींच दूँगा, मैंने कहा था। लेकिन उसका एक वक़ील दोस्त था जो कहता था कि कहीं वे मानहानि का मुकदमा न कर दें। ज़रा सोचो। ये नए लौंडे। उलटा चोर कोतवाल को डाँटे। अगर तुम्हारे पास इस लड़के का कोई और फोटो हो तो मैं इसके फ़ोटो को बदमाश लोगों की गैलरी में डाल लूँगा।'

उसने कार में सामने का बक्स खोला और उससे एक फ़ोन निकाल कर लेज़्ली को दे दिया। लेज़्ली फ़ोन के स्क्रीन पर उँगलियाँ चलाता रहा और देखते हुए ख़ारिज करने वाले कमेंट्स करता रहा। 'अरे ज़रा इसको देखो। यह अपने आपको क्या समझती है? इस छोटी के लिए कौन आएगा।'

जब वे माहिम की तरफ़ जा रहे थे तो उसने फ़ोन पीटर को थमा दिया। पीटर तस्वीरें देख रहा था कि उसको यूनिट की तस्वीर दिखाई दी और वह रुक गया।

'ये? तुम इसको जानते हो?'

'अच्छा यह, यह बहुत ख़तरनाक है, समझे?' टैक्सी-टैक्सी ने कंधे झाड़ते हुए कहा, 'मैं इसको मैक द नाइफ़ कहता हूँ। यह अपने साथ चाक़ू लेकर चलता है और यह तुम्हारी शर्ट फाड़कर तुम्हारी चमड़ी को हलका सा चीर देता है जिससे कि ख़ून निकल आए। ज़्यादातर रानियों के लिए डराने के लिए इतना ही बहुत होता है। वह महात्मा गांधी स्विमिंग पूल के नीचे के अँधेरे इलाक़े में काम करता है।'

'यूनिट?'

'हाँ, वह चाक़ू चलाने में बहुत तेज़ है। पता है न उसको यह नाम कैसे मिला था?'

'नहीं।'

'वह परेल में वेटेनरी लैब में कटाई विभाग में था। उसका काम था मरे जानवरों की कटाई।'

बीस

पीटर ने जो कुछ भी बताया जेंडे भावहीन अन्दाज़ में उसको सुनता रहा। ऐसा लग रहा था कि उसको यक़ीन नहीं हो रहा था लेकिन पीटर को कई बार लगता था कि कई बार उसको अपने दोस्त को समझा पाना थोड़ा मुश्किल होता था। हालाँकि, आख़िरकार, उसने जुराले को भेज दिया कि वह जाए और यूनिट को पूछताछ के लिए लेकर आए।

जेंडे ने बड़ी आसानी से शुरू किया।

'अपने बारे में कुछ बताओ, स्कूल की पढ़ाई पूरी करने के बाद तुमने क्या किया?'

'मैं बीए की पढ़ाई करने के लिए परेल कॉलेज गया।'

'क्या तुमने अपनी पढ़ाई पूरी की?'

'नहीं सर, मेरे परिवार में परेशानी हो गई थी।'

'और फिर तुमने क्या किया?'

'मैंने फ़िज़िकल ट्रेनिंग का कोर्स किया।'

'फिर क्या तुमने फ़िज़िकल ट्रेनर का काम किया था?'

'नहीं सर। कहीं कोई काम नहीं मिला।'

'फिर तुम कहाँ काम करते थे?'

'कभी इधर कभी उधर।'

'हम्म। कोई ख़ास जगह, ख़ास काम।'

'बहुत दिनों तक कोई काम नहीं किया। सारे छोटे-मोटे काम ही थे।'

'क्या तुमने कभी वेट्रिनेरी कॉलेज परेल में भी काम किया था?'

यूनिट अवाक लग रहा था।

'नहीं सर। मेरा मतलब है कि हाँ सर।'

'वहाँ तुम क्या काम करते थे?'

'मैं लैब असिस्टेंट था।'

'काम क्या करते थे?'

'जो भी कहा जाता था।'

'क्या तुम कभी मुर्दा जानवरों को काटने के काम के प्रभारी रहे थे?'

'जी, सर।'

'उसमें क्या करना होता था?'

'जब कोई जानवर किसी बीमारी या किसी और कारण से मर जाता तो उसको हमारे पास भेज दिया जाता, तो किसी को उसकी खाल उतारकर इंजेक्शन लगाना होता था ताकि वह सड़ने न पाए। फिर उसको कोल्ड स्टोरेज में डाल दिया जाता था और बाद में वेट्रिनेरी डॉक्टर आकर उसका परीक्षण करता था।'

'इस काम में तुम माहिर थे?'

'इसमें अच्छे या बुरे की कोई बात नहीं थी। यह तो एक काम था।'

'कितने समय तक तुमने यह काम किया?'

'दो साल तक।'

'उसके बाद?'

'मैं थक गया था सर और मैंने काम छोड़ दिया।'

'इसके बाद तुम अपना ख़र्चा-पानी कैसे चलाते थे?'

यूनिट ने पीटर की तरफ़ देखा और फिर झूठ बोलना तय किया। 'अब मैं पर्सनल ट्रेनर हूँ।'

'कल रात तुम कहाँ थे?'

'मैं घर में था सर। मेरे सर में बुरी तरह दर्द हो रहा था।'

'कोई साथ था?'

'हाँ सर, तीन और लड़के थे। हम साथ-साथ रहते हैं। पहले मैं परिवार के साथ रहता था लेकिन मैं बाहर रहने लगा क्योंकि घर में भीड़ बहुत हो गई थी।'

'जिन लड़कों के साथ रहते हो क्या वे भी पर्सनल ट्रेनिंग का काम करते हैं?'

'नहीं सर। एक चपरासी है और दो कूरियर का काम करते हैं।'

'मुझे उनके नम्बर दो', जेंडे ने कहा। यूनिट ने अपने फ़ोन से देखकर तीन नाम और तीन नम्बर बताए। जेंडे ने ध्यान से उन नम्बरों को दर्ज किया और जुराले को सौंप दिया।

'क्या तुम इस आदमी को जानते हो?'

उसने मेज़ पर हिमाल की तस्वीर रख दी।

'नहीं सर।'

'कल इसका क़त्ल हुआ है', जेंडे ने कहा।

'अर्रे', यूनिट बोला, 'इस शहर में क्या होता जा रहा है।'

'क्या तुमने इसकी किडनी भी निकाली थी?'

'क्या कह रहे हैं सर? इसकी किडनी नहीं निकाली गई थी।'

'और यह बात तुमको किसने बताई।'

यूनिट झिझका।

'अख़बारों में था।'

'अच्छा छपा था? किस अख़बार में?'

'शायद टेलिविज़न पर आया था।'

'हो सकता है। किस चैनल पर?'

'मुझे याद नहीं। मैं इतने सारे मराठी चैनल देखता हूँ। बहुत से मराठी चैनल हो गए हैं।'

'हाँ बहुत से हैं। हम सभी चैनलों को चेक कर लेंगे। हमें बस यह करना है कि न्यूज़ ऐंकर जो पढ़ते हैं उस लिखे को निकाल लें। जानते हो न कि वे स्क्रीन पर देख कर पढ़ते हैं? इसलिए हम लोगों को वह सब मिल जाएगा जो न्यूज़ ऐंकर ने पढ़ा होगा और हम देखेंगे कि कहाँ उन्होंने ऐसा कहा कि हिमाल शाह की किडनी नहीं निकाली गई थी।'

'सर मेरे ख़याल से उन्होंने इस तरह नहीं कहा था। लेकिन अगर उसकी किडनी निकाली गई होती तो उन्होंने कहा होता। वे हमेशा इस तरह की खबरें देते हैं।'

'पहले तुमने ऐसा नहीं कहा था। तुमने कहा था कि तुमने समाचार में यह सुना कि उसकी किडनी नहीं निकाली गई थी। यह किसने कहा था? और कहाँ?'

'सर आप ऐसा क्यों कर रहे हैं?'

'अभी तक तो मैंने कुछ क़िया ही नहीं है। कम-से-कम अभी तक तो नहीं ही। क्या तुम चाक़ू लेकर चलते हो?'

'नहीं सर।'

'सब्ज़ी काटने वाला भी नहीं।'

'हाँ उस तरह से तो हमारे पास एक चाक़ू है।'

'हम तुम्हारे घर की तलाशी लेने वाले हैं। समझ रहे हो न?'

'सर, मैं तीन-तीन लड़कों के साथ रहता हूँ। हो सकता है कि उनमें से किसी के पास चाक़ू हो और आप मेरे ऊपर इल्ज़ाम लगा दोगे?'

'हम उन लोगों से यह भी पूछने वाले हैं कि क्या कल सारी रात तुम घर में ही थे?'

'सर मैं तो यही उम्मीद कर सकता हूँ कि वे सच बताएँगे। क्या मुझे पीने के लिए पानी मिल सकता है?'

'तुमको क्या लगता है कि उनमें से कोई झूठ बोल सकता है?'

'कौन कह सकता है सर?'

'या वे सब तुम्हारे लिए झूठ बोल देंगे?'

'नहीं सर, वे सब अच्छे परिवारों से हैं। प्लीज़ सर, थोड़ा पानी।'

'क्या तुम उनके लिए झूठ बोल दोगे?'

'नहीं सर, मैं भी अच्छे परिवार से हूँ।'

जेंडे ने सिर हिलाते हुए कहा, 'यह तो मुझे दिखाई दे रहा है।'

पीटर एक गिलास पानी लाने के लिए गया।

'किसको पानी चाहिए?' जुराले ने पूछा।

'मुझे', पीटर ने कहा क्योंकि वह इस बात को लेकर पक्का नहीं था कि वे उसको पानी देंगे या नहीं।

जुराले ने मिनरल वाटर की बोतल उठाई और गिलास में पानी भर दिया। पीटर ने उसे ले लिया। जब पीटर ने पानी का गिलास यूनिट के सामने रख दिया तो जेंडे ने आँखें दिखाईं लेकिन कहा कुछ नहीं।

'क्या तुम इस हिमाल शाह को जानते थे?'

'नहीं सर।'

'पक्का?'

'हाँ सर।'

'क्या तुम इस आदमी को जानते थे?'

उसने प्रॉक्सी की फ़ोटो सामने रख दी।

'सर मैं पहले ही आपको बता चुका हूँ। इसका नाम प्रॉक्सी है। यह मेरा दोस्त था।'

'यह जिसके लायक़ था वैसी ही मौत मारा।'

'नहीं सर। आप इस तरह से बातें क्यों कर रहे हैं सर?'

'क्योंकि यही सच है। जानते हो यह क्या काम करता था?'

यूनिट ख़ामोश रहा।

'यह पुरुषों के साथ सेक्स करता था।'

यूनिट शान्त रहने की बड़ी कोशिश कर रहा था।

'यह एक रंडी था।'

'नहीं सर। ऐसी बात नहीं थी। आप अच्छी तरह जानते हैं।'

'मैं क्या जानता हूँ?'

'आपके पुलिस वालों ने इसको बर्बाद किया। उन्होंने इससे कहा कि जाकर अपना गुप्तांग दिखाते रहना और जब कोई छूने की कोशिश करे तो हम उसको पकड़ लेंगे। आपके लोग उससे ऐसा करवाते थे। अगर उन लोगों ने इससे यह सब नहीं करवाया होता तो यह आज ज़िन्दा होता।'

'वह मना भी तो कर सकता था', जेंडे ने कहा लेकिन इस बार उसकी आवाज़ कुछ शान्त थी। जबकि इसके विपरीत यूनिट की आवाज़ रूखी और तेज़ हो गई थी।

'अच्छा! इतना आसान होता है? जब पुलिस आपको कुछ करने के लिए कहती है तो आपको करना ही पड़ता है। आप जानते हैं इस बात को। मैं जानता हूँ। प्रॉक्सी भी इस बात को जानता था। और उसने मुझे बताया था कि जब वह आदमी ब्रीफ़केस लेकर आया था तो उसने कहा था कि मेरी सास बीमार है, सारे पैसे मत लो। वह उनके सामने मिन्नतें कर रहा था। लेकिन उन लोगों ने कहा, साले छक्के, जब तेरी सास बीमार है तो तू शौचालय में केला मसाज करने क्यों आया था? उसने उन लोगों को अपना फ़ोन दे दिया, और उन लोगों ने कहा कि हम लोगों के पास तुम्हारे सारे नम्बर हैं, तुम्हारे घर का, दफ़्तर का, हम यह जान गए हैं कि तुम कहाँ काम करते हो, हम जान गए हैं कि तुम कहाँ रहते हो। और वे उसको फ़ोन कर-कर के और अधिक पैसों की माँग करते रहे। उन लोगों ने उससे सारे पैसे ले लिए और उसने आत्महत्या कर ली।'

'उसने आत्महत्या नहीं की थी। उसको हिमाल ने मारा था', जेंडे ने बताया।

'उसने अपने ही बहनोई को मार डाला? उसने अपनी ही बहन को विधवा कर दिया। फिर मुझे ख़ुशी है कि मैंने...'

'किस बात की ख़ुशी है?'

लेकिन यूनिट जैसे जड़ हो गया हो। वह कुछ नहीं बोला। फिर अचानक उसने अपना सिर गिलास से मार दिया। किसी ने इस बात की उम्मीद नहीं की थी। गिलास टूट गया और उसने उसके टुकड़ों से अपने सिर पर खरोंचें लगा लीं ताकि उसके चेहरे पर ख़ून गिरने लगे। वह चीख़ने-चिल्लाने लगा।

जुराले भागता हुआ कमरे में आया।

‘सर पानी का गिलास इन्होंने अपने लिए मँगवाया था’, जुराले पीटर को ऐसे देख रहा था मानो उसी की ग़लती हो।

‘चिन्ता मत करो, यह मेरा दोस्त है। इसको लगा कि हम इस आदमी को पानी भी नहीं देंगे’, जेंडे ने कहा, ‘लेकिन इसको पुलिस की क्रूरता को लेकर एक सबक़ मिल गया।’

‘सॉरी’, पीटर ने कहा।

पीटर को लगा कि वह ग़लत फँस गया था लेकिन जेंडे ऐसा लग रहा था कि वह उस पूरी सुबह अपने आप में रहना चाहता था।

‘अब घर जाओ’, वह बोला, ‘शाम को हम इसके दोस्तों से मिलने के लिए चलेंगे और यह देखेंगे कि सच में इसके साथ कोई रहता भी है या नहीं।’

‘मैं इस बात का सबूत दे सकता हूँ कि आपने...’

जेंडे नरम पड़ गया। ‘पूछताछ के कमरे में सीसीटीवी है। इसने जो किया और जो मैंने नहीं किया सब कैमरे में रिकॉर्ड हो गया होगा। लेकिन अगली बार से जुराले से कहना कि वह तुमको प्लास्टिक के गिलास में पानी दे।’

पीटर ने राहत महसूस की। फिर उसको अचानक यह बात सूझी।

‘सीसीटीवी!’ वह बोला।

‘हाँ?’

‘माटुंगा रोड पर भी सीसीटीवी है। हो सकता है उसमें यह रिकॉर्ड हो गया हो कि यूनिट स्टेशन पर आ रहा है, यहाँ तक कि यह भी कि यह शौचालय की तरफ़ जा रहा है।’

‘या बाहर निकलते हुए’, जेंडे ने कहा।

जुराले ने ऊपर आकाश में तारों की तरफ़ देखा। वह समझ गया था कि एक और दर्द भरा वर्णन आने वाला था।

पीटर ने इस मौक़े को लपक लिया।

‘क्या मैं इससे बात कर सकता हूँ?’

‘अगर चाहो तो’, जेंडे ने कहा। ‘लेकिन यह तुमसे जो भी कहेगा वह हमारे किसी मतलब का नहीं होगा। इसलिए इसको क़ुबूल करने के लिए मत कहना।’

पीटर वापस उस कमरे में गया जहाँ एक सिपाही यूनिट की मरहम-पट्टी कर रहा था। एक लैब असिस्टेंट ध्यान से यूनिट के नाखूनों को साफ़ कर रहा था। पीटर ने बहुत ध्यान से नहीं देखा लेकिन उसने देखा कि वह जिस चीज़ की तलाश में था वह मिल गई थी। उसके नाखूनों के नीचे ख़ून के

दाग़ थे। हिमाल का ख़ून। यूनिट ने उतना नहीं धोया था जितना कि उसको धोना चाहिए था। शायद उसको पैगमेट के बाथरूम में जाकर यह सीखना चाहिए था कि ख़ुद को किस तरह साफ़ रखा जाए।

'चाचा!'

इस बार उसका लहजा बहुत अलग था। वह आत्मविश्वास से भरपूर लग रहा था, लगभग ढीठ की तरह।

'तुमने ऐसा क्यों किया?'

'क्यों नहीं? यूनिट ने हँसते हुए कहा, 'ये सब पाण्डु हैं। इनको लगता है कि ये बहुत बड़े हैं। वर्दी डाली और अमिताभ बच्चन बन गए।'

वह कुर्सी पर फैल कर बैठ गया, पैर फैलाकर। उसको देखकर लग रहा था कि वह पूरी तरह निश्चिन्त था।

'मैं रॉकेट से तुम्हारे बारे में बात कर रहा था।'

'रॉकेट? चूतिया है साला', वह बोला। उसके बाद वह रुककर पीटर को देखने लगा, 'क्या कहा उसने?'

'अच्छी बातें। उसने मुझे बताया कि एक बार तुमने चाइनीज़ आदमी को मारा था।'

यूनिट ने सिर झुका लिया।

'चाइनीज़-वाइनीज कुछ नहीं था। सिक्किम का रहने वाला था। क्या अंकल, हमारे देश का क्या होगा अगर हमारे देश के ही पढ़े-लिखे लोग देश के बन्दे को चाइनीज़ कहेंगे?'

पीटर ने सिर हिलाकर उसकी बात पर हामी भरी।

'लेकिन प्रॉक्सी भाग गया था, नहीं?'

'आपको यह सब किसने बताया?' यूनिट का चेहरा गम्भीर था।

'और कौन? रॉकेट।'

'बात ऐसी नहीं थी। प्रॉक्सी अच्छा लड़का था। वह भागने वालों में नहीं था।'

'रॉकेट ने बताया कि वह भाग गया था और तुमको पिटने के लिए छोड़ दिया था।'

'रॉकेट को कुछ नहीं पता।'

'फिर उस शाम क्या हुआ था?'

'कुछ नहीं हुआ था। थोड़ी बहुत हाथापाई। उसने मारा। मैंने मारा। बस हो गया। और प्रॉक्सी भागा नहीं था।'

'तुम और प्रॉक्सी तो अच्छे दोस्त थे न।'

'मतलब?' यूनिट ने काँपती आवाज़ में कहा। वह ख़ामोश था। पीटर इन्तज़ार कर रहा था।

'मतलब, इस तरह', यूनिट ने दो उँगलियों को आपस में फँसाते हुए कहा।

'उसको इस तरह से नहीं मरना चाहिए था।'

'नहीं', यूनिट ने कहा, 'किसी को भी इस तरह नहीं मरना चाहिए। शौचालय में।'

पीटर उस आदमी के बारे में सोच रहा था जिसने शौचालय को ही अपना दफ़्तर बना रखा था।

'मैं जानता हूँ अंकल। वह ग़लत काम कर रहा था।'

यूनिट की छवि जिसमें उसकी आँखों में काजल था, टाइट टीशर्ट और उसकी जींस...

'मैं जानता हूँ कि आप क्या सोच रहे हैं। मैं भी यह धंधा करता हूँ।'

पीटर ने अपने बचाव में कुछ कहना चाहा।

'हाँ कोई बात नहीं अंकल। जब मैं बाप बन जाऊँगा तो मैं यह नहीं चाहूँगा कि मेरा बेटा वह काम करे जो मैं करता हूँ। लेकिन धंधा बहुत साधारण है। मैं ग़लत काम करता हूँ, आप कह सकते हैं। लेकिन पुलिस? जब पुलिस आपका फ़ोन ले लेती है आपसे कहती है कि हज़ार रुपए लेकर आओ नहीं तो कल तुमको अदालत जाना पड़ेगा और सबको यह पता चल जाएगा कि तुम कौन हो—यह अपराध है। मैंने प्रॉक्सी से कहा था कि यह सब मत करो। कई बार मैं अच्छी कमाई कर लेता हूँ, हम पैसे बचाकर बाद में कोई धंधा कर लेंगे। लेकिन उसने मेरी बात सुनी नहीं। उन लोगों ने उसको जल्दी-जल्दी कमाई का चस्का लगा दिया था और वह कहता था कि मुझे बचाने के लिए पुलिस है न।'

पीटर सिर हिलाने लगा। वह उस सवाल को पूछने की कोशिश कर रहा था जो उसके दिमाग़ में सबसे ऊपर था।

'मैं जानता हूँ आप क्या जानना चाहते हैं अंकल।'

'मैं क्या जानना चाहता हूँ?'

'आप यह जानना चाहते हैं कि आपने जो कहा क्या उससे यह पता चला कि प्रॉक्सी को किसने मारा था?'

पीटर उस लड़के की बुद्धि से हैरान था। वह यही बात सोच रहा था कि क्या किसी बातचीत के दौरान उसने यूनिट से लापरवाही से बात की

थी, क्या उसके मुँह से कुछ ऐसा निकल गया था जिसकी वजह से हिमाल मारा गया। उसको लग नहीं रहा था कि उसने ऐसा कुछ कहा था, उसको कुछ याद नहीं था, लेकिन फिर भी उसको शक था...

'नहीं, ऐसा आपने कुछ नहीं कहा था। आपने रॉकेट को उसका फ़ोटो दिखाया था, याद है? आपने उससे कहा था कि वह कहाँ काम करता था। रॉकेट ने कमीशन पर मुझे यह काम सौंपा। मैंने फ़ोटो देखा और पहचान गया। इस तरह के चेहरे और शरीर को भला कौन भूल सकता था? मैंने उसको कई बार शौचालय में देखा था। मैं लैब गया था तो मुझे पता चला था कि वह इंजेक्शन लगाता था। तब मुझे पता चला कि उसने बच्चे को मारा था। उसने प्रॉक्सी को मारा था।

'मैं समझ गया था कि हिमाल जो कर रहा था वह वैसा क्यों कर रहा था। मैं भी वही करता। वह बदला लेना चाहता था। वह सबको ख़त्म कर देना चाहता था। मुझे यह नहीं पता है कि प्रॉक्सी उसको पैसे वापस क्यों लौटाना चाहता था। वह कैसे आया इस चक्कर में? जानते हैं अंकल प्रॉक्सी कह रहा था कि वह उस आदमी की आत्महत्या के कारण बहुत दुखी था। उसने कहा, यूनिट तू जा, पता कर न। मेरे ऊपर कोई भरोसा नहीं करेगा। मैंने कहा कि मेरे ऊपर भी कोई भरोसा नहीं करेगा। फिर मुझे एक बात सूझी कि हम लोग सुनील भैया को भेज देंगे; और हम लोगों ने आपके बेटे को फ़ोन किया लेकिन उनका फ़ोन बन्द आ रहा था। लेकिन इससे पहले कि कुछ हो पाता इस आदमी ने प्रॉक्सी को मार डाला। यह मेरी ग़लती थी। उसने मुझसे कहा था कि यूनिट मेरे साथ चलो, चलकर कम-से-कम उसको इतने पैसे दे देते हैं। लेकिन मैंने कहा कि अब क्या रखा है? बुढ़िया मर चुकी है। भूल जाओ, अब इसमें मत पड़ो। मैंने उसको रोका था अंकल। इसी वजह से वह मारा गया।'

'तुमको इस तरह से नहीं सोचना चाहिए। उसको हिमाल ने मारा...'

'अंकल दुनिया इसी तरह से सोचती है। मेरी माँ का कहना है कि यह उसके भाग्य में था, तुम क्या कर सकते हो? मुझे यह दर्शन पता नहीं है। मैं बस एक बात जानता हूँ। वह मेरा यार था। अपने यार के लिए जो मैं कर सकता था मैंने किया।'

और उस लड़के ने जो कहा था पीटर उसका भार महसूस कर रहा था; यह केवल लम्बी दोस्ती का लगाव नहीं था; यह महज़ प्यार नहीं था; यह एक तरह से श्रद्धा जैसी चीज़ थी। क्या वह इससे कभी मुक्त हो पाएगा?

पीटर खड़ा हुआ और मेज़ की दूसरी तरफ़ गया और उसने उसके कंधे पर हाथ रख दिया। 'उसको ज़िन्दा रख पाना तुम्हारा काम नहीं था', उसने कहा।

यूनिट ने हैरानी से उसकी तरफ़ देखा मानो उसको लग रहा हो कि पीटर उसकी बात समझ नहीं पाया था। उसने कुछ कहने की कोशिश की, मानो कुछ समझाना चाह रहा हो, लेकिन फिर उसने रहने दिया।

शान्ति छा गई।

पीटर ने पूछा, 'फिर तुमने काफ़ी दिनों तक हिमाल का पीछा किया?'

'नहीं अंकल', यूनिट ने कहा और उसके बोलने के अन्दाज़ से लग रहा था कि वह चालाकी कर रहा है। 'एक दिन मैंने उसको शौचालय में देखा और मुझे लगा कि अब उसका भी अन्त उसी तरह से होगा।'

'तुम अपने साथ चाक़ू लेकर गए थे?'

'चाक़ू मैं हमेशा अपने साथ रखता हूँ।'

वह खड़ा हुआ और पीटर की आँखों में देखते हुए बोला, 'अंकल यह कोई क़बूलनामा नहीं है।'

पीटर ने सिर हिला दिया।

'मुझे माफ़ करना अंकल। आपने मुझे खाना खिलाया था। आपने मुझे घर बुलाया था। आपने मेरे साथ अच्छा बर्ताव किया। आपका बेटा भी अच्छा है। मुझे माफ़ कर दीजिए कि मैं यह सब आपके द्वार ले आया।'

पीटर ने यूनिट को ध्यान से देखा, थोड़ा-सा गठीला बदन था, उसका सिर मुश्किल से पीटर के कंधे तक आता, उसकी आँखों में ग़ुस्सा भी था और असहायता भी। वह सोच रहा था कि किस तरह जल्दी-जल्दी इस लड़के ने खाना खाया था, और उसको ऐसा लगता था कि एक दिन इसकी शादी होगी, और कितनी सहजता से उसने पीटर को अपने जीवन में आने दिया। उसने मुश्किल से कुछ निगला।

'देखिए अंकल, इस 377 ने क्या किया? इसकी वजह से प्रॉक्सी अपराधी हो गया। सब अपराधी हैं, सिवाय इन पांडुओं के। कई लोग मारे गए अंकल—एक के बाद एक लाश। हो सकता है कि मैं भी मारा जाऊँ। किसी को मरना क्यों पड़ा अंकल? प्रॉक्सी को क्यों?'

और वह पीटर की छाती पर सिर टिकाकर रोने लगा। वे दोनों साथ-साथ रोने लगे, और इससे वे शर्मिंदा नहीं थे।

इक्कीस

जब जेंडे ने उसको घर छोड़ा तो पीटर जाकर बरामदे में बैठ गया। सुनील भी उसके साथ बैठ गया और एक पल के लिए बिना कुछ कहे अपने पिता को देखता रहा। उसके बाद वह गया और आरसी की एक बोतल और दो गिलास निकालकर ले आया।

'एक छोटा', पीटर ने कहा।

'माँ, आपको भी चाहिए?' सुनील ने कहा।

'नहीं, मैं फ्रूटी पी लूँगी' कहते हुए वह बाहर निकल कर आई और लौटी तो शैम्पेन के गिलास में मैंगो ड्रिंक रखा हुआ था।

सुनील ने जगह बनाई और मिली भी बैठ गई। शहर में रात घिरने लगी थी।

अचानक सुनील बोला, 'मुझे लगता है कि मैं बच्चों की तरह बर्ताव कर रहा हूँ। मैं शायद आप लोगों को कुछ बताना चाहता हूँ।'

'ऐसी कोई बात नहीं है', मिली ने बड़ी सहजता से कहा, 'लेकिन अगर तुम कुछ कहना ही चाहते हो तो कहो।'

पीटर को अचानक अपनी पत्नी के ऊपर गर्व महसूस हुआ। उसने इस बारे में बात करने की कोशिश की थी लेकिन उसकी सुनील के साथ सैद्धांतिक बहस हो गई थी।

'मुझे प्यार हो गया है। जबकि मुझे इस बारे में पता भी नहीं चला कि कब मुझे प्यार हो गया...' सुनील कहते कहते रुक गया।

पीटर यही दुआ कर रहा था कि यह कोई ऐसी-वैसी बात न हो। हालाँकि उसको इस बात का डर था। साथ ही वह यह भी सोच रहा था कि किसी को किस तरह की बात बताते हुए किस तरह का चेहरा बनाना चाहिए?

'क्या आप सच में सुनना चाहते हैं?'

'अगर तुमको लगता है कि कहना चाहिए तो बता दो', पीटर बोला,

वह असहज रूप से इस बात को समझ रहा था कि वह केवल मिली की भावनाओं के मुताबिक़ बोल रहा था।

वैसे यह कहना ग़लत बात होती लेकिन सुनील उसको ग़ुस्से से देख रहा था।

'मैं आपको कुछ बताना नहीं चाहता।'

मिली हँस पड़ी। सुनील ने राहत की साँस ली। 'मुझे पता है कि यह ग़लत है। मैं जानता हूँ कि आपने बातचीत के रास्ते खुले रखे। लेकिन यह निजी बात है और शायद आप लोगों के अनुभव से बाहर की बात है। यह आसान नहीं है। मुझे समझ में नहीं आ रहा है कि किस तरह से इस बारे में बात करूँ।'

पीटर ने तय किया कि बेहतर तो यही होगा कि वह पूरी बातचीत के दौरान कुछ न बोले।

सुनील ने कहा, 'आपको रूश याद है?'

'जो पहली कक्षा में तुम्हारा सबसे अच्छा दोस्त था?' मिली ने पूछा। पीटर सोच रहा था कि उसको इतना कैसे याद था। क्या इसका कुछ सम्बन्ध इस बात से था कि वह उसकी माँ थी? उसको अपने बेटे के जीवन का कुछ भी याद नहीं था, सिवाय ज़रूरी बातों को छोड़कर।

'हाँ वही। मैं जूनियर कॉलेज में उससे फिर मिला और मुझे उससे प्यार हो गया', सुनील ने कहा।

पीटर शान्त भाव से बैठा हुआ था और कोशिश कर रहा था कि मिली के चेहरे पर उसकी नज़र न पड़े। यह सुनकर उसको राहत महसूस हुई कि उसने जो सोचा था वह बहुत राहत की बात निकली। उसको सात साल पहले की एक इतवार की दोपहर याद आ गई। सुनील फुटबॉल का एक मैच खेलकर लौटा था और उसने ख़ुद को एक छोटे-से कमरे में बन्द कर लिया। उन लोगों ने पहले तो उसको छोड़ दिया, फिर एक घंटा बीता, दूसरा घंटा बीता तो उन लोगों ने पूछा तो दूसरी तरफ़ से धीमी आवाज़ आई कि वह अकेला रहना चाहता है। मिली ने उस शाम तरह-तरह के कामों में ख़ुद को लगाए रखा, रात में सुबह का अख़बार पढ़ा, सुबह के लिए क़मीज़ आयरन की गई, और फिर चावल उबलने के लिए रख दिए। लेकिन उनकी दुनिया पर एक लम्बी छाया छाई हुई थी। उसके बाद दरवाज़ा खुला, सुनील बाहर आया और उसने अख़बार के स्पोर्ट्स सेक्शन और रात के खाने की माँग की तो ठंडी हवा चलने लगी और रोशनी हो गई।

'मुझे ऐसा नहीं लगता कि मैं उससे इस बारे में कह पाया होता', सुनील अब कह रहा था, 'लेकिन जब उसको पता चला तो उसने हम दोनों के लिए कहा—बस एक बात है...'

वह कुछ रुका मानो अपने विचारों को इकट्ठा कर रहा हो।

'तब तक रूश ने औरत बनने का फ़ैसला कर लिया था।'

सुनील चुपचाप अपने गिलास में देख रहा था, और अब पीटर घूमकर मिली की तरफ़ देखने लगा। उसके चेहरे से कुछ दिखाई तो नहीं दे रहा था लेकिन वह चिन्तित लग रही थी।

'मुझे समझ में नहीं आ रहा था कि क्या सोचूँ। मैं यही सोचता था कि मैं अपना बाक़ी जीवन इस आदमी के साथ गुज़ारूँ, और मैं इससे अधिक कुछ और नहीं सोचना चाहता था। मुझे लगता था कि मैं उसके साथ ख़ुश रहूँगा। अब वह आदमी कह रहा था कि वह औरत बनना चाहता था...मुझे समझ नहीं आ रहा कि किस तरह महसूस करूँ। मुझे लग रहा है कि मुझे कुछ समझ नहीं आ रहा। लेकिन मैं किसी न किसी रूप में उसको समर्थन देते रहना चाहता था। लेकिन रूश के पापा बहुत ग़ुस्सा हुए और उन्होंने उसको घर से निकाल दिया।'

'तुम उसको यहाँ ले आते', मिली ने साधारण तरीक़े से कह दिया, और पीटर सोचने लगा कि जब वह आ जाएगा तो वे दोनों इसका सामना किस तरह करेंगे। अभी तो कहना आसान है। उसने बाहर इस दृश्य का मन-ही-मन अभिनय किया : दरवाज़े पर खटखट, पीटर के साथ वह युवक है, उसकी तरह-तरह की व्याख्या...क्या इस बात की कोई व्याख्या हो भी सकती थी? हो सकता है कि वे बीच में किसी जगह पर रुक गए हों, उन्होंने एक कहानी बनाई हो : ट्रेन छूट गई, बटुआ चोरी हो गया, वह बस कुछ दिन के लिए ही आया है...'

'उसके पास एक बेहतर विकल्प था। वह न्यूयॉर्क चला गया। उसकी माँ वहीं रहती हैं और उनको इन बातों से कोई फ़र्क़ नहीं पड़ता। मेरे ख़याल से उसकी माँ अमेरिकी हैं। इसलिए उसने वहाँ जाकर अपना लिंग परिवर्तन करवाया और वह वहाँ से महिला बनकर आया। लेकिन यहाँ आने के बाद उसने मुझे बताया कि उसको वहाँ कोई और मिल गया। मेरे ख़याल से प्यूरितो रिकन था। इस तरह सब ख़त्म हो गया', वह बोला।

'ओह!'

सुनील ने आँख उठाकर पीटर की तरफ़ देखा और ख़ामोश हो गया।

'तुमको बहुत तकलीफ़ पहुँची होगी', मिली ने कहा।

'मुझे लग रहा है कि मुझे राहत महसूस हुई। रूश ने गुपचुप तरीक़े से हार्मोनल दवाइयाँ लेनी शुरू कर दी थीं और उसके साथ निभा पाना मुश्किल होता जा रहा था। बारहवीं की परीक्षा आने वाली थी और मुझे TISS की परीक्षा के लिए भी पढ़ाई करनी थी और वह हर समय भाव खाता रहता था।'

उसके बाद उसने रुकते हुए कहा, 'लेकिन मैंने अपने जीवन का कुछ हिस्सा एक ऐसे आदमी के साथ बिताया जो लड़की था।'

'हो सकता है कि उस लड़के में जो लड़कियों जैसा भाव रहा हो तुमको उससे प्यार हो', पीटर ने कहा और उसको तत्काल अपने कहने पर अफ़सोस हुआ। उसको लगा कि वह ऐसे जता रहा था मानो वह थोड़ा सख़्त होने की कोशिश कर रहा था।

'मैं इसके बारे में सोचता रहता था कि यह मुझे कैसे हुआ? इस मामले में TISS ने मेरी बड़ी मदद की। क्योंकि वहाँ हमें जेंडर और सेक्सुअलिटी के बारे में भी पढ़ना था और वहाँ एक बहुत प्यारी इन्स्ट्रक्टर भी थी जिसने हमें बताया था कि चीज़ों को टालना नहीं चाहिए बल्कि एक नाम देना चाहिए। समाज यही तो करता है, उसने कहा, आपको इसको अपने आप नहीं करना पड़ता।'

पीटर ने मन ही मन उस अध्यापक को दुआ दी।

'काश तुमने हमें बताया होता बाबा', मिली ने कहा।

'मुझे भी लगता है कि काश मैंने आपको बताया होता', सुनील ने कहा, 'अब जब मैं इस बारे में सोचता हूँ तो मुझे लगता है कि मेरे अन्दर इतनी हिम्मत नहीं थी।'

'यह हिम्मत की बात नहीं है। हमें इस तरह का माहौल बनाना चाहिए था कि तुम बता सकते।'

'अब यह दोष देने का काम बन्द करो माँ', सुनील ने कहा और पीटर ने न चाहते हुए भी उन शब्दों को दर्ज किया, 'मैं बस यही दुआ करता हूँ अगर कभी मेरा कोई बच्चा हुआ तो उसके अन्दर यह साहस होना चाहिए कि वह मुझे बता सके और मेरे अन्दर यह क्षमता होनी चाहिए कि मैं सुन सकूँ।'

'अब रूश कहाँ है?' मिली ने पूछा।

'अब रूश नहीं। लेकिन अब हम लोग फ़ेसबुक पर फ़्रेंड भी हैं।'

'क्या वह अभी भी उसी पयूरितो रिकन के साथ है?'

मैंने पूछा नहीं।

'तुमको देखना चाहिए था', मिली ने कहा।

सुनील हँसने लगा।

'मुझे ऐसा लगता है कि आप ऐसा ज़रूर करेंगी', वह बोला।

'क्या बकवास है', मिली ने टोकते हुए कहा।

~

उस रात बाद में पीटर ने शुक्रिया कहा।

मिली जब चेहरे पर कोल्ड क्रीम लगा रही थी तो उसने उसकी तरफ़ देखते हुए कहा, 'तुम किसी काम के नहीं।'

पीटर ने इस बात को अपने दिल पर ले लिया। उसको नहीं लेना चाहिए था। 'तुमने तो यह कहा था कि वह हम लोगों को कुछ नहीं बताना चाहता। लेकिन हम तो सुनना चाहते थे। यह बात पक्की थी।'

'बहुत हुआ', कहते हुए मिली ने अपना हेयर ब्रश निकाल लिया।

'मैं इसको सँभाल नहीं सकता था', वह बोला।

'मैं इतने दिनों से इसी के बारे में सोच रही थी। मैं नहीं चाहती थी नया कुछ। वह जैसा था मैं उसको उसी रूप में देखना चाहती थी। लेकिन यह बहुत मुश्किल काम था। इसलिए मैंने इसका रिहर्सल किया था।'

वह मिली की तरफ़ बहुत सम्मान के साथ देख रहा था।

'किसी इंटरव्यू की तरह', उसने कहना शुरू किया, 'अगर वह ऐसा कहेगा तो मैं क्या कहने वाली हूँ? अगर वह ऐसा कहेगा तो मैं क्या करूँगी? हालाँकि आख़िरकार उसने जो कहा उसका रिहर्सल मैंने नहीं किया था। मैंने उस बारे में सोचा भी नहीं था।

'लेकिन कुछ फ़ायदा तो हुआ।'

उसने कंघी करना बीच में ही छोड़ दिया और पीटर की तरफ़ देखते हुए बोली, 'ईमानदारी से कहूँ तो मुझे अभी भी समझ में नहीं आ रहा है कि मैं क्या सोचूँ।'

पीटर ने गहरी साँस लेते हुए कहा, 'मुझे उस टीचर की कही बात याद आ रही है। हमें लोगों को अलग-अलग साँचों में रखकर नहीं देखना चाहिए।'

'कहना आसान होता है।'

'इसीलिए मैं यह नहीं चाहता हूँ कि मुझे पोता-पोती हों', वह बोला, 'यह सब उनको समझाना और उनको समझाना और उनको बचाना तथा उनके लिए फ़ैसले लेना, बहुत सा काम है।'

‘बकवास मत करो’, मिली ने झट से कहा, ‘यह काम से बहुत बड़ी चीज़ होती है।’

वह इस बारे में सोचने लगा।

‘हाँ हमेशा’, वह बोला।

मिली उसको सन्देह की नज़रों से देख रही थी और उसने तय किया कि वह उसके ऊपर भरोसा रखेगी।